KB112861

Richard Osman

『목요일 살인 클럽』 시리즈에 쏟아진 찬사

"시체가 하나둘 늘어가면서 조이스와 이브라힘, 론, 엘리자베스의 삶과 사랑이 드러난다. 이들을 응원하다 보면…… 조만간 다음 권에서 만날 수 있기를 기대하게 된다."

—「타임스(The Times)」

"올해의 가장 재미있는 소설 중 하나…… 구성이 좋고 유쾌하며 마음이 따뜻해지는 작품이다. 단순한 범죄 소설이 아니라는 점이 바로『목요일 살인 클럽』의 매력이다."

—「데일리 익스프레스(The Daily Express)」

"위트가 대단하다. 등장인물들도 그렇고 줄거리도 훌륭하다. 두 여성을 중심으로 하는 등장인물들은 보기보다 복잡한 면을 갖고 있다. 가볍고 재미난 분위기를 유지하는 가운데 유쾌하고 신랄한 전개가 일품이다."

—「시애틀 타임스(Seattle Times)」

"대담한 은퇴자들을 주인공으로 영국식 풍자 유머를 버무린, 깊이 있고 유쾌한 미스터리 소설…… 위트와 줄거리가 대단해서 이 소설을 읽은 독자들은 이 시리즈의 다음 권을 손꼽아 기다릴 것이다."

—「크리스천 사이언스 모니터(Christian Science Monitor)」

"재미있고 영리하며 설득력 있는 소설. 미스터리 팬들을 완전히 사로잡을 것이다."

—할런 코벤(『숲에서 온 소년』의 저자)

"어둠 속에서 조그맣게 빛나는 불빛 같은 작품…… 엄청 재미있다!"

—케이트 앳킨슨(『너른 하늘』의 저자)

"멋지고 웃기고 놀라울 정도로 감동적이다."

—린우드 바클레이(『당신부터 찾아』의 저자)

"그저 대단하다고밖에 평가를 못 하겠다. 말도 안 되게 영리하고 재미있어서 웃음이 절로 나온다. 이 작품과 사랑에 빠졌다. 이 시리즈로 책을 더 내주기 바란다!"

—샤리 라피나(『옆집 커플』의 저자)

"이 소설의 단어 하나하나가 전부 마음에 들었다. 독창성이 애거서 크리스티의 최고 작품 수준이며 전개가 빠르고 영리하다. 활기 넘치는 등장인물들도 무척 좋았다. 심리학적으로 조화롭고 감정적으로 깊이가 있으며 따뜻한 빛을 발한다. 읽다 보면 마음을 넉넉하게 해준다."
　　　　　　　　　　　　　　　　　　　　　　　－A. J. 핀(『우먼 인 윈도우』의 저자)

"위트 있고 사랑스러우며 재미있는 작품이다."
　　　　　　　　　　　　　　　　　　　　　　　－「월스트리트 저널(Wall Street Journal)」

"나이가 들어도 얼마든지 멋지게 살 수 있음을 보여주는 흥미로운 데뷔 소설"
　　　　　　　　　　　　　　　　　　　　　　　－「피플(People)」

"서스펜스가 넘치고 수상쩍으면서도 감동적인 소설이다. 이 위트 넘치고 달콤쌉싸름한 소설 속 등장인물들은 유쾌하고 기백이 넘친다. 시리즈 다음 권을 기대할 만하다.
　　　　　　　　　　　　　　　　　　　　　　　－「북리스트(Booklist)」

"대단한 상상력과 위트가 돋보인다. 오스먼은 실버타운의 현실적인 삶에 주목하면서『목요일 살인 클럽』을 썼다. 은퇴 후 뒷전으로 밀려나 무시당하기 일쑤인 노인들에게 헌정하는 따뜻하고 사려 깊은 작품이다. 무엇보다 굉장히 재미있다."
　　　　　　　　　　　　　　　　　　　　　　　－「북페이지(BookPage)」

"등장인물들의 매력이 대단한 미스터리 소설. 살 날이 얼마 남지 않았음을 잘 아는 노인 탐정들, 호감 가는 형사 둘이 등장해 스릴 있고 재미나며 감동적인 이야기를 펼쳐놓는다."
　　　　　　　　　　　　　　　　　　　　　　　－「라이브러리 저널(Library Journal)」

"웃음과 살인을 잘 버무려놓은 걸출한 데뷔작…… 재치가 대단하다."
　　　　　　　　　　　　　　　　　　　　　　　－「퍼블리셔스 위클리(Publishers Weekly)」

"매력적인 탐정 입문서…… 말투는 건조하지만 위트 있고 재미난 등장인물들이 등장해 아늑한 분위기 속에서 독자들을 끌어당긴다. 계속해서 페이지를 넘기고 싶게 만든다."
　　　　　　　　　　　　　　　　　　　　　　　－「커커스 리뷰(Kirkus Reviews)」

"묘한 매력이 있는 작품. 애거서 크리스티 프리즘을 통해 굴절된 킹슬리 에이미스(Kingsley Amis)의『늙은 악마들(The Old Devils)』을 보는 듯하다."
　　　　　　　　　　　　　　　　　　　　　　　－「파이낸셜 타임스(Financial Times)」

목요일 살인 클럽

The Thursday Murder Club

.

목요일 살인 클럽

리처드 오스먼 지음 | 공보경 옮김

살림

제1부
새로운 사람들을 만나
새로운 시도를

제2부
여기 사는 사람들은
모두 나름의 사정이 있지

누군가를 죽이는 건 쉽다. 언제나 제일 어려운 부분은 시체 은닉이다. 시체를 숨기다가 잡혀버리곤 하니까.

　운 좋게도 알맞은 장소를 찾아냈다. 완벽한 장소였다.

　무사히 잘 있는지 확인하려고 한 번씩 그 장소를 찾곤 한다. 지금까지도 안전했으니 앞으로도 안전하겠지.

　나는 한 번씩 담배를 피운다. 피우지 말아야지 하면서도 내 유일한 나쁜 버릇이라 어쩔 수가 없다.

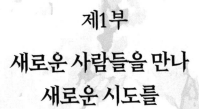

제1부

새로운 사람들을 만나
새로운 시도를

1장

목요일로의 초대

음, 엘리자베스 얘기로 시작해볼까? 그리고 이 얘기가 어디로 흘러가는지 지켜보자.

나는 엘리자베스가 누구인지 물론 알고 있었다. 여기 사는 사람들도 모두 그녀를 안다. 그녀는 라킨 코트의 방 세 개짜리 집에서 살고 있다. 모퉁이에 위치해 있고, 데크가 깔려 있는 집이다. 한때 나는 여러 가지 이유로 엘리자베스의 세 번째 남편이 된 스티븐과 같은 퀴즈 팀에 있었다.

두세 달 전인가, 나는 점심을 먹고 있었다. 메뉴로 셰퍼드 파이가 나왔으니 월요일이었을 것이다. 엘리자베스는 내게 식사 중인 걸 알지만 혹시 자상(刺傷)에 대해 물어봐도 되냐고 물었다.

나는 "그럼요, 괜찮아요." 뭐 대충 이렇게 대답했던 것 같다. 이제 와서 하는 말이지만, 나도 세세한 부분까지 늘 정확하게 기억하지는 못한다. 어쨌든 엘리자베스는 마닐라 폴더를 펼쳤다. 타이프 친 종이들과 오래된 사진들의 가장자리가 얼핏 보였다. 엘리자베스는 곧장 본론으로 들어갔다.

나더러 한 소녀가 칼에 찔렸다고 상상해보라고 했다. 무슨 칼이냐고 묻자 아마 평범한 부엌칼일 거라고 했다. 존 루이스 브랜드의 칼일 것이다. 엘리자베스가 그렇게 말하진 않았지만 내 생각으론 그랬다. 엘리자베스는 그 소녀가 가슴뼈 아래를 칼로 서너 번쯤 찔렸다고 했다. 칼을 쑤셨다 뺐다 쑤셨다 빼는 식으로 아주 심하게, 하지만 동맥을 자를 정도는 아니었다고. 옆에서 다른 사람들이 식사 중이었으므로 엘리자베스는 나지막하게 설명했다. 그녀는 원래 주변을 좀 경계하는 편이긴 하다.

나는 칼로 찔린 상처를 머릿속에 떠올렸다. 엘리자베스는 소녀가 출혈로 죽기까지 시간이 얼마나 걸렸겠냐고 물었다.

참, 내가 오랫동안 간호사로 일했다는 얘기를 빼먹었다. 그 얘기를 안 하면 여러분은 이 상황이 이해가 안 될 것이다. 원래 엘리자베스는 뭐든 잘 주워듣는 편이니 그 얘기를 어디선가 들었을 것이다. 그래서 굳이 내게 물은 것이고. 여러분은 내가 무어라 대답했는지 궁금할 것이다. 지금부터 얘기할 테니 잘 들어보기 바란다.

나는 대답하기 전에 냅킨으로 입부터 톡톡 닦았다. 여러분도 텔레비전에서 본 적이 있을 것이다. 이런 동작을 하면 사람이 똑똑해 보이니 한번 시도해보시길. 나는 소녀의 체중이 얼마나 나갔냐고 물었다.

엘리자베스는 폴더 안에서 그 정보를 찾더니 손가락으로 그 부분을 짚고는 46킬로그램이라고 했다. 우린 둘 다 킬로그램이라는 단위가 익숙하질 않아서 46킬로그램이면 어느 정도 무게인지 실감나지 않았다. 가만 생각해보니 23스톤(1스톤은 약 6킬로그램)쯤 나가지 않을까 싶었다. 아니면 21스톤쯤. 인치와 센티미터 단위도 헷갈리는 터라 사실 전혀 감이 오지 않았다.

엘리자베스는 폴더 안의 시신 사진을 봤는데, 소녀가 23스톤이나 나가는 것 같지는 않더라고 했다. 그러면서 방 안을 쓱 돌아보고는 폴더를 손으로 톡톡 두드리며 말했다.

"버나드한테 46킬로그램이면 몇 스톤이냐고 물어볼까요?"

버나드는 중정 바로 옆의 작은 식탁에서 늘 혼자 앉아 식사를 한다. 8번 테이블이다. 굳이 그런 것까지 여러분이 알 필요는 없지만, 그래도 버나드에 대해 약간이라도 말해드리고 싶다.

버나드 코틀은 처음 쿠퍼스 체이스 실버타운에 도착한 내게 무척 친절하게 대해주었다. 으아리 꽃을 꺾어다 주고 재활용 쓰레기 배출 시간표도 설명해주었다. 여기는 네 가지 색깔의 쓰레기통이 있었다. 무려 네 가지나! 버나드 덕분에 초록색 통은 유리, 파란색 통은 종이를 담는 용도임을 알게 됐다. 빨간색과 검은색 통에 대해서는 나도 여러분만큼이나 헷갈린다. 찬찬히 지켜보니 그 안에는 온갖 쓰레기가 담겼다. 팩스기를 거기다 버린 사람도 있었다.

버나드는 과학 분야의 교수였다고, 두바이를 비롯해 세계 곳곳에서 일했다고 했다. 그래서인지 그는 점심시간에도 정장에 넥타이까지 착용하고 식사를 했는데, 어울리지 않게도 신문은 「데일리 익스프레스(영국 런던에서 발행되는 보수성향의 대중 조간신문)」를 읽었다. 마침 러스킨 코트의 매리가 버나드 바로 옆자리에 앉아 있었다. 엘리자베스의 부탁에 버나드는 매리를 부르더니 46킬로그램이면 몇 스톤쯤 되냐고 물었다.

매리가 대답하자 버나드는 고개를 끄덕이고는 엘리자베스에게 건너와 말해주었다.

"7.3스톤쯤 된답니다."

역시 버나드였다.

엘리자베스는 그에게 고맙다고, 맞는 것 같다고 말했다. 버나드는 자기 자리로 돌아가 신문의 십자말풀이를 계속했다. 나중에 나는 센티미터와 인치 단위를 확인했는데 그 부분에 대한 정보는 내가 맞게 알고 있었다.

엘리자베스는 다시 질문을 했다. 부엌칼에 찔린 소녀는 얼마나 오래 살아 있었을까? 나는 누가 도와주지 않았다면 45분 정도 지나서 숨이 끊어졌을 거라고 대답했다.

"그렇군요, 조이스."

엘리자베스는 또 다른 질문을 던졌다. 만약 소녀가 의료적 도움을 받았다면 어땠을까? 의사는 아니지만 상처를 꿰맬 수 있는 누군가의 도움을 받았다면. 군대에서 복무한 경험이 있는 사람이라든가. 그 비슷한 누군가에게.

나는 간호사로 일하면서 온갖 종류의 자상을 목격했다. 적어도 삔 발목이나 치료하지는 않았다. 그래서 나는 만약 그랬으면 소녀는 죽지 않았을 거라고 답했다. 도움을 받았으면 안 죽었을 것이다. 고통이 없진 않았겠지만 어렵지 않게 상처 부위를 꿰맬 수 있었을 테니까.

엘리자베스는 고개를 끄덕거리더니 자기도 이브라힘에게 그렇게 말했다고 했다. 당시만 해도 나는 이브라힘이 누군지 몰랐다. 아까도 말했듯이 이 대화는 두 달 전에 이루어진 것이다.

엘리자베스는 뭔가 심상치 않은 사건인 것 같다고, 아무래도 남자 친구가 소녀를 살해한 것 같다고 말했다. 그런 사건은 흔히 일어난다. 여러분도 신문에서 읽어 알겠지만.

여기로 들어와 살기 전이었으면 이런 대화가 이상하다고 느꼈을 것이다. 하지만 여기 살면서 서로에 대해 알게 되니 이건 그저 평범한 대화였다. 지난주에는 민트 초코 칩 아이스크림을 발명했다고 하는 남자를 만났다. 정말 그런지 확인할 길은 없다.

조금이나마 엘리자베스에게 도움을 줄 수 있어 기뻤다. 그런 의미에서 나도 부탁을 하기로 했다. 그녀에게 시신 사진을 좀 볼 수 있겠냐고 물었다. 순전히 직업적 호기심에서였다.

엘리자베스는 얼굴이 확 밝아졌다. 이곳 사람들이 누가 손자의 졸업 사진을 보여달라고 하면 얼굴이 환해지듯이. 엘리자베스는 폴더에서 A4 사이즈로 복사된 사진을 스윽 꺼내 내 앞에 엎어놓고는 사본이니까 가지라고 했다.

내가 정말 고맙다고 하자 엘리자베스는 별것 아니라며 하나만 더 물어보자고 했다.

"물어보세요."

"목요일마다 여유 시간 좀 돼요?"

믿거나 말거나지만, 그때 나는 목요일의 그 모임에 대해 처음 들었다.

2장

따분한 보안 교육

도나 드 프레이타스 순경은 총을 원한다. 연쇄 살인범들을 폐창고로 몰아넣고 엄정하게 처리하는, 그 와중에 어깨에 총을 맞기도 하는 그런 경찰이 되고 싶은 것이다. 캐릭터에 맞게 위스키에 입맛도 들여 보고 파트너와 관계도 맺어가면서 말이다.

하지만 현재 시각 오전 11시 45분, 스물여섯 살짜리 순경 도나는 방금 만난 노령 연금 수령자들과 함께하는 점심 식사 자리에 앉아 있다. 원하는 직책으로 가려면 이 정도 노력은 해야겠지만, 그래도 지난 한 시간은 그럭저럭 재미가 있었다.

도나는 '주택 보안에 관한 실용적 조언'이라는 주제로 이미 수차례 강연을 해왔다. 언제나 그렇듯 오늘도 무릎에 담요를 덮은 노인들은 무료 비스킷을 먹으며 도나의 얘기를 들어주었다. 저 뒤쪽 자리에서 몇몇 노인은 기분 좋게 졸고 있었다. 도나는 매번 같은 조언을 해주었다. 창문에 반드시 잠금쇠를 설치해야 하고, 신분증을 잘 챙겨야 하며, 전화로 물건을 판매하려는 사람에게 절대 개인 정보를 알려주지 않는 게 정말 중요하다는 내용이었다. 그녀는 무시무시한 세상에서 사람들을 안심시키는 존재가 되어야 했다. 그 사실을 잘 알고 있기도 하고, 무엇보다 이렇게 강연을 하면 경찰서에 처박혀 서류 작업이나 하지 않아도 되었다. 그래서 자원해서 왔다. 페어헤이븐 경찰서는 정말이지 활기라 곤 없었다.

오늘 도나가 방문한 곳은 악의라곤 없어 보이는 쿠퍼스 체이스 실버 타운이었다. 푸르른 초목이 자라는, 조용하고 차분한 분위기의 시설이 었다. 여기로 차를 운전해 오면서 도나는 이따 집으로 가는 길에 들러 점심을 먹을 만한 괜찮은 주점 하나를 봐두었다. 쾌속정에서 연쇄 살인 범과 싸우며 헤드록을 거는 일은 일단 나중으로 미뤄야겠지.

"보안이란 무엇일까요?"

도나는 이렇게 질문을 던져놓고 딴생각에 잠겼다. 몸에 문신을 새길 까 말까. 등허리에 돌고래 문신을 새겨? 그건 너무 진부한가? 문신할 때 아플까? 아플 수도 있겠지만 경찰이라면 통증 정도는 견뎌야 되잖아?

"우리가 흔히 쓰는 '보안'이라는 말은 어떤 의미일까요? 상황에 따라 달리 해석될 수 있고……"

맨 앞줄에서 손 하나가 올라왔다. 평소와는 달랐지만 뭐, 일단 시작 이니까. 빈틈없이 깔끔하게 옷을 차려입은 80대 할머니가 할 말이 있 는 모양이다.

"저기, 이 강연이 창문 잠금쇠에 대한 얘기나 하다가 끝나지 않으면 좋겠는데요."

할머니가 주변을 둘러보자 두런두런 동의하는 분위기였다.

앞에서 두 번째 줄, 보행 보조기를 쓰는 노신사가 나섰다.

"신분증에 대한 얘기도 들을 필요 없지. 신분증에 대해서라면 우리도 알 만큼 알아요. 당신 진짜 가스 보드에서 전화한 거요, 아니면 도둑놈 이요? 이렇게 물어보면 되는 거잖아. 우리도 다 압니다. 암요."

너도 나도 떠들기 시작했다.

그러자 질 좋은 정장 양복에 조끼까지 갖춰 입은 할아버지가 나섰다.

"회사 이름이 바뀌어서 '가스 보드'가 아니라 '센트리카'라니까."

그 옆자리에 앉은 반바지에 슬리퍼를 신고, 웨스트햄 유나이티드 팀(잉글랜드 프리미어 축구 클럽으로 1895년 조선소 노동자들에 의해 창단) 셔츠를 입은 할아버지가 자리에서 일어나 아무 데나 삿대질을 하며 말했다.

"이게 다 대처 수상 탓이야, 이브라힘. 전에는 그 회사가 정부 소유였잖아."

"아, 좀 앉아요, 론." 깔끔하게 차려입은 할머니가 말렸다. 그 할머니는 도나를 쳐다보며 덧붙였다. "론 때문에 미안하게 됐어요." 그러고는 고개를 절레절레 흔들었다. 그때부터 사람들은 중구난방으로 떠들기 시작했다.

"신분증 위조도 못 하는 범죄자가 요즘 어디 있나?"

"내가 백내장이 있잖아요. 누가 나한테 도서관 카드를 보여줘도 잘 보이질 않으니 신분증인가 보다 하겠지."

"요즘은 계량기 확인도 안 하던데. 인터넷으로 다 한다고."

"클라우드에 저장한다잖아요."

"도둑놈이라도 오면 좋겠어. 누구든 방문해주면 고맙지."

왁자하게 떠들던 이들에게 순간 정적이 찾아왔다. 하지만 일부는 보청기를 끄고 일부는 그제야 보청기를 켜면서 또 다시 시끌벅적한 교향곡이 시작됐다. 맨 앞줄의 할머니가 다시 나섰다.

"저기…… 내 이름은 엘리자베스예요. 어쨌든…… 창문 잠금쇠 얘긴 더 할 필요 없어요. 신분증 얘기도. 전화로 사기 치려는 나이지리아인에게 은행 비밀번호를 알려주지 말라는 조언도 필요 없고요. 나이지리아인이라고 콕 집어 말을 해도 될지 모르겠네요."

도나 드 프레이타스는 마음을 가다듬었다. 주점에서의 점심이나 문신에 관한 생각 대신, 예전 런던 남부에서 살 때 받은 폭동 진압 훈련에 관한 생각이 머릿속을 어지럽혔다.

　도나가 물었다.

　"그럼, 무슨 얘기를 하면 좋을까요? 최소한 45분은 넘게 강연을 진행해야 해서요. 안 그러면 외부 강연 시간으로 인정을 못 받아요."

　엘리자베스가 제안했다.

　"경찰 내부의 구조적 성차별은 어때요?"

　"난 경찰이 마크 더간을 불법 사살하고도 무죄를 선고 받은 사건에 대한 얘길 하고 싶은데……."

　"그냥 앉아요, 론!"

　사람들은 이런 식으로 즐겁고 유쾌하게 떠들었고 어느덧 시간이 다 되었다. 강연이 끝나자 사람들은 도나에게 따뜻한 말로 감사를 표했고 손자의 사진을 보여주면서 같이 점심을 먹자고 초대했다.

　그래서 도나는 지금 '현대식 고급 레스토랑'이라는 이름이 붙은 식당에 자리 잡고 앉아 샐러드를 포크로 찍어 먹고 있는 것이다. 11시 45분은 평소 점심 먹는 시간보다 이르지만 초대를 거절하는 것도 예의가 아닌 듯했다. 도나를 초대한 네 명의 노인은 점심 식사를 배불리 먹으면서 레드 와인도 한 병 땄다.

　엘리자베스가 말한다.

　"정말 훌륭한 강연이었어요, 도나. 무척 즐거웠어요."

　도나에게 엘리자베스는 일 년 내내 무섭게 굴다가 마지막에 A학점과 함께 눈물로 학생을 떠나보내는 선생님처럼 느껴진다. 선생님들이 주로 입는 트위드 재킷을 입고 있어서 그런지도 모르겠다.

론도 칭찬한다.

"아주 훌륭했어요, 도나. 도나라고 불러도 될까요, 사랑스러운 분?"

"도나라고 부르시는 건 괜찮은데, 사랑스러운 분이라고는 부르지 말아주세요."

"좋아요, 그러죠. 알겠어요. 주차 위반 딱지를 끊었다고 전기톱을 들고 설친 우크라이나인에 관한 기사 봤어요? 그건 그렇고, 만찬 강연을하면 수고비가 꽤 쏠쏠한데 한번 해보는 게 어떨까 싶네. 내가 그쪽으로 아는 사람이 있어. 전화번호 줄까요?"

샐러드 맛이 괜찮다. 도나가 샐러드에 대해 이런 평가를 내리는 건드문 일이다.

"난 인생이 다르게 폈으면 무시무시한 헤로인 밀수업자가 됐을지도몰라요." 이번에는 이브라힘이다. 아까 회사 이름이 센트리카로 바뀌었다고 지적했던 할아버지다. "유통 관리만 잘하면 되는 거 아닌가요? 무게 좀 잘 달아서 팔면 되고. 그런 건 내가 즐기면서, 아주 정확하게 잘하는데. 요즘은 돈 세는 기계를 쓴다더만. 다들 최신 설비를 쓰니까. 헤로인 밀매업자를 체포한 적 있어요, 드 프레이타스 순경?"

"아뇨. 언젠가는 해야겠죠."

"헤로인 밀매업자들이 돈 세는 기계를 쓰는 거 맞죠?"

"맞아요."

"그럴 줄 알았어."

이브라힘은 이렇게 말하며 와인 잔을 내려놓는다.

잔에 남은 술을 쭉 들이켠 엘리자베스가 말한다.

"우린 싫증을 잘 내는 편이에요. 그래서 창문 자물쇠 얘기도 그만 듣고 싶은 거고요. 드 프레이타스 여순경."

"그냥 순경이라고 해주시면 돼요."

"그래요." 엘리자베스는 입술을 삐죽이며 묻는다. "그래도 내가 굳이 여순경이라고 부르면 어떻게 되죠? 나를 체포하기 위해 영장이 나오나요?"

"그렇지는 않지만 제가 선생님을 좀 안 좋게 생각하겠죠. 여순경 대신 순경이라고 부르는 게 간단하기도 하고 저를 더 존중하는 의미도 있으니까요."

"이런! 그런가요. 알겠어요."

엘리자베스의 입술이 원래대로 돌아오자 도나가 말한다.

"고맙습니다."

이브라힘이 별안간 도나에게 묻는다.

"내 나이가 얼마나 돼 보입니까?"

도나는 대답을 망설인다. 이브라힘은 멋진 정장을 입었고 피부도 좋은 편이다. 체취도 괜찮다. 재킷 가슴 주머니에 예술적으로 접은 손수건까지 꽂았다. 머리카락이 가늘어지기는 했지만 많이 빠지지는 않았다. 배가 불룩 나오지도 않았고 턱 밑 살이 늘어지지도 않았다. 그렇다면 어딜 봐야 할까? 음. 도나는 이브라힘의 손을 주목한다. 손을 보면 나이를 알 수 있는 법이다.

"여든 살?"

그 순간 이브라힘이 풀 죽은 표정을 한다.

"맞아요. 딱 맞혔네. 그래도 내가 나이보다 젊어 보이긴 해요. 다들 일흔넷 정도로 본다니까. 비결은 필라테스죠."

도나는 이 테이블에 함께 둘러앉은 네 번째 구성원에게 묻는다.

"어떤 분이신지 궁금해요, 조이스."

조이스는 몸집이 자그마한 백발 할머니다. 라벤더색 블라우스에 연보라색 카디건을 걸쳤다. 조이스는 주로 듣기만 하면서 기분 좋은 얼굴로 앉아 있다. 입은 꼭 닫고 있지만 눈에 총기가 있다. 마치 햇빛 아래 반짝이는 물건을 끝없이 찾고 있는 조용한 새 같다.

"나요? 할 얘기도 없어요. 간호사로 일했고 엄마 노릇을 하다가 다시 간호사 일을 했어요. 그냥 그렇게 살았어요."

그러자 엘리자베스가 짧게 콧방귀를 뀐다.

"조이스가 한 말 곧이곧대로 듣지 말아요, 드 프레이타스 순경. 대단한 걸 이뤄낸 사람들이 꼭 이렇게 말하더라."

"난 그냥 체계적으로 사는 사람이에요. 케케묵은 구식이죠. 줌바를 하러 간다고 말하면 꼭 줌바를 하러 가는 사람. 그게 나예요. 우리 가족 중에 재미있게 사는 사람은 우리 딸이에요. 헤지 펀드를 운영한답니다. 그게 뭔지 알아요?"

"아뇨, 잘."

"나도 잘 몰라요."

이브라힘이 나섰다.

"필라테스 수업 전에 줌바 수업이 있는데, 난 둘 다 하긴 싫더라고. 주요 근육을 유지하는 데 별로 안 좋기도 하고."

도나는 점심을 먹으며 내내 궁금하던 것을 물어보기로 한다.

"괜찮으시면 좀 물어볼게요. 다들 쿠퍼스 체이스 실버타운에 사시는 건 아는데, 어쩌다 네 분이 친구가 되신 거예요?"

엘리자베스는 재미있어 하는 얼굴로 대답한다.

"친구? 아이고, 친구는 아니에요."

론도 껄껄 웃는다.

"맙소사, 그건 아니지. 친구는 무슨. 잔을 채워줄까요, 엘리자베스?"

엘리자베스가 고개를 끄덕이자 론이 그녀의 잔에 와인을 채운다. 그들은 와인을 두 병째 마시는 중이다. 현재 시각 12시 15분이다.

이브라힘도 같은 의견인 모양이다.

"우리한테 친구라는 단어는 맞질 않아요. 친목을 다지려고 모이는 사람들도 아니고, 각자 관심사도 많이 다르니까. 나는 론을 좋아하지만, 나와는 결이 많이 다른 사람이에요."

론이 고개를 끄덕인다.

"많이 다르죠."

"엘리자베스는 사람 성질을 돋우는 편이죠."

그 말에 엘리자베스는 고개를 끄덕이며 말한다.

"안타깝지만 맞는 말이에요. 난 익숙해져야 좋아지는 사람이거든. 학교 때부터 그랬어요."

그러자 이브라힘이 말한다.

"난 조이스가 좋아요. 아마 우리 모두 조이스를 좋아할 겁니다."

론과 엘리자베스도 고개를 끄덕여 동의를 표한다.

"그렇게 말해주니 고맙네요." 조이스는 접시에 담긴 완두콩을 포크로 찍으려 몇 번째 시도하면서 말한다. "누군가 납작한 완두콩을 만들어내야 하는 거 아닌가요?"

도나는 혼란스러운 머릿속을 정리하려 애쓴다.

"여러분이 친구가 아니면 무슨 관계죠?"

그 말에 조이스가 서로 많이 달라 보이는 그들 무리를 돌아보며 고개를 흔든다.

"음. 첫째, 우린 친구가 맞아요. 그렇게 받아들이기까지 시간이 걸리고 있을 뿐이죠. 둘째, 당신을 이 자리에 초대하면서 내가 깜박하고 말을 안 했는데, 우린 목요일 살인 클럽의 일원이에요, 드 프레이타스 순경."

레드 와인에 취한 엘리자베스는 눈빛이 흐려진다. 론은 목에 새긴 '웨스트햄' 문신을 긁적이고, 이브라힘은 이미 반질반질한 커프스단추를 문지른다.

레스토랑에 점점 사람이 들어차고 있다. 도나를 비롯해 쿠퍼스 체이스를 방문한 사람들 중에는 여기서 사는 것도 그리 나쁘지 않겠다는 생각을 꽤 했을 것이다. 도나는 와인 한 잔을 더 마시고 아예 오후 휴가를 내고 싶은 기분이다.

이브라힘이 말을 맺는다.

"게다가 난 매일 수영을 해요. 덕분에 탱탱한 피부를 유지하지."

여긴 대체 어떤 곳일까?

3장

쿠퍼스 체이스

페어헤이븐을 벗어나 A21 도로를 따라 켄트 카운티의 웰드 지역 한 가운데로 가보자. 급하게 꺾어지는 왼쪽 굽이에 여전히 작동하는 낡은 공중전화 박스가 보일 것이다. 그대로 90미터 정도 가면 '화이트처치, 애버츠 해치, 렌츠 힐'이라고 적힌 간판이 보인다. 그럼 거기서 오른쪽으로 방향을 틀자. 렌츠 힐을 통과해, 블루 드래곤을 지나, 밖에 큰 달걀을 진열해둔 작은 농가 매장 앞을 지나가자. 로버츠미어강을 가로지르는 작은 돌다리가 나타날 것이다. 공식적으로 '강'이라는 명칭이 붙어 있긴 하지만 대단히 넓고 큰 강을 기대하지는 말기 바란다.

다리를 건너가자마자 오솔길을 따라 우회전을 해야 한다. 길을 잘못 찾아가는 게 아닌가 하는 의심이 들겠지만, 공식 안내 책자에 나와 있는 길보다 이 길로 가는 게 더 빠르다. 햇빛에 아롱다롱 얼룩진 생울타리를 좋아한다면 풍경도 마음에 들 것이다. 숲 사이로 난 길은 갈수록 넓어지고 왼쪽 구릉 지대에는 작은 동물의 움직임도 보인다. 그리고 나무로 지어진, 작지만 아직도 사용 중인 버스 정류장이 나타날 것이다. 하루에 한두 번밖에 서지 않는 버스 정류장을 사용 중이라고 표현하기는 민망하지만. 버스 정류장에 도착하기 전, 왼편을 돌아보면 쿠퍼스 체이스 실버타운의 입구 푯말이 보인다.

10년 전, 가톨릭교회가 땅을 팔면서 쿠퍼스 체이스 실버타운이 만들어지기 시작했다. 그리고 3년 전 론을 포함한 주민들이 첫 입주를 했다. '영국 최고의 고급 실버타운'이라고 광고를 했지만, 이브라힘이 확인해본 바로 영국에서 일곱 번째 수준이라고 한다. 지금은 주민 수가 300명 정도 된다. 65세가 넘어야만 입주 자격이 주어진다. 웨이트로즈 마트의 배달 밴이 캐틀 그리드(자동차는 지나가도 가축은 못 지나가게끔 도로에 설치된 격자망)를 넘나들며 와인을 실어 나르고 자주 먹는 약도 배송해준다.
　쿠퍼스 체이스에서 제일 눈에 띄는 시설은 오래된 수녀원 건물이다. 이 수녀원을 중심으로 현대적인 실버타운 주거 시설이 세 방향으로 뻗어나가는 구조로 되어 있다. 100년이 넘는 세월 동안 이곳은 기도와 신의 응답에 대한 확신 그리고 수녀들의 건조한 부산함으로 채워진 조용한 장소였다. 수녀원의 어두운 복도를 손으로 더듬으면 정적 속에서 평안을 찾는 여자들, 빠르게 변화하는 세상을 두려워하는 여자들, 그저 숨고 싶은 여자들, 오래전에 잊힌 애매한 무언가를 증명하려는 여자들, 숭고한 목적을 향해 나아가는 일에서 기쁨을 찾는 여자들이 보일 것이다. 숙소마다 놓인 일인용 침대들, 길고 낮은 식탁들, 너무나 어둡고 고요해서 하느님의 숨소리마저 들릴 듯한 예배실도 그곳에 있다. 이곳 홀리 처치 수녀회는 입회자를 끝까지 보살펴준다. 먹여주고 재워주고 쓸모를 찾아주고 소중하게 여겨준다. 그 대가로 평생 헌신을 요구하는 것이지만, 그 요구에 응하는 지원자는 항상 있었다. 그리고 그들은 언젠가 이곳 생활을 마치는 날, 나무들 사이를 지나 언덕을 올라 '영원한 안식의 정원'을 향해 짧은 여행을 떠난다. 철 대문과 야트막한 돌벽으로 둘러싸인 이 정원은 수녀회를 굽어보고, 그 너머 켄트 카운티 하이웰드의 끝없이 아름다운 풍경을 내다본다. 그곳에서 그들의 시신은 간소한 돌 묘비 아래 놓인 또 다른 일인용 침대에 눕게 된다. 그 옆에는 수 세대에 걸쳐 먼저 그곳에 와 누운 마거릿 수녀, 매리 수녀 등이 자리하고 있다. 그들이 한때 품었던 꿈은 푸르른 언덕 위에 펼쳐지고, 한때 간직했던 비밀은 사면의 벽에 둘러싸인 수녀원 안에서 안전하게 지켜진다.

엄밀히 말하자면, 수녀원은 삼면의 벽에 둘러싸여 있다. 실버타운 주민들의 수영장 시설을 만들기 위해 수녀원의 서쪽 벽을 텄기 때문이다. 그 너머로 잔디 볼링장이 내다보이고, 그 아래로는 방문객용 주차장이 펼쳐져 있다. 주차증 발급에 제한을 두고 있는 터라 주차 위원회가 쿠퍼스 체이스에서 가장 큰 권력을 쥐고 있다.

수영장 옆에는 자그마한 '관절염 치료용 수영장'이 위치해 있다. 명칭은 수영장이지만 꼭 자쿠지(물에서 기포가 생기게 만든 욕조)처럼 생겼는데, 그건 그 시설이 실제로 자쿠지이기 때문이다. 여기까지 사장인 이안 벤섬에게 안내를 받은 사람은 이제 사우나를 볼 차례다. 이안은 사우나 문을 살짝 열고 말하곤 한다. "아이고, 사우나가 따로 없네요." 이안다운 농담이다.

이제 승강기를 타고 위층 레크리에이션실로 가보자. 그곳에는 체육관과 운동실이 있다. 실버타운 입주민들이 일인용 침대에 누운 유령들 사이에서 행복하게 줌바를 하는 곳이다. 그 다음은 덜 격한 활동과 모임을 위한 퍼즐실이다. 그 옆에 도서관이 있고, 좀 더 큰 규모의 위원회 모임이나 평면 텔레비전으로 축구 경기를 관람하는 데 쓰이는 라운지도 보인다. 거기서 다시 1층으로 내려가면 수녀원 식당처럼 길고 야트막한 식탁이 줄지어 놓인 '현대식 고급 레스토랑'이 나온다.

실버타운 한가운데에는 수녀원의 부속 시설인 성당이 있다. 고딕풍의 어둡고 근엄한 수녀원과는 달리, 성당은 연한 크림색 치장벽토를 바른 외벽 때문에 지중해 지역 건물 같은 분위기를 풍긴다. 성당은 부서지거나 변한 곳 하나 없다. 10년 전에 홀리 처치 수녀회의 유언 집행자가 이 부지를 팔면서 꼭 지켜달라고 요청한 조건 중 하나가 바로 성당을 온전하게 지키는 것이었다. 실버타운 입주민들은 성당을 즐겨 찾는다. 성당에는 유령들이 있고 수녀복 차림의 수녀들이 돌아다닌 흔적이 남아 있으며 그들의 속삭임이 돌에 깊게 스며들어 있다. 느릿하고 부드러운 무언가를 느끼게 해주는 곳이다. 이안 벤섬은 요즘도 계약서상의 허점을 눈에 불을 켜고 찾는 중이다. 성당을 허물고 재개발을 하면 실버타운 소속의 집을 여덟 채는 더 지을 수 있기 때문이다.

수녀원의 저쪽 건너편에는, 수녀원의 존재 이유이기도 한 윌로우스가 있다. 지금은 실버타운 전용 치료소로 쓰이고 있는데 원래는 1841년에 수녀들이 기부제로 운영되는 치료원으로 쓰기 위해 세운 건물이다. 수녀들은 윌로우스에서 달리 선택의 여지가 없는, 아프고 다친 이들을 자비롭게 돌보았다. 그러다 지난 세기 후반에 치료소가 됐는데 1980년대에 치료소 관련 법이 제정되면서 문을 닫았다. 수녀원 시설은 죽음을 앞둔 수녀들의 대기실처럼 쓰이다가 2005년에 마지막 수녀가 세상을 떠나면서 돈이 급한 교단 측이 싸구려 물건처럼 팔아버렸다.

그 후 12에이커에 달하는 숲과 아름답고 탁 트인 산비탈을 낀 부동산 개발지가 됐다. 이곳에는 작은 호수 두 개가 있는데 하나는 자연 호수고 하나는 인공 호수다. 인공 호수는 이안 벤섬이 고용한 건축업자 토니 커런과 직원들이 만든 것이다. 쿠퍼스 체이스를 집 삼아 사는 수많은 오리와 거위들은 인공 호수를 더 선호하는 것 같다. 언덕 꼭대기의 숲 사이 공터에는 양 떼가 있고, 호수 옆 초원에는 라마 스무 마리가 있다. 이안 벤섬이 실버타운 광고용 사진이 특이해 보이도록 라마 두 마리를 샀는데, 언제나 그렇듯 그것들은 점점 개체수를 불렸다.

이곳에 대한 소개는 이 정도로 하겠다.

4장

첫 번째 모임

꽤 오래전부터 일기를 써왔지만, 여러분이 그 내용을 흥미로워할 것 같지는 않다. 1970년대 헤이워즈 히스 마을에 관심이 있지 않다면 말이다. 아마 여러분은 별로 관심이 없을 것이다. 헤이워즈 히스 마을이나 1970년대를 모욕하려는 게 아니다. 당시 나는 그 두 가지를 무척 즐겼으니까.

이틀 전 엘리자베스를 만나고 나서 나는 목요일 살인 클럽의 모임에 처음 나갔다. 어쩌면 일기장에 써도 좋을 흥미로운 이야깃거리가 될지 모른다는 생각에서였다. 홈즈와 왓슨에 관한 일기를 쓰는 기분을 내보고도 싶었다. 사람들은 남들 앞에서 뭐라고 말할지 몰라도 속으로는 살인을 좋아한다. 그런 의미에서 나는 기꺼이 클럽 모임에 참석해보기로 했다.

목요일 살인 클럽의 구성원이 엘리자베스, 워즈워스 코트의 사방에 발코니가 있는 집에 사는 이브라힘 아리프 그리고 론 리치라는 것 정도는 알고 있었다. 그렇다. 여러분이 아는 바로 그 론 리치다. 그것만으로도 흥미가 일었다. 지금은 그에 관해 좀 더 잘 알게 되어서인지 매력이 줄어든 느낌이지만 말이다.

페니 그레이가 전에 이 클럽의 일원이었다는데 지금은 치료소인 윌로우스에서 지내고 있다. 생각해보면 내가 때마침 잘 들어간 거였다. 나는 페니를 대신해 클럽의 빈자리를 채웠다.

초조했다. 아직도 그 감정이 기억난다. 품질 좋은 와인(굳이 설명하자면 8.99파운드짜리) 한 병을 들고 퍼즐실로 들어가보니, 그들 셋은 벌써 와서 테이블 위에 사진들을 펼쳐놓고 있었다.

엘리자베스는 페니와 함께 목요일 살인 클럽을 만들었다. 수년간 켄트 카운티에서 경위로 일한 페니가 미제 살인 사건 파일을 가져오곤 했다. 원래 사건 파일을 멋대로 유출하면 안 되지만 누가 굳이 따지고 들까? 어느 정도 나이를 먹으면 본인 좋을 대로 할 수 있는 게 많아진다. 의사와 자식들 말고는 이래라저래라 할 사람도 없다.

엘리자베스가 젊은 시절 무슨 일을 하면서 먹고 살았는지는 굳이 말하지 않겠다. 가끔씩 엘리자베스가 알아서 그런 얘기를 떠들어대곤 하지만 말이다. 살인이나 수사 같은 것들이 낯설지 않은 일을 하며 살았다고만 말해두겠다.

엘리자베스와 페니는 빠진 부분이 없는지 찾기 위해 파일을 한 줄 한 줄 찬찬히 읽고, 사진을 꼼꼼히 연구하고, 목격자 진술서도 전부 살펴보았다. 죄를 지은 대가도 치르지 않고 즐겁게 하루하루를 사는 사람들, 살인을 하고도 마음 편히 정원에 앉아 스도쿠나 하는 사람들이 있다는 사실을 참을 수가 없었다.

페니와 엘리자베스는 그 과정을 무척 즐겼다. 와인 몇 잔을 마시며 미스터리한 사건을 해결하는 기분이라니. 유혈이 낭자한 사건 파일을 살펴보는 일이지만 그 과정은 매우 사회적이었고 상당히 재미도 있었다.

그들은 매주 목요일(그래서 목요일 살인 클럽이라는 이름을 붙인 것)에 만남을 가졌다. 퍼즐실 이용 시간을 보면 매주 목요일 예술사 수업과 프랑스어 회화 수업 사이에 2시간이 비는데 그 시간에 퍼즐실을 써야 하기 때문이었다. 그들은 '일본 전통 가극 연구'라든지 '토론' 같은 사용 사유를 내세워 퍼즐실을 예약했다. 이번에도 마찬가지다. 물론 명목일 뿐이고 실제로 그들은 퍼즐실에서 그런 주제를 다루지 않았다.

그들은 사건 파일을 살펴보다가 다양한 이유로 여러 입주민들에게 도움을 요청하곤 했다. 수많은 입주민들이 수년 동안 퍼즐실에 들러 사건과 관련해 편안하게 담소를 나누고 갔다. 대개 법의학 담당자, 회계사, 판사, 나무 치료 전문가, 말 사육사, 유리 직공 출신 주민들이었다. 그 외에도 사건과 관련해 궁금한 점을 해결하는 데 도움이 될 것 같으면 누구든 불러 조언을 구했다.

얼마 안 있어 이브라힘이 클럽의 일원이 됐다. 그는 원래 페니의 브리지 카드 게임 상대였는데, 한두 번 소소하게 두 사람을 도왔다. 그는 정신과 의사다. 아니 예전에 그 일을 했었다. 어쩌면 지금도 하고 있는지 모르겠다. 처음 이브라힘을 만나보면 정신과 의사라는 생각이 안 드는데 알고 지내다 보면 점점 감이 온다. 나는 심리 치료를 받아본 적이 없다. 삶의 얽히고설킨 실타래를 누가 굳이 풀고 싶을까? 그런 위험은 감수하고 싶지 않다. 내 딸 조애나는 전담 심리 치료사를 두고 있다. 여러분이 조애나가 살고 있는 으리으리한 집을 보면 도대체 이렇게 잘살면서 왜 심리 치료까지 받고 있는지 이해가 안 될지도 모르겠다. 어쨌든 페니가 윌로우스로 떠난 후 이브라힘은 더 이상 브리지 카드 게임을 하지 않는다. 참 안타깝다.

론은 클럽 모임에 그냥 알아서 찾아 들어왔다. 평소 그의 성격을 생각하면 그리 놀라운 일도 아니다. 어느 목요일 그는 퍼즐실 앞에 '일본 전통 가극 연구'라고 붙여놓은 사용 사유를 보고 그냥 문을 열고 들어왔다. 그는 이 안에서 그런 걸 연구한다고는 전혀 믿지 않았기에, 무슨 꿍꿍이짓을 하는지 알아내려 들어온 것이었다. 엘리자베스는 그의 의심하는 태도를 높이 사서 곧장 론에게 1982년 A27 도로변의 숲에서 불에 타죽은 채 발견된 보이 스카우트 단장 사건 파일을 보여주었다. 그녀는 즉시 론의 장점을 파악했는데, 바로 남이 하는 말은 토씨 하나라도 곧이곧대로 믿지 않는다는 점이었다. 지금도 엘리자베스는 경찰이 거짓말을 하고 있다는 전제를 깔고 경찰의 사건 기록 파일을 읽으면 놀라울 정도로 사건 해결에 도움이 된다고 말하곤 한다.

그 방이 퍼즐실이라고 불리는 이유는 방 한가운데에 살짝 경사진 나무 탁자가 있고 그 탁자 위에서 커다란 퍼즐을 완성시킬 수 있기 때문이다. 처음 그 방에 들어갔을 때 2,000조각짜리 위스타블 항구 퍼즐이 탁자 위에 차려져 있었다. 하늘을 배경으로 우체통 그림이 있는 조그마한 퍼즐 수준이 아니었다. 예전에 당일치기로 위스타블에 다녀온 적이 있는데 왜들 그렇게 그 항구를 가지고 법석을 떨어대는지 이해가 안 됐다. 거기서 굴 요리를 먹기는 했지만 딱히 쇼핑을 할 만한 곳도 없어서 재미라곤 없었는데.

어쨌든 이브라힘은 퍼즐 위에 두툼한 아크릴 판을 깐 다음 엘리자베스, 론과 함께 그 위에 가여운 소녀의 부검 사진을 늘어놓았다. 엘리자베스는 소녀가 남자 친구에게 살해당한 것으로 보았다. 남자 친구란 놈은 군대에 있다가 병 때문에 제대를 해서 무척 상심해 있었다고 했다. 하지만 그것 말고 다른 이유도 있어야 하지 않나? 우리도 누구나 눈물 나는 사정이 있게 마련이지만 그렇다고 살인을 하고 다니지는 않는다.

엘리자베스는 나더러 들어와 문을 닫으라고 하더니, 가까이 와서 사진들을 살펴보라고 했다.

이브라힘은 자기소개를 하고 나와 악수를 한 다음, 비스킷이 있으니 먹으라고 권했다. 그는 비스킷이 두 겹으로 되어 있으면 사람들은 보통 위쪽 면을 먼저 먹고 나서 아래쪽 면을 먹더라고 굳이 설명해주었다. 나는 이미 알고 있는 사실이라고 말해주었다.

론은 내가 가져온 와인을 받아서 비스킷 옆에 놓아두었다. 그는 와인의 라벨을 보더니 화이트 와인이라고 확인해주었다. 그러고는 내 볼에 입을 맞췄는데, 나는 멈칫하며 그 의미를 곱씹었다.

볼 키스는 흔하지 않으냐고 생각할 수도 있는데 70대 노인네가 그러는 건 흔한 일이 아니다. 보통 내 주변에서 볼 키스를 하는 남자는 사위 정도다. 그래서 나는 론이 솔직하게 감정을 표현하는 사람이라고 판단했다.

나중에 나는 이 실버타운에 살고 있는 론 리치가 바로 그 유명한 노동조합장임을 알게 됐다. 론과 페니의 남편 존은 다친 여우를 치료해 건강하게 만들어주고 '스카길'이라는 이름까지 붙여 주었다. 내가 처음 입주했을 때 실버타운 소식지에 그들의 선행이 기사로 실렸다. 존은 수의사이고 론은 그냥 론이니, 아마 존이 여우를 치료하는 일은 다 했을 것이고 론은 이름 붙이는 일만 했을 것이다.

쿠퍼스 체이스 실버타운의 소식지 이름은 「컷 투 더 체이스('곧장 본론으로'라는 뜻)」다. '체이스'를 일부러 넣어서 장난을 친 이름이다.

우리는 부검 사진 주변에 둘러섰다. 사건 당시 이 불쌍한 소녀는 이 상처로 바로 죽지는 않았을 것이다. 남자 친구는 페니의 경찰차를 타고 경찰서로 취조받으러 가는 길에 도주해 그 후 누구의 눈에도 띄지 않았다. 도망치면서 그놈은 페니를 폭행하기도 했다. 놀랄 일도 아니었다. 한번 여자를 때린 놈이 두 번은 못 때릴까.

그놈은 그때 안 달아났어도 언젠가는 달아났을 것이다. 요즘도 이런 사건이 신문에 심심찮게 실리지만, 당시 그 사건은 훨씬 심각한 양상을 띠었다.

목요일 살인 클럽은 마법처럼 놈을 잡아서 법의 심판을 받도록 하려는 게 아니었다. 그 점은 클럽 회원 모두가 알고 있었다. 페니와 엘리자베스는 그저 자기만족을 위해, 최선을 다해 온갖 사건들을 해결했다.

그러니 진정한 의미에서는 페니와 엘리자베스의 소망이 이루어진 것은 아니라고 해야 할지도 모르겠다. 그들이 사건을 해결했지만 살인자들은 처벌도 받지 않고 어딘가에서 날씨 뉴스나 들으며 자유롭게 돌아다니고 있을 테니까. 몇몇 죄인들이 그렇듯 그들도 잘 빠져나갔다. 나이를 먹다 보면 어쩔 수 없이 세상과 숱하게 타협하게 된다.

그냥 아무 도움도 안 되는 철학적인 말을 좀 해봤다.

지난 목요일에 우리 넷은 처음으로 한자리에 모였다. 엘리자베스, 이브라힘, 론 그리고 나. 분위기는 무척 자연스러웠다. 그들에게 나는 퍼즐의 마지막 조각 같은 존재였다.

당분간 일기장을 그곳에 두려고 한다. 내일은 실버타운에서 대규모 회의가 열린다. 나는 회의에 대비해 의자를 배치하는 일을 돕기로 했다. 그 일에 자원한 이유는 첫째, 남에게 도움이 되는 사람이고 싶어서이고 둘째, 다과를 제일 먼저 맛볼 수 있기 때문이다.

회의에서는 쿠퍼스 체이스의 새 개발지에 관한 대담을 나누게 될 거라고 했다. 이곳 사장인 이안 벤섬이 직접 설명에 나설 것이다. 나는 일기장에 솔직하게 쓸 생각이다. 내가 이안을 별로 좋아하지 않는다고 써도 이해해주기 바란다. 이안은 저 하고 싶은 대로 하게 두면 일을 다 망쳐버리는 부류다.

새 개발지와 관련해 사람들은 이미 술렁이고 있었다. 공사를 시작하게 되면 나무들을 죄다 베어버리고 묘지를 파헤치게 될 것이며 풍력 발전용 터빈을 설치한다는 얘기도 돌았다. 론은 회의 때 쓴소리를 해야겠다고 벼르는 중이고, 나는 론을 지켜볼 작정이다.

지금부터 매일 일기를 쓰려고 한다. 그리고 매일 무슨 일이든 일어나기를 기도해야지.

5장

죽느냐 죽이느냐

턴브리지웰스구(區)의 웨이트로즈 마트에는 카페가 하나 있다. 이안 벤섬은 카페 앞에 딱 한 자리 남은 장애인용 주차 구역에 레인지로버를 세운다. 장애인이라서가 아니라 거기가 출입구와 제일 가까운 자리여서다.

카페 안으로 들어가자 창가 자리에 앉은 보그단이 보인다. 이안은 보그단에게 4,000파운드를 지불해야 했지만 폴란드인 보그단이 이 나라에서 추방되는 날이 오길 고대하며 차일피일 지불을 미뤄오던 참이다. 하지만 지금까지 그런 행운은 따라주지 않았다. 뭐, 이제 보그단에게 제대로 된 일거리를 던져주면 문제는 해결될 것이다. 이안은 보그단에게 손을 흔들고는 카페 카운터로 향한다. 커피를 주문하려고 칠판에 적힌 메뉴를 훑어본다.

"이 집 커피는 전부 공정 무역 커피인가?"

젊은 여직원이 미소를 지으며 대답한다.

"예, 전부 공정 무역 커피입니다."

"제길." 그는 가볼 일도 없는 나라의, 만날 일도 없는 사람을 돕기 위해 15펜스를 추가로 내고 싶은 의향이 추호도 없다. "차 한 잔 줘요. 아몬드 밀크 티로."

보그단은 딱히 근심거리 축에도 못 낀다. 피치 못할 상황이면 보그단에게 대금을 지불해버리면 그만이다. 이안의 제일 큰 걱정은 토니 커런에게 죽임을 당하지 않을까 하는 점이다.

차를 받아 든 이안은 보그단이 앉은 자리로 걸어가면서, 주변에 60세가 넘어 보이는 사람이 있는지 훑어본다. 60세가 넘고 돈깨나 있어 보이는 사람? 실버타운에 들이면 최소 10년은 뽑아 먹을 수 있을 것이다. 실버타운 안내 책자라도 가져올 걸 그랬다.

토니 커런 문제는 나중에 처리하고, 지금은 일단 보그단 문제를 해결해야 한다. 다행히 보그단은 그를 죽일 뜻은 없어 보인다. 이안은 자리에 앉으며 묻는다.

"2,000파운드로 하는 게 어때, 보그단?"

보그단은 카페로 슬쩍 갖고 들어온 2리터짜리 릴트 음료수를 병째 마시고 있다.

"4,000파운드 주세요. 수영장 타일을 다시 깔았는데 그 정도면 싸게 부른 겁니다. 아시잖아요?"

"네가 일을 잘했으면 싼 거겠지, 보그단. 타일 사이 회반죽이 변색됐어. 이거 봐. 내가 코랄 화이트색으로 해 달랬잖아."

이안은 휴대폰을 꺼내 카메라 앨범에서 새 수영장을 찍은 사진을 찾아 내민다.

"아니, 그건 필터를 끼운 사진이잖아요. 필터를 제거하고 봐야죠." 보그단이 버튼을 눌러 필터를 제거하자 사진이 즉시 밝아진다. "보세요, 코랄 화이트색 맞지."

이안은 고개를 끄덕인다. 뭐, 시도는 해봤으니 됐다. 때로는 대금을 다 지불하는 날도 있는 거지.

이안은 주머니에서 봉투를 꺼낸다.

"알았어, 보그단. 공정하게 하자. 여기 3,000파운드야. 됐지?"

보그단은 지친 표정이다.

"3,000파운드, 알았어요."

이안은 봉투를 넘겨주며 덧붙인다.

"친구 사이니까 200 까고 2,800파운드 넣었어. 그건 그렇고, 뭐 좀 물어볼 게 있어서 보자고 했어."

"말씀하세요."

보그단은 돈을 주머니에 집어넣는다.

"넌 똑똑한 녀석이잖아, 보그단?"

보그단은 어깨를 으쓱한다.

"그렇죠. 폴란드어도 유창하게 하고요."

"뭐든 해달라고 요청하면 일을 참 잘하더라고. 아주 잘. 그것도 싸게."

"고맙습니다."

"그래서 생각을 좀 해봤거든. 좀 더 큰 일거리를 맡아서 해볼 생각 있나?"

"있죠."

"지금까지보다 훨씬 큰 일거리인데."

"당연히 있죠. 크든 작든 어차피 일하는 건 똑같아요. 덩어리만 크지."

"역시 훌륭한 청년이야." 이안은 차를 마저 마시고는 계속해서 말한다. "토니 커런을 해고할 생각이거든. 그래서 토니 대신 내 밑에서 일할 사람이 필요해. 생각 있나?"

보그단은 나지막하게 휘파람을 불었다.

"부담스러워?"

보그단은 고개를 젓는다.

"아뇨, 저야 크게 부담일 건 없죠. 할 수 있는 일이니까. 다만 토니를 해고하시면 토니가 사장님을 죽일 텐데요."

이안은 고개를 끄덕인다.

"알아. 그건 내가 걱정할 일이니 넌 신경 꺼. 내일부터 그 일은 네가 맡아."

"사장님이 살아계시면요."

이제 가야 할 시간이다. 이안은 보그단과 악수를 하면서 토니 커런에게 나쁜 소식을 전하기로 마음을 굳힌다.

쿠퍼스 체이스에서 오늘 협의회가 열릴 예정이다. 가서 노인네들이 하는 말을 들어줘야 한다. 넥타이를 착용하고 그들을 만나 예의바르게 고개를 끄덕이고 친근하게 이름도 불러줘야 한다. 사람들은 그런 대접에 끔빽 죽는다. 이안은 토니를 그 자리에 불렀다. 그래야 회의가 끝나고 바로 해고할 수 있으니까. 목격자들이 다 보는 앞에서.

그 자리에서 토니가 그를 죽일 확률은 10퍼센트쯤 되지 않을까. 그럼 죽이지 않을 확률은 90퍼센트다. 이 일로 벌어들일 돈을 생각하면 충분히 감수할 만하다. 위험을 감수해야 보상도 따르는 법이지.

밖으로 나가자 삐이삐이 소리가 들린다. 사륜 전동차를 탄 장애인 여자가 그의 레인지로버를 지팡이로 가리키며 성질을 내고 있다.

'내가 먼저 왔잖아, 이 여자야.'

이안은 속으로 이렇게 말하며 차에 오른다. 사람들은 대체 왜 저 모양일까?

동기 부여를 위한 오디오북 『죽이거나 죽임을 당하거나-전쟁터 같은 중역회의실의 교훈 활용하기』를 들으며 차를 몰고 간다. 이스라엘 특수 부대에 몸담고 있는 누군가가 쓴 책이라는데, 턴브리지웰스구의 버진 액티브 헬스클럽에서 일하는 개인 트레이너가 추천해줬다. 그 개인 트레이너가 이스라엘 사람인지는 모르겠는데 생김은 그쪽이나 그 근방 출신 같기도 하다.

한낮의 강렬한 태양 빛은 불법 썬팅을 한 레인지로버 차창을 뚫지 못한다. 토니 커런에 대한 생각이 다시 그의 머릿속을 어지럽힌다. 이안과 토니는 수년간 죽이 잘 맞았다. 이안이 낡아빠지고 오래된 큰 집을 사들이면 토니는 그 집을 비우고 칸칸이 나누고 경사로와 난간을 만들어 요양원을 만드는 식이었다. 요양원 사업이 꽤 잘돼서 이안은 한 재산 모았다. 그중 몇 개는 계속 보유하고 몇 개는 팔았으며 몇 개 더 사들이기도 했다.

레인지로버의 아이스박스에서 스무디를 꺼낸다. 이 아이스박스는 원래 장착돼 있던 게 아니라 파버샴 마을의 기계공이 글러브박스를 도금하면서 맞춤 제작해준 것이다. 이건 이안이 즐겨 먹는 스무디로 주재료는 라즈베리 한 통, 시금치 한 줌, 아이슬란드식 요거트(아이슬란드가 아니라 핀란드에서 제조된 거면 핀란드식), 스피룰리나, 휘트그래스, 아세로라 체리 가루, 클로렐라, 켈프, 아사이 추출물, 코코아 닙, 아연, 비트 진액, 치아시드, 망고 껍질, 생강이다. 그는 직접 고안해서 만든 이 스무디의 이름을 '간단 명료 음료'라고 지었다.

손목시계를 확인해본다. 10분 안에 쿠퍼스 체이스에 도착할 듯하다. 회의를 마칠 때쯤 토니에게 소식을 전해야겠다. 오늘 아침 이안은 인터넷에서 '방검 조끼'를 검색해봤는데, 당일 배송이 불가능한 것으로 나왔다. 아마존 프라임 서비스가 하는 짓이 이렇다. 그가 방검 조끼를 입고 강도짓이라도 하려는 줄 아는 모양이다.

뭐, 괜찮을 거다. 어쨌든 그 다음에는 보그단이 토니의 일을 대신하게 됐다는 기쁜 소식을 알려야지. 매끄럽게 일을 이어가야 하니까. 값도 더 싸게. 그게 중요한 포인트다.

이안은 제대로 돈을 벌려면 부자들을 대상으로 해야 한다는 생각을 일찍부터 했다. 예전 사업에서는 고객이 죽으면 크게 손해를 봤다. 요양원 관리 문제도 있고, 새 고객을 찾아 빈 방에 들일 때까지 수익을 올리지 못했다. 무엇보다 최악인 부분은 가족들을 상대해야 한다는 점이었다. 부유한 고객일수록 대체로 수명이 길다. 또한 부유한 고객일수록 가족들이 찾아오는 횟수가 적은데, 가족들이 대개 런던이나 뉴욕, 산티아고 같은 곳에서 살기 때문이다. 그래서 이안은 상류층 시장을 노리며 회사명을 바꿨다. '가을의 해질녘 요양원' 회사에서 '독립적 생활을 위한 집' 회사로. 시설 수는 적지만 규모를 키우는 데 집중했다. 토니 커런은 공사 규모며 방식이 요양원 때와 달라졌는데도 눈 하나 깜짝 안 했다. 모르는 게 있어도 금방 배워나갔다. 전에 해본 적 없는 습식 욕실, 전자식 열쇠 카드, 공동 바비큐장 같은 시설을 만들고 적용하면서도 당황하지 않았다. 그런 토니를 자르려니 아쉬웠지만 어쩔 수 없었다.

이안은 목재로 된 버스 정류장을 오른쪽에 두고 우회전을 해서 쿠퍼스 체이스 입구 쪽으로 향한다. 늘 그렇듯 배달 차의 뒤를 따라 캐틀 그리드를 넘어간다. 꼼짝 없이 배달 차의 뒤에서 긴 진입로를 천천히 올라가야 한다. 가는 길에 경치를 둘러보던 그는 고개를 절레절레 젓는다. 라마 수가 너무 많다. 살다 보니 별꼴을 다 본다.

주차장에 차를 세우고 허가 번호 및 기간 만료일이 적힌 주차증이 앞유리 왼편에 제대로 눈에 잘 띄게 놓였는지 확인한다. 지난 수년간 이런저런 정부 기관과 부대끼며 온갖 곤경을 다 겪었는데 그를 진심으로 당황하게 만든 기관은 딱 두 곳이었다. 러시아 수입 관세 조사국과 쿠퍼스 체이스 주차 위원회. 그만한 가치는 있었다. 예전에도 돈을 많이 벌긴 했지만 쿠퍼스 체이스는 완전히 다른 차원이다. 이안과 토니는 둘 다 그 점을 잘 알고 있다. 쿠퍼스 체이스 사업으로 돈이 아주 폭포처럼 쏟아지고 있다. 그게 바로 오늘 문제가 된 원인이기도 하다.

쿠퍼스 체이스. 은퇴자 전용 주택 400가구를 지을 수 있도록 허락받은 12에이커 규모의 아름다운 시골 땅. 원래 그곳에는 텅 빈 수녀원 그리고 언덕에서 풀을 뜯으며 사는 누구 소유인지도 모를 양 떼밖에 없었다. 이안의 오랜 친구가 수년 전에 어느 신부한테서 그 땅을 사뒀는데 오해로 인해 빚어진 본국 송환을 피하기 위해 급히 현찰이 필요하게 됐다. 계산기를 두드려본 이안은 그 땅을 사들이면 꽤 이익을 보겠다 싶었다. 문제는 토니도 같은 계산을 했고 그 나름으로 돈을 벌 작정을 한 거였다. 결과적으로 현재 토니 커런은 쿠퍼스 체이스에 자기가 건설한 모든 시설의 25퍼센트 지분을 갖고 있다. 토니가 그에게 충성하는 사람이기도 하고, 지분을 주지 않으면 양팔을 부러뜨리겠다고 해서 이안은 어쩔 수 없이 그 조건을 받아들였다. 전에 그는 토니가 남의 팔을 부러뜨리는 모습을 본 적이 있었다. 그렇게 해서 그들은 지금까지 파트너로 일해왔다.

그런 관계도 이제 얼마 남지 않았다. 오래갈 수 없다는 걸 토니도 알고 있지 않았을까? 고급 아파트 건설을 위해 웃통 벗고 매직 FM 라디오 채널을 들으면서 토대를 파고 벽돌공에게 고함을 질러대는 일쯤은 누구나 할 수 있다. 쉬운 일이다. 하지만 나름의 비전을 갖고 고급 아파트 건설업자를 감독하는 일은 아무나 못 한다. 새로이 부동산 개발을 시작하게 됐으니 토니가 주제 파악을 하게 해주기에는 지금이 제일 적

기일 것이다.

용기가 났다. 어차피 죽느냐 죽이느냐다.

차에서 내린 그는 갑작스레 눈부신 햇살을 받자 눈을 깜박인다. 입 안에서 비트 진액의 뒷맛이 느껴진다. 비트 진액의 이런 뒷맛이 '간단 명료 음료'를 상품화하는 일에 걸림돌이 됐다. 비트 진액을 빼면 맛은 개선되는데 췌장 건강 유지에 핵심적인 성분이라 뺄 수가 없다.

선글라스를 쓴다. 자, 이제 사업을 하러 가볼까. 오늘은 죽지 않을 계 획이다.

6장

싸움꾼의 복귀

언제나 그렇듯 론 리치는 참지 않는다. 임대 계약서 사본을 손에 들고 능숙하게 삿대질을 한다. 그렇게 해야 남들 보기에 그럴 듯해 보인다. 하지만 삿대질하는 손가락은 달달 떨리고, 계약서 사본도 덩달아 흔들리는 게 느껴진다. 그는 떨리는 손가락을 감추려 계약서를 더 크게 흔들어댄다. 안타깝게도 그의 목소리는 예전처럼 힘이 없다.

"이게 사장님 본인이 한 말이잖습니까, 내가 아니라요, 벤섬 씨. '쿠퍼 체이스 홀딩 투자사는 현 입주민과의 협의하에 향후 이 부지에서 주거지를 추가로 개발할 권리를 갖는다.'"

론은 지금도 체구가 큰 편이니 젊은 시절에는 힘이 대단했을 것이다. 이제는 늙어서 들판에서 썩어가는 황소 코 모양 대형 트럭 같은 모양새가 됐지만 뼈대는 여전하다. 넙데데한 얼굴은 당장이라도 역정을 내거나 의심의 눈빛을 보내는 등 필요한 일은 다 해낼 것처럼 보인다. 도움이 된다면 뭐든 말이다.

"바로 그겁니다." 이안 벤섬은 마치 어린아이를 달래듯 말한다. "지금 우리가 하고 있는 게 협의잖습니까. 여러분은 입주민이시고요. 앞으로 20분 동안 여러분이 원하시는 대로 협의를 진행하려는 겁니다."

이안은 입주민 전용 라운지 앞쪽의 가대식 탁자 앞에 앉아 있다. 피부는 티크 나무처럼 갈색으로 그을렸고 표정은 느긋하다. 1980년대 카탈로그 모델 같은 머리 위에 선글라스를 얹었다. 값비싼 폴로셔츠를 입었고 벽시계인가 싶을 정도로 알이 커다란 손목시계를 찼다. 몸에서 좋은 냄새가 날 것 같이 생겼지만 내가 여러분이라면 가까이 가서 확인하고 싶지는 않을 것이다.

이안의 양옆에는 그보다 열다섯 살 어린 여자와 팔에 문신을 하고 민소매 조끼를 입은 남자가 앉아 있다. 그 사이에서 이안은 휴대폰 화면을 손으로 슥슥 문지르고 있는 중이다. 여자는 부동산 개발 전문 건축가이고 문신남은 토니 커런이다. 론은 여기서 살면서 커런을 계속 봐왔고 커런에 대한 소문도 익히 알고 있었다. 이브라힘은 론이 벤섬에게 삿대질을 하는 동안 둘 사이에 오가는 말을 전부 받아 적고 있는 중이다.

"그런 말에 안 속아 넘어갑니다, 벤섬 씨. 이건 협의가 아니라 기습이죠."

그러자 조이스가 끼어든다.

"계속해요, 론."

론은 안 그래도 말할 작정이었다.

"고마워요, 조이스. 벤섬 씨는 나무를 전부 베어버리고도 그곳을 '숲'이라고 부르고 있죠. 그래야 돈을 버니까. 잘난 컴퓨터로 사진도 싹 손질해서 환한 햇살에 보송보송한 구름, 연못에서 노니는 작은 오리들이 돋보이게 하고 말이죠. 컴퓨터로 어떤 사진이든 다 만들어 보여줄 수 있겠지만 우리가 원한 건 적당한 크기의 축적 모형이었어요. 모형 나무들과 작은 인형들로 된 거 말입니다."

청중들이 동의의 뜻으로 박수를 친다. 입주민 상당수가 축적 모형을 보고 싶어 했는데 이안 벤섬은 요즘은 그런 거 안 한다며 보여주질 않왔다. 론이 계속해서 말한다.

"그리고 벤섬 씨는 내가 고함을 못 지르게 하려고 일부러 여자 건축가를 선택했죠."

그러자 두 자리 떨어진 곳에 앉아 신문을 읽고 있던 엘리자베스가 토를 단다.

"지금도 고함을 지르고 계시잖아요, 론."

"내가 진짜 고함지르는 걸 못 봐서 그렇게 말하는 겁니다, 엘리자베스." 론은 떠나가라 소리를 지르며 말을 이었다. "내가 제대로 고함을 지르면 벤섬 씨도 바로 알아듣겠죠. 봐요. 토니 블레어처럼 차려입은 거. 벤섬 씨도 토니 블레어처럼 이라크인들에게 폭탄을 투하하려는 겁니까?"

이브라힘이 회의 내용을 충실히 받아 적고 있는 와중에 이만하면 멋진 표현을 썼다고 론은 생각한다.

예전 신문에 오르내리던 시절에 사람들은 론을 '빨갱이 론'이라고 불렀다. 당시에는 아무 데나 '빨갱이'란 말을 갖다 붙이던 시절이었다. 신문에는 "어제 밤늦게 양측의 회담 결렬돼" 같은 기사와 함께 론의 사진이 실리곤 했다. 노동 쟁의, 경찰서 유치장, 파업 방해, 블랙리스트, 해산, 태업, 연좌 농성, 불법 파업, 작업 중단 등에 잔뼈가 굵은 베테랑 론은 브리티시 리랜드사의 노동자들과 함께 모닥불을 피워놓고 손을 녹이며 투쟁을 했다. 부두 노동자들의 비참한 죽음도 목격했다. 언론 재벌 루퍼트 머독이 승리를 거두고 인쇄업자들이 무너지자 머독의 신문사가 위치한 와핑 지역에서 피켓 시위를 벌였다. 켄트 카운티의 광부들을 이끌고 A1 도로에서 시위를 주도했고 석탄 산업의 마지막 저항이 무너지면서 오그리브 탄광에서 체포됐다. 사실, 론처럼 불굴의 의지가 없는 사람이라면 스스로를 재수 없는 존재로 생각할 수도 있다. 하지만 결국 그런 입장이 되고 마는 것이 약자의 숙명이기에 론은 기꺼이 약자 입장에 섰다. 혹시라도 약자가 아닌 위치에 놓이게 되면 론은 어떻게든 몸부림치고 상황을 흔들어서 사람들에게 자신이 약자임을 인식시켰다. 론은 자신이 설파하는 내용대로 실천하며 사는 사람이었다. 도움이 필요한 사람, 크리스마스 때 쓸 돈이 더 필요한 사람, 법정에서 입을 정장이나 사무 변호사가 필요한 사람이 있으면 늘 조용히 도움을 주곤 했다. 어떤 이유에서든 챔피언의 힘을 필요로 하는 사람이 있으면 문신이 새겨진 론의 두 팔 안에서 늘 안전할 수 있었다.

그의 문신은 이제 색이 흐려졌고 두 손도 달달 떨리고 있지만 가슴 속은 여전히 열정으로 뜨겁게 타올랐다.

"이따위 계약서를 어디 쑤셔 박아야 되는지 알고는 있습니까, 벤섬 씨?"

"부디 깨우쳐주시죠."

론은 데이비드 캐머런(전 영국 총리. 재임 기간: 2010~2016)과 EU 탈퇴 여부에 관한 국민투표를 예로 들어가며 일장 연설을 하다가 맥락을 놓치고 만다. 이브라힘이 팔꿈치에 손을 올리며 기록을 중단한다. 론은 자기 역할은 여기까지라는 듯 고개를 끄덕이고는 자리에 앉는다. 총에 맞은 것처럼 무릎이 와들거린다.

기분은 좋다. 당분간일 테지만 손 떨림도 멈췄다. 그는 싸움판에 복귀했다. 역시 투쟁만 한 게 없다.

7장

묘지

매튜 매키 신부는 라운지 뒤쪽으로 조용히 들어간다. 웨스트햄 셔츠를 입은 몸집 큰 노인이 토니 블레어에 관해 악을 쓰고 있다. 바랐던 대로 회의 참석자들이 꽤 많다. 우드랜드 개발 반대에는 꽤 도움이 될 듯하다. 벡스힐 마을에서 기차를 타고 오는 동안 기차에서 뷔페 서비스를 못 받아 배고프던 참인데 비스킷을 보니 반갑다.

아무도 보지 않을 때 슬쩍 비스킷 한 줌을 집어 주머니에 넣고 뒷줄의 파란 플라스틱 의자에 가 앉는다. 몸에 딱 붙는 웨스트햄 축구팀 셔츠를 입은 노인이 기력이 다했는지 자리에 앉자 다른 참석자들 몇 명이 손을 든다. 신부는 여기까지 온 게 쓸데없는 짓이길 바랐지만, 나중에 후회하느니 확실하게 해두는 게 낫다 싶어 온 것이다. 신경이 곤두서고 초조해진다. 목의 로만 칼라(성직자의 신분을 나타내는 표시로 목에 두르는 희고 빳빳한 깃)를 매만지다가 눈처럼 하얀 백발의 헝클어진 부분을 손으로 쓸어 넘긴 뒤 비스킷을 꺼내려고 주머니에 손을 넣는다. 여기서 묘지에 관한 질문이 나오지 않으면 그가 직접 나서야 한다. 용기를 내자. 해야 할 일이 있음을 명심하자.

이 방에 있자니 기분이 정말 이상하다! 몸이 떨린다. 추위 때문이겠지.

8장

말다툼

회의가 끝났다. 론은 조이스와 함께 잔디 볼링장 옆에 앉아 얘기를 나누고 있다. 햇살 아래 차가운 맥주병이 반짝거린다. 러스킨 코트의 데니스 에드먼즈가 다가오자 론의 주의가 그리로 쏠린다. 외팔이인 데니스는 보석상으로 일하다 은퇴한 사람이다.

지금껏 한 번도 대화를 나눠본 적 없는 데니스는 오늘 협의 때 론이 중요한 핵심만 쏙쏙 뽑아서 잘 지적했다며 칭찬한다.

"정말이지 시사하는 바가 많았어요, 론. 생각해보는 계기가 됐네요."

론은 칭찬해줘서 고맙다고 말한 뒤 이런 경우 으레 뒤따르는 다음 반응을 기다린다. 아들과 함께한 자리면 십중팔구 나오게 마련인 반응이다.

"이쪽이 아드님이신가 보네." 데니스는 맥주병을 손에 든 제이슨 리치를 돌아보며 묻는다. "권투 챔피언!"

제이슨은 늘 그렇듯 예의 바르게 미소 지으며 고개를 끄덕인다. 데니스가 손을 내민다.

"데니스라고 합니다. 아버지 친구예요."

제이슨은 그의 손을 잡고 악수를 나눈다.

"제이슨입니다. 처음 뵙겠습니다, 데니스."

데니스는 한 박자 쉬며 제이슨이 대화를 이어가주길 기다리지만 별 반응이 없자 열정적으로 고개를 끄덕이며 인사한다.

"그럼, 만나서 반가웠어요. 엄청 팬입니다. 경기를 전부 챙겨봤어요. 조만간 또 만날 수 있겠죠?"

제이슨이 정중하게 고개를 끄덕이자 데니스는 론에게 이만 가보겠단 말을 하는 것도 잊고 천천히 그 자리를 떠난다. 론과 제이슨 부자는 워낙 이런 식으로 남에게 대화를 방해받는 것에 익숙하다. 그들은 조이스와 더불어 하던 얘기를 계속한다.

제이슨이 말한다.

"그 프로그램 이름이 〈가계도를 찾아서〉예요. 제작진이 가계도를 조사하고 저를 데리고 여기저기 다니면서 가족사에 관해 얘기를 해주는 거죠. 당신 증조할머니는 매춘부였다, 뭐 그런 식으로요."

"난 본 적 없어. 방송사가 어디냐, BBC?"

조이스가 대신 대답한다.

"ITV요. 진짜 재미있는 프로그램이에요, 론. 얼마 전에 봤는데, 그 배우가 나온 편 봤어요, 제이슨? 〈홀비 시티〉라는 드라마에서 의사로 나온 배우인데, 〈명탐정 포와로〉라는 드라마에도 나왔고."

"못 봤어요, 조이스 씨."

"엄청 재미있더군요. 알고 보니 그 배우의 할아버지가 연인을 살해한 걸로 밝혀졌지요. 동성 연인이었다네요. 그게 밝혀지니까 그 배우 표정이 참 볼만하더라고요. 아, 꼭 출연해요, 제이슨." 조이스는 손뼉을 치며 덧붙인다. "알고 보니 론에게 게이 할아버지가 있었을지도 모르잖아요. 재미있겠어요."

제이슨은 고개를 끄덕였다.

"제작진이 아버지하고도 얘기를 나누고 싶어 했어요. 카메라로 영상을 찍으면서요. 아버지가 출연 가능하신지 묻더라고요. 입도 뻥긋 안 하는 게 신상에 좋을 거라고 대답해줬죠."

론이 소리 내어 웃었다.

"〈스타와 함께 아이스댄스를〉이라는 프로그램에도 정말 출연할 거냐?"

"재미있을 것 같아서요."

"그래요, 나도 같은 생각이에요."

조이스는 이렇게 말하고는 남은 맥주를 마저 마신 뒤 한 병 더 따르고 손을 뻗는다.

론이 말한다.

"너무 이것저것 많이 하는 거 아니냐, 아들. 조이스가 너 〈마스터셰프〉에 출연한 거도 봤다던데."

제이슨은 어깨를 으쓱한다.

"맞아요, 아버지. 이제 그만 권투로 돌아가야죠."

조이스가 말한다.

"그 프로그램에서 제이슨이 마카롱을 한 번도 안 만들어봤다고 했잖아요. 믿기지가 않더라고요."

론은 남은 맥주를 쭉 들이켜고는 그 병으로 왼편을 슬쩍 가리키며 말한다.

"주차장에 있는 BMW 옆에 말이야, 제이슨. 아니 대놓고 쳐다보지는 말고. 그 사람이 내가 얘기한 벤섬 사장이다. 내가 오늘 혼 좀 내줬다. 그렇죠, 조이스?"

조이스가 맞장구를 쳤다.

"아주 정신없이 혼을 잘 내줬죠, 론."

제이슨은 의자 등받이에 등을 기대면서 스트레칭을 하는 척 왼쪽을 슬쩍 본다. 조이스는 의자를 약간 움직여 시야를 확보해준다.

론이 말한다.

"그래요, 티 안 나게 잘 해줬어요, 조이스. 그 옆에 있는 남자는 커런이라고 건축업자야, 제이슨. 마을에서 본 적 있지?"

"한두 번이요."

론은 다시 주차장 쪽을 흘끗 쳐다본다. 얘기를 나누는 벤섬과 커런 사이에 긴장감이 돌고 있다. 공격적이면서도 방어적인 모양새로 그러나 조심스럽게 손을 움직여대면서 빠르고 나지막하게 말을 뱉는 분위기다.

론이 묻는다.

"말다툼을 하는 것 같지 않아?"

제이슨은 맥주를 한 모금 마시고 주차장 쪽을 다시 휙 쳐다본다.

조이스도 평을 한다.

"데이트 하러 나와서 말다툼을 안 하는 척 싸우는 커플 같네요. 피자 익스프레스 매장 같은 데서 볼 법하죠."

"정확히 보셨네요, 조이스 씨."

제이슨은 맞장구를 치며 아버지를 다시 돌아보고는 맥주를 마저 마신다.

론이 말한다.

"이따 오후에 스누커(자신의 흰 공 한 개로 21개의 공을 쳐서 포켓에 집어넣는 당구) 한 판 칠래? 급히 가야 되나?"

"저도 같이 당구를 치고 싶은데 볼일이 좀 있어요."

"내가 도와줄 수 있는 일이냐?"

제이슨은 고개를 젓는다.

"지루한 일이에요. 오래 안 걸려요." 제이슨은 의자에서 일어나 몸을 쭉 편다. "오늘 기자한테 전화받은 거 없으시죠?"

"전화 올 일이 있어? 무슨 일인데?"

"그게 아니라, 기자들 속성 아시잖아요. 전화나 편지 없었죠?"

"문 개폐형 욕조를 광고하는 카탈로그는 받았다만. 왜 그런 걸 묻는 건데?"

"그냥요. 늘 뭐든 캐내려고 그러잖아요."

그러자 조이스가 말한다.

"그것도 참 힘들겠어요!"

"그럼 또 뵐게요, 두 분. 술에 취해 다 때려 부수지 마시고요."

제이슨이 자리에서 일어선다. 조이스는 해를 향해 얼굴을 들며 눈을 감는다.

"아, 정말 좋지 않아요, 론? 내가 맥주를 좋아하는 줄 처음 알았어요. 일흔 살에 죽었으면, 이 맛을 영영 몰랐겠죠."

"그걸 축하하는 의미로 건배합시다, 조이스." 론은 맥주병을 비우며 묻는다. "제이슨이 무슨 일 때문에 아까 그런 말을 한 것 같아요?"

"여자 문제겠죠. 사람 사는 게 다 그렇잖아요."

론은 고개를 끄덕인다.

"그러게요."

론은 저만치 멀어지는 아들의 뒷모습을 바라본다. 걱정스럽다. 하지만 제이슨이 링에 있을 때나 링 밖에 있을 때나 론이 걱정하지 않은 날은 하루도 없었다.

9장

앞으로의 계획

협의가 잘됐다. 숲에 관해서는 더 이상 걱정 안 해도 되겠다. 문제 해결이다. 협의 때 떠들어대던 할아버지는 어쩌냐고? 그런 부류는 전에도 늘 있었다. 떠들든 말든이다. 라운지 뒤쪽에 신부 하나가 앉아 있던데. 뭐 하러 왔을까? 아마 묘지 때문이겠지만 문제될 건 없다. 허가를 다 받아놨으니까. 막을 테면 막아보라지.

토니 커런을 자르는 문제는? 토니는 기분 나빠했지만 죽이겠다고 달려들진 않았다. 이안 승.

이안 벤섬은 앞으로 어떻게 할지 다 생각해뒀다. 숲을 싸악 정리하고 나면 '힐크레스트' 개발을 위한 최종 단계에 돌입할 것이다. 쿠퍼스 체이스를 나서서 거친 흙길을 따라 5분 정도 차를 몰고 언덕을 올라간 이안은 캐런 플레이페어의 집 넓은 주방에 자리를 잡고 앉는다. 이 여자의 아버지 고든 플레이페어는 쿠퍼스 체이스에 인접한 이 언덕배기에 농장을 소유하고 있다. 그런데 농장을 팔 의향이 전혀 없는 듯하다. 뭐, 상관없다. 다 방법이 있으니까.

캐런이 말한다.

"달라진 게 없어서 어쩌죠, 이안. 아버지가 농장을 안 파신대요. 그렇다고 강요할 수도 없고요."

"그렇군요. 돈을 좀 더 드리죠."

"아뇨, 그게…… 짐작하시겠지만…… 아버지가 사장님을 별로 안 좋아하시는 것 같아요."

고든 플레이페어는 이안 벤섬을 한 번 쓱 쳐다보고는 위층으로 올라가버린다. 잠시 후 위층에서 쿵쿵대며 걸어 다니는 소리가 들리는 걸 보니 고든이 못마땅한 속내를 드러내고 있는 모양이다. 그래서 뭐? 일을 하다 보면 그를 좋아하지 않는 사람들도 종종 만난다. 이유를 딱히 분석해본 적은 없다. 지난 수년 동안 그는 그냥 감수하며 사는 방법을 터득했다. 좋아하고 말고는 어차피 그들이 안고 갈 문제니까. 고든 플레이페어는 그냥 이안을 좋아하지 않는 여러 사람들 중 하나일 뿐이다.

"어떻게든 설득해서 방법을 찾아볼게요. 그렇게 하는 게 모두에게 좋겠죠."

캐런 플레이페어는 그의 말에 넘어왔다. 아버지에게 농장을 팔도록 설득하면 그녀에게 떨어지는 돈이 얼마인지 그는 그동안 누누이 말해왔다. 캐런의 언니 부부는 브라이턴시에서 유기농 건포도 사업을 한다. 이안은 언니 부부에게 먼저 접근해 부친 설득을 부탁했지만 잘되지 않았다. 캐런을 설득하는 편이 승산이 높았다. 캐런은 이 농장에 딸린 작은 오두막에서 혼자 살고 인터넷 기업에서 일한다. 인터넷 기업에 다니는 건 얼굴만 봐도 알 수 있다. 화장을 한다고 했는데 어디를 강조했는지 눈 씻고 봐도 알 수 없을 만큼 옅은 화장이다.

캐런은 언제부터 인생 즐기는 걸 포기하고 운동화에 길고 헐렁한 점퍼나 걸치고 다니기 시작했을까. 인터넷 기업에 다니니 인터넷으로 '보톡스' 정도는 검색을 해봤을 텐데. 딱 봐도 나이가 쉰 살쯤 돼 보인다. 그 나이면 이안과 동갑이다. 그 나이 여자는 관리를 해야 되지 않나.

이안은 데이트 앱을 여러 개 깔아놓고 쓰는데 데이트 상대의 나이 상한선을 25살로 설정해뒀다. 데이트 앱은 꽤 유용하다. 이런 앱이 없으면 요즘 어디 가서 본인이 원하는 종류의 여자를 만날까. 그는 여유 시간이 적고 할 일은 많은 사람이라 상대에게 온전히 집중하고 헌신하기 어려운 처지임을 알아주길 바란다. 하지만 겪어본 바로 스물다섯 살이 넘은 여자들은 그런 걸 이해해주지 않는다. 대체 왜들 그럴까. 누군가 캐런 플레이페어와 데이트를 할 마음을 먹었다가도 잘 이어지지 못했다면 그 이유는 무엇일까. 대화가 잘 안 돼서? 대화거리는 어차피 곧 떨어지게 마련 아닌가? 이안이 이 집 땅을 사주면 캐런은 부자가 될 것이다. 그렇게 되는 게 이 여자에게도 도움이 되겠지.

힐크레스트 실버타운은 이안의 인생을 바꿔줄 것이다. 쿠퍼스 체이스 실버타운보다 두 배는 큰 규모가 될 테니 이익도 두 배는 더 나겠지. 그 수익은 토니 커런과 나눌 필요도 없다. 그 일을 위해 2주일가량 오십 먹은 여자의 비위를 맞춰야 한다면 해야지 어쩔 수 있나.

이안은 데이트 때 수차례 시도해본 끝에 쓸 만하다고 판명된 나름의 비결을 갖고 있다. 그의 집 수영장 사진을 보여준 다음 〈켄트 투나잇〉 뉴스에 출연해 인터뷰한 영상으로 젊은 여자들에게 깊은 인상을 주는 것이다. 혹시 몰라서 그는 캐런에게 일단 그의 집 수영장 사진을 보여줬다. 그런데 이 여자는 공손하게 미소 지으며 고개만 끄덕일 뿐이다. 이러니 싱글이지.

그래도 이 여자와 거래는 해볼 만할 것 같다. 이 거래의 장점과 난관을 잘 알고 있는 여자니까. 그들은 악수를 나누면서 앞으로의 행동 계획에 대해 간단히 얘기하는 것으로 대화를 마무리한다. 캐런의 손을 잡고 흔들면서 이안은 손에 한 번씩 핸드크림을 바르면 어디가 덧나냐는 생각을 한다. 쉰 살인데! 이런 생각까지 하게 하다니 심한 거 아닌가.

그의 인생에서 유일하게 스물다섯 살이 넘는 여자는 아내뿐이라는 생각이 불현듯 머리를 스친다.

이만 가봐야겠다. 할 일이 많다.

10장

기습

마음을 정한 토니 커런은 뜨끈하게 달궈진 그의 집 진입로에 BMW X7을 세운다. 뒤뜰 플라타너스 나무 밑에 권총이 묻혀 있다. 너도밤나무 밑이었나? 어쨌든 둘 중 하나다. 좋은 차를 한 잔 마시면서 찬찬히 생각해보자. 삽을 어디 뒀는지도 떠올려야겠지.

이안 벤섬을 죽여야겠다. 그렇게 정했다. 솔직히 이안도 일이 이렇게 될 줄 알고 있지 않을까? 멋대로 구는 것도 정도가 있지 이 정도면 아무리 차분하고 이성적인 사람이라도 빡치지 않겠는가.

그는 광고에 나오는 노래를 휘파람으로 불며 집 안으로 들어간다.

18개월 전에 그는 이 집에 이사 왔다. 쿠퍼스 체이스에서 나온 첫 수익으로 구입한 것으로 그가 늘 꿈꿔오던 종류의 집이었다. 열심히 일하면서 올바른 선택을 하고 매사를 꼼꼼히 챙기며 재능을 발휘한 끝에 얻은 집. 벽돌과 유리, 강화 호두나무로 지어 올린 이 집은 그의 삶의 기념비나 다름없었다.

집으로 들어간 토니는 경보 장치부터 끈다. 벤섬은 지난주부터 자기 패거리를 일에 끌어 들였다. 폴란드 놈이랑 그 패거리. 요즘은 다 그런 놈들을 쓴다. 토니는 세 번 만에 네 자리 숫자로 된 암호를 제대로 입력한다. 신기록이다.

토니는 늘 보안을 중요하게 여긴다. 그가 수년간 운영해온 건축 회사는 마약 밀매 사업을 감추기 위한 연막일 뿐이다. 소득을 증빙하고 부정한 돈을 세탁하기 위한 방편인 것이다. 처음엔 작게 시작했는데 마약 밀매 규모가 점점 커지면서 시간도 더 많이 들어가고 돈도 점점 더 들어가고 있다. 젊은 시절의 자신을 만나 나중에 이렇게 멋진 집에서 살게 될 거라고 말해줘도 아마 별로 놀라지 않을 것이다. 하지만 불법적으로 벌어들인 돈으로 이런 집을 사게 될 거라고 하면 그 자리에서 쓰러지지 않을까.

아내 데비는 아직 집에 오지 않았다. 잘됐다. 전체적으로 생각을 해보면서 집중할 수 있을 듯하다.

이안 벤섬과의 말다툼을 머릿속에 떠올리자 분노가 다시 치솟는다.

나를 우드랜드 사업에서 배제하겠다고? 그걸 그런 식으로 말해? 차가 있는 주차장까지 같이 걸어가면서 그렇게 지껄여? 이안은 토니가 주먹을 휘두를까봐 일부러 남들 다 보는 밖에서 그런 말을 꺼냈을 것이다. 토니는 그 자리에서 이안의 뺨을 후려치고 싶었다. 예전 같으면 그랬을 것이다. 하지만 꾹 참고 그 자리에서 조용히 점잖게 약간 말을 주고받았다. 덕분에 남들 눈에 띄지 않았으니 잘된 일이다. 벤섬이 시체로 발견돼도 토니 커런과 이안 벤섬이 팽팽히 맞서 싸우더라는 증언을 할 사람은 없을 테니까. 깔끔하게 정리되는 거다.

바 스툴에 앉은 토니는 널찍한 주방의 아일랜드장까지 스툴을 쭉 끌고 간 다음, 서랍을 연다. 계획을 종이에 쓰고 싶어서다.

그는 운이 아니라 노력의 가치를 믿는다. 준비를 못 하면 실패하고 만다. 예전에 토니를 가르친 영어 선생이 한 말인데 토니는 그 말을 절대 잊지 않는다. 그다음 해에 풋볼 때문에 싸우고 나서 그 선생의 차에 불을 질렀지만 토니는 여전히 그 선생의 말을 가슴 속 깊이 새겨두고 있다. 준비를 못 하면 실패하고 만다.

서랍 안을 보니 종이가 없다. 그냥 머릿속으로 계획을 짜야겠다.

오늘밤에 딱히 해야 할 일은 없다. 당분간은 세상이 이대로 흘러가도록 둬야겠다. 새들이 정원에서 지저귀게 내버려두듯이, 벤섬도 자기가 이긴 걸로 착각하게 두어야지. 그리고 나서 기습을 하는 거다. 왜 사람들은 자꾸 내 성미를 건드릴까? 그렇게 해서 좋은 끝을 본 사람이 있나?

그때 무슨 소리가 들린 것 같다. 인식은 했지만 너무 늦고 말았다. 소리가 들린 쪽으로 고개를 돌리자마자 스패너가 얼굴로 날아온다. 큼직한 구식 스패너다. 피할 새도 없다. 날아오는 걸 알아챈 순간 맞고 말았다. 항상 이길 수는 없어, 토니. 그게 공정하지. 공정하고말고.

왼쪽 관자놀이를 강타당한 토니는 대리석 바닥에 쓰러지고 만다. 정원의 새들은 잠깐 지저귐을 멈췄다가 얼마 후부터 다시 명랑한 노래를 계속한다. 새들이 플라타너스 나무의 높은 가지에 앉아 있을까? 아니면 너도밤나무?

살인자는 주방 조리대에 사진 한 장을 내려놓는다. 토니 커런의 피가 호두나무로 만든 주방 아일랜드장 주변에 해자(성 주위에 둘러 판 못)처럼 고이기 시작한다.

11장

진짜 살인

쿠퍼스 체이스의 아침은 언제나 일찌감치 시작된다. 여우들이 야간 순찰을 마치고 새들이 점호를 시작할 때쯤, 첫 물주전자 끓는 소리와 함께 커튼 쳐진 유리창 너머에서 희미한 램프 불빛이 보이기 시작한다. 이윽고 관절들이 삐걱대며 살아난다.

아침 일찍 일어나 토스트 한 조각 집어 먹고 출근하러 가기 위해 전철에 몸을 싣는 사람, 혹은 점심 도시락을 싸놓고 아이들을 깨워야 하는 사람은 이곳에 없지만 그래도 할 일이 한두 가지가 아니다. 수년 전까지만 해도 이곳 주민들 역시 할 일이 산더미인데 시간이 없어서 어쩔 수 없이 일찌감치 일어나야 했다. 지금도 그들은 여전히 일찍 일어나지만 이유는 달라졌다. 할 일은 많은 데 남은 나날이 많지 않아서다.

이브라힘은 언제나 아침 6시에 일어난다. 하지만 수영장 문은 입주민의 건강과 안전을 위한다는 이유로 7시는 되어야 열린다. 이브라힘은 관리자의 감독 없이 수영을 하다가 익사할 가능성이 규칙적인 운동을 못 해서 심혈관 질환이나 호흡기 질환, 순환기계 질환으로 죽을 가능성보다 낮다며 항의했지만 소용없었다. 그는 수영장을 밤새 닫아놓는 것보다 24시간 열어놓는 것이 입주민의 안전에 31.7퍼센트 더 기여한다는 알고리즘까지 산출해 보여줬지만 여가 및 레크리에이션 시설

위원회는 요지부동이었다. 그래도 이브라힘은 위원들이 온갖 지침들 때문에 옴짝달싹 못 하는 처지임을 알고는 뒤끝 없이 물러섰다. 알고리즘 자료는 나중에 필요할 경우에 대비해 깔끔하게 파일에 넣어두었다. 그것 말고도 할 일이 많았다.

엘리자베스가 민트 티를 마시며 말한다.

"당신이 해줘야 할 일이 있어요, 이브라힘. 론이랑 둘이서 같이 하되 당신이 책임지고 해줬으면 해요."

이브라힘은 고개를 끄덕이며 대답한다.

"현명한 결정인 것 같군요."

어젯밤 엘리자베스는 이브라힘에게 전화를 걸어 토니 커런에 대한 소식을 전했다. 엘리자베스는 그 소식을 론에게 들었고, 론은 제이슨한테서 들었으며, 제이슨은 출처를 공개할 수 없는 이를 통해 들었다고 했다. 머리를 둔기에 맞아 주방에 죽어 있는 토니 커런의 시신을 토니의 아내가 발견했다는 내용이었다.

원래 이 시간쯤에 이브라힘은 오래된 상담 사례를 살펴보곤 했다. 때로는 새로운 상담 자료를 볼 때도 있었다. 요즘도 몇몇 고객이 그를 찾는다. 필요에 따라 그들은 쿠퍼스 체이스까지 찾아와, 범선 그림 아래 놓인 낡은 의자에 앉아 속내를 털어놓는다. 범선 그림과 낡은 의자는 모두 40년째 이브라힘의 곁을 지키고 있다. 어제도 이브라힘은 오랜 고객이 남긴 편지를 읽으며 시간을 보냈다. 고딜밍시 출신으로 미드랜드 은행 지점장을 지낸 그 고객은 떠돌이 개들을 입양해 키우며 살았는데 어느 해 크리스마스에 스스로 목숨을 끊었다. 해가 뜨자마자 엘리자베스가 집으로 찾아왔으니 오늘 아침에는 전처럼 편안한 시간을 못 보내겠구나 싶었다. 하지만 틀에 박힌 일상에 생겨난 균열이 삶에 좋은 자극이 될 수도 있다.

엘리자베스가 말한다.

"당신이 고위 경찰관에게 거짓말을 해줬으면 해요. 믿고 맡겨도 되겠죠?"

"언제는 날 못 믿었습니까, 엘리자베스? 내가 실망시킨 적 있어요?"

"한 번도 없죠, 이브라힘. 내가 그래서 당신을 곁에 두잖아요. 게다가 당신은 차도 맛있게 잘 끓이죠."

이브라힘은 자신이 믿을 만한 사람임을 잘 알고 있었다. 그는 오랜 세월 여러 인생을 살렸고 영혼을 구제했다. 워낙 그런 일을 잘했기 때문에 지금도 오래전에 은퇴한 여든 살의 정신과 의사인 그를 만나러 여기까지 찾아오는 고객이 있는 것이다. 낡은 공중전화 박스와 농가 매장 앞을 지나, 다리를 지나자마자 우회전을 하고, 나무로 된 버스 정류장 앞에서 좌회전을 해가면서 말이다.

그도 때로는 실패할 때가 있었다. 이 세상에 그렇지 않은 사람도 있을까? 이브라힘이 요즘도 이른 아침마다 펼쳐 보는 파일에 바로 그런 환자들의 기록이 담겨 있다. 낡은 의자에 앉아 울고 또 울며 상담을 받았지만 끝내 구제받지 못한 은행 지점장도 그중 하나다.

오늘 아침에는 일의 우선순위가 바뀌고 말았다. 목요일 살인 클럽이 실제 사건을 다루게 되었기 때문이다. 하도 오래되어 잉크가 번지고 누렇게 변색된 서류 속 사건이 아니라 현재 일어난 사건. 진짜 시체가 있고 진짜 살인자가 돌아다니는 진짜 사건.

오늘 아침에 이브라힘은 꼭 필요한 사람이다. 이는 그가 추구하는 삶의 방향이기도 하다.

12장

호기심

도나 드 프레이타스 순경은 사건 수사본부가 차려진 방으로 차가 담긴 쟁반을 들고 들어간다. 토니 뭐시기라는 동네 건축업자가 살해당했는데, 방에 모인 팀의 인원수를 보아하니 꽤 큰 사건인 듯하다. 궁금하다. 차를 들고 들어가 천천히 시간을 끌다 보면 알아낼 수 있지 않을까.

크리스 허드슨 경감이 팀원들에게 설명하고 있다. 크리스는 언제 봐도 사람이 참 좋다. 언젠가 뒤따라온 도나를 위해 쌍여닫이문을 잡아준 적도 있는데 그러고도 무슨 시혜를 베푼 양 굴지 않았다.

"구내에 CCTV 카메라가 여러 대 있어. 토니 커런이 오후 2시경에 쿠퍼스 체이스를 떠나는 영상부터 확보해. 피해자의 핏빗 스마트 밴드로 판단컨대 사망 시각은 오후 3시 32분이야. 시간 간격이 짧으니까 확인해보자고."

책상 위에 차 쟁반을 내려놓은 도나는 허리를 굽히고 신발 끈을 묶는 시늉을 하며 귀를 바짝 기울인다. 쿠퍼스 체이스에 대한 얘기가 나오자 흥미가 솟는다.

"커런의 집에서 남쪽으로 400미터, 북쪽으로 800미터 떨어진 곳을 지나는 A214 도로에도 카메라가 있어. 그 영상도 확보해. 시간대는 알고들 있지."

크리스는 멈칫하더니 도나 드 프레이타스가 웅크리고 있는 곳을 쳐다보며 묻는다.

"무슨 문제 있나, 순경?"

도나는 허리를 펴고 일어나 앉는다.

"예, 경감님. 신발 끈을 묶느라고요. 차 쟁반을 들고 나가다가 발이 걸려 넘어질까봐요."

"현명한 처신이군. 차는 잘 마실게. 그만 나가봐."

"감사합니다, 경감님."

도나는 문 쪽으로 향한다.

형사과 소속인 크리스 허드슨 경감은 도나의 신발에 끈이 없다는 사실을 이미 알아챘을지 모른다. 그래도 업무에 건전한 호기심을 보이는 젊은 순경을 나무라지는 않겠지?

문을 열고 나가면서 도나는 크리스의 다음 말을 귀에 담는다.

"다른 증거를 확보하기 전까지는 살인자가 시신 옆에 남겨둔 사진이 제일 큰 단서야. 잘 보도록."

도나는 참지 못하고 고개를 돌려 보고 만다. 벽에 오래된 사진이 투사돼 있다. 세 남자가 술집에서 웃으며 술을 마시는 사진이다. 그들이 둘러앉은 테이블에 지폐가 한가득하다. 잠깐 봤을 뿐이지만 도나는 그중 한 명을 바로 알아본다.

도나가 형사과의 일원이면 상황이 크게 달라지지 않을까. 엄청 달라지겠지. 초등학교를 방문해 아이들의 자전거에 은현잉크(가열하거나 적당한 화학 약품으로 처리해야 쓰인 글씨를 읽을 수 있는 잉크)로 일련번호를 적는 일 따위는 이제 그만하고 싶다. 동네 가게 주인들에게 쓰레기통에 쓰레기를 넘치도록 쑤셔 넣는 건 범죄라고, 점잖은 말로 경고하는 일도 그만 좀 하고 싶다…….

"순경?"

크리스의 목소리에 도나의 머릿속에서 꼬리에 꼬리를 물던 생각의 고리가 끊어진다. 도나는 사진에서 눈을 떼고 크리스를 바라본다. 크리스는 확고하면서도 친절하게 그만 나가보라고 손짓한다. 도나는 미소를 지으며 고개를 끄덕인다.

"잠깐 딴생각을 하느라고요. 죄송합니다, 경감님."

도나는 문을 열고 복도로, 다시 지루한 일상의 업무로 복귀한다. 그래도 문이 닫히는 순간까지, 안에서 들려오는 단어에 귀를 쫑긋 세운다.

"이 세 남자가 누군지는 우리가 확실히 알고 있으니, 한 명씩 데려오도록 하지."

문이 딸깍 닫히고, 도나는 한숨을 푹 쉰다.

13장

대기

아침부터 일기를 쓰는 것에 대해 용서해주기 바란다. 토니 커런이 죽었다.

토니 커런은 이 실버타운을 만든 건축업자다. 내 집 벽난로의 벽돌도 토니가 쌓아 올렸을까? 또 모르는 거 아닌가? 어쩌면 아닐 수도 있지만. 누군가를 시켜 그 일을 하게 했을 수도 있으려나? 회반죽을 바르는 일이라든지 여러 가지 작업들도 마찬가지겠지. 그냥 작업 전반을 감독만 했을 수도 있다. 그래도 그의 지문이 이 집 어딘가에 찍혀 있을 수도 있다고 생각하니 괜히 오싹해진다.

어젯밤 엘리자베스가 전화로 소식을 전해주었다. 엘리자베스가 숨넘어가게 헐떡거리며 얘기를 전해줬다고 적고 싶지는 않지만, 솔직히 말하면 거의 그 정도였다.

토니 커런이 맞아 죽었다는데, 범인이 한 명인지 여러 명인지는 알수가 없단다. 나는 론, 제이슨과 함께 있을 때 토니 커런과 이안 벤섬이 말다툼을 하는 걸 봤다는 얘기를 엘리자베스에게 해주었다. 엘리자베스는 이미 알고 있다고 했다. 나한테 전화하기 전에 론과 먼저 통화를 한 모양이었다. 그래도 내가 의견을 펼치는 동안 엘리자베스는 예의 바르게 들어주었다. 지금 메모를 하고 있냐고 묻자 엘리자베스는 머릿속에 기억해두겠다고 했다.

어쨌든 엘리자베스는 나름의 계획을 세워둔 듯하다. 그녀는 오늘 아침에 이브라힘을 만나러 갈 거라고 했다.

혹시 도울 일이 있겠냐고 묻자 엘리자베스는 있다고 했다. 어떻게 도우면 되냐고 물었더니 일단 침착하게 기다리고 있으면 곧 알려주겠다고 했다.

그럼 일단 가만히 앉아서 지시를 기다리면 되는 건가? 이따가 미니버스를 타고 페어헤이븐에 갈 생각이다. 혹시 모르니 휴대폰을 잘 켜둬야겠다.

나도 이제 휴대폰을 항상 잘 켜둬야 하는 사람이 되었구나.

14장

타당한 추정

"그럼 누가 토니 커런을 죽였을까? 어떻게 해야 놈을 잡지?" 엘리자베스가 묻는다. "범인이 남자인지 여자인지 모르니까 '놈이나 년'이라고 해야 하나. 아무래도 '놈'일 가능성이 높아. 어떤 여자가 사람을 패죽일 수 있겠어? 러시아 여자라면 또 몰라도."

이브라힘에게 그날 할 일을 알려주고 나서 엘리자베스는 곧장 이곳으로 건너와 늘 앉던 의자에 앉아 수다를 떨기 시작했다.

"토니 커런은 적이 있고도 남을 부류잖아. 민소매 조끼를 입고 다니고 큰 집에 사는 데다가 론보다도 몸에 문신이 많으니까. 경찰이 용의자 명단을 작성하면 우린 그 명단을 손에 넣어야 해. 그 전까지는 이안 벤섬이 토니 커런을 죽였는지 여부를 따져봐야겠지? 이안 벤섬 기억나지? 애프터 셰이브 로션 냄새를 팍팍 풍기고 다니는 남자 말이야. 벤섬이 커런이랑 말다툼을 벌였대. 론이 봤다더라고. 론이 워낙 이것저것잘 보고 다니잖아. 조이스 얘기로는 피자 익스프레스 매장에서 싸우는 커플 같았대. 어떤 분위기였는지 감이 딱 오더라."

엘리자베스는 요즘 조이스 얘기를 자주 한다. 굳이 안 그럴 이유도 없기는 하다.

"어디 타당한 추정을 한번 해볼까? 벤섬이 커런에게 감정이 좋지 않거나, 커런이 벤섬에게 감정이 좋지 않거나 둘 중 하나겠지? 어느 쪽인지는 크게 중요하진 않아. 그 둘이 만나서 뭔가 논의를 한 건데, 이상한 점은 남들 다 보는 데서 논의를 했다는 거야."

엘리자베스는 손목시계를 확인한다. 그녀는 시간에 대해 좀 예민한 편이다.

"협의회가 끝나고 난 직후였어. 벤섬은 커런에게 좋지 않은 소식을 전해야 했지. 하지만 커런의 반응이 겁나서 남들이 다 보는 데서 만나기로 한 거야. 그렇게 하면 커런이 함부로 분노를 터뜨리지 못할 테니까. 그런데 론이 보기에 벤섬의 그 작전은 '성공하지 못했다'고 하네. 론의 표현은 달랐지만 뜻은 그래."

침대 옆에는 작고 네모난 스펀지가 붙은 막대기가 놓여 있다. 엘리자베스는 그 스펀지를 물 항아리에 담았다가 페니의 건조한 입술을 적셔준다. 페니의 심장 모니터 장치가 내는 금속성의 뚜―뚜― 소리가 정적을 채운다.

"그 시나리오대로라면 벤섬은 어떻게 반응했을까, 페니? 악의를 가지고 커런을 마주했을까? 아니면 두 번째 계획으로 전환했을까? 커런을 따라 그의 집으로 갔을까? '나 좀 들어갈게. 얘기 좀 해. 아까는 내가 너무 성급했지?' 뭐 이렇게 말하면서. 그러다가 간단하게 퍽! 하고 머리를 치지 않았을까? 커런한테 죽임을 당하기 전에 선수 쳐서 커런을 죽인 게 아닐까?"

엘리자베스는 가방을 찾아 주변을 둘러본다. 두 손을 의자 팔걸이에 올리고 일어설 채비를 한다.

"그런데 왜 그랬을까? 자기도 그게 궁금할 거야. 그들의 재무 관계를 한번 알아봐야겠어. 돈의 흐름을 추적해봐야지. 나한테 신세 진 사람이

제네바에 있는데, 그 사람이 오늘 저녁까지 벤섬의 재무 기록을 보내주기로 했어. 재미있겠다, 그렇지? 모험이잖아. 우리는 경찰들은 못 하는 몇 가지 문제 해결 방법도 알고 있어. 경찰들은 우리가 도와주면 고마워할 거야. 오늘 아침에 내가 할 일도 바로 그런 거야."

엘리자베스는 의자에서 일어나 침대 옆으로 다가간다.

"이건 진짜 살인 사건이야, 페니. 토씨 하나 안 빼고 다 말해주겠다고 약속할게."

엘리자베스는 절친 페니의 이마에 입을 맞춘다. 침대 맞은편 의자 쪽으로 돌아서며 살짝 미소 짓는다.

"잘 지내죠, 존?"

페니의 남편이 책을 내려놓고 고개를 든다.

"뭐, 잘 아시면서."

"알죠. 무슨 일 있으면 언제든 연락해요, 존."

간호사들은 페니 그레이의 귀가 완전히 먹통이 됐다고 하지만 누가 장담할 수 있을까? 엘리자베스가 방에 있는 동안 존은 페니에게 한마디도 하지 않았다. 존은 매일 아침 7시에 윌로우스로 건너와 종일 머물다가 저녁 9시에 이곳을 떠나, 페니와 함께 살았던 집으로 돌아간다. 휴가 때 사 모은 자질구레한 장식들과 오래된 사진들, 페니와 50년 동안 공유해온 추억이 있는 집으로. 엘리자베스는 자신이 여기 없으면 존이 페니에게 줄곧 말을 건다는 사실도 알고 있다. 언제나 그렇듯 노크를 하고 방으로 들어설 때마다 엘리자베스는 페니의 손에 살짝 눌린 하얀 손자국이 남았다가 서서히 사라지는 것을 본다. 그동안 존이 페니의 손을 꼭 잡고 있다가 놓은 자국이다. 존의 손은 책으로 돌아가지만 펼쳐놓은 책은 언제나 같은 페이지다.

엘리자베스는 사랑하는 두 사람을 두고 방을 나선다.

15장

외출

나는 수요일마다 입주자용 미니버스를 타고 쇼핑을 하러 페어헤이븐으로 간다. 미니버스는 월요일마다 반대 방향으로 30분 거리에 있는 턴브리지웰스구로 가지만 나는 턴브리지웰스구보다는 페어헤이븐의 젊은 분위기가 좋다. 사람들의 옷차림을 구경하는 것도 재미나고 갈매기 소리를 듣는 것도 좋다. 운전기사의 이름은 칼리토다. 다들 스페인 사람으로 알고 있지만 몇 번 얘기를 나눠보니 포르투갈 사람이었다. 그래도 그는 크게 개의치 않는다.

해안 지역에 채식주의자를 위한 카페가 하나 있다. 몇 달 전에 발견한 카페인데 그 카페의 맛있는 민트 차와 아몬드 향 브라우니가 벌써부터 기대된다. 난 채식주의자도 아니고 앞으로도 채식주의자가 될 생각은 전혀 없지만 권장할 만은 하다고 생각한다. 인류가 육식을 멈추지 않으면 2050년에 심각한 기아 사태가 발생한다는 글을 읽은 적이 있다. 미안하지만 난 여든에 가까운 나이이니 내가 겪을 일은 아닐 것이다. 그래도 그 문제가 잘 해결되길 바란다. 언젠가 채식주의자인 내 딸 조애나를 데리고 그 카페에 가야겠다. 채식주의자를 위한 카페를 방문하는 것이 세상에서 제일 자연스러운 일이라는 듯 아무렇지 않게 딸과 함께 그 카페에 들어가야지.

버스에는 늘 보던 얼굴들이 앉아 있다. 항상 이 버스를 타는 피터와 캐롤은 러스킨 코트에 거주하는 커플이다. 그들은 이 미니버스를 타고 해안 지역에 사는 딸네 집에 간다. 손주는 없는 걸로 아는데, 그 집 딸은 낮 시간에 집에 있는 모양이다. 나름 사정이 있겠지. 더 이상 직접 운전을 할 수 없어서 그냥 왔다 갔다 하는 맛에 미니버스에 탑승하는 니콜라스 경도 보인다. 엉덩이가 어마어마하게 큰 나오미, 그리고 워즈워스 코트에 산다는 여자도 있다. 그 여자의 이름은 들은 적이 없는데, 시간이 지나면서 새삼 묻기가 어색해 여태 그냥 지내고 있다. 그래도 상냥한 여자다. (이름이 일레인이었나?)

버나드는 언제나처럼 뒷좌석에 자리하고 있다. 본인이 내킬 때는 꽤 쾌활한 사람이라 그를 보면 옆자리로 가 앉고 싶어진다. 하지만 버나드가 페어헤이븐으로 가는 이유는 세상을 떠난 아내 때문이니 오늘은 그를 평화롭게 혼자 둬야겠다. 버나드는 페어헤이븐에서 아내를 만나 함께 쭉 살다가 이 실버타운에 함께 입주했다. 아내가 세상을 떠난 후 버나드는 이 미니버스를 타고 아내가 근무했던 아델피 호텔을 찾아가 바다를 바라보며 와인을 두 잔 정도 마시곤 한다. 처음 그 얘길 들었을 때 나는 이 미니버스가 구름 속 한 가닥 희망 같은 존재가 아닌가 라는 생각을 했다. 아델피 호텔이 작년에 트래블로지 호텔로 바뀌면서 이제 버나드는 호텔이 아니라 부둣가에 앉아 있다가 오곤 한다. 들리는 것만큼 그리 적막한 분위기는 아니다. 최근에 보수를 해서 상도 여러 개 받은 부둣가다.

언젠가는 버나드와 함께 나란히 미니버스 뒷자리에 앉을 날이 오겠지. 무슨 기대를 하냐고?

내가 기대하는 것은 민트 차와 브라우니다. 약간의 평화와 고요를 기대하기도 한다. 쿠퍼스 체이스 전체가 불쌍한 토니 커런에 대한 얘기로 들썩이고 있다. 이곳에서 우린 수많은 죽음을 접하지만 맞아 죽는 일이 어디 흔한가?

그럼 일단은 여기까지. 무슨 일이 생기면 또 쓰겠다.

16장

지원 사격

미니버스가 출발하려는데 문이 마지막으로 한 번 더 열리더니 엘리자베스가 올라탄다. 엘리자베스는 조이스 옆으로 가 앉는다.

엘리자베스가 미소 띤 얼굴로 인사를 건넨다.

"좋은 아침이에요, 조이스."

"그러게요, 이게 오늘 첫 일정이에요. 얼마나 신나는지 몰라요!"

"가면서 얘기 나누는 걸 싫어할까봐 책을 가져왔어요."

"어머, 아니에요, 얘기하면서 가요."

칼리토가 늘 그렇듯 조심스럽게 차를 출발시킨다.

"잘됐네요! 사실 책 안 가져왔거든요."

엘리자베스와 조이스는 수다 삼매경에 빠져든다. 그 와중에도 토니 커런 사건은 입에 올리지 않으려고 조심한다. 쿠퍼스 체이스에서 살다 보면 주변 사람들 귀가 먹통인 줄 알았는데 알고 보니 다 듣고 있는 경우가 있어서 이렇게 말조심을 하게 된다. 엘리자베스는 마지막으로 페어헤이븐에 갔었던 때에 관한 얘기를 조이스에게 풀어놓는다. 1960년대였는데 해변으로 떠밀려온 어떤 장비를 확인하기 위해서였다고 했다. 엘리자베스는 더 자세히는 말 못 하지만, 그 건은 공문서로 기록되어 있으니 관심 있으면 찾아보라고 했다. 페어헤이븐까지 가는 길은 무척 순조롭다. 푸른 하늘에 해가 화창하게 떴고 살인 사건의 기운이 공기 중에 감돌고 있다.

언제나처럼 칼리토는 라이먼스 문구점 앞에 미니버스를 세운다. 다들 세 시간 후에 여기로 집합해야 한다는 것을 알고 있다. 칼리토는 2년째 이 미니버스를 운전하고 있지만 지금까지 늦게 온 사람은 없었다고 했다. 약속 시간까지 오지 않아 확인해보니, 로버트 다이어스 생활용품점의 전구 코너에서 생을 마감한 것으로 드러난 말콤 윅스는 예외로 쳐야 한다.

조이스와 엘리자베스는 남들이 먼저 내릴 때까지 기다린다. 장애물 코스나 다름없는 휠체어용 경사판과 지팡이, 보행 보조 기구 사이에 끼어서 내리느니 나중에 내리는 편이 낫기 때문이다. 버나드는 미니버스에서 내리며 숙녀들에게 모자를 벗어 인사한다. 그리고 팔 밑에 「데일리 익스프레스」를 끼우고는 해변 쪽으로 천천히 걸어간다.

드디어 미니버스에서 내리게 된 엘리자베스는 사려 깊게 운전해줘서 고맙다고 완벽한 포르투갈어로 칼리토에게 감사를 표한다. 조이스는 페어헤이븐에서 뭘 할 계획이냐고 엘리자베스에게 묻는다.

"자기랑 같아요."

엘리자베스는 해변을 뒤로하고 걸어가기 시작한다. 모험을 하게 돼 한껏 들뜬 조이스는 엘리자베스의 뒤를 따라간다. 그래도 이따가 차와 브라우니를 즐길 시간이 있으면 좋겠다 싶다.

웨스턴 로드를 따라 잠시 걷다 보니 페어헤이븐 경찰서의 널찍한 돌계단이 나온다. 경찰서 자동문이 열리자 엘리자베스는 조이스를 돌아보며 말한다.

"이게 내가 생각한 방법이에요, 조이스. 우리가 이 살인 사건을 조사하려면……"

"우리가 살인 사건을 조사해요?"

"물론이죠, 조이스. 누가 우리보다 더 잘할 수 있겠어요? 하지만 우린 사건 파일이나 목격자 진술서, 법의학 자료에 접근할 수 없으니 방법을 달리 해야 해요. 그래서 여기 온 거예요. 이 말을 굳이 할 필요 없을 것 같기는 한데, 무슨 일이 일어나면 뒤에서 잘 좀 받쳐줘요."

당연히, 너무나도 당연히 조이스는 고개를 끄덕인다. 그들은 경찰서로 들어간다.

안으로 들어간 두 숙녀는 위잉 소리가 나는 보안 문을 통과해 일반 접수처로 향한다. 조이스는 ITV 다큐멘터리에서나 봤지 경찰서에는 처음 와 봤다. 바닥을 뒹굴며 몸싸움을 하는 사람도, 감방으로 질질 끌려가는 사람도, 삐이 소리로 처리해야 할 만큼 세상 더러운 욕을 내뱉는 사람도 없어서 살짝 실망이긴 하다. 홈 오피스 컴퓨터로 업무를 보느라 속이 터지지만 티를 내지 않으려 애쓰는 젊은 당직 경사가 그녀들을 맞이한다.

"무엇을 도와드릴까요?"

엘리자베스가 울음을 터뜨린다. 조이스는 깜짝 놀랐지만 얼른 정신을 차린다.

"누가 내 핸드백을 훔쳐갔지 뭐예요. 홀랜드 앤 바렛 건강용품점 앞에서요."

엘리자베스가 울면서 호소한다.

그래서 엘리자베스가 가방을 안 가져왔구나, 라고 조이스는 생각한다. 미니버스를 타고 오는 내내 신경이 쓰였는데. 조이스는 친구의 어깨에 한 팔을 두르며 지원 사격에 나선다.

"정말 끔찍한 일이에요."

"순경을 부를 테니 진술서를 작성해주세요. 그 후에 저희가 해드릴 수 있는 일이 있는지 알아보겠습니다."

당직 경사가 왼쪽 벽에 붙은 초인종을 누르자 곧바로 뒤쪽의 또 다른 보안 문으로 젊은 순경이 들어온다.

"마크, 이분이 퀸스 로드에서 핸드백을 도둑맞으셨대. 진술서 작성 도와드려. 내가 이분들께 드릴 차 가져올게."

"알겠습니다. 따라오시겠습니까?"

엘리자베스는 그 자리에 가만히 서서 눈물 젖은 얼굴을 좌우로 흔들며 말한다.

"여자 순경한테 얘기하고 싶은데요."

그러자 당직 경사가 그녀를 달랜다.

"마크가 진술서를 잘 받아줄 겁니다."

"제발 부탁해요!"

조이스는 이때다 싶어 친구를 도우려 나선다.

"제 친구가 수녀라 그래요, 경사님."

"수녀요?"

"예, 수녀. 자세한 설명은 안 드려도 되겠죠?"

당직 경사는 이 논의를 계속하다가는 여러 가지로 골치 아파질 것 같은지 쉬운 길을 택한다.

"잠깐만 기다려주세요. 적임자를 찾아보겠습니다."

당직 경사는 마크와 함께 보안 문 안쪽으로 들어간다. 조이스와 둘만 남자 엘리자베스는 눈물을 멈추고 조이스를 쳐다보며 말한다.

"수녀요? 아주 좋은 아이디어네요."

"달리 생각할 시간이 없어서 떠오른 대로 둘러댔어요."

"정 안 되면 누가 내 몸에 손을 댔다고 말할 참이었거든요. 요즘 성추행 같은 게 민감한 사안이잖아요. 그런데 수녀라고 하니까 더 재미있네요."

"여자 순경은 뭐 하러 불러요?" 조이스는 궁금한 게 많지만 그것부터 물어본다. "어쨌든 '여순경'이라는 호칭은 쓰지 않아 다행이에요. 당신이 자랑스러워요."

"고마워요, 조이스. 미니버스가 페어헤이븐에 진입할 때쯤에 경찰서에 가서 드 프레이타스 순경을 만나야겠다는 생각이 들었어요."

조이스는 천천히 고개를 끄덕인다. 엘리자베스의 세상에서는 충분히 타당한 생각의 흐름이다.

"드 프레이타스 순경이 비번이면 어떻게 해요? 아니면 그 순경이 근무는 하는데 다른 여자 순경이 오면?"

"내가 그걸 미리 확인도 안 하고 여기 같이 오자고 했겠어요, 조이스?"

"어떻게 확인을……"

그때 보안 문이 열리고 도나 드 프레이타스 순경이 들어온다.

"안녕하세요, 제가 뭘……" 도나는 자기 앞에 있는 할머니들의 얼굴을 알아본다. 그녀는 엘리자베스와 조이스를 번갈아 쳐다보며 말을 맺는다. "…… 도와드릴까요?"

17장

사진 속 세 남자

크리스 허드슨 경감은 토니 커런 사건과 관련된 파일을 받았다. 책상에 내려놓으면 기분 좋게 탁 소리가 날 정도로 두툼하다. 그리고 지금 방금 크리스는 파일을 책상에 탁 하고 내려놓았다.

그는 다이어트 콜라부터 벌컥벌컥 마신다. 다이어트 콜라 중독이 아닐까 싶어 가끔 걱정되기도 한다. 전에 다이어트 콜라에 대한 신문 기사 제목을 봤는데 제목만 봐도 골이 아파서 그냥 안 보기로 했다.

파일을 열어본다. 켄트 카운티 경찰서에 보관된 토니 커런 관련 기록의 대부분은 크리스가 페어헤이븐에 오기 전부터 쌓여온 것이다. 토니 커런은 20대 때 폭행으로 고소당했고, 마약과 관련된 범죄로 경미한 처벌을 선고 받았다. 그밖에도 난폭 운전, 맹견 사육, 불법 무기 소지, 자동차세 미납, 노상 방뇨 등 가지가지 죄명이 기록돼 있었다.

그러다 이번에 제대로 사건이 터진 것이다. 크리스는 차고형 식당에서 사온, 속 재료를 알 수 없는 샌드위치를 연다. 지난 수년간 토니 커런의 취조 기록도 살펴봐야 한다. 그중 마지막 기록은 블랙 브리지 술집에서 발생한 총격 사건과 관련된 것으로, 당시 그 사건으로 젊은 마약 밀매범 하나가 죽었다. 토니 커런이 그 마약 밀매범을 총으로 쏴 죽이는 걸 봤다는 목격자가 나와서 페어헤이븐 경찰서 형사과에서 토니 커런을 불러 심문을 진행했다.

당시 일어난 온갖 사건의 중심에는 늘 토니 커런이 있었다. 누구한테 물어봐도 같은 대답을 해줄 것이다. 토니는 페어헤이븐을 비롯해 여러 곳에서 마약 거래를 했고 꽤 많은 돈을 모았다.

블랙 브리지 사건 기록을 보니 '대답하지 않겠습니다'라는 답변이 대부분이라 기분이 울적해진다. 그 사건이 있고 얼마 후에 목격자인 그 지역 택시 기사가 실종됐다. 겁이 나서 달아났든지 아니면 더 끔찍한 최후를 맞았을 수도 있을 것이다. 결국 동네 건축업자 토니 커런은 아무런 처벌도 받지 않고 풀려났다.

이 사건은 뭐지? 그래서 한 명이 죽었다는 건가, 두 명이 죽었다는 건가? 젊은 마약 밀매범은 블랙 브리지 술집에서 총에 맞아 죽었고, 그 장면을 목격한 불쌍한 택시 기사도 죽은 건가?

2000년 이후로는 기록이 없다. 2009년에 토니는 속도위반 딱지를 한 번 끊겼지만 신속하게 납부한 것으로 되어 있었다.

크리스는 살인자가 토니의 시체 옆에 남기고 간 사진을 들여다본다. 세 남자의 사진으로, 그중에 죽은 토니 커런이 있다. 사진 속에서 토니에게 한 팔을 두르고 있는 남자는 바비 태너다. 바비는 이 사진이 찍힐 당시 이 지역에서 마약 거래를 하던 자로 힘쓰는 일을 주로 한 것으로 알려졌다. 현재 소재는 불분명하지만 조사를 시작하면 금방 찾을 수 있을 것이다. 그리고 세 번째 남자는 그 소재가 너무나도 잘 알려져 있는 전직 권투 선수 제이슨 리치다. 크리스는 이 사진을 신문사에 넘기면 얼마나 받을 수 있을까 상상해본다. 실제로 그러는 경찰이 있다는 얘기를 들은 적이 있다. 경찰 중에 가장 저질인 부류다. 그는 사진 속 남자들의 미소와 지폐, 맥주를 들여다본다. 블랙 브리지 술집에서 젊은 마약 밀매범이 총에 맞아 죽은 2000년 즈음에 찍힌 사진으로 보인다. 2000년인데 무슨 고대 역사처럼 생각되니 웃긴다.

그는 사진을 살펴보면서 트윅스 초코바 하나를 뜯는다. 두 달 후에 매년 받는 건강 검진을 받기로 되어 있다. 그는 월요일마다 이번 주부터는 꼭 체중 관리를 하자고, 몸을 비둔하게 하는 비곗살을 1스톤만 빼자고 결심하곤 한다. 비곗살 때문에 새 옷도 사 입기가 꺼려지고 데이트도 못 나가는 형편이니 말이다. 세상을 당당히 마주 보지 못하게 만드는 비곗살. 솔직히 말하면 1스톤이 아니라 2스톤은 빼야 될 것 같다.

그는 월요일마다 그렇게 단단히 결심을 한다. 월요일에는 승강기도 타지 않는다. 출근할 때 집에서 도시락을 싸오고, 심지어 침대에서도 윗몸 일으키기를 한다. 하지만 화요일이면, 컨디션이 좋을 때는 수요일쯤이면, 그냥 편하게 살자는 생각이 스멀스멀 올라온다. 계단으로 오르내리기가 버거워지고 살을 빼야 한다는 결심도 약해진다. 어차피 내가 세운 계획이니 좀 변경하면 어떤가. 이런 생각이 들면서 결심은 급속도로 무너진다. 그렇게 다시 패스티(만두처럼 고기와 채소로 소를 넣어 만든 작은 파이)와 감자 칩을 입으로 들이기 시작한다. 점심은 주유소 식당에서 사 먹고, 퇴근 후에는 술도 가볍게 한잔씩 하고, 집으로 가는 길에 저녁으로 먹을 음식과 초콜릿을 사는 일상으로 돌아간다. 그렇게 아무 생각 없이 멍하니 먹다 보면 창피한 마음이 들지만 그 과정을 계속 되풀이하게 된다.

월요일은 언제나 다시 돌아오고, 구원의 날은 머지않은 듯 느껴진다. 우선 1스톤을 빼면 추가로 1스톤은 어렵지 않게 뺄 수 있을 것이다. 여태 연간 건강 검진을 받으면서 땀 한 방울 난 적 없으니 이만하면 운동선수 체질이 아닐까 싶다. 그런 생각이 들 때면 크리스는 온라인에서 만난 새 여자 친구에게 엄지 두 개를 치켜드는 문자를 보내곤 한다.

트윅스를 다 먹은 그는 감자 칩을 찾아 주변을 두리번거린다.

아무래도 토니 커런은 블랙 브리지 술집 총격 사건을 계기로 정신을 차린 것 같다. 정황상 그렇게 보인다. 그 사건 이후로 토니는 이안 벤섬이라는 지역 부동산 개발업자와 함께 일하기 시작했다. 합법적인 일을 하면서 단순하게 살기로 마음먹은 것일까. 몸에 익은 방식은 아니지만 깨끗하게 돈을 벌기로 한 것 같다. 더 이상 운에 기대 불법적인 일을 하면서 살 수는 없다는 걸 깨달은 건가.

크리스는 감자 칩 봉지를 뜯으며 손목시계를 확인한다. 약속이 있어 곧 나가봐야 한다. 토니 커런이 죽기 전 말다툼을 하는 모습을 본 사람이 있다. 그 사람은 크리스에게 따로 만나서 얘기하고 싶다고 고집을 부렸다. 약속 장소까지는 그리 멀지 않다. 토니가 건축 일을 맡아 진행했던 은퇴자 전용 실버타운이다.

다시 한번 사진을 들여다본다. 세 남자. 기분 좋아 보이는 얼굴들. 서로 어깨동무를 한 토니 커런과 바비 태너. 그 옆에는 한 손에 술병을 든 제이슨 리치가 있다. 사진 속 제이슨의 코는 코뼈가 부러졌던 흔적이 역력하지만 보기 좋은 편이고, 몸은 전성기가 지난 지 2년쯤 되어 보인다.

돈다발이 쌓인 테이블을 앞에 두고 맥주를 마시는 세 친구라. 범인은 토니 커런의 시체 옆에 왜 이 사진을 놔뒀을까? 바비 태너나 제이슨 리치에게 보내는 경고인가? 아니면 그 두 사람 모두에게 보내는 경고? 다음은 너라는 뜻으로? 경찰의 관심을 엉뚱한 곳으로 돌리려는 수작일 가능성이 높아 보인다. 이렇게 대놓고 멍청하게 구는 범인은 없을 테니까.

어느 쪽이든 제이슨 리치와 얘기를 나눠볼 필요는 있을 것 같다. 소재지가 불분명한 바비 태너는 팀원들이 곧 찾아낼 것이다.

'찾아내야 할 사람이 하나 더 있지,' 라고 크리스는 생각하며 봉지에 남은 마지막 감자 칩을 입에 집어넣는다.

바로 이 사진을 찍은 사람이다.

18장

합류

도나는 두 방문객에게 앉으라고 권한다. 창문 하나 없는 네모난 이 방은 B취조실이다. 방 한가운데에 나무 탁자가 바닥에 단단히 고정되어 있다. 관광객처럼 흥분해 취조실을 이리저리 둘러보는 조이스와는 달리, 엘리자베스는 집에 온 듯 편안해 보인다. 도나는 문이 닫힐 때까지 묵직한 문을 주시하다가 마침내 문이 딸깍 닫히자 엘리자베스를 바라보며 묻는다.

"이제 수녀가 되신 거예요, 엘리자베스?"

엘리자베스는 좋은 질문이라는 듯 손가락 하나를 들어 세우며 얼른 고개를 끄덕인다.

"도나, 여느 현대 여성들과 마찬가지로 나 역시 필요에 따라 어떤 신분이든 될 수 있어요. 우린 카멜레온처럼 살아야 하잖아요, 안 그래요?" 엘리자베스는 외투의 안쪽 주머니에서 수첩과 펜을 꺼내 탁자에 내려놓는다. "내가 수녀가 된 건 조이스 덕분이긴 하지만요."

조이스는 여전히 신기한 듯 방 안을 둘러보며 말한다.

"텔레비전에서 본 거랑 똑같네요, 드 프레이타스 순경. 정말 멋져요! 여기서 일하는 게 참 재미있겠어요."

도나는 여기서 일하는 게 그리 대단할 건 없다고 생각한다.

"자, 엘리자베스. 핸드백을 도둑맞으셨다고요?"

"아뇨. 누가 내 핸드백을 훔치려고 하겠어요. 상상이 돼요?"

"그럼 두 분은 여기서 뭐하시는 건데요? 전 가서 끝내야 할 일이 있다고요."

엘리자베스는 고개를 끄덕인다.

"그래요. 대단히 합리적인 말이네요. 내가 여기 온 건 당신한테 할 얘기가 있어서예요. 조이스는 쇼핑하러 왔을 거고요. 그렇죠, 조이스? 생각해보니 조이스한테 아직 안 물어봤네요."

"난 펄스라는 채식주의자 카페에 볼일이 있어서 왔어요."

도나는 손목시계를 들여다보고는 앞으로 몸을 기울인다.

"자, 제가 이렇게 왔으니 어서 말씀해보세요. 2분 드릴게요. 그 후에는 범죄자 잡는 일을 하러 가야 해서요."

엘리자베스는 가볍게 박수를 한 번 치고 나서 말한다.

"좋아요! 우선 첫 번째로 이 말부터 할게요. 우리를 다시 보고도 안 반가운 척 그만해요. 반가워하는 거 다 아니까. 우리도 당신을 다시 만나서 반가워요. 서로 그 점을 인정한다면 좀 더 재미있게 일이 펼쳐질 거예요."

도나는 대답하지 않는다. 조이스는 탁자 위에 놓인 녹음기로 몸을 기울이며 중얼거린다.

"기록을 위해 말하자면, 드 프레이타스 순경은 대답을 거부했지만 얼굴에 살짝 미소를 지었고 애써 웃음을 감추려 하고 있습니다."

"두 번째, 이건 첫 번째와도 관련이 있는데, 당신은 범죄자 잡는 일을 하러 가봐야 한다고 말하지만 그게 아니라는 걸 난 잘 알아요. 그냥 지루한 업무를 보러 가겠다는 거죠."

"답변을 거부할게요."

도나가 무표정하게 대꾸한다.

"여기로 오기 전에 어디서 일했어요, 도나? 도나라고 편하게 불러도 되죠?"

"그러세요. 런던 남부에서 일했어요."

"런던 경찰청에서 여기로 전근을 왔군요."

도나는 고개를 끄덕인다. 엘리자베스는 수첩에 무어라 끼적인다.

"지금 메모하시는 거예요?"

엘리자베스는 고개를 끄덕거린다.

"왜 전근을 왔죠? 왜 페어헤이븐으로 온 건가요?"

"그 얘기는 나중에 할게요. 재미는 있지만, 이제 설명을 듣고 나가봐야 해요."

"그래요." 엘리자베스는 수첩을 닫고 안경을 고쳐 쓴다. "일단 내가 설명을 좀 할게요. 설명 끝에 질문을 할 거예요."

도나는 어서 해보라는 듯 두 손 바닥을 펼쳐 보인다.

"만약 내가 잘못 말하면 도중에 내 말을 멈추게 해도 좋아요. 당신은 20대 중반이고 똑똑하면서 직관력이 있는 경찰이에요. 친절하지만 강한 면도 있어서 싸움이 났을 때는 일을 잘 처리할 것처럼 보이기도 해요. 이제부터 바닥까지 까볼게요. 이렇게 하는 건 다 이유가 있답니다. 당신은 런던에서 생활하며 일하는 게 적성에 맞았을 텐데 런던을 떠나 여기로 왔어요. 범죄율이 낮고 시시한 범죄자들밖에 없는 페어헤이븐으로요. 여기 와서 동네 순찰이나 돌고 있죠. 여기서는 마약쟁이가 자전거나 훔치고 있잖아요. 범죄라고 해봐야, 주유소에서 돈을 내지 않고 도망치거나 술집에서 여자를 놓고 싸움질을 하거나 뭐 그런 시시한 것

밖에 없어요. 참 지루한 동네죠. 이 얘긴 별로 안 중요하긴 한데, 나는 옛날에 유고슬라비아에 있는 술집에서 석 달 동안 일했어요. 내 뇌가 신나는 일, 자극적인 일, 특별한 일이라면 환장을 하거든요. 익숙하죠? 당신은 싱글 여성이고 월세 집에 살아요. 이 동네에서 친구를 사귀기가 쉽지 않았을 거예요. 경찰서 동료들은 대부분 당신보다 나이가 많잖아요. 그나마 젊은 마크 순경이 당신한테 데이트 신청을 했겠지만 런던 남부에서 온 여자 눈에 차지는 않았겠죠. 그래서 당신은 마크를 거절했을 것이고 마크와는 살짝 어색한 사이로 지내고 있겠죠. 불쌍한 마크. 당신은 자존심 때문에 당분간 런던 경찰청으로 돌아갈 수 없으니 여기서 어떻게든 지내보려고 해요. 하지만 당신은 새로 온 여자 경찰인데다 그다지 인기가 있는 편도 아니라서 진급할 가능성도 높지 않을 거예요. 다들 당신이 실수를 저질러서 여기로 전근을 왔고 그런 상황에 억울해하고 있다는 걸 눈치챘겠죠. 그렇다고 당신은 일을 그만둘 수도 없어요. 경찰로 힘들게 살아온 시간이 얼마인데 한번 길을 잘못 들었다고 해서 때려치울 필요가 있나요? 그럴수록 제복을 단단히 차려입고 일터에 나가서 이를 악물고 일을 해야죠. 언젠가 특별한 일이 일어나길 기다리면서. 수녀도 아닌 여자가 수녀인 척을 하면서 핸드백을 도둑맞았다고 찾아오는 지금 같은 일 말이에요."

엘리자베스는 반응을 기다리며 도나에게 한쪽 눈썹을 치켜뜬다. 도나는 어떤 감흥도 일지 않는 듯 무표정하게 말한다.

"이제 질문하세요, 엘리자베스."

엘리자베스는 고개를 끄덕이고는 수첩을 다시 펼친다.

"내가 묻고 싶은 건 이거예요. 토니 커런 살인 사건을 수사하고 싶은 생각 있어요?"

침묵이 흐른다. 도나는 천천히 두 손을 마주 잡고 깍지를 끼우더니 그 위에 턱을 얹는다. 그녀는 신중하게 생각한 후 대답을 내놓는다.

"경찰서 내에 토니 커런 사건을 조사하는 팀이 이미 있어요, 엘리자베스. 강력계 최정예 형사들로 구성된 팀이에요. 얼마 전에 저는 그 팀에 차를 대령했어요. 자료 복사 요청을 받을 때마다 투덜대는 순경한테 그 팀에서 자리를 내줄 리 없어요. 본인이 경찰 업무를 잘 이해하지 못한다는 생각은 해보셨나요?"

엘리자베스는 그 말을 수첩에 적으며 말한다.

"음, 그럴 수도 있겠죠. 참 복잡하게 됐어요. 하지만 무척 재미있을 것 같지 않아요?"

"그렇긴 하죠."

"토니 커런이 커다란 스패너 같은 걸로 맞아 죽었다던데, 확인해줄 수 있어요?"

"답변 거부할게요, 엘리자베스."

엘리자베스는 끼적거리는 걸 멈추고 고개를 든다.

"수사팀의 일원이 되고 싶지 않아요, 도나?"

도나는 손가락으로 탁자를 또닥또닥 두드린다.

"그래요. 제가 살인 사건 수사팀에 합류하고 싶다고 가정해보죠……."

"그래요, 그렇게 가정해봐요. 거기서부터 시작하는 거예요."

"형사과가 어떤 식으로 일을 하는지는 아세요, 엘리자베스? 나도 수사를 하고 싶으니까 끼워달라고 말한다고 될 일이 아니에요."

엘리자베스는 미소 짓는다.

"아, 그건 걱정하지 말아요, 도나. 우리가 알아서 할게요."

"알아서 하신다고요?"

"다 생각해뒀어요."

"뭘 어떻게요?"

"뜻이 있는 곳에 길이 있는 법 아니겠어요? 어쨌든 관심은 있는 거죠? 우리가 가능하게 해주면 해볼 생각은 있어요?"

도나는 고개를 돌려 묵직한 문이 제대로 닫혀 있는지 확인한다.

"그게 언제 가능해지는데요, 엘리자베스?"

엘리자베스는 손목시계를 내려다보며 어깨를 살짝 으쓱한다.

"한 시간쯤 후에?"

"지금 우리가 나눈 대화가 이 방 밖으로 흘러 나갈 일은 없는 거죠?"

도나의 물음에 엘리자베스는 손가락 하나를 세워 자신의 입술에 갖다 대는 것으로 대답을 대신한다.

"그럼 대답할게요. 그래요, 수사하고 싶어요." 도나는 두 손을 들어 올리며 솔직하게 말한다. "진심으로 살인범을 잡고 싶어요."

엘리자베스는 미소를 지으며 수첩을 외투 안쪽 주머니에 집어넣는다.

"그래요, 잘됐네요. 내가 상황을 제대로 읽었어요."

"어떻게 하실 생각인데요?"

"새로운 친구에게 부탁을 하려고요. 그리고 사건 수사에 관해 여기저기서 이상한 질문도 할 거예요. 우리의 호기심을 충족시키기 위해서요."

"수사 기밀은 말해드릴 수 없는 거 아시죠? 그렇게 해드리겠다는 말은 못 해요."

"프로답지 않은 일은 요구 안 해요. 약속해요." 엘리자베스는 성호를 그으며 덧붙인다. "하느님을 섬기는 자로서 맹세할게요."

"한 시간 내에 될 거라고 하셨죠?"

엘리자베스는 다시 손목시계를 들여다본다.

"한 시간 정도 걸릴 거예요. 교통 상황에 따라 달라질 순 있지만."

도나는 그 말을 이해한 듯 고개를 끄덕거린다.

"말씀 잘 들었어요, 엘리자베스. 저한테 깊은 인상을 주려고 하신 건지 조이스 앞에서 으스대고 싶어서 그러신 건지 모르겠지만 뻔한 수작 같긴 하네요."

엘리자베스는 그 말을 인정한다.

"뻔한 수작 맞아요, 내 추측이 맞기도 했고요."

"거의 맞았지 완전히 다 맞진 않았어요, 미스 마플(애거서 크리스티가 창조한 매력 넘치는 할머니 탐정). 그렇죠, 조이스?"

조이스가 나선다.

"아, 그래요. 그리고 마크라는 젊은이는 동성애자예요, 엘리자베스. 당신이 그 부분은 잘못 짚었어요."

도나는 미소를 지으며 말한다.

"친구를 잘 두셔서 다행입니다, 수녀님."

새어 나오려는 미소를 애써 감추는 엘리자베스의 표정을 보며 도나는 기분이 좋아진다.

엘리자베스가 말한다.

"휴대폰 번호 좀 알려줘요, 도나. 당신을 만나고 싶을 때마다 범죄 피해자인 척할 수는 없으니까."

도나는 탁자 너머로 명함을 건넨다.

"직장에서 쓰는 번호 말고 개인적으로 쓰는 번호를 알려줘요. 은밀하게 일을 진행하려면 그렇게 하는 편이 좋아요."

도나는 엘리자베스를 쳐다보고는 고개를 절레절레 흔들며 한숨을 쉰다. 그리고 명함에 다른 번호를 적어준다.

"좋아요. 우리끼리 얘기지만, 우린 토니 커런을 죽인 자를 찾아낼 거예요. 사람의 지혜를 벗어나는 사건일 리 없으니까요."

도나는 일어서며 묻는다.

"저를 어떻게 수사팀에 들어가게 해주시겠다는 건지 물어봐도 되나요?"

엘리자베스는 손목시계를 들여다본다.

"그 부분은 신경 쓸 필요 없어요. 론과 이브라힘이 지금쯤 알아서 하고 있을 거예요."

조이스는 엘리자베스가 그만 일어서길 기다렸다가 녹음기를 향해 허리를 굽히고 말한다.

"오후 12시 47분 면담 종료."

19장

론의 변신

　크리스 허드슨 경감은 쿠퍼스 체이스로 이어지는 넓고 긴 진입로로 포드 포커스를 몰고 들어간다. 오는 길에 차는 별로 막히지 않았다. 여기서의 일도 부디 시간이 오래 걸리지 않기를.

　주변을 둘러본 크리스는 이런 곳에 라마가 왜 이렇게 많은지 의아해한다. 방문객용 주차장에 자리가 없어서 길가에 포드 포커스를 세우고 켄트 카운티의 햇살 속으로 발을 내딛는다.

　예전에 다른 은퇴자 전용 실버타운에 가본 적이 있긴 하지만 여기는 예상을 뛰어넘는 수준이다. 무슨 실버타운이 마을 하나를 이룰 정도로 규모가 어마어마하다. 잔디 볼링을 하는 사람들 옆으로 지나가면서 보니 볼링장 양쪽 끝에 와인 냉장고가 하나씩 갖춰져 있다. 볼링을 하고 있는 사람들 중 한 명은 엄청나게 나이가 많아 보이는 할머니다. 그 할머니는 파이프 담배를 입에 물었다. 크리스는 완벽한 영국식 정원 사이로 구불구불하게 뻗은 길을 따라 걸어간다. 길 양옆에 3층짜리 집들이 쭉 서 있다. 중정과 발코니에 나와 한담을 나누며 햇빛을 즐기는 사람들이 보인다. 벤치에 앉아 있는 친구들, 윙윙거리며 덤불 위를 날아다니는 벌들, 각 얼음 위를 스치는 남실바람. 크리스는 짜증이 난다. 그는 비바람이 부는 날 외투 깃을 세우고 길을 나서길 좋아하는 남자다. 할 수만 있다면 여름이 시작될 때 잠들었다가 여름이 끝나면 깨고 싶다. 1987년 이래로 그는 반바지를 입은 적이 없다.

입주민 전용 주차장을 가로지른 그는 그림책 속 풍경처럼 완벽한 모양을 갖춘 빨간 우체통 앞을 지나간다. 점점 짜증이 솟구친다. 저 앞에 워즈워스 코트가 보인다.

그는 2층 초인종을 누른다. 여기 사는 입주민 이름은 이브라힘 아리프다.

삐익 소리와 함께 문이 열린다. 크리스는 호화로운 카펫이 깔린 복도를 걸어간다. 마찬가지로 호화로운 카펫이 깔린 계단을 올라가 단단한 오크나무 문을 두드린다. 집 안으로 들어가 이브라힘 아리프, 론 리치를 마주 보며 앉는다.

론 리치. 이거 놀라운데? 처음 소개를 받고 크리스는 움찔했다. 론 리치는 그가 수사 중인 남자의 아버지다. 이걸 뭐라고 해야 하지? 운이 좋다고 해야 하나, 불길하다고 해야 하나? 일단 지켜보기로 한다. 뭔가 이상한 점이 있으면 포착할 수 있을 것이다.

그 유명한 '빨갱이 론'이 여기서 말년을 보내고 있다니, 묘하다. 사장들의 골칫거리, 브리티시 레일랜드사의 짐승, 영국의 강철, 그밖에 영국의 뭐라 뭐라 하는 온갖 별명이 붙었던 자다. 그랬던 사람이 인동덩굴이 우거지고 아우디 자동차가 즐비한 쿠퍼스 체이스 실버타운에서 살고 있다고? 이렇게 소개를 안 받았으면 못 알아볼 뻔했다. 론 리치는 위아래 짝이 안 맞는 잠옷을 입었고 지퍼가 열린 운동복 상의를 걸쳤으며 신사화를 신었다. 그리고 입을 벌린 채 멍하니 주변을 두리번거리는 모습이다. 정돈되지 않은 론의 모습을 보면서 크리스는 머쓱한 기분이 든다. 남의 사적인 구역에 주제넘게 들어온 것만 같다.

이브라힘이 크리스 허드슨 경감에게 상황을 설명한다.

"우리 같은 노인네들은 경찰을 만나 얘기하는 것 자체가 아주 큰 스트레스예요. 그게 경찰 탓은 물론 아니고요. 어쨌든 그래서 여기서 면담을 진행해달라고 요청 드렸습니다."

이런 상황에 대비한 훈련을 받은 적 있는 크리스는 점잖게 고개를 끄덕인다.

"론 리치 씨가 말썽에 휘말릴 일은 없을 겁니다. 아시는 게 있다고 하니 두어 가지 질문을 드리겠습니다."

이브라힘이 론을 돌아보며 말한다.

"론, 당신이 봤다고 하는 말다툼에 대해 이분이 물어보고 싶답니다. 우리가 얘기했던 거 기억나죠?" 이브라힘은 크리스를 돌아보며 말한다. "자주 깜박깜박하세요. 나이가 많아서요. 엄청 많아요."

그러자 론이 말한다.

"알겠어요, 이브라힘."

이브라힘이 론의 손을 토닥이며 천천히 말한다.

"안전할 겁니다, 론. 우리가 이분의 신분증을 확인했고 전화를 걸어서 확인도 했잖아요. 인터넷 검색도 했고. 기억나죠?"

"내…… 내가 할 수 있을지 모르겠네요. 말썽에 휘말리고 싶지 않은데."

크리스가 얼른 말한다.

"그럴 일은 없을 겁니다, 리치 씨. 제가 보증합니다. 어쩌면 리치 씨가 중요한 정보를 가지고 계실 수도 있어요." 한때 '빨갱이 론'이라 불리던 사람이니 크리스는 신중하게 접근해야겠다고 마음먹는다. 제이슨에 대한 언급도 아직은 하지 말자. 주점에서 편하게 점심을 먹으려고 했는데 물 건너간 듯하다. "아리프 씨 말씀이 맞습니다. 뭐든 편하게 말씀해주세요."

론은 크리스를 쳐다보다가 재확인이 필요한지 이브라힘을 돌아본다. 이브라힘이 친구의 팔을 꾹 잡아주자 론은 다시 크리스를 돌아보며 앞으로 몸을 기울인다.

"여자 경찰한테 얘기를 해야 마음이 편할 것 같네요."

크리스는 이브라힘이 내준 민트 차를 처음으로 한 모금 마신다.

"여자 경찰이요?"

크리스는 론을 쳐다보다가 이브라힘을 돌아본다. 이브라힘이 다시 나선다.

"무슨 여자 경찰이요, 론?"

"그 왜 있잖아요, 이브라힘. 여기 찾아오던 그 여자 경찰."

"아, 맞다! 드 프레이타스 순경! 여기 종종 찾아와서 우리한테 이런저런 얘기를 해주는 경찰입니다, 경감님. 창문 잠금쇠에 관한 설명도 해주고. 아시죠?"

"물론입니다. 알죠. 내 팀원이니까요." 있지도 않은 신발 끈을 묶겠다고 뭉그적거리던 젊은 순경 이름이 도나 드 프레이타스였던 것 같다. 그래, 확실하다. 런던 경찰청에서 이리로 넘어왔는데 그 이유는 아무도 모른다. "아주 긴밀하게 협동 작업을 하고 있죠."

"그 순경도 수사팀의 일원인가요? 잘됐네요." 이브라힘이 밝아진 표정으로 말한다. "드 프레이타스 순경을 이리로 보내주시면 좋겠어요."

"그게, 그 순경은 공식적으로 수사팀의 일원이 아니라서요, 아리프 씨. 지금 다른 중요한 업무를 진행하고 있습니다. 범죄자들을 잡는…… 뭐 그런 일이죠."

론과 이브라힘은 아무 말도 하지 않고 기대에 찬 눈빛으로 크리스를 쳐다볼 뿐이다.

"좋은 생각인 것 같네요. 그 순경을 팀에 합류시키면 되는 거겠죠."

크리스는 이렇게 말하며 속으로는 누구한테 얘기를 해서 문제를 해결해야 하나 고민한다. 그에게 신세를 진 적 있는 사람에게 부탁해야겠지?

이브라힘이 말한다.

"좋은 순경이라 경감님 일에 보탬이 될 겁니다."

이브라힘은 다시 진지한 표정으로 론을 돌아보며 설명한다.

"여기 계신 잘생긴 경감님과 우리 친구 드 프레이타스 순경이 다시 당신을 찾아온다고 하네요. 잘됐죠, 론?"

론은 차를 한 모금 마신 후 대답한다.

"잘됐어요, 이브라힘. 이제 마음이 편해지네요. 제이슨한테도 얘길 해야겠어요."

그러자 크리스가 신경을 곤두세우며 묻는다.

"제이슨이요?"

론이 묻는다.

"권투 좋아해요?"

크리스는 고개를 끄덕인다.

"엄청 좋아합니다, 리치 씨."

"내 아들이 권투 선수예요. 제이슨이라고."

"압니다. 아드님이 무척 자랑스러우시겠어요."

"그게, 그 일이 있었을 때 제이슨은 나랑 같이 있었어요. 그러니까 제이슨도 불러야겠네요. 그 녀석도 말다툼을 같이 목격했으니."

크리스는 고개를 끄덕인다. 이거 참 일이 재미있게 됐다. 여기까지 찾아온 게 시간 낭비는 아니었다.

"그럼 나중에 다시 와서 두 분과 얘기를 나누겠습니다."

그러자 이브라힘이 말한다.

"드 프레이타스 순경도 같이 데려오시는 거죠? 참 잘됐습니다!"

"물론입니다. 진실을 알아낼 수 있다면 무슨 방법이든 써야죠."

20장

훌륭하고 멋진 사람들

우리는 살인 사건을 조사하고 있는 중이다. 덕분에 경찰서 취조실에도 들어갈 수 있었다. 이 일기장이 내게 행운을 가져다주는 모양이다.

엘리자베스가 일하는 걸 지켜보니 참 흥미로웠다. 엘리자베스는 정말 대단하다. 어쩌면 그렇게 침착한지. 우리가 30년 전에 만났어도 지금처럼 잘 지냈을까? 아마 아니겠지. 우린 너무 다른 세계에 속해 있었으니까. 쿠퍼스 체이스에서 사는 덕분에 다양한 사람들을 만나고 있다.

엘리자베스의 수사에 도움을 주고 싶다. 토니 커런을 죽인 범인을 잡는 일도 돕고 싶고. 내가 할 수 있는 게 있지 않을까.

나한테 특별한 기술이 있기는 하다. 남들의 이목을 끌지 않는 기술. 그걸 뭐라고 해야 할까? 과소평가 기술이라고 해야 하나?

쿠퍼스 체이스에는 무척 훌륭하고 멋진 사람들이 모여 살고 있다. 다들 젊은 시절에 대단한 업적을 쌓았던 사람들이다. 그래서인지 여기서 사는 건 꽤 재미가 있다. 채널 터널(도버해협 밑을 뚫어 영국과 프랑스를 연결한 해저 터널)을 설계하는 일을 도왔던 사람, 질병 이름에 자기 이름을 붙인 사람, 파라과이인지 우루과이인지에 대사로 임명돼 갔던 사람도 있다. 대충 어떤 사람들인지 짐작이 될 거다.

나는 어떠냐고? 조이스 메도우크로프트는? 그들은 나를 어떻게 생각할까. 무해하고 수다스런 사람? 잘 몰라서 미안해할 것 같기도 하다. 그들은 내가 자기네랑은 결이 다른 사람이라고 은근히 생각할지도 모른다. 의사도 아니고 간호사 출신이니. 내 면전에 대고 그런 말을 할 사람은 없지만. 내가 여기서 살게 된 건 조애나가 여기 집을 사줬기 때문임을 다들 안다. 조애나는 저들 중 하나다. 나는 아니고.

그래도 음식 공급 위원회에서 의견 충돌이 나거나, 호수 펌프에 문제가 터지거나, 최근에 일어났듯이 어느 입주민의 개가 다른 입주민의 개에게 수태를 시켜 난리가 나면, 누가 나서서 문제를 해결할까? 바로 조이스 메도우크로프트다.

나는 관심을 끌고 싶어 안달난 사람들의 얘기를 기꺼이 들어주고, 가슴을 내밀고 흥분한 사람들을 찬찬히 지켜봐주며, 법적으로 하자고 화를 내며 위협하는 목소리에도 귀를 기울이고, 그들이 진정할 때까지 기다릴 줄 안다. 잘 듣고 있다가 흥분이 가라앉으면 해결 방법이 있을 거라고, 개는 어차피 개이니 어쩔 수 없지 않느냐고 설득하면서 양측이 타협에 이르도록 이끈다. 여기는 나를 보며 위협감을 느끼는 사람도, 나를 경쟁 상대로 여기는 사람도 없다. 난 그냥 순하고 수다스러우며 이런저런 일에 참견하길 좋아하는 조이스일 뿐이니까.

그래서 다들 흥분했다가도 나와 함께 있으면 진정을 한다. 조용하고 분별 있는 조이스를 의지하는 거다. 그럼 더 이상 악을 쓰지 않게 되고 문제는 해결된다. 대개가 나한테 유리한 방향으로. 아직까지 그걸 눈치챈 사람은 없는 것 같다.

언제나 그렇듯이 난 여기서도 이목을 끌지 않는 존재로 즐겁게 살고 있다. 내 그런 점이 이 수사에도 도움이 되지 않을까 싶다. 모두의 시선은 엘리자베스에게 쏠려 있으니 나는 그냥 나인 채로 다니면 된다.

그건 그렇고, '메도우크로프트'는 죽은 내 남편 제리의 성이다. 난 그 성이 늘 마음에 들었다. 제리와 결혼을 결심한 이유는 여러 가지가 있지만 메도우크로프트라는 성을 내 이름에 붙일 수 있어서이기도 했다. 간호사 친구 중에 하나는 범스테드라는 성을 가진 남자와 결혼해서 이름이 바버라 범스테드가 됐다. 나 같으면 내 이름에 범스테드라는 성을 붙이느니 어떻게 핑계를 대서라도 결혼을 물렀을 것이다.

오늘은 기분이 좋다. 〈프라임 서스펙트〉라는 오래된 드라마나 보다가 자야지.

엘리자베스가 다음에 어떤 일을 맡기든 난 해낼 준비가 돼 있다.

21장

이장 계획

오늘도 아름다운 아침이다.

보그단 얀코프스키는 이안 벤섬의 집 중정에 놓인 스윙 체어에 앉아 이런저런 생각을 하고 있다.

토니 커런이 죽었다. 누군가 토니의 집에 침투해 목숨을 끊어놨다. 용의자가 한둘이 아니라서 보그단은 머릿속으로 몇 명을 염두에 두고 생각을 해본다. 그들은 무슨 이유로 토니 커런을 죽이고 싶어 했을까.

다들 토니의 죽음에 충격을 받은 눈치지만 보그단은 그리 놀라지 않았다. 사람은 늘 다양한 이유로 죽는다. 그의 아버지도 보그단이 어렸을 때 폴란드 크라쿠프시 근처의 댐에서 떨어져 죽었다. 본인이 뛰어내렸을 수도 있고 누가 밀었을 수도 있지만, 그건 중요하지 않다. 아버지가 죽었다는 사실은 변하지 않으니까. 언젠가는 다 끝이 나게 마련이다.

이안의 정원은 보그단의 취향은 아니다. 저 멀리 숲까지 뻗어 있는 잔디밭은 잘 정돈돼 있고 영국적이며 줄무늬를 이루도록 손질된 상태다. 왼편의 나무들이 있는 곳에는 연못도 하나 있다. 이안 벤섬은 그걸 호수라고 부르는데 호수라면 보그단이 누구보다 잘 안다. 연못의 폭이 좁아지는 끄트머리 쪽에는 작은 나무다리가 가로질러 있다. 애들이 좋아할 것 같기는 한데, 보그단은 이 정원에서 아이들이 노는 걸 본 적이 없다.

이안은 오리 가족을 사서 들여놨지만 여우들이 오리들을 싸그리 죽였다. 그러자 보그단이 술집에서 만나 알게 된 남자가 이안의 요청으로 이곳에 와 여우들을 죽였다. 이안은 그 후 오리를 더 사지 않았는데, 사서 들여놔봤자 소용이 없기 때문이었다. 어차피 또 여우들이 와서 죽일 테니까. 가끔 야생 오리들이 방문하기는 한다. 야생 오리들에게 행운이 따라주기를.

보그단이 앉아 있는 곳을 기준으로 오른쪽에 수영장이 있다. 중정에서 계단을 밟고 내려가면 바로 입수할 수 있다. 이 수영장에 타일 작업을 한 사람이 바로 보그단이다. 오리 알 껍데기 같은 푸른색 페인트로 작은 다리를 칠했고, 지금 앉아 있는 중정도 만들었다.

이안은 꽤 괜찮은 조건으로 일을 제안했다. 우드랜드 개발지의 건축 작업을 감독하는 일인데, 원래 토니가 했던 일을 보그단이 넘겨받게 됐다. 어떤 사람들은 징크스 타령을 하며 재수 없다고 하겠지만 보그단에겐 그냥 살다 보면 일어나는 일 중 하나일 뿐이다. 할 수 있는 작업이니 할 것이다. 보수도 나쁘지 않다. 사실 돈보다는 도전 의식 때문이다. 실버타운 근처에서 일하는 것도 좋다. 보그단은 사람들을 좋아한다.

보그단은 작업 계획을 다 확인했고 나머지 자료도 살펴봤다. 처음에는 복잡해 보여도 패턴을 알면 일은 간단하다. 보그단은 전부터 이안 벤섬을 위해 규모가 작은 일을 기꺼이 해왔다. 순서대로 작업을 진행하는 게 좋았다. 하지만 상황은 변하게 마련이고 이제 한 단계 올라설 때가 됐다.

보그단의 어머니는 그가 열아홉 살 때 세상을 떠났다. 어머니는 아버지가 죽고 나서 어딘가에서 돈을 받았는데 정확히 어디인지는 말해주지 않았다. 보그단은 그 돈으로 크라쿠프시의 공과 대학교에 진학해 공학을 공부했다. 그 무렵 어머니가 집에서 뇌졸중으로 쓰러지고 말았다. 보그단이 학교에 안 다니고 집에 있었으면 어머니를 살릴 수 있었겠지만, 그는 집에 없었고 결국 어머니를 구하지 못했다.

집으로 돌아온 보그단은 어머니를 땅에 묻고 다음 날 영국으로 떠났다. 그리고 20년이 지난 지금 이렇게 빌어먹을 잔디나 쳐다보고 앉아 있는 것이다.

잠깐만 눈을 감고 있어야겠다고 생각하고 있는데, 집의 반대편 앞문에 붙은 초인종이 길게 울린다. 이 크고 조용한 집에 드물게 방문객이 찾아왔다. 오늘 이안이 보그단에게 여기 있으라고 요청한 것도 방문객 때문이었다. 이안이 서재 문을 쓰윽 열고 말한다.

"보그단. 가서 문 열어줘."

"예."

의자에서 일어선 보그단은 자신이 설계한 온실을 통과해 집 안으로 들어가, 직접 방음 처리를 한 음악실을 지나서, 연중 제일 더운 날 팬티만 입고 샌딩질을 했던 현관 복도로 향한다.

할 일은 해야 하니까.

매튜 매키 신부는 택시 기사에게 괜히 진입로 끄트머리에서 내려달라고 했구나 싶다. 대문에서 집 현관문까지 꽤 걸어야 했다. 그는 손에 든 서류철로 연신 부채질을 하며 진입로를 걸어 올라간다. 현관문 앞에다 와서야 휴대폰 카메라를 켜고 목의 로만 칼라가 똑바른지 확인한 뒤 초인종을 누른다. 약속을 하고 오긴 했지만 혹시 모르는 일이라 걱정했는데, 집 안에서 소리가 들려 마음이 놓인다. 여기서 만나기로 하길 잘했다는 생각이 든다. 일이 좀 더 수월하게 풀릴 듯하다.

　나무 바닥을 밟고 걸어오는 발소리가 들리더니 몸집 큰 민머리 남자가 문을 열고 나온다. 몸에 딱 붙는 흰 티셔츠 차림이다. 한쪽 팔뚝에 십자가 문신이 있고, 다른 쪽 팔뚝에는 이름 세 개가 문신으로 박혀 있다.

　"신부님."

　가톨릭 교인인가. 다행이다. 억양을 들으니 폴란드인 같다.

　"진 도브리(Dzień dobry. 폴란드어로 '안녕하세요'라는 뜻)."

　매키 신부의 인사에 남자는 미소를 지으며 답한다.

　"진 도브리, 진 도브리."

　"벤섬 씨를 만나기로 약속하고 왔습니다. 매튜 매키라고 합니다."

　남자가 손을 내밀어 악수를 청하며 말한다.

　"보그단 얀코프스키입니다. 어서 오세요, 신부님."

　"저희를 도와주실 법적 의무가 없다는 건 알고 있습니다. 저희는 협의회의 결정에 동의하지 않습니다만 받아들여야겠죠."

　매키 신부가 주절거린다.

　기획 위원회의 마이크 그리핀이 일을 꽤 잘해주었다. 부담 갖지 말고 얼마든지 묘지를 파헤치세요 이안, 이라고 마이크는 말했다. 마이크는 온라인 카지노 중독인데 앞으로도 영원히 그렇게 살기를 바라는 바다.

　"하지만 사장님께서 영원한 안식의 정원을 지금 이대로 둬야 할 도덕적 의무는 있지 않겠습니까. 그래서 한번 뵙자고 청했습니다. 얼굴을 보면서 인간적으로 얘기하다보면 타협점에 이를 수 있지 않을까 하고요."

　이안 벤섬은 귀 기울여 듣고는 있지만 속으로는 이 신부가 보통내기가 아니라는 생각을 하고 있다. 그가 아는 제일 똑똑한 사람인 것 같기도 하다. 원하는 바를 어떻게든 이뤄내는 사람 말이다. 이건 좀 불공평한 거 아닌가. 이 신부는 한 걸음 앞서 나가는 정도가 아니라 완전히 다른 길을 걷고 있는 사람이다.

캐런 플레이페어는 다루기 쉬웠다. 고든 플레이페어에게 땅을 팔도록 설득하는 건 불가능했지만 그 딸은 팔 의지가 있어 보였다. 아버지와 딸의 관계를 이용하면 될 것이다. 게다가 캐런은 땅이 팔리면 돈다발을 손에 쥐게 된다. 늙은이들이 몇십억을 준대도 큰 언덕의 땅을 안 팔고 지긋지긋하게 오래 버티는 경우가 많은데, 그럴 땐 다른 방법을 찾으면 된다.

매키 신부는 캐런 플레이페어보다 다루기 힘든 부류임을 이안은 간파했다. 요즘 나 살 좀 빠진 것 같지 않느냐고 은근히 물어대는 50대 초반 이혼녀들보다 신부들 상대하기가 원래 더 힘들지 않나? 일단 약간이나마 존경심을 보이는 척해야 하는데 때에 따라서는 진짜로 존경심을 갖고 대해야 할 때도 있다. 게다가 신부들의 주장이 옳은 경우 어떻게 해야 할까? 우선 열린 마음으로 대해야겠지. 똑똑한 상대를 최대한 이용해야 하니까.

그래서 이안은 보그단에게 이 자리에 함께 있어달라고 부탁했다. 신부들은 여럿이 모여 있는 걸 좋아한다. 하긴 누군 안 그런가? 아무래도 이쯤에서 입을 열어야 될 것 같다.

"저희는 시신을 이장하려는 것뿐입니다, 신부님. 아주 조심스럽고 경건하게 작업이 이루어질 겁니다."

이 말은 엄밀히 따지면 사실이 아니었다. 법적으로 이안은 이 작업을 경쟁 입찰에 붙여야 했다. 세 팀이 입찰에 응했다. 아주 조심스럽고 경건하게 작업을 할 게 분명한 켄트 대학교 법인류학과팀. 최근에 '펫츠

앳 홈'이라는 펫샵의 소유지에서 동물 묘 30기를 이장한 라이 마을 소재의 '묘지 전문가' 회사. 이 회사는 진청색 작업복을 입고 손으로 묘지를 파는 경건한 남녀의 모습이 담긴 사진까지 신청서에 동봉했다. 마지막으로 두 달 전에 이안이 직접 설립한 회사. 이안은 골프 치다 만난 브라이턴시의 장의사, 그리고 한동네 사람이며 굴착기를 빌려주기로 한 수 밴버리와 함께 이 회사를 세웠다. 막판 경쟁이 꽤 치열했지만 결국 이안의 회사가 입찰을 따냈다. 온라인으로 이장(移葬) 작업에 대해 조사를 해봤지만 별로 어려울 것도 없어 보였다.

매키 신부가 말했다.

"이곳에 있는 무덤들 중 일부는 150년 가까이 됐습니다, 벤섬 씨."

"편하게 이안이라고 부르세요."

이안은 굳이 매키 신부를 만날 이유는 없었다. 그저 나중에 후회하느니 안전하게 정리해두는 편이 낫다고 판단했을 뿐이다. 실버타운 입주민들 대다수는 자기네 비위에 맞다 싶으면 상당히 '종교적으로' 굴기도 한다. 매키 신부가 입주민들 사이에서 분란을 일으키는 꼴을 보고 싶진 않다. 사람들은 시체와 관련된 일이라면 괴상하게 굴곤 하니까. 이 신부의 말을 끝까지 들어주고 잘 설득해서 기분 좋게 보내는 게 상책이다. 헌금도 좀 해야 되나? 어느 정도 생각해둔 바는 있다.

"묘 이장을 위해 고용하신 회사 말입니다." 매키 신부가 서류철을 들여다보며 말한다. "'이장 전문 천사들'이라는 회사던데, 이장 전문가들이니 알아서 잘하겠지요? 그 묘지에는 온전히 관에 묻힌 시신은 많지가 않습니다. 그냥 뼈들이 묻혀 있을 뿐입니다. 온전한 뼈도 아니고 흩어지고 부러진 뼈들, 반쯤 썩어 흙에 묻힌 그런 시신들입니다. 그렇게 흩어져 있는 뼈들을 전부 하나하나 모아서 챙기고 서류에 기록하고 존중하는 마음으로 옮겨야 합니다. 그게 기본적인 예의죠. 합법적인 이장 과정이기도 하고요."

이안은 고개를 끄덕였지만 속으로는 시신 상태가 그 모양이니 나중에라도 굴착기 탓은 못하겠다고 생각했다. 그런 일이라면 수 밴버리가 알아서 할 것이다.

"제가 오늘 찾아온 이유는 다시 한번 생각해주십사 해서입니다. 수녀들의 시신을 지금 이대로 편히 쉴 수 있게 두시면 좋겠어서요. 솔직하게 터놓고 얘기를 나누러 왔습니다. 이장을 하면서 비용이 얼마나 들던 그건 사장님이 알아서 하실 일이겠죠. 이렇게 찾아와서 설득하는 건 하느님을 섬기는 자로서 제가 해야 하는 일이니 이해해주시기 바랍니다. 수녀님들의 시신을 이장하지 않으면 좋겠습니다."

"신부님, 여기까지 저희를 만나러 와주셔서 참 고맙습니다. 이장 전문 천사들에 대해 말씀하신 뜻도 잘 알겠고요. 고통 받은 영혼들을 편히 쉬게 두라는 말씀이시죠? 하지만 신부님도 말씀하셨듯이 묘지에 남아 있는 건 그저 뼈일 뿐입니다. 그게 다예요. 신부님이 미신에 사로잡히셨는지 종교적으로 독실해서 신경을 쓰시는지 모르겠지만, 저는 사실 그런 쪽으로는 생각을 안 하고 삽니다. 저희가 뼈들을 잘 수습해서 이장을 하겠습니다. 원하시면 이장할 때 직접 와서 지켜보셔도 됩니다. 저희는 이장을 해야 합니다. 허가도 받았으니 작업을 진행해야죠. 늘 그렇게 일을 해왔고 이번에도 마찬가집니다. 뼈들은 어디에 묻혀 있든 신경 쓰지 않을 겁니다."

"사장님이 생각을 바꾸지 않으시면 제가 할 수 있는 한 최대로 일이 꼬이게 만들 수밖에요. 그 점은 분명히 알아두세요."

"저를 성가시게 하려는 사람들이 줄을 쫙악 서 있으니 맨 끝에 가서

서세요, 신부님. 오소리 문제를 걸고넘어지는 영국 왕립동물학대방지협회, 숲을 보호해야 한다고 떠들어대는 켄트삼림관리협회인지 나발인지 하는 단체도 있어요. 신부님은 수녀들 문제를 걸고넘어지고 계시고요. 저희는 열 방출, 광공해, 욕실용 부속 같은 수백 가지 사항과 관련해 EU(유럽연합) 규정을 준수합니다. 우리 영국이 EU를 탈퇴하기로 투표로 결정을 했지만요. 그 외에도 벤치 문제로 투덜대는 입주민들, 제가 사용하는 벽돌이 지속 가능한 재료의 조건에 맞지 않다고 항의하는 잉글리시 헤리티지라는 단체도 있어요. 영국 남부에서 제일 싼 값에 시멘트를 공급해주던 사람이 이번에 부가가치세 사기 혐의로 감옥에 들어갔죠. 신부님이 제가 안고 있는 제일 큰 골칫거리는 아니란 얘깁니다. 어림도 없어요."

숨도 안 쉬고 쭉 읊은 이안이 드디어 숨을 돌린다.

옆에서 보그단이 성호를 그으며 말을 보탠다.

"토니가 죽는 바람에 저희 모두 힘든 시간을 보내고 있어요."

이안이 맞장구를 친다.

"그럼요. 토니까지 죽었으니. 참 어려운 시기죠."

매키는 침묵을 깨고 입을 연 보그단을 돌아보며 말한다.

"당신은 이 문제를 어떻게 생각합니까? 영원한 안식의 정원을 옮기는 문제에 대해서요. 잠든 영혼들을 방해하는 짓이라는 생각 안 들어요? 함부로 건드렸다간 죗값을 치르게 될 거라는 생각 안 듭니까?"

"신부님, 저는 하느님이 만물을 굽어 살피시며 매사를 판단하신다고 생각합니다. 제가 보기에 뼈는 그냥 뼈일 뿐이에요."

22장

이동식 미용실

조이스는 머리를 자르는 중이다.

미용사 앤서니는 목요일과 금요일마다 이곳을 찾아오는데 그의 이동식 미용실에 예약을 잡기가 쉽지 않다. 조이스는 소문을 제일 잘 들을 수 있는 첫 번째 시간에 늘 미용 예약을 해둔다.

그 점을 잘 아는 엘리자베스는 열린 문 바깥에 앉아 기다리며 귀를 쫑긋 세우고 있다. 이동식 미용실 안으로 들어가도 되겠지만, 이렇게 거리를 두고 기다리며 얘기를 엿듣는 건 그녀의 오랜 습관이다. 그렇게 듣다보면 별의별 얘기를 다 듣게 된다. 엘리자베스는 손목시계를 확인한다. 조이스가 5분 안에 나오지 않으면 안에 들어가 볼 작정이다.

"나중에 머리 염색을 좀 해드리고 싶네요, 조이스. 밝은 분홍색으로 염색해드리고 싶어요."

앤서니의 말에 조이스는 웃는다.

"니키 미나즈처럼 보일 거예요. 니키 미나즈라는 가수 아시죠, 조이스?"

"잘은 모르지만 노래는 듣기 좋더라고요."

"얼마 전에 죽었다는 그 남자 얘기 들었어요? 커런인가? 저도 이 근처에서 본 적 있어요."

"정말 안타까운 일이에요."

"총에 맞아 죽었다면서요. 무슨 짓을 했는데 그렇게 죽었을까요?"

"맞아서 죽은 거로 알아요, 앤서니."

"맞아서요? 그나저나 정말 예쁜 머리카락을 갖고 계세요, 조이스. 머리카락을 저한테 남긴다고 유언장에 꼭 써주세요."

밖에서 듣고 있던 엘리자베스가 눈을 위로 굴린다.

"해변 거리에서 누가 커런을 총으로 쐈다는 얘길 들었어요. 오토바이를 탄 세 남자가 그랬다던데요."

"주방에서 맞아 죽었다니까요. 오토바이 얘기는 없었어요."

"대체 누가 그런 짓을 했을까요? 주방에서 사람을 때려 죽였다고요?"

그러게 누굴까? 엘리자베스는 이런 생각을 하며 또 다시 손목시계를 들여다본다.

"주방을 멋지게 꾸며놨던데. 안타깝네요. 저는 그 사람이 마음에 들었거든요. 악당 같은 사람이라도 마음에 드는 면이 있을 수 있잖아요?"

"그럼요, 우리도 같은 생각이에요, 앤서니."

"범인이 누구인지 꼭 잡히면 좋겠어요."

"잡히겠죠."

조이스는 차를 한 모금 마신다.

이 정도면 충분히 기다렸다고 판단한 엘리자베스가 차 안으로 들어온다. 앤서니가 고개를 돌려 엘리자베스를 바라본다.

"아, 오셨네요. 우리 더스티 스프링필드(60년대에 주로 활동한 영국 가수) 님."

"좋은 아침이에요, 앤서니. 이제 그만 조이스를 놔줘요. 내가 좀 데려가야 해서요."

조이스는 두 손을 모아 잡는다.

23장

런던 여행

오늘 아침에 뮤즐리(곡식, 견과류, 말린 과일 등을 섞은 것으로 아침 식사로 우유에 타 먹는 것)를 먹은 것부터가 예상치 못했던 하루의 시작이었다. 수녀인 척 경찰서에 잠입했는데 이제 이런 일까지 생기다니.

내가 매일 아침 뮤즐리를 먹는 줄 알았다면 여러분은 잘못 생각한 거다. 하지만 오늘 아침에는 뮤즐리를 먹었고 몸에 힘이 차오르는 것 같아 기분이 좋았다. 저녁 10시까지 쭉 그 상태였다. 일단 여기까지 적어야지. 집으로 가는 길에 눈을 좀 붙여야겠다.

오늘 아침에 앤서니에게 머리 커트를 받았다. 머리를 거의 다 자르고 재미있게 수다를 떨려고 하는데 엘리자베스가 들어왔다. 토트백과 보온병을 들고. 둘 다 엘리자베스의 평소 모습과는 어울리지 않는 물품이었다. 엘리자베스는 지금 택시가 이리로 오고 있다고, 같이 어디를 좀 가자고 했다. 쿠퍼스 체이스에 들어온 후로 즉흥적으로 움직이는 것에 익숙해진 터라 나는 눈도 깜짝 안 했다. 다만 날씨를 알아봐야 해서 행선지를 물었다. 엘리자베스는 런던으로 간다고 했다. 나는 깜짝 놀랐다. 엘리자베스가 보온병을 들고 온 게 그제야 이해가 됐다. 런던이 얼마나 추운지 잘 알기에 집에 들러 좋은 외투부터 챙겨 입었다. 외투를 입고 가서 얼마나 다행인지!

우린 요즘도 로버츠브리지 택시를 이용한다. 전에 그 택시가 론의 손녀를 엉뚱한 역에 내려준 적이 있기는 하지만 그 후 서비스가 점점 나아졌다. 오늘 탄 택시의 기사 이름은 하메드이고 소말리아에서 왔다. 소말리아라니 이름만 들으면 무척 아름다운 나라인 것 같다. 놀랍게도 엘리자베스가 소말리아에 가본 적이 있단다. 엘리자베스와 하메드는 친근하게 대화를 나누기 시작했다. 하메드는 자식이 여섯 있는데 맏이는 지금 켄트의 치즐허스트 지역에서 지역 보건의로 일하고 있다고 했다. 예전에 치즐허스트에 중고품 매매를 하러 간 적이 있어서 나도 대화에 끼어들 수 있었다.

가는 내내 엘리자베스는 내가 행선지를 물어보길 기대했겠지만 나는 그쪽으로는 입을 떼지 않았다. 엘리자베스는 대장 노릇 하는 걸 좋아하는 사람이다. 오해는 말길. 나는 그녀가 대장 노릇을 하는 게 좋다. 물론 크게 해가 되지 않는 범위 내에서 가끔씩 내 존재를 인식시키곤 한다. 엘리자베스는 나에게 좋은 영향을 주고 있다. 전에는 내가 봉이라는 생각을 해본 적이 없는데 엘리자베스와 오래 시간을 보낼수록 어쩌면 내가 봉인지도 모른다는 생각이 강하게 든다. 나도 엘리자베스 같은 기백이 있었으면 소말리아에 가봤을까? 물론 소말리아는 그저 일례일 뿐이다.

우리는 로버츠브리지역에서 (9시 51분에 출발하는) 기차를 탔다. 턴브리지웰스구를 지날 무렵 엘리자베스는 비로소 우리가 어디로 가는지 말해주었다. 우리는 지금 조애나를 만나러 가는 거라고 했다.

조애나! 내 귀여운 딸! 머릿속에 온갖 의문이 차올랐다. 엘리자베스는 나를 꽂아야 할 자리에 잘 꽂아 넣었다. 우리가 조애나를 만나러 가는 목적이 정확히 뭐냐고? 글쎄, 보러 가는 것 자체에 목적이 있지 않을까.

엘리자베스는 무슨 말을 해도 타당하게 들리는 특유의 방식으로 설명을 해주었다. 이 사건과 관련해 지금 우리는 경찰과 비슷한 수준으로 정보를 갖고 있다. 그것만으로도 나쁘지는 않지만 우리가 경찰보다 더 잘 아는 분야가 있으면 좋지 않겠냐. 그래야 경찰과 '거래'를 해볼 수 있지. 도나가 지나치게 조심성이 많아서 우리에게 정보를 다 내줄 것 같지 않으니 이런 식으로 해보는 것도 유용할 것 같다. 우리가 어떤 사람들이냐?

엘리자베스의 설명대로라면 이안 벤섬의 회사와 관련된 재무 기록은 우리에게 유용한 정보가 될 터였다. 잘하면 벤섬과 토니 커런 사이에 무슨 일이 있었는지도 밝혀낼 수 있지 않을까? 말다툼을 한 이유라든가. 살해 동기라든가. 우리가 그런 중요한 정보를 알아내면 되는 것이다.

그러기 위해 엘리자베스는 이안 벤섬의 회사에 관한 상세한 재무 기록을 입수했다. 이런저런 방법을 써서 얻었다고 하는데, 그 정보가 담긴 큼직한 파란색 서류철이 지금 엘리자베스의 토트백에 담겨 있다. 엘리자베스의 빈 옆자리에 놓여 있는 토트백 말이다. 아직 내가 말을 안 했는데 우리는 지금 1등칸을 타고 가는 중이다. 누가 와서 기차표를 보자고 해줬으면 좋겠는데 아무도 기차표 검사를 하지 않아 아쉽다.

엘리자베스는 재무 관련 서류들을 전부 읽어봤는데 잘 이해가 안 되더라고 했다. 그래서 이 서류를 살펴보고 뭐가 뭔지 말해줄 사람이 필요하다고 했다. 그녀는 이 서류에 특이한 점이 있는지, 우리가 여가 시간에 자세히 들여다볼 만한 부분이 있는지를 알고 싶어 했다. 엘리자베스는 이 서류에 단서가 숨어 있을 거라고 확신했다. 하지만 어디 숨어 있단 말인가?

　나는 이 자료를 찾아준 남자가 그 일을 제일 잘하지 않겠냐고 물었다. 그러자 엘리자베스는 안타깝게도 그 사람은 한 가지 부탁을 들어줄 정도로만 자신에게 신세를 졌다고 했다. 그러면서 양성평등론자인 내가 굳이 '남자'라는 표현을 쓴 것이 놀랍다고 했다. 내가 말을 잘못하긴 했다. 하지만 별 의미 없는 말이라고 하니 엘리자베스도 수긍해주었다.

　오핑턴 마을을 지날 때쯤 나는 왜 하필 조애나를 만나려는 거냐고 물었다. 엘리자베스는 나름의 이유를 늘어놓았다. 현대 기업 회계를 잘 알고 기업의 가치 평가를 해줄 사람이 필요하다고, 그런 면에서 조애나가 적임자라고 했다. 벤섬이 재정적으로 곤란한 지경인가? 빚을 졌나? 조만간 착수하려는 부동산 개발 건이 있나? 그래서 투자를 받았나? 이런 의문들에 대해 답을 해주고 우리가 절대적으로 믿을 수 있는 사람이 필요한데 그게 바로 조애나라는 것이다. 조애나는 장점이 많은 아이지만 특히 입이 무거운 편이다. 엘리자베스는 무엇보다 빠르게 연락할 수 있는 사람들 중에 우리에게 빚을 지고 있는 사람을 고른 거라고 했다. 조애나가 무슨 빚을 졌냐고 묻자, 제 엄마를 자주 보러 오지 않는 자식이니 그만큼 빚을 진 거라는 대답이 돌아왔다. 그런 논리라면 조애나도 꼼짝을 못 할 것이다.

　법의학에 대해서도 잘 알고 충직하며 우리 가까이에 사는 사람이 필요하다는 말로 엘리자베스는 쐐기를 박았다.

　엘리자베스는 조애나에게 이메일을 보냈고 거절은 접수하지 않겠다고 했다. 조애나에게는 나랑 의논하지 않고 보낸 이메일이라고 했다고 한다. 내가 함께 온 걸 보면 조애나는 깜짝 놀랄 것이다.

　이렇게 써놓고 보니 설득력 있게 보이지만 엘리자베스는 언제나 말을 설득력 있게 풀어내는 재주가 있다. 물론 나는 쉽게 넘어가지 않았다. 사실 엘리자베스가 찾기로 마음만 먹었으면 조애나보다 이 일에 더 적합한 사람을 찾고도 남았을 것이다. 그래서 진실이 뭐냐고? 내 생각엔 엘리자베스가 그냥 내 딸 조애나를 한번 만나고 싶어 한 것 같다.

나야 물론 괜찮았다. 덕분에 조애나 얼굴도 보고 엘리자베스에게 딸 자랑도 할 수 있으니까. 내가 직접 나서서 그런 쑥스러운 자리를 마련하지 않아도 되니 좋기도 했다. 만약 내가 그런 자리를 만들면 십중팔구 분위기가 거북해져서 조애나는 화를 냈을 것이다.

오늘 조애나를 만나면 조애나가 하는 일이라든지 새 남자 친구라든지 새로 장만한 집에 대한 얘기는 안 할 작정이다. (퍼트니 지역에 마련했다는 그 집에 나는 가보지 않았지만 조애나가 사진을 보여줬으니 크리스마스 때 만나서 자세히 얘기를 들어보면 된다.) 그냥 살인 사건에 대한 얘기를 할 것이다. 누가 살해당한 것을 알게 된 쿨한 10대처럼 아무렇지 않게. 뭐, 그렇게 됐대. 이런 식으로.

엘리자베스가 투덜거리며 말했듯 '느릿느릿 기어가는 기차 속도 때문에' 우리는 원래 일정보다 14분 늦게 채링 크로스역에 도착했다. 기차에서 화장실에 갈 일이 없어서 다행이었다. 마지막으로 런던에 왔던 건 친구들과 뮤지컬 〈저지 보이즈〉를 보기 위해서였다. 우리는 일 년에 서너 번 정도 그렇게 나들이를 하곤 했다. 그렇게 뭉친 이들이 나 포함해서 넷이었다. 낮 공연을 보고 나서 출퇴근 시간 전에 기차를 타고 돌아오는 여정이었다. 우리는 막스 매장에 들러 진토닉 캔을 사 들고, 집으로 돌아오는 기차 안에서 진토닉을 마시며 웃고 떠들고 시답잖은 얘기를 주고받았다. 이제 그 친구들은 모두 세상을 떠났다. 두 명은 암으로 한 명은 뇌졸중으로. 〈저지 보이즈〉를 보러 간 게 우리의 마지막 여행이 될 줄은 아무도 몰랐다. 사람들은 뭐든 처음은 알지 않나? 하지만 마지막은 거의 알지 못한다. 그때 그 뮤지컬의 공연 프로그램 책자를 보관해둘 걸 그랬다.

엘리자베스와 나는 블랙캡 택시를 타고(달리 선택의 여지가 있나?) 메이페어 지역으로 향했다. 커즌가를 지날 때 엘리자베스는 자기가 일했던 곳이라며 어떤 사무실을 손으로 가리켰다. 효율성 문제로 1980년대에 문을 닫았다고 했다.

전에 조애나의 사무실에 가본 적이 있다. 조애나와 직원들이 처음 입주했을 때였는데 그 후 실내 장식을 새로 했다. 탁구대도 있고 편하게 마실 수 있도록 음료도 준비돼 있었다. 버튼을 누르는 대신 몇 층인지 말하면 그 층에 데려다주는 승강기도 있었다. 꽤 호화로운 편이었는데 내 취향은 아니었다.

가끔 내가 딸 얘기를 지나치게 자주 하는 것 같긴 하다. 그래도 이렇게 조애나를 직접 봐서 너무 좋았다. 사람들 앞이라 조애나는 예의를 갖춰 나를 포옹했다. 엘리자베스는 화장실을 써야겠다며 잠시 자리를 비웠다. (여러분이 내가 초인적인 힘으로 소변을 참았다고 생각할까봐 말해두는데, 나는 채링 크로스역에서 화장실에 들러 볼일을 봤다.) 엘리자베스가 저만치 멀어지자 조애나가 환해진 얼굴로 말했다.

"엄마! 살인 사건이라고요?"

정확하진 않고 대충 이런 뜻으로 말했다. 그 순간 조애나는 내가 기억하는 오래전 어린아이로 돌아간 것 같았다.

"맞아서 죽었대, 조조. 하고 많은 방법 중에 하필이면."

나는 정확히 이렇게 말했다. 그러자 조애나는 인상을 쓰면서 자기를 애칭인 '조조'로 부르지 말라고 했다. (여담이지만, 아무리 봐도 조애나가 너무 마른 것 같았다. 새로 사귄 남자 친구가 그다지 잘해주지 않는 모양이었다. 온 김에 한마디 하려다가 말았다. 괜한 말로 분위기 망치지 마, 조이스.)

우리는 회의실로 들어갔다. 비행기 날개로 만든 탁자가 놓여 있었다. 탁자가 이게 뭐냐는 말을 하면 안 된다는 걸 알고 있었지만 너무 심하게 별난 게 아닌가 싶었다. 그래도 나는 비행기 날개 탁자가 늘 보는 물건이라는 듯 아무렇지 않게 자리에 가 앉았다.

엘리자베스는 서류철의 자료를 조애나에게 이미 이메일로 보내놓았고, 조애나는 그 자료를 부하 직원인 코닐리어스에게 전달했다. 이름 때문에 오해할까봐 말하겠는데 코닐리어스는 미국인이다. 이 서류를 어디서 입수했냐고 코닐리어스가 묻자 엘리자베스는 '기업 등록소'라고 대답했다. 그러자 코닐리어스는 기업 등록소에서 얻을 수 있는 서류가 아니라고 했다. 엘리자베스는 그런 건 잘 모른다고, 자기는 일흔여섯 살 먹은 할머니일 뿐이라고 받아쳤다.

잡설이 길었는데 요지는 이러했다. 벤섬의 회사들은 재정 상태가 꽤 양호했다. 벤섬은 본인이 하는 일을 잘 알고 있었다. 코닐리어스가 두 가지 흥미로운 사실을 발견했는데 우린 나중에 경찰이 찾아오면 말해줄 작정이다. 그 내용은 엘리자베스의 큼직한 파란색 파일에도 추가되었다.

회사에서 본 조애나는 재미있고 밝았으며 싹싹했다. 근래에 볼 수 없어 걱정했던 본래의 모습 그대로였다. 나랑 둘이 있을 때라 이런 모습을 보이지 않았던 건가?

엘리자베스에게는 조애나에 대한 얘기를 전부터 해두었다. 여느 모녀처럼 가깝게 느껴지지가 않는다고. 엘리자베스는 상대가 속을 털어놓게 만드는 재주가 있었다. 어쨌든 그랬기 때문에 엘리자베스는 내가 조애나 일로 약간 울적해한다는 사실을 알고 있었다. 그제야 나는 어쩌면 엘리자베스가 조애나를 만나러 오자고 한 게 나를 위해서였나 하는 생각이 들었다. 코닐리어스가 들려준 정보는 다른 누군가에게 의뢰를 했어도 알아냈을 만한 내용이었다. 그래서 결론은? 잘 모르겠다.

우리를 배웅하면서 조애나는 다음 주말에 집에 들를 테니 같이 수다나 떨자고 했다. 나는 대환영이라고, 같이 페어헤이븐에 놀러가자고 했고 조애나는 좋다고 했다. 새로 사귄 남자 친구도 데려올 거냐고 묻자 조애나는 살짝 웃으며 그건 아니라고 했다. 역시 내 딸이었다.

우리는 블랙캡 택시를 타고 곧장 기차역으로 갈 수도 있었지만 엘리자베스가 좀 걷고 싶다고 했다. 여러분이 메이페어 지역에 대해 아는지 모르겠는데, 쇼핑을 즐길 만한 상점은 별로 없지만 꽤 괜찮은 곳이다. 우린 코스타 커피점에 들러 커피를 마셨다. 아름다운 건물이었다. 엘리자베스 얘기로는 예전에는 이곳이 주점이어서 동료들과 들러 술을 마시곤 했단다. 우린 커피점에 잠시 앉아 그동안 모은 정보에 대해 얘기를 나눴다.

오늘 하루만 놓고 본다면 살인 사건 조사는 무척 재미있는 일이 될 것 같다. 긴 하루였다. 오늘 얻은 정보로 토니 커런을 죽인 범인을 잡는 일에 얼마만큼 가까워졌는지는 여러분의 판단에 맡기겠다.

오늘 조애나는 나의 새로운 면을 봤을 것이다. 어쩌면 조애나의 눈을 통해 내가 나의 새로운 면을 발견한 것인지도 모르겠다. 어느 쪽이든 꽤 흥미로웠다. 어쨌든 우린 코닐리어스가 마음에 들었다. 코닐리어스에 대해서는 다음에 좀 더 들려주겠다.

마을이 점차 어두워지고 있다. 살다보면 좋았던 시절을 되돌아볼 줄 알아야 한다. 좋았던 시절의 기억을 주머니 속에 고이 넣고 다닐 줄 알아야 한다. 나도 오늘의 기억을 내 주머니에 넣고 잠자리에 들어야겠다.

　마지막으로 이 얘길 하고 싶다. 채링 크로스에서 나는 마크 매장에 들러 진토닉 두 캔을 샀고, 집으로 돌아오는 기차 안에서 엘리자베스와 함께 마셨다.

24장

기억력 훈련

마을의 불빛들이 꺼져갈 무렵 엘리자베스는 일정 관리 수첩을 꺼내 오늘의 질문을 들여다본다.

'그웬 탤벗의 며느리가 모는 새 차의 자동차 등록 번호는?'

잘 고른 질문이다. 자동차 제조사를 묻는 질문은 너무 쉬우니까. 색깔도 쉬이 추측할 수 있으니 별로다. 추측은 아무것도 증명하지 못한다. 하지만 자동차 등록 번호는 다르다. 제대로 기억을 해야만 답을 적을 수 있다.

예전에 다른 나라, 다른 세기에서 다른 삶을 살 때 종종 그랬듯이 엘리자베스는 눈을 감고 기억 속 장면을 확대해 들여다본다. 이걸 눈으로 본다고 해야 하나 귀로 듣는다고 해야 하나? 눈으로 보이는 것을 뇌가 말해준다고 하는 편이 정확하겠다.

JL17 BCH

해당 페이지를 찾아 답을 확인해본다. 맞았다. 수첩을 덮는다. 다음 질문은 이따가 적어야지. 벌써 좋은 생각이 떠올랐다.

확실히 말해두는데, 그 자동차는 파란색 렉서스였다. 그웬 탤벗의 며느리는 맞춤 요트 보험업으로 성공한 사람이다. 하지만 그 며느리의 이름은 떠오르지 않는다. 딱 한 번 소개를 받았는데 이름을 제대로 듣지 못한 것 같다. 그러니까 이건 기억력 문제가 아니라 청력 문제라고 해야 한다.

기억력 감퇴는 쿠퍼스 체이스를 맴도는 귀신 같다. 건망증, 멍 때리기, 머릿속에서 이름이 뒤죽박죽되는 증상을 동반한다.

내가 여기 뭐 하러 왔더라? 노인이 이렇게 멍하니 물으면 손주들은 깔깔대며 웃는다. 아들과 딸은 농담처럼 넘기면서도 부모를 주의 깊게 살펴본다. 이런 생각을 하면 밤에 자다가도 섬뜩함에 잠을 깨곤 한다. 살면서 잃는 하고 많은 것 중에 하필 기억을 잃는다고? 차라리 다리나 폐를 잃고 말지. 기억이 아니면 무엇을 잃어도 좋겠다. '가여운 로즈매리'라든가 '불쌍한 프랭크'가 되어 저무는 해를 바라보며 멀쩡했던 옛 모습을 떠올리기 전에. 더는 여행도 못 가고 놀이도 못 하고 살인 클럽 활동도 못 하기 전에. 나라는 존재가 사라지기 전에.

감자 생각을 하다보면 딸과 손녀의 이름을 혼동할 수도 있다. 하지만 또 누가 알까? 어쩌면 이미 아슬아슬한 줄타기를 하고 있는지도 모른다.

그래서 엘리자베스는 매일 이 수첩을 펼쳐 2주 후의 날짜에 질문을 적어 놓는다. 그리고 매일 2주일 전에 적어놓은 질문에 답을 한다. 이것이 바로 엘리자베스가 만든 조기 경보 시스템이다. 지진 그래프를 들여다보는 과학자처럼 이 시스템으로 본인의 상태를 늘 확인할 수 있다. 일이 발생할 기미가 보이면, 엘리자베스 본인이 누구보다 먼저 알기 위해서다.

엘리자베스는 거실로 걸어 들어간다. 2주 전에 적어놓은 질문인 자동차 등록 번호를 맞혔더니 기분이 좋다. 스티븐은 뭔가에 몰두한 모습으로 소파에 앉아 있다. 오늘 아침 조이스와 함께 런던으로 떠나기 전 엘리자베스와 스티븐은 스티븐의 딸 에밀리에 대한 얘기를 나눴다. 스티븐은 에밀리가 너무 말라서 걱정이라고 했다. 엘리자베스는 그런 것 같진 않다고 했지만, 스티븐은 잘 먹는지 지켜볼 수 있게 에밀리가 집에 자주 찾아왔으면 좋겠다고 했다. 엘리자베스는 그건 맞는 말 같다며 에밀리에게 말해두겠다고 했다.

사실 에밀리는 스티븐의 딸이 아니다. 스티븐은 자식이 없다. 에밀리는 스티븐의 첫 번째 부인이었고 25년 전에 세상을 떠났다.

스티븐은 중동 미술 전문가다. 여러분이 흔히 얘기하는 영국 학자들처럼 진짜배기 전문가다. 그는 60년대와 70년대에 테헤란(이란의 수도)과 베이루트(레바논의 수도)에서 살았다. 몇 년 후에는 한때 그곳에서 부를 누렸으나 런던 서부로 도망쳐온 망명자들을 위해 약탈당한 예술품들을 찾으러 테헤란과 베이루트를 다시 방문했다. 엘리자베스는 70년대 초에 베이루트에 잠깐 있었지만 스티븐과 인연이 닿은 건 2004년이 다 되어서였다. 2004년 영국 치핑노턴시의 어느 서점 앞에서 엘리자베스가 떨어뜨린 장갑을 주워준 사람이 바로 스티븐이었다. 그리고 6개월 뒤에 그들은 결혼했다.

엘리자베스는 물주전자의 전원을 켠다. 스티븐은 요즘도 매일, 어쩔 때는 몇 시간씩 글을 쓴다. 그는 런던에 학술 업무 관련 대리인도 두고 있다. 그는 조만간 그 대리인을 만나러 가야 한다고 늘 말하곤 한다. 스티븐은 작업물을 안전한 곳에 보관하고 자물쇠까지 걸어놨지만 엘리자베스가 열지 못하는 자물쇠는 없다. 그녀는 종종 그의 작업물을 읽어보곤 한다. 본인 기사가 난 신문을 몇 장씩 복사한 사본도 있긴 하지만, 대부분은 에밀리에 관한 혹은 에밀리를 위한 이야기가 담긴 종이들이다. 하나같이 최고로 아름다운 필체로 적혀 있다.

스티븐이 학술 관련 대리인과 점심을 먹으러 혹은 전시회를 보러, 아니면 대영 도서관에 자료를 찾으러 기차를 타고 런던에 갈 일은 더 이상 없을 것이다. 스티븐의 병증은 현재 경계선상에 있다. 어쩌면 이미 경계선을 넘어갔을 수도 있다. 엘리자베스는 그의 상태를 최대한 잘 관리하는 방향으로 하고 있다. 신경 써서 약을 투여하는 것도 그래서다. 그래봤자 진정제를 투여하는 정도지만. 자신이 복용하는 약과 스티븐의 약을 섞어 쓰면 스티븐은 밤에 깨지 않고 잘 잔다.

물주전자가 끓는다. 엘리자베스는 차 두 잔을 우린다. 드 프레이타스 순경과 그녀의 상관인 크리스 허드슨 경감이 곧 그들을 만나러 올 것이다. 일은 생각대로 잘 진행되고 있지만 아직 할 일이 남아 있다. 오늘 조이스와의 외출을 통해 얻은 약간의 정보를 경찰에 넘겨주고 그들이 가진 정보를 받아야 한다. 도나와 그녀의 상관에게 얻어낼 게 몇 가지 있다. 일단 생각을 좀 해봐야겠다.

스티븐은 요리를 하지 않으니 엘리자베스가 외출한 동안 집을 홀랑 태워먹을 염려는 없다. 스티븐은 물건을 사러 나가거나 식당이나 수영장에 가지도 않으니 그런 곳에서 사고가 날 일도 없다. 물론 외출하고 돌아왔을 때, 물난리를 어설프게 감추려 한 흔적이 보여 급히 스티븐을 목욕시켜야 할 때도 있긴 하지만 지금까지 별로 큰일은 없었다.

엘리자베스는 스티븐을 최대한 오래 직접 돌볼 생각이다. 언젠가는 스티븐이 쓰러지거나 기침으로 피를 뱉을 일이 생겨 의사 앞에서 더이상 숨길 수 없는 날이 올 테지만. 그렇게 되면 어쩔 수 없이 스티븐을 떠나보내야 한다.

테마제팜(신경 안정제의 일종)을 갈아서 가루로 만들어 스티븐의 차에 넣고 우유를 붓는다. 어머니는 이런 차를 만들 때 나름의 규칙을 따랐다. 테마제팜을 먼저 넣고 우유를 넣을까 아니면 우유를 먼저 넣고 테마제팜을 넣을까? 엘리자베스는 미소 띤 얼굴로 생각한다. 스티븐은 이런 농담을 재미있어 한다. 이브라힘도 좋아할까? 조이스는? 다른 사람들은 별로 안 좋아할 것 같다.

엘리자베스는 스티븐과 종종 체스를 둔다. 예전에 폴란드와 서독 국경선 근처에 있는 안가에서 한 달 동안 살면서, 러시아의 체스 그랜드마스터이자 훗날 망명을 한 유리 체토비치를 돌본 적이 있었다. 그때 체토비치는 엘리자베스가 체스를 잘 두는 걸 알고 눈물을 흘리며 기뻐했다. 지금은 그때 배운 기술을 다 잊었다. 스티븐은 엘리자베스와 체스를 둘 때마다 이겼는데 그 수가 어찌나 우아한지 엘리자베스는 황홀해 기절할 지경이었다. 하지만 체스를 두는 횟수가 점점 줄더니 요즘은 두지 않는다. 지난번의 체스가 마지막이었을까? 스티븐은 마지막 킹을 잡은 건가? 제발 그게 아니기를.

스티븐에게 차를 주고 이마에 입을 맞춘다. 스티븐은 고맙다고 말한다.

엘리자베스는 수첩을 다시 들고 2주일 앞의 날짜로 페이지를 넘겨 질문을 적는다. 오늘 조애나와 코닐리어스한테서 얻어낸 정보에 기반을 둔 질문이다.

이안 벤섬은 토니 커런의 죽음으로 얼마만큼의 금전적 이득을 봤을까?

그 페이지 하단에 **12,250,000파운드**라고 정답을 적은 뒤 일정 관리 수첩을 덮는다.

25장

시작

도나 드 프레이타스 순경은 어제 아침에 소식을 들었다. 앞으로 형사과에 업무 보고를 하라는 소식이다. 엘리자베스가 일사천리로 일을 진행했구나 싶다.

크리스 허드슨 경감의 지원으로 도나는 토니 커런 사건 담당 팀에 배정됐다. 켄트 경찰의 새로운 시도라는 명목으로. 메이드스톤시 인사과 직원은 도나에게 전화를 걸어 포괄주의, 멘토링, 다양성 같은 이유로 그 팀에 배정한 것이라고 주절거렸다. 어찌 됐든 바란 대로 되기는 했다. 지금 아이스크림을 먹고 있는 크리스 허드슨 경감 옆에서 영국 해협을 바라보며 벤치에 앉아 있게 됐으니.

크리스는 사건을 빠르게 파악하는 데 도움이 될 거라며 도나에게 토니 커런 관련 파일을 내주었다. 이런 행운이 찾아오다니 도나는 믿기지가 않았다. 처음에는 그 파일을 받게 되서 무척 기뻤다. 이제야 제대로 된 경찰 일을 하게 된 것 같았다. 런던 남부에서 일할 때 좋아했던 요소들을 다시 접한 느낌이었다. 살인, 마약, 당당하게 '답변 거부'로 일관하는 피의자 같은 요소들 말이다. 파일을 읽다가 남들이 발견 못 한 사소한 단서를 찾아내서 수십 년 전의 미제 사건을 해결할 수도 있지 않을까. 혼자 머릿속으로 역할극도 해보았다. "경감님, 제가 좀 파봤는데요.

1997년 5월 29일이 은행 휴무일이었더라고요. 이렇게 되면 토니 커런의 알리바이는 거짓이었다고 봐야 하지 않을까요?" 크리스 허드슨은 신참이 사건을 해결했다는 게 믿기지 않는다는 표정일 것이다. 그럼 도나는 한쪽 눈썹을 치켜 올리며 말하면 된다. "토니 커런의 필체를 법의학 팀에 검사 의뢰했습니다. 결과가 어떻게 나왔는지 아세요?" 크리스는 별로 관심 없는 척하겠지만 도나는 그의 속을 빤히 안다. "토니 커런이 실은 왼손잡이였다고 하네요." 크리스는 볼에 바람을 넣으며 뚱한 표정을 짓지만 결국 그녀의 실력을 인정할 수밖에 없을 것이다.

하지만 현실에서 이런 일은 일어나지 않는다. 도나는 크리스가 자료에서 읽어낸 딱 그만큼 파악했을 뿐이다. 살인을 저지르고 교묘하게 빠져나갔지만 결국 누군가에게 살해당하고 만 한 남자의 간략한 인생사. 결정적 증거라든지 모순되는 점, 새삼스레 찾아낸 사실 따위는 없었다. 그래도 도나의 눈에는 그저 흥미로웠다.

"런던 남부에서는 못 봤지?"

크리스는 아이스크림콘으로 바다를 가리켰다.

"바다요?"

"그래, 바다."

"뭐, 그렇기는 하죠. 런던 남부에 스트리텀 연못이 있긴 하지만 바다랑은 비교할 수 없지요."

크리스 허드슨은 도나에게 친절하게 대해주고 있다. 일 잘하는 경찰답게 부하 직원을 존중해주는 편이다. 이대로 쭉 크리스 밑에서 일하게 된다면 그의 옷 입는 방식을 좀 바꿔주고 싶다. 언젠가 가능한 날이 오겠지. 크리스는 '사복'이라는 개념을 너무 진지하게 받아들이는 것 같다. 대체 저런 신발은 어디서 사 신는 걸까? 저런 구린 신발만 모아놓는 카탈로그라도 있나?

"슬슬 이안 벤섬을 만나러 가볼까? 토니 커런과 말다툼을 했다고 하니 그 부분에 대해 얘기를 들어봐야겠어."

엘리자베스는 이번에도 일을 잘 처리해놓았다. 엘리자베스는 미리 도나에게 전화를 해서 론, 조이스, 제이슨이 목격했다는 말다툼에 대해 상세히 알려주었다. 어차피 가서 이안 벤섬을 직접 만나겠지만 미리 정보를 알고 가면 훨씬 유리해지는 건 사실이다.

"그럼요. 형사과인데 '그럼요'라고 대답하는 건 폼이 안 나죠?"

크리스는 어깨를 으쓱한다.

"내가 폼이 나고 안 나고를 중요시하는 사람은 아니잖아, 드 프레이타스 순경."

"이른 감이 없진 않지만 저를 편하게 도나라고 부르시는 게 어떨까요."

크리스는 그녀를 한 번 쓱 쳐다보더니 고개를 끄덕인다.

"그래, 해볼게. 그렇게 하겠다고 약속은 못하지만."

"벤섬을 만나서 뭘 알아보실 거예요? 살해 동기?"

"맞아. 벤섬이 순순히 불지는 않을 거야. 그를 잘 지켜보면서 말하는 걸 듣다 보면 한두 가지 단서를 건질 수도 있어. 면담 중에 질문은 내가 할게."

"그러셔야죠."

크리스는 아이스크림콘을 마저 입에 넣는다.

"자네가 딱히 물어보고 싶은 게 있지 않다면."

"알겠습니다." 도나는 고개를 끄덕인다. "미리 말씀드리자면, 한 가지 물어볼 게 있기는 합니다."

"좋아." 크리스는 고개를 끄덕이며 일어선다. "그럼 가볼까?"

26장

버나드와의 식사

'모험이 없으면 얻는 것도 없다.' 이런 속담이 있지 않나? 내가 버나드를 점심 식사에 초대한 이유도 그래서다.

나는 쌀을 넣은 양고기 요리를 준비했다. 양고기는 웨이트로즈 마트에서, 쌀은 리들 마트에서 샀는데, 나는 원래 그런 식으로 한다. 완전히 정석대로 재료를 구입해 쓰지 않아도 사람들은 여간해서는 그 차이를 알아채지 못한다. 요즘 리들 마트에서 많이들 사는 추세라 여러분도 여기서 리들 마트의 배달 밴을 자주 보게 될 것이다.

버나드도 그 차이를 알아채는 부류는 아니다. 나는 버나드가 매일 식당에서 식사하는 건 알지만 아침으로 뭘 먹는지는 모른다. 대체 누가 남이 아침 식사로 뭘 먹는지까지 알까? 나는 아침이면 지역 라디오 방송을 켜놓고 차에 토스트를 곁들여 먹는다. 어떤 사람들은 아침을 과일로 때운다고 들었다. 언제부터 아침에 과일을 먹는 사람들이 생겨났는지 모르겠지만, 난 그런 부류가 아니다.

버나드와 데이트를 하지는 않았다. 어쩌면 데이트라고 볼 수도 있겠지만, 나는 엘리자베스에게 론과 이브라힘의 귀에 아무 얘기도 들어가지 않게 해달라고 부탁해두었다. 그들이 객쩍은 소리를 할까봐서다. 버나드와의 만남이 데이트는 아니었지만 혹시 데이트라고 한다면 이 말만은 해야겠다. 버나드는 죽은 아내에 대한 얘기를 무척 많이 하는 남자라는 것. 그게 싫지 않았고 이해할 수도 있었지만 참고 들으려 애써야 하기는 했다. 내가 불만을 토로할 사항은 아니니 그러려니 할밖에.

버나드를 만나서 제리에 대한 얘기를 많이 하지 않았더니 은근히 죄책감이 느껴진다. 내가 원래 그렇지는 않다. 제리를 마음속에 꼭 품고 다닌다. 섣불리 마음 밖에 꺼내놨다가는 제리에 대한 생각에 깊게 빠져들어 버리거나 제리가 영영 내 마음 밖으로 나가버릴까봐 걱정돼서 함부로 꺼내놓지 않을 뿐이다. 바보 같은 생각인 거 안다. 제리가 살아 있었으면 쿠퍼스 체이스 생활을 즐겼을 것 같다. 이곳에 있는 온갖 위원회들에 대해서도 재미있게 생각했겠지. 제리가 여기서 살아볼 기회를 얻지 못한 게 불공평하게 느껴진다.

어쨌든 내 입장은 그렇다. 괜한 얘길 했더니 눈물이 나오려 한다. 지금 이 시간, 이 장소는 눈물과 어울리지 않는다. 일기나 써야지.

버나드의 아내는 인도 사람이었다. 당시만 해도 무척 드문 결합이었는데 47년 동안 부부로 살았다고 한다. 그들은 쿠퍼스 체이스에 함께 입주했다. 그러다 아내가 뇌졸중으로 쓰러져 6개월 동안 윌로우스에서 요양했고 내가 도착하기 18개월 전에 세상을 떠났다고 한다. 그의 아내에 대한 얘기를 들으면서 살아생전에 만났으면 좋았겠다 싶다.

그들 부부 사이에는 '수피'라는 이름의 딸이 하나 있다. 소피가 아니라 수피다. 수피는 캐나다 밴쿠버에서 파트너와 함께 살고 있는데 일년에 두 번 정도 이곳을 방문한다. 조애나가 밴쿠버로 가서 살면 내 심정이 어떨까. 조애나는 충분히 그러고도 남을 아이이긴 하다.

오해할까봐 말해두는데, 버나드와 다른 얘기도 나눴다. 불쌍한 토니 커런에 대해서도. 토니 커런이 살해당해서 너무 흥분된다고 말했더니 버나드는 나를 미심쩍다는 듯 흘끔 쳐다봤다. 그 순간 아차 싶었다. 엘리자베스나 이브라힘, 론한테 얘기하듯이 다른 사람들한테 말하면 안 되는데. 우리끼리 하는 말이지만, 버나드가 나를 그런 눈으로 흘끔 쳐다볼 때 어쩐지 좀 잘생겨 보였다.

버나드는 자기 직업에 대한 얘기도 살짝 했다. 내가 그다지 똑똑한 편이 아니라 잘 못 알아 듣긴 했지만. 여러분 중에 화학 공학자가 뭐하는 사람인지 아는 분이 있다면 나보다 확실히 똑똑한 분인 거다. 나는 공학자도 알고 화학도 알지만 그 두 개를 합한 화학 공학자는 잘 모른다. 나도 내 직업에 대한 얘기를 조금 했고 환자들에 관한 재미난 일화도 들려주었다. 그는 내 얘기를 듣고 소리 내어 웃었다. 진공청소기 노즐에 중요 부위가 낀 수련의 얘기를 들려주자 그는 재미있어 하며 눈을 빛냈는데 그 모습에 나는 그와의 관계가 잘 풀릴 것 같다는 생각을 하게 됐다. 보통은 거기서 감정을 더 진행시키지 않는 편이지만 어쨌든 기분은 좋았다. 차이를 극복하면 배울 점이 많겠다는 생각도 했다. 홀로 사는 것과 외로이 사는 것이 어떻게 다른지 나는 잘 안다. 버나드는 외로이 사는 사람이다. 이렇게 어울려 지내다보면 그의 외로움도 치유되지 않을까.

나는 주인 없는 동물에게 끌리는 편이다. 제리도 주인 없는 동물이나 마찬가지였다. 처음 만난 순간부터 난 그를 알아봤다. 늘 농담을 던지고 똑똑한 사람이었지만 그는 따뜻한 가정을 필요로 하는 길 잃은 동물이었다. 그래서 나는 제리를 품어 따뜻한 가정을 주었고 그는 훨씬 큰 애정으로 보답했다. 아, 조이스, 이미 땅속에 묻혀버린 사랑스러운 제리에게 이 쿠퍼스 체이스 실버타운은 너무나도 잘 맞는 곳이었을 텐데.

나도 버나드처럼 쉴 새 없이 떠들고 있다. 입 좀 닫자, 조이스. 괜히 바보처럼 눈물이 난다. 그냥 흐르게 둬야겠다. 한 번씩 울어주지 않으면 아무 때나 울음이 터져 나오고 만다.

이따가 엘리자베스가 초대한 도나 순경과 허드슨 경감이 우리를 보러 올 거다. 엘리자베스는 우리가 조애나와 코닐리어스한테서 얻어낸 정보를 경찰에 내주고 경찰이 확보한 정보를 받을 생각이다.

오늘이 목요일이 아니라서 엘리자베스는 내 집 거실을 손님맞이에 쓸 수 있겠는지 물었다. 우리 모두 들어와 앉기에는 너무 비좁을 거라고 말하자 엘리자베스는 자기가 생각하는 목적에 딱 맞는 크기라고 했다. 허드슨 경감을 불편하게 만들어서 정보를 내놓게 만드는 게 그녀의 계획이었다. 옛날에 쓰던 장비를 이제는 쓸 수 없지만, 상대를 압박해 정보를 털어놓게 만드는 건 오랫동안 효과를 보아온 자신만의 비법이라고 했다. 엘리자베스는 이렇게 지시했다. '허드슨 경감이 쓸 만한 정보를 내놓을 때까지 아무도 거실을 떠나지 말 것.'

그리고 나더러 빵을 구워달라고 했다. 레몬 드리즐 케이크를 만들고 있는 중인데 혹시 모르니 커피 호두 케이크도 만들어야겠다. 전에 〈고동치는 마음〉이라는 연극에서 보고 눈에 들어와서 아몬드 가루를 쭉 사용하고 있다. 안 그래도 아몬드 가루로 케이크를 만들 기회를 찾고 있었다. 이브라힘은 글루텐 불내증이 있어서 밀가루로 만든 케이크를 못 먹으니 아몬드 가루면 될 것 같다.

낮잠을 좀 자둘까? 지금이 오후 3시 15분인데, 내 낮잠 한계점은 오후 3시 정각이다. 그 시간을 넘기면 낮잠을 자고 싶어도 잘 자지 못한다. 하지만 요 며칠 바쁘게 지냈으니 규칙을 조금은 어겨도 괜찮겠지?

어쨌든 커피 호두 케이크는 버나드가 좋아하는 케이크임을 이 자리에서 밝혀두겠다. 하지만 괜한 의미 부여는 하지 말기 바란다.

27장

혼란

도나는 포드 포커스의 차창 밖을 내다본다. 사람들은 나무를 보면서 무엇을 발견할까? 이것저것 볼 게 많기는 하다. 줄기, 가지, 잎, 줄기, 가지, 잎, 그만하자. 자꾸 딴 생각이 든다.

크리스는 토니 커런의 시신 옆에 있던 사진을 보여주었다. 범인이 경찰의 관심을 딴 데로 돌리려고 놓아둔 게 아닐까? 분명 그럴 것이다. 범인이 제이슨 리치나 바비 태너 혹은 이 사진을 찍은 사람이라면 시신 옆에 그 사진을 놓아두는 짓을 할 리 없다. 화를 자초하는 짓일 뿐더러 멍청하기 짝이 없는 짓이니까. 토니 커런을 죽일 가능성이 있는 사람이 100명은 될 텐데, 경찰이 그 사람들은 다 놔두고 굳이 사진과 관련된 세 사람으로 용의자를 압축해야 할까?

다른 누군가가 이 사진을 입수했을 가능성은? 그런 가능성이 있다고 한다면, 어떤 방법으로 입수했을까?

토니 커런이 그 사진을 한 장 갖고 있었다면? 그럼 앞뒤가 맞는다. 이안 벤섬이 예전에 그 사진을 봤을 수도 있다. 토니가 자랑 삼아 보여줬겠지. 이안은 나중에 쓸 일이 있을 거라 생각하며 그 사진을 슬쩍 훔쳐서 꿍쳐놓았을 것이다. 그리고 무능력한 경찰들을 혼란에 빠뜨리기 위해 사건 현장에 놓아두었을 수도 있다. 자료를 읽어보니 이안은 그런 짓을 하고도 남을 위인인 것 같다.

차창 너머로 마을이 보인다. 계속 숲만 보다가 마을이 보이니 숨통이 트이는 것 같다. 하지만 콘크리트 취향인 도나에겐 이 정도 마을로는 성이 차지 않는다. 그래도 차차 이런 자연 친화적인 동네를 좋아하게 되지 않을까? 런던 남부보다는 확실히 생기가 더 있긴 하니까.

"무슨 생각해?"

크리스는 도로 표지판을 찾기 위해 왼쪽으로 시선을 돌리며 묻는다.

"벨럼 도로변에 있는 애틀랜타 프라이드 치킨집 생각을 하고 있었어요. 이안 벤섬에게 그 사진을 보여줘야겠다는 생각도 하고 있고요. 그 사진을 본 적 있냐고 물어봐야겠죠."

"그가 못 봤다고 대답할 때 눈빛을 확인하겠다?" 크리스는 좌회전을 해 좁은 시골길로 차를 몰고 간다. "괜찮은 계획이야."

"또 이런 생각도 하고 있어요. 경감님이 셔츠를 좀 다려 입으시면 좋지 않을까?"

"옆에 그림자를 달고 다니면서 수사하는 게 이런 기분인가 보네. 예전에는 셔츠 앞쪽은 다려 입었어. 나머지 부분은 어차피 재킷을 입으면 안 보이니까 안 다렸지만. 그런데 생각해보니까 넥타이를 매고 다니니 굳이 앞쪽도 다릴 필요가 없겠더라고. 남이 셔츠를 다려 입든 말든 누가 신경 쓰겠어?"

"다들 신경 쓰죠. 저도 신경 쓰고요."

"자네는 경찰이니까 그런 걸 일일이 신경 쓰겠지. 여자 친구 생기면 그때부터 셔츠를 다림질해서 입으면 돼."

"셔츠를 다림질해서 입고 다녀야 여자 친구가 생기겠죠."

"그거 참 딜레마구만." 크리스는 길게 뻗은 진입로로 차를 몰고 올라간다. "어쨌든 난 입고 다니면 저절로 다려지는 셔츠를 찾아 입으니까 걱정 없어."

"지금도 그런 셔츠를 입으셨어요?"

어느새 그들이 탄 차는 이안 벤섬의 집 앞에 멈춰 선다.

28장

거짓말

"정신을 집중하면 3분 동안 호흡을 멈출 수 있습니다." 이안 벤섬이 말한다. "횡격막을 제어하는 거죠. 우리 몸은 알려진 것처럼 많은 량의 산소가 필요하지 않거든요. 산양이 바로 그 증거입니다."

크리스가 대꾸한다.

"말이 되네요, 벤섬 씨. 그럼 다시 사진 얘기로 돌아가 볼까요?"

이안 벤섬은 다시 사진을 들여다보고는 고개를 젓는다.

"음, 확실히 처음 보는 사진입니다. 사진 속에 이 남자가 토니인 건 알아보겠네요. 신이시여, 그의 영혼이 편안히 쉬게 하소서. 그리고 이 남자는 권투 선수 맞죠?"

"제이슨 리치입니다."

"권투 트레이너가 나더러 권투 선수로 뛰었어도 참 좋았을 거라고 했습니다. 체력도 좋고 정신력도 강하다고. 가르쳐서 되지 않는 재능이라는 게 있잖습니까."

크리스는 고개를 끄덕인다. 도나는 이안 벤섬의 집 거실을 둘러본다.

지금까지 봐온 중 상당히 특이해 보이는 거실들 중 하나로 꼽을 만하다. 금색 건반이 장착된 새빨간 그랜드 피아노, 흑단으로 된 틀에 얼룩말 가죽 시트를 얹은 피아노 의자도 눈에 띈다.

"근래에 토니와 다툰 적 있으십니까, 벤섬 씨? 토니가 죽기 전에?"

"다퉈요?"

"예."

"나랑 토니가요?"

"예."

"우린 다툰 적이 없습니다. 다툼이 건강에 얼마나 해로운데요. 과학적으로도 증명된 겁니다. 다툼은 피를 묽게 만들어요. 피가 묽어지면 그만큼 기운도 없게 되죠. 기운이 떨어지면 건강이 걷잡을 수 없이 망가집니다."

도나는 이안이 하는 말에 귀를 기울이면서 눈으로는 계속해서 거실을 둘러본다. 벽난로 위에 큼직한 유화가 담긴 거대한 금색 액자가 걸려 있다. 칼을 차고 있는 이안의 초상화다. 그 앞쪽에는 박제된 독수리가 장식돼 있다. 양 날개를 쫙 편 채로.

크리스가 말한다.

"그 점은 우리도 동의합니다. 토니 커런이 사망하기 전 두 분이 다투는 걸 봤다는 증인이 세 명이나 있는데 어떻게 생각하시는지?"

도나는 천천히 앞으로 몸을 기울인 이안이 허벅지에 팔꿈치를 대고 모아 잡은 손 위에 턱을 얹는 모습을 가만히 지켜본다. 이안은 생각하는 척 표정을 지어 보이고 있다.

"그게 말입니다." 이안은 허벅지에서 팔꿈치를 떼고 두 손을 펼쳐 보인다. "우리가 의견이 좀 달랐습니다. 종종 그럴 수 있는 거 아닙니까? 그런 것도 다 몸 안의 독소를 방출하기 위한 행동이죠. 증인들이 봤다는 것도 아마 그런 거겠죠."

"아, 예. 그렇겠네요. 무슨 일로 다투셨는지 물어봐도 될까요?"

"그럼요, 물론이죠. 좋은 질문입니다. 잘 물어보셨어요. 뭐, 어쨌거나 토니가 죽었으니까요."

침묵을 지키고 있는 것에 진력이 난 도나는 에메랄드를 조각해 만든 해골 모양 장식품을 바라보며 말한다.

"엄밀히 말하면 살해당한 겁니다. 말다툼을 하고 나서 얼마 후에요."

이안은 도나를 향해 고개를 끄덕여 보인다.

"정확히 말하면 그렇죠. 살해당했죠. 전도유망한 경찰이시네. 어쨌든 자동 스프링클러 장치에 대해 좀 아십니까?"

크리스가 대답한다.

"알 만큼은 압니다."

"저는 새로 짓는 주택마다 자동 스프링클러 장치를 설치하려 하고 있습니다. 그런데 토니가 비용이 너무 많이 든다며 싫어했어요. 그런데 저는…… 저로 말할 것 같으면…… 이게 제가 사업을 하는 방식이기도 합니다만…… 저는 고객들의 안전이 최우선인 사람입니다. 말 그대로 최우선이에요. 그래서 토니한테도 그렇게 말을 했죠. 그런데 토니는 매사에 자유방임적인 생각을 갖고 있어요. 제 스타일은 아니죠. 그러니 토니와 저는 '의견이 달랐다'라고 해야지 '다퉜다'고 하기는 좀 그렇습니다."

"그런가요?"

"그렇죠. 스프링클러 때문에 의견이 갈린 거죠. 제가 어떤 죄를 지었는지 모르겠지만 굳이 찾는다면 건축물의 안전을 우선시한 죄밖에 없습니다."

크리스는 고개를 끄덕이며 도나를 돌아본다.

"이만하면 된 것 같습니다, 벤섬 씨. 제 동료가 질문할 게 있지 않다면요."

도나는 말다툼을 해놓고 왜 거짓말을 하냐고 벤섬에게 묻고 싶지만 지나친 처사일 수 있다. 그렇다면 무슨 질문을 해야 할까? 크리스는 그녀가 무슨 질문을 하길 바랄까?

"하나만 묻겠습니다, 이안." 도나는 그를 벤섬 씨라고 불러주고 싶지 않았다. "그날 쿠퍼스 체이스를 나서서 어디로 가셨죠? 집으로 가셨나요? 혹시 토니 커런을 만나러 가셨나요? 스프링클러 문제를 계속 논의하려고?"

"전부 아닙니다." 이안은 확실한 근거가 있는 듯 자신 있게 대답한다. "커런과 고든 플레이페어를 만나러 차를 몰고 언덕을 올라갔습니다. 그들이 그곳에 땅을 소유하고 있거든요. 가서 물어보시면 제가 왔었다고 확인해줄 겁니다. 적어도 커런은 확인이 가능할 겁니다."

크리스는 도나를 돌아보며 고개를 끄덕인다. 괜찮은 질문이었던 모양이다.

이안이 도나에게 말한다.

"그건 그렇고 경찰치고는 굉장히 아름다우십니다."

"제가 선생님을 체포해야 하는 상황이 오면 제가 얼마나 아름다운 사람인지 알게 될 겁니다."

도나는 이 상황에서 눈을 위로 굴리는 게 프로답지 않은 행동임을 잠시 후에야 깨닫는다.

"뭐, 그렇다면 아름답다는 말은 취소하고, 어쨌든 이런 일을 하시기에는 상당히 매력적인 분이다라고만 말해두죠."

크리스가 자리에서 일어서며 말한다.

"시간 내주셔서 감사합니다, 벤섬 씨. 필요하면 다시 연락드리죠. 저한테도 아름답다고 말하고 싶으시면 제 번호를 가르쳐드리고요."

도나는 일어서면서 거실을 마지막으로 한 번 더 둘러본다. 마지막으로 눈에 들어온 것은 이안 벤섬의 수족관이다. 수족관 바닥에 이안 벤섬의 저택을 그대로 축소한 모형이 설치돼 있다. 도나와 크리스가 밖으로 나가려는데 흰동가리 한 마리가 모형 집 위층 창문을 통해 헤엄쳐 나온다.

크리스와 함께 차 앞에 섰을 때 도나의 휴대폰이 핑 소리를 낸다.

엘리자베스가 문자를 보냈다. 평범하게 문자를 보내다니 어쩐지 안 어울린다. 엘리자베스가 보내는 메시지면 모스 부호나 복잡한 깃발 암호로 되어 있어야 어울리지 않나?

도나는 속으로 웃으며 문자를 확인한다.

"목요일 살인 클럽에서 보낸 문자인데, 쿠퍼스 체이스에 좀 와줄 수 있겠냐고 하네요. 우리한테 줄 정보가 있다고."

"목요일 살인 클럽?"

"거기 사시는 입주민 네 분이 만든 모임이에요."

크리스는 고개를 끄덕인다.

"이브라힘과 가여운 늙은이 론 리치는 만나봤어. 그들도 그 모임의 일원이야?"

도나는 고개를 끄덕인다. 크리스가 왜 론 리치에게 '가여운'이라는 수식어를 붙였는지는 모르겠지만, 아마 엘리자베스가 그렇게 일을 꾸몄을 것이다.

"그분들을 만나러 가실래요? 엘리자베스가 제이슨 리치도 그 자리에 있을 거라는데요."

"엘리자베스?"

"엘리자베스는 그 모임의……" 도나는 생각 끝에 말한다. "뭐라고 표현해야 맞을지 모르겠는데. 그 모임에서 영화 〈대부〉의 말론 브란도 같은 역할을 하고 계세요."

"지난번에 쿠퍼스 체이스에 갔을 때 누가 내 포드 포커스에다 쇠사슬를 채워놨더라고. 쇠사슬를 풀어주는 대신 150파운드를 벌금으로 내야 했어. 형광색 재킷을 입고 조정식 스패너를 든 연금 수령자한테. 엘리자베스한테 답장해서 전해. 우린 그 할머니가 정한 시간이 아니라 우리가 정한 시간에 방문하겠다고. 우린 경찰이야."

"엘리자베스가 거절을 순순히 받아들일지 모르겠네요."

"받아들이지 않으면 어쩌겠어. 난 이 일을 30년 가까이 해왔어. 연금 수령자 네 명한테 휘둘리지 않아."

"알겠습니다. 그렇게 전할게요."

29장

주도권 갖기

결과적으로 크리스는 틀렸고 도나가 옳았다.

지금 크리스 허드슨은 소파 가운데 자리에 불편하게 꽉 끼어 앉아 있다. 전에 만난 적 있는 이브라힘, 그리고 자그마한 체격에 쾌활한 성격의 백발 할머니 조이스를 양옆에 둔 한가운데 자리다. 2.5인용 소파인 게 분명해서 처음 그리로 가서 앉으라는 얘기를 들었을 때 크리스는 누가 옆에 와서 앉더라도 한 사람만 앉을 거라고 생각했다. 그런데 오랫동안 연금을 받아온 게 분명해 보이는 이브라힘과 조이스가 우아하고 재빠른 움직임으로 다가와 크리스의 양옆에 자리를 잡은 것이다. 자리 배치가 이렇게 될 줄 미리 알았다면 크리스는 소파에 앉으라는 제안을 거절하고 지금 론 리치와 엘리자베스가 차지한 안락의자에 앉았을 것이다. 론 리치는 지난번에 만났을 때에 비해 엄청 정정해 보였고 거절을 용납하지 않는 엘리자베스는 역시나 무시무시했다.

더 중요한 것은 지금 도나가 발까지 다리 밑에 넣고 세상 근심 없이 편하게 앉아 있는 저 아늑한 이케아 리클라이너가 그의 차지가 될 수도 있었다는 사실이다.

지금 자리를 옮길 수는 없냐고? 등받이가 딱딱해 보이는 의자 하나가 남아 있긴 하지만 지금 일어서면 양옆에 앉은 조이스와 이브라힘이 기분 나빠하지 않을까? 두 노인은 크리스가 불편해하는지 여부를 전혀 모르는 눈치고, 무엇보다 크리스는 무례한 인간으로 보이고 싶지 않다. 크리스가 지금 이 자리에 앉은 이유는 그가 모두의 주목을 받는 자리에 앉기를 바라는 저들의 다정한 배려 때문이다. 그는 그 점을 잘 이해하고 있으며 고맙게 여기고 있다. 실력 있는 경찰이라면 좌석 배치에 사람들의 심리가 반영된다는 것을 알게 마련이다. 이들은 그를 중요한 사람으로 느끼도록 하기 위해 최선을 다해 자리를 배치했다. 그런 자기네 배려가 완전히 역효과가 난 걸 알면 얼마나 충격을 받을까.

크리스는 받침 접시에 놓인 차를 받았다. 하지만 양옆이 꽉 끼어 앉아 있다 보니 차를 마시기 위해 움직일 엄두가 나지 않는다. 물론 이런 상황에서도 프로답게 최선을 다해야 할 것이다. 도나를 흘끗 보니 사이드 테이블 위에 차를 올려두고 편안하게 앉아 있다. 믿기지 않는다. 일부러라도 이보다 더 사람을 거북하게 만들 수는 없을 것이다. 하지만 프로이니 참아야 한다.

"시작해볼까요?"

크리스가 입을 연다. 몸을 앞으로 기울이려 한 순간, 이브라힘의 팔꿈치가 크리스의 엉덩이 쪽으로 밀려 끼게 생겼다. 크리스는 다시 몸을 뒤로 젖힐 수밖에 없다. 그의 찻잔은 가장자리까지 찻물이 가득 채워져서 한 손으로는 쏟아지지 않게 들 수가 없고 너무 뜨거워 마실 수도 없다. 짜증이 나야 마땅한 상황이지만, 친절하게 배려하는 네 입주민의 얼굴을 보니 짜증을 내는 것조차 불가능하다.

"아시다시피, 저 의자에 편안하게 자리한 드 프레이타스 순경과 저는 토니 커런 살인 사건을 수사 중입니다. 지역 건축업자이며 부동산 개발업자인 토니 커런에 대해서는 다들 어느 정도 아실 겁니다. 지난주에 커런 씨가 비극적으로 세상을 떠났죠. 그래서 이 사건과 관련해 몇 가지 질문을 드리고자 합니다."

크리스는 청중을 돌아본다. 다들 순진한 얼굴로 고개를 끄덕거리고 있다. 크리스는 정중한 표현으로 골라 말해서 다행이란 생각이 든다. '관련해'라는 표현이 이 분위기에 잘 어울린다. 차를 한 모금 마시고 싶은데 혀가 델 것처럼 뜨겁다. 그렇다고 입으로 후우 불었다가는 찻물이 찻잔 가장자리로 넘쳐버릴 테고, 차를 덜 뜨거운 상태로 내놓았어야 한다는 무례한 요구로 비칠 우려도 있다.

조이스는 좋지 않은 소식을 전한다.

"저희가 무례를 저질렀네요, 경감님. 케이크를 안 드렸어요."

조이스는 미리 잘라 놓은 레몬 드리즐 케이크 한 조각을 비스듬히 들어 그의 앞으로 가져온다.

손을 들어 만류할 수가 없는 상황이라 크리스는 말로 거절해본다.

"괜찮습니다. 점심을 많이 먹어서요." 물론 사실이 아니다.

"한 조각만 드세요. 제가 특별히 만든 거랍니다."

조이스가 뿌듯해하는 목소리로 재차 권하자 크리스도 어쩔 수가 없다.

"알겠습니다."

조이스는 케이크 조각을 그의 찻잔 받침에 아슬아슬하게 올려놓는다.

엘리자베스가 그에게 묻는다. "용의자를 특정하셨나요, 아니면 벤섬을 계속 지켜보고 계신 건가요?"

조이스가 말한다. "이브라힘이 그러는데 제 케이크가 M&S 레몬 드리즐 케이크보다 낫네요."

이브라힘이 나선다. "용의자 여러 명을 염두에 두고 있겠죠. 내가 아는 허드슨 경감님이 얼마나 철저한 경찰인데."

조이스가 설명한다. "좀 특이한 맛이 느껴지실 수도 있는데 아몬드 가루를 써서 그래요."

이번에는 론이 크리스에게 묻는다. "맞아요? 용의자가 나왔어요?"

"딱히 그렇지는······"

론이 꼬치꼬치 묻는다. "범위를 좁혀나가야지. 법의학팀은 불렀습니까? 내가 제이슨이랑 〈CSI〉라는 드라마를 즐겨 봅니다. 제이슨도 와서 이 얘기를 들으면 좋아할 텐데. 용의자는 나왔어요? 지문은? DNA는요?"

크리스가 기억하기로 요전 날 봤을 때 론은 정신 상태가 그리 맑지 않아 보였었다.

"그게, 그래서 제가 여기 온 겁니다. 선생님과 조이스, 그리고 아드님이 함께 맥주를 마시고 있었다고 들어서요. 아드님이 이 자리에 오시는 거 맞죠? 아드님하고도 얘기를 나눠보고 싶습니다만."

론이 대답한다. "문자가 왔는데, 10분 정도 걸린다네요."

엘리자베스가 한마디 한다. "제이슨이 이 분위기를 무척 좋아할 거예요."

론이 말한다. "엄청 좋아하겠죠."

"다시 말씀드리지만, 실은 제가······"

크리스의 말허리를 자르며 이브라힘이 의견을 내놓는다. "M&S 레몬 드리즐 케이크는 설탕이 너무 많이 들어갔어요, 경감님. 내 생각엔 그렇습니다. 단순히 내 생각인 것만은 아니에요. 인터넷 토론 게시판에 들어가 보시면 알 겁니다."

크리스는 몸을 약간 앞으로 기울이려 안간힘을 쓰고 있다. 찻잔 아랫부분과 받침 접시 사이에 놓인 케이크 조각이 너무 커서 크리스는 균형이 흐트러지지 않도록 무진 애를 쓰는 중이다. 그래도 살인자, 사이

코패스, 사기꾼, 온갖 유형의 거짓말쟁이들을 취조해온 경찰답게 크리스는 질문을 계속해나가기로 한다.

"저희는 리치 씨와 그 아드님을 면담하고 싶습니다. 그리고 조이스 씨도 말다툼을 목격했다고……"

조이스가 그의 말을 가로챈다. "CSI는 너무 미국적인 드라마예요. 난 〈루이스〉를 좋아해요. ITV3 채널에서 나오는 드라마랍니다. 스카이플러스 서비스로 보고 있어요. 이 마을에서 스카이플러스 서비스를 제대로 쓸 줄 아는 건 나밖에 없을 거예요."

그러자 이브라힘이 말한다. "난 지부스 탐정이 나오는 소설을 좋아합니다. 그 소설 알아요? 지부스는 스코틀랜드 사람이에요. 정말이지 끔찍한 고난을 다 겪죠."

엘리자베스도 나선다. "난 패트리샤 하이스미스 작가의 소설이 좋던데요."

론 리치도 크리스가 기억하는 것보다 훨씬 자신감 있는 말투로 말한다. "누가 뭐래도 《더 스위니》만 한 작품은 없어요. 내가 마크 빌링엄의 소설은 다 읽어봤다 이겁니다."

와인 병을 연 엘리자베스는 어느새 친구들 앞에 놓인 잔을 채우기 시작한다.

크리스는 차를 한 모금 마실 엄두도 낼 수 없다. 찻잔을 들어 입술에 가져다 댔다가는 케이크의 균형이 흔들리면서 케이크가 받침 접시 한가운데로 미끄러지게 될 것이다. 그럼 찻잔을 다시 받침 접시에 내려놓을 수가 없게 된다. 체중이 25스톤에 육박하고 목에 '나는 경찰을 죽인다'라는 문신을 한 '지옥의 천사들' 갱단 폭력단원을 취조했던 옛 시절이 떠오르면서 등줄기를 타고 땀이 주르륵 흐른다.

다행히 엘리자베스가 도와주러 나선다. "소파에 끼어 앉아 계신 것 같네요, 경감님."

조이스가 변명한다. "우리가 평소에는 퍼즐실에서 모임을 갖거든요. 그런데 오늘이 목요일이 아니라서 퍼즐실은 지금 담소 및 코바늘 모임이 사용하고 있답니다."

이브라힘이 설명해준다. "담소 및 코바늘 모임은 얼마 전에 생긴 동호회입니다, 경감님. 뜨개질 및 수다 모임에 환멸을 느낀 회원들이 새로 결성했죠. 수다만 떨고 뜨개질을 열심히 하지 않는다는 이유로요."

론이 말한다. "라운지는 지금 출입이 안 돼요. 잔디 볼링 동호회가 거기서 징계 청문회를 열고 있어서."

조이스가 말한다. "의료용 마리화나를 옹호하는 콜린 클레멘스 문제 때문인 걸로 알아요."

엘리자베스가 나선다. "그러니 어쩔 수 없이 이런 곳에 모실 수밖에 없네요. 수사 진행 상황에 대해 쭉 설명해주시겠어요?"

조이스가 말한다. "아아 그래요. 우리 전문 분야가 아니니까 천천히 말해주시면 정말 고맙겠어요. 참고로 레몬 드리즐 케이크뿐만 아니라 커피 호두 케이크도 만들어뒀답니다."

크리스는 도나를 돌아본다. 도나는 어쩔 수 없지 않느냐는 듯 어깨를 으쓱하면서 양 손바닥을 펼쳐 보일 뿐이다.

30장

두 번째 계획

매튜 매키 신부는 양옆에 나무들이 늘어선 길을 따라 천천히 언덕을 걸어 올라간다.

토니 커런의 죽음으로 이 골치 아픈 일이 끝나겠거니 했다. 더 이상은 그가 나설 일이 없을 줄 알았다. 그런데 사정 설명을 하러 이안 벤섬을 만나고 보니 실망감이 밀려왔다. 우드랜드 개발은 계획대로 진행된다고 했다. 묘지를 밀어 없앤다는 얘기다.

두 번째 계획을 실행할 때가 왔다. 그것도 신속하게.

길이 왼쪽으로 휘어졌다가 곧게 뻗어 올라간다. 저 위 높은 곳에 영원한 안식의 정원이 보이기 시작한다. 철문이 제일 먼저 눈에 들어온다. 붉은 벽돌 담장 사이에 위치한 그 철문은 차도 드나들 수 있을 만큼 폭이 넓다. 철문은 낡아 보이는데 담장은 새것 같다. 철문 앞은 곡선형 길이다. 예전에는 영구차들이 다녔는데 지금은 유지 보수 차량들이 사용하고 있다.

철문으로 다가가 밀어 연다. 중앙 길을 따라 쭉 가면 저 끝에 십자가에 매달린 예수를 형상화한 대형 조각상이 보이는 구조다. 그는 무수한 영혼들 사이로, 조용히 예수 조각상을 향해 걸어간다. 조각상 너머, 정원 너머에는 키 큰 너도밤나무들이 자라고 있다. 언덕 저 위쪽은 넓게 툭 트인 농지로 이어진다. 매키 신부는 예수의 발이 놓인 주추 앞에서 성호를 긋는다. 요즘은 무릎까지 꿇지는 않는다. 관절염 때문에 가톨릭교 신앙과 편치 않은 합의를 이룬 탓이다.

고개를 돌려 정원을 둘러본다. 햇살 때문에 눈이 절로 감긴다. 중앙 길 양 옆은 깔끔하게 정돈된 대칭적인 형태의 묘비들이 위치해 있다. 철문 방향으로 갈수록 최근에 조성된 무덤이다. 제일 오래된 무덤은 예수 조각상 바로 근처에 자리했고 신참들은 줄 끝에 배치됐다. 이 언덕에는 어림잡아 200구 정도의 시신들이 매장돼 있다. 너무나도 아름답고 평화로우며 완벽한 곳이라 여기 있다 보면 절로 하느님을 믿게 된다.

첫 무덤은 1874년에 조성됐고 그 무덤의 주인은 마거릿 버나뎃 수녀다. 그는 그 수녀의 무덤 앞에서 방향을 돌려 천천히 왔던 길을 되돌아간다.

오래된 묘비일수록 화려하고 현란하다. 철문을 향해 걸어갈수록 묘비에 적힌 날짜가 현재에 가까워진다. 빅토리아 여왕 시대에 만들어진 무덤들이 깔끔하게 줄 지어 놓여 있다. 정치가 파머스틴과 보어인들에게 분노한 당대의 분위기가 어렴풋이 읽힌다. 이어서 수녀원에 살면서 라이트 형제들의 최초 비행 성공 소식을 들었을 수녀들의 무덤이 보인다. 수녀원으로 몰려온 맹인들과 환자들을 간호하고 전장에 나간 형제들이 유럽에서 무사히 돌아오기를 기도한 수녀들. 두 차례 세계 대전을 목격하고서도 여전히 신앙심을 간직한 채 의사 겸 유권자 겸 운전기사 역할을 수행한 수녀들. 현재로 가까워질수록 묘비에 세워진 글자들이 편하게 읽힌다. 마침내 텔레비전, 로큰롤, 슈퍼마켓, 고속도로, 달 착륙의 시대에 만들어진 묘비들이 보인다. 매키 신부는 명확하고 단순한 글귀가 새겨진 1970년대 묘비들 근처에서 길을 벗어난다. 묘비에 적힌 이름들을 바라보며 그 줄을 따라 걸어간다. 세상은 몹시도 괴상한 방식으로 변해가고 있지만, 이 묘비들은 여전히 깔끔하고 질서정연하며 늘 같은 이름들이 자리를 차지하고 있다. 그는 정원 측벽 쪽으로 다가간다. 허리 높이 정도인 측벽은 앞쪽 담장보다 훨씬 오래됐다. 그는 1874년 이래로 변함없는 풍경을 바라본다. 나무들, 들판들, 새들, 영원하고 견고한 풍경들. 어느 묘비에 붙은 나뭇잎 하나를 손으로 쓸어 치우며 그는 다시 길로 돌아간다.

마침내 마지막 묘비 앞에 다다른다. 2005년 7월 14일에 소천한 매리 번 수녀. 100년 간격을 두고 같은 길을 걸어간 매리 번 수녀는 마거릿 버나뎃 수녀에게 할 말이 얼마나 많을까. 세상은 많이 바뀌었지만 적어도 이곳은 크게 달라지지 않았다.

매리 번 수녀의 무덤 뒤쪽에는 다른 무덤들이 들어찰 공간이 꽤 있지만 더 이상은 필요하지 않게 됐다. 매리 번 수녀의 무덤이 이 줄 끝에 자리하고 있다. 수녀들은 그들을 에워싼 담장 안에 이렇게 누워 있다. 머리 위로는 푸른 하늘이 올려다 보이고, 묘비에는 낙엽이 떨어진 채로.

이제 어떻게 해야 할까?

철문을 나서며 매키 신부는 마지막으로 정원을 돌아본다. 그리고 양옆에 나무들이 자라는 길을 따라 언덕을 내려가기 시작한다. 쿠퍼스 체이스로 가는 길이다.

정장을 입고 넥타이를 맨 남자가 길 옆 벤치에 앉아, 방금 전까지 매키 신부가 감상한 풍경을 바라보고 있다. 전쟁과 죽음, 자동차, 비행기의 시대를 지나 와이파이와 오늘 자 신문에 실린 온갖 사건들의 시대를 거치는 동안에도 오랫동안 변하지 않은 풍경이다. 이 정도면 충분히 의미가 있다고 봐야 하지 않을까.

"신부님."

「데일리 익스프레스」 신문을 접어 옆구리에 낀 남자가 인사를 건넨다. 매튜 매키 신부는 그에게 고개를 끄덕이고는 계속 걸어가며 생각을 거듭한다.

31장

요주의 인물

크리스는 드디어 자신만의 의자와 사이드테이블을 차지한다. 세상의 왕이 된 기분이다. 그는 경찰이 일반 대중에게 미칠 수 있는 영향에 대해 깜박할 때가 있다. 앞에 모여 앉은 노인들은 경외에 가까운 눈빛으로 그를 우러러보고 있다. 때로는 진지하게 취급 받는 것도 나쁘지 않다. 이제 기꺼이 지혜를 풀어놓을 마음이 난다.

"집 전체에 CCTV 카메라가 설치돼 있더군요. 최첨단 기기들로요. 그런데 찍힌 게 없습니다. 전혀. 기계라는 게 그럴 때가 있어요."

엘리자베스는 재미있다는 듯 고개를 끄덕이며 묻는다.

"녹화됐으면 화면에서 누굴 보게 될 거라고 예상했나요? 누가 용의자라고 생각해요?"

"글쎄요. 그런 정보는 공유할 수가 없어서요."

조이스가 묻는다.

"염두에 둔 용의자가 있다는 거네요? 어머 대단하다! 커피 호두 케이크를 좀 잡숴봐요."

크리스는 커피 호두 케이크를 한 입 먹어본다. 이 케이크도 M&S 것보다 맛이 좋다. 조이스, 정말 맛의 대가시네! 집에서 직접 만든 케이크는 칼로리가 없다는 게 정설이다.

"맛있네요. 용의자를 특정하고 있지는 않습니다만 요주의 인물들은 있습니다. 수사라는 게 원래 그래요."

조이스가 감탄한다. "'요주의 인물'이라. 경찰들이 그런 말을 할 때 정말 멋있더라."

엘리자베스가 묻는다. "한 명이 아니라는 거네요? 이안 벤섬만이 아니다? 누구인지 말해줄 수는 없다는 거죠?"

여기서 얘기가 더 진행되면 안 될 것 같아 도나가 나선다. "맞아요, 말씀 못 해주세요. 이제 우리 불쌍한 경감님 좀 내버려둬요, 엘리자베스."

크리스가 웃으며 말한다. "여기서 날 보호해줄 필요는 없어, 도나."

이브라힘이 도나를 돌아보며 말한다. "허드슨 경감님은 훌륭한 수사관이에요, 드 프레이타스 순경. 좋은 상관을 모시고 있는 것도 복입니다."

도나도 같은 생각이다. "맞아요. 경감님은 프로시죠."

엘리자베스가 손뼉을 친다. "자, 오늘 모임에서 우리는 정보를 내주기만 하고 받은 게 없네요. 그래도 와줘서 고마웠어요, 크리스. 편하게 이름으로 불러도 되죠?"

"그래도 원래 의도했던 것보다 많이 공유한 겁니다. 흥미로워들 하시니 다행입니다."

"그러게요. 우리가 신세를 졌네요. 이것도 좀 봐주세요." 엘리자베스는 두께가 30센티미터나 되는 밝은 파란색 서류철을 크리스에게 내민다. "이안 벤섬 씨에 관한 재무 자료예요. 이 실버타운에 관한 내용, 이안 벤섬과 토니 커런의 관계에 대한 내용이 세세하게 담겨 있어요. 쓸데없는 자료일 수도 있지만 직접 보고 판단해줬으면 해요."

그때 조이스의 집 초인종이 울린다. 조이스는 현관문 쪽으로 가고 크리스는 서류철을 집어 들며 말한다.

"저희가 한번 살펴보도록 하겠습니다……."

"제가 잘 읽어볼 테니 걱정 마세요."

도나는 이렇게 말하며 엘리자베스에게 안심하라는 눈빛을 보낸다.

문이 열리고 조이스가 제이슨 리치와 함께 들어온다. 문신과 코, 팔뚝까지. 틀림없는 제이슨 리치다.

크리스가 말한다.

"리치 씨. 드디어 뵙습니다."

32장

유명인

크리스는 제이슨에게 밖에 나가서 자연광 아래 사진 한 장 찍어줄 수 있냐고 물었다.

도나가 사진을 찍기로 한다. 돌고래 모양의 장식용 분수대에 기대어 어깨동무를 하고 선 두 남자는 기분 좋게 미소 짓는다.

불쌍한 크리스. 노인네들이 크리스를 잘도 속여 넘겼다. 크리스는 자기가 이 패거리 중 하나가 됐다는 걸 알고는 있는 걸까.

그래도 성과는 있었다. 그들은 론과 제이슨 부자, 그리고 조이스에게 그들이 봤다는 장면을 물어보았다. 얘기를 들어보니 말다툼이었다는 게 분명해졌다. 무엇에 관한 말다툼이었는지는 아무도 알지 못했지만 분위기가 꽤 심각해 보이더라고 했다. 론과 제이슨은 싸움이라면 이골이 난 사람들인 만큼 크리스와 도나는 그들의 증언을 귀담아 들었다.

론은 아들을 무척 자랑스러워했다. 자연스러운 모습이긴 하지만 눈여겨볼 필요도 있는 듯했다. 범인이 경찰의 관심을 다른 데로 돌리려는 의도 없이 시신 옆에 사진을 남겨뒀을 수도 있으니까.

도나는 크리스에게 왼쪽으로 조금만 자리를 옮기라고 말한다.

"정말 고맙습니다, 제이슨 씨. 이렇게까지 해주시고."

크리스는 왼쪽으로 약간 자리를 옮기며 말한다.

"얼마든지 해드려야죠."

도나는 제이슨 리치에 관해 사전 조사를 해뒀다. 아버지가 권투 팬이라서 솔직히 많이 할 필요는 없었다.

제이슨은 1980년대 후반부터 유명세를 탔고 그 후로도 쭉 유명인이었다. 그는 온 나라를 사로잡은 유명한 권투 경기를 연달아 치르면서 영웅일 때도 있었고 악당 역할을 할 때도 있었다. 나이젤 벤, 크리스 유뱅크, 마이클 왓슨, 스티브 콜린스 그리고 제이슨 리치. 이 선수들이 함께 하는 권투 경기는 텔레비전 연속극이나 마찬가지였다. 제이슨은 J. R. 유잉(1978년부터 1991년까지 방영된 미국 텔레비전 드라마 〈댈러스〉의 등장인물) 같은 역할을 할 때도 있었고 J. R. 유잉의 형제인 바비 유잉 역할일 때도 있었다.

대중은 제이슨 리치를 사랑했다. 싸움꾼, 덩치, 양쪽 팔을 가득 채운 문신. 요즘은 전문 운동선수면 누구나 문신을 하지만 전에는 그렇지 않았다. 제이슨은 매력 있고 전통적인 미남이었는데 권투 경력이 길어지면서 부상과 함께 점점 더 비전통적인 미남이 되어갔다. 유명 선동가인 '빨갱이 론'을 아버지로 둔 덕분에 기자들이 이런저런 수식어를 갖다 붙이기 좋은 대상이기도 했다. 토크 쇼도 제이슨을 무척 사랑했다. 토크 쇼 중에 스티브 콜린스를 케이오시킨 것을 재현하려다가 실수로 진행자인 테리 워건을 케이오시킨 적도 있었다. 도나는 그 영상으로 제이슨이 꾸준히 로열티를 받고 있다는 기사를 읽은 적이 있었다.

벤과의 3차전 이후부터 제이슨은 몸 상태가 달라졌다. 움직임이 느려졌고 반사 동작도 둔해졌다. 함께 나이 들어가는 선수들과 싸울 때는 크게 문제가 되지 않았지만 그 선수들은 한 명씩 은퇴하기 시작했다. 수년이 지난 후에야 제이슨은 자신이 다른 선수들에 비해 적은 돈을 정산받고 있다는 사실을 알게 됐다. 매니저가 농간을 부린 탓이었다. 지금까지도 제이슨의 돈은 상당한 금액이 에스토니아에 묶여 있다고 한다. 그는 점점 더 어린 선수들을 상대하게 됐고 수입은 줄었으며 훈련은 버거워졌다. 그러다 결국 1998년 애틀랜틱시티에서 치러진 야간 경기에서, 막판에 대타로 올라온 베네수엘라 선수에게 녹다운당했다.

그 후 몇 년 동안은 방황의 시기였다. 도나가 읽은 자료에는 방황의 시기에 대한 언급이 따로 없었다. 그 시기에 제이슨은 전과는 다른 방식으로 돈을 벌어들였다. 제이슨이 토니 커런, 바비 태너와 함께 사진이 찍혔던 그 시기에 관해 도나와 크리스는 관심을 갖고 조사하고 있는 중이었다.

하지만 방황의 시기는 오래 가지 않았다. 새로운 세기로 접어들면서 위험한 매력을 풍기는 남자에 대한 수요가 끝없이 밀려들었다. 남성 잡지부터, 런던 토박이 말투로 영화를 찍는 감독들, 리얼리티 쇼, 도박 회사 광고에 이르기까지 제이슨은 링에서 뛸 때보다 더 많은 돈을 벌어들였다. 제이슨은 〈나는 유명인사〉라는 프로그램에 출연해 3위를 차지했고, 드라마 〈이스트엔더스〉에 출연한 배우 앨리스 와츠와 사귀기도 했다. 한물간 격투가 역할로 존 트라볼타와 함께 영화를 찍었고, 비슷한 역할로 스칼릿 조핸슨과도 영화를 찍었다.

하지만 이 새로운 경력도 곧 그의 권투 경력과 똑같은 궤도를 그렸다. 그래도 꽤 여러 날 최고의 인기를 누렸다. 요즘 그는 영화에 출연하지 않고 광고 개수도 줄었지만 대신 온갖 종류의 매체에 등장한다.

그는 지금도 여전히 유명인이고 본인도 그 점에 감사하며 사는 듯 보인다. 돌고래 모양 분수대 앞에서 제이슨이 짓고 있는 미소는 도나가 보기에 진심이 담겨 있는 것 같다.

도나는 엘리자베스에게 받은 두툼한 파란색 서류철을 내려놓고 사진을 찍기 위해 휴대폰을 들어 올린다.

"치즈라고 외치세요. 편안하게 할 만한 말이면 뭐든 좋아요."

도나의 말에 제이슨이 제안한다. "나는 요리조리 피하고⋯⋯"

그 뒤의 말은 크리스가 이어받아 외친다. "⋯⋯ 늘 살아남는다!"

두 남자는 어깨동무를 하지 않은 팔을 이용해 본능적으로 허공을 찌르고 도나는 그 순간을 사진으로 담는다.

크리스가 도나에게 설명한다.

"예전에 제이슨의 유행어였어. '난 요리조리 피하고 늘 살아남는다!'"

도나는 주머니에 휴대폰을 집어넣는다.

"죽기 전이면 누구나 늘 살아남는 거 아닌가요. 별 의미 없는 말 같은데."

도나는 대서양 연안에서 열린 권투 경기 3라운드에서 로돌포 멘도자가 제이슨을 케이오시켰으니 엄밀히 말하면 제이슨은 그때 못 살아남은 거 아니냐고 반박하려다가 그만두기로 한다. 두 중년 남자의 기분을 잡쳐서 뭐 할까?

"페어헤이븐 경찰서에서 이 사진을 보면 엄청 좋아할 겁니다, 제이슨. 고마워요."

"고맙긴요. 경감님의 선전을 빌겠습니다."

도나는 크리스가 그 사진을 동료들에게 보여주지 않을 것임을 알고 있다. 크리스는 이미 제이슨 리치가 찍힌 훨씬 더 흥미로운 사진을 갖고 있다.

"그럼요. 선전해야죠. 그건 그렇고 토니 커런에 대해 어떻게 생각해요, 제이슨? 페어헤이븐에 살면서 토니 커런과 알고 지냈을 것 같은데?"

"알고 지내기는 했죠. 깊게는 아니지만요. 워낙 적이 많은 사람이었잖아요."

크리스는 고개를 끄덕이면서 도나를 힐끔 쳐다본다. 도나는 앞으로 걸어가 제이슨에게 손을 내밀며 말한다.

"고맙습니다, 리치 씨."

제이슨은 도나의 손을 잡고 흔든다.

"저도 즐거웠습니다. 나중에 그 사진을 저한테도 한 장 보내주시겠습니까? 잘 나왔을 것 같은데." 제이슨은 도나에게 휴대폰 번호를 적어 준다. "저는 이만 아버지를 뵈러 올라가보겠습니다."

도나는 제이슨의 번호가 적힌 종이를 받아들며 묻는다.

"하나만 더 물을게요. 토니 커런과는 지금 말씀하신 것보다 더 잘 아는 사이 아니었나요, 제이슨?"

"토니 커런이랑요? 글쎄요. 술집에서 본 적도 있고, 건너 건너 아는 사이이긴 합니다. 그 사람에 대한 소문도 좀 들었고요."

이번에는 크리스가 묻는다.

"블랙 브리지 술집에서 술 마신 적 있죠, 제이슨?"

제이슨이 순간적으로 주저한다. 펀치를 맞을 뻔했지만 잘 피한 것처럼.

"역 근처에 있는 술집이요? 한두 번 갔나 그럴 걸요. 몇 년 전에."

도나가 확인시켜 준다.

"20년쯤 전이겠죠."

제이슨이 고개를 끄덕인다.

"그런 것 같기도 하네요. 누가 그런 걸 다 기억합니까?"

크리스가 질문을 던진다.

"그 무렵에 토니 커런과 거래한 적은요?"

제이슨은 어깨를 으쓱한다.

"기억나는 게 있으면 말씀드리겠습니다. 지금은 아버지를 뵈러 가봐야 해서. 두 분 모두 만나서 반가웠습니다."

크리스가 말한다.

"최근에 제가 사진을 한 장 봤습니다, 제이슨. 블랙 브리지 술집에서 친구들이 모여 찍은 사진이에요. 바비 태너, 토니 커런, 그리고 제이슨 씨 사진이요. 다들 무척 친해 보이더군요."

"별별 사람들이 저한테 같이 사진을 찍어달라고 요청을 합니다. 기분 나쁘게 듣지는 마시고요."

"그 사진을 보면 기억나실 겁니다. 테이블에 지폐가 잔뜩 놓여 있던데. 그 사진을 따로 한 장 갖고 있지는 않은가요?"

제이슨은 미소를 짓는다.

"본 적도 없습니다."

이번에는 도나가 묻는다.

"그 사진을 누가 찍었는지도 모르시겠네요?"

"본 적도 없는 사진이니까요. 당연히 모르죠."

크리스가 말한다.

"실은 우리가 바비 태너의 소재지를 알아내는 데 어려움을 겪고 있어서요. 요즘 그 사람 어디 사는지 아십니까?"

제이슨 리치는 잠시 입술을 오므리며 생각에 잠긴 표정이다가 고개를 젓는다. 그러고는 어깨 너머로 손을 흔들며 제 부친을 만나러 집 안으로 들어가버린다. 크리스와 도나는 제이슨의 등 뒤로 자동문이 닫히는 것을 바라본다. 크리스는 손목시계를 들여다보고는 차 쪽으로 손짓을 한다. 도나와 함께 걸어가는 크리스의 입술에 미소가 걸려 있다.

"아까 대화하는 내내 런던 토박이 말투를 쓰시던데요."

"들켰네." 크리스는 원래 말투로 돌아와 말을 이어간다. "제이슨이 나랑 같이 찍은 사진을 왜 달라고 한 걸까? 뭐하려고? 나중에 필요할 때 나를 협박하려고 그러나?"

"그것보다는 단순한 이유일 걸요. 제 휴대폰 번호를 따내려는 거죠. 뻔한 수작이에요."

"둘 다일 수도 있겠지."

"걱정 마세요. 제이슨이 그 사진을 전송 받을 일도, 제 번호를 알게 될 일도 없을 테니까요."

"그래도 잘생겼잖아."

"딱 봐도 마흔여섯 살로 보여요. 됐거든요."

크리스는 고개를 끄덕인다.

"젠장! 사진 얘기를 듣고도 크게 걱정 안 하는 표정이던데. 토니 커런을 잘 모른다는 말은 거짓말 같고."

"이유야 많겠죠."

"그렇겠지."

뒤에서 들려오는 발소리에 그들은 고개를 돌린다. 엘리자베스와 조이스가 종종 걸음으로 오고 있다. 조이스는 손에 들고 온 타파웨어 보관용 그릇을 내밀며 말한다.

"이걸 드린다는 게 깜박 했지 뭐예요. 남은 레몬 드리즐 케이크를 담았어요. 커피 호두 케이크는 다른 사람이 벌써 찜했네요."

크리스는 케이크를 받아든다.

"아이고 감사합니다, 조이스. 잘 먹겠습니다."

엘리자베스는 파란색 서류철을 손으로 가리키며 말한다.

"도나, 잠자기 전에 읽다가 머릿속에 복잡해지면 나한테 전화해요."

"고맙습니다, 엘리자베스. 어떻게든 이해해봐야죠."

"여기, 내 전화번호를 갖고 있는 게 좋을 것 같아서요." 엘리자베스는 크리스에게 명함을 내민다. "앞으로 몇 주일 동안 우리가 나눌 얘기가 많을 거예요. 만나러 와줘서 고마워요. 방문객은 언제든 환영입니다."

크리스가 엘리자베스, 조이스에게 허리까지 굽히며 인사하는 모습을 보고 도나는 미소 짓는다.

조이스도 웃으며 말한다.

"정말 좋은 교육이 됐어요. 참, 운전은 도나 순경더러 하라고 하세요, 허드슨 경감님. 아까 드신 케이크에 보드카가 꽤 많이 들었답니다."

33장

목격자

경찰들을 만나고 나서 엘리자베스는 곧장 윌로우스로 건너갔다. 엘리자베스는 일주일에 한 번씩 페니를 싹 씻기고 단장을 해주고 있다. 미용사 앤서니는 예약 손님들 차례가 다 끝나고 나면 윌로우스로 건너오는데 무료로 해드리겠다고 늘 고집을 부린다.

언젠가 곤경에 처하거나 도움이 필요한 날이 오면, 앤서니는 엘리자베스가 그의 친절에 그동안 얼마나 고마워했는지 알게 될 것이다.

앤서니는 샴푸 거품을 묻힌 스펀지로 페니의 머리카락을 부드럽게 문지르며 말한다.

"듣기로는 마피아 짓이래요. 토니 커런이 마피아한테 돈을 빚졌다네요. 그래서 마피아가 찾아와서 토니의 손가락을 자르고 죽였다는 거예요."

"흥미로운 이론이네." 엘리자베스는 페니의 목 아래를 한 손으로 받쳐 준다. "마피아가 그 집에 어떻게 들어갔을까?"

"그냥 쳐들어갔겠죠."

"어디 총알구멍도 안 남기고?"

페니의 샴푸에서 장미와 쟈스민 향이 풍긴다. 엘리자베스가 매장에서 직접 사온 샴푸다. 그 매장에서 한 동안 이 샴푸를 안 팔았는데 엘리자베스가 방문해서 사정 얘기를 하자 매장에 다시 들여놓았다.

"마피아가 원래 그렇잖아요, 엘리자베스."

그러자 늘 앉아 있던 자리에서 존 그레이가 의문을 제기한다.

"그렇게 쳐들어왔는데 경보 장치가 안 울렸단 말이야, 앤서니?"

"〈좋은 친구들〉 보셨어요, 존?"

"영화 제목인가 본데 안 봤어."

"그럴 줄 알았다니까요." 앤서니는 페니의 머리카락을 빗질하며 말을 잇는다. "다음 주에 머리끝을 좀 다듬어야겠어요, 페니. 디스코 스타일로 한번 해봅시다."

엘리자베스가 하던 얘기를 계속한다.

"총알구멍 같은 건 없었어, 앤서니. 경보 장치도 울리지 않았고. 어디 부서진 곳이나 싸운 흔적도 없어. 이런 현장에 대해 어떻게 생각해?"

"범인이 3인조일까요?" 앤서니는 컬링기의 코드를 뽑는다. "요즘 제가 정신이 없어서 실수로 당신의 플러그를 뽑을지도 몰라요, 페니."

"그럼 페니가 제일 먼저 말해줄 거야." 엘리자베스가 말한다. "별다른 흔적이 없다는 건 토니 커런이 살인범을 순순히 집에 들였다는 뜻이겠지. 아는 사람일 가능성이 높겠네."

"아, 그럴지도요. 아는 사람. 그렇겠네요. 사람 죽여본 적 있어요, 엘리자베스?"

엘리자베스는 어깨를 으쓱한다.

"저는 상상만 할랍니다." 앤서니는 재킷을 입는다. "다 됐어요, 페니. 키스를 해드리고 싶은데 존이 옆에 계시니 할 수가 없네요. 존의 우람한 팔뚝 좀 보세요."

엘리자베스는 의자에서 일어나 앤서니를 포옹한다.

"고마워."

"페니, 정말 멋져 보여요. 제 눈에는 정말 그래요. 다음 주에 봐요, 엘리자베스. 잘 있어요, 페니. 그럼 가보겠습니다, 잘생긴 존."

존이 인사한다.

"고마워, 앤서니."

앤서니가 떠나자 엘리자베스는 다시 페니 곁에 앉는다.

"내가 다른 쪽으로도 생각을 해봤어, 페니. 경찰들이 같이 사진을 찍자면서 제이슨을 집 밖으로 데리고 나갔단 말이야. 내가 알기로 제이슨이 워낙 사람들이랑 사진을 많이 찍긴 하는데, 오늘은 뭔가 분위기가 묘한 거야. 이상했어. 왜 하필 밖으로 나가서 찍자고 했을까? 조이스의 집에 큼직한 전망창이 있거든. 워즈워스 코트의 아름다운 풍경이 내다보이는 전망창. 그 앞에서 사진을 찍으면 정말 예쁘게 나와."

엘리자베스는 또 조이스를 입에 올린다. 요즘 자주 그런다.

"경찰들이 제이슨한테 따로 뭘 물어보고 싶었던 걸까? 우리가 혹시 뭔가를 빠뜨렸나? 계단을 올라오는 제이슨이랑 마주쳤는데 제이슨은 평소처럼 멋진 모습이었어. 하지만 그 속을 누가 알겠어?"

엘리자베스는 물을 좀 마시고 나서 안도감을 느낀다. 이렇게 안도감을 느끼는 게 죄스럽기도 하다. 그런 감정 때문에 맥이 빠져서 페니에게 얘기를 계속하기로 한다. 이게 페니에게 하는 얘기일까, 혼잣말일까? 진실을 누가 알까?

"어쩌면 범인은 벤섬이 아닐 수도 있잖아? 서류철에 담긴 자료 때문에 우리가 진실을 제대로 보지 못하는 게 아닐까? 벤섬이 이득을 본 금액만 1,200만 파운드가 넘어. 커런이 죽임을 당한 시점에 벤섬은 어디 있었을까? 우리가 그걸 알아낼 수 있을까? 정말 벤섬이 한 짓일까? 타이밍이 맞나?"

그러자 존이 말한다.

"끼어들어서 미안한데요, 엘리자베스. 〈시골로의 탈출〉이라는 프로 그램 봤어요?"

엘리자베스는 아직 존의 화법에 익숙하지가 않다. 그는 본인만의 껍데기에서 나온 지 얼마 되지 않은 듯하다.

"못 본 것 같아요, 존."

존은 약간 안절부절못하는 눈치다. 뭔가 그의 머릿속에 떠오른 것 같기는 하다.

"그러니까, 그게 꽤 괜찮은 프로그램이거든요. 어떻게 보면 말도 안 된다 싶기도 하지만 거의 그래요. 커플이 출연해서 자기네가 살 새로운 집을 찾는 내용이에요."

"시골에서요, 존?"

"시골에서요. 가끔 여자 진행자가 나오기도 하는데 주로 남자 진행자가 나와요. 어쨌든 진행자가 고객에게 집을 몇 채 보여주는 내용이에요. 페니 취향이 아니라서 난 소리를 죽여 놓고 봐요. 프로그램에서 커플의 눈빛만 봐도 둘 중에 누가 이사를 하고 싶어 하고 누가 어쩔 수 없이 따라가는 입장인지 알 수 있죠. 시골에서는 아무래도 조용한 삶을 살게 되니까요."

"존." 엘리자베스는 앞으로 몸을 기울이고 그의 눈을 똑바로 들여다 보며 묻는다. "내가 보아온 당신은 이유가 없으면 좀처럼 말을 하지 않는 사람이에요. 대체 무슨 얘길 하고 싶은 거예요?"

"그러니까, 내 말은, 음. 커런이 살해당한 날 낮에 내가 텔레비전으로 〈시골로의 탈출〉을 보고 있었어요. 프로그램이 끝날 때쯤에 출연자들은 그 집을 살지 말지를 결정해요. 집을 산 출연자는 지금까지 한 명도 없었죠. 그게 그 프로그램이 주는 재미이기도 해요. 그 프로그램이 끝나고 자판기에서 루코제이드 스포츠 음료나 뽑아 마시려고 일어났죠. 밖으로 나가려다가 저 앞의 창밖을 봤는데 벤섬 씨의 차가 내려오는 게 보이더군요."

"레인지로버요?"

"맞아요, 레인지로버. 그 차가 저 언덕 위에서 내려오고 있는 겁니다. 나중에 일이 터지고 나서 이 얘기를 당신한테 해줘야겠다고 벼르고 있었어요. 〈시골로의 탈출〉이 〈닥터스〉 바로 다음에 방송되는데 정확히 오후 3시에 끝나요."

"그렇군요."

"당신이 벤섬 씨가 쿠퍼스 체이스를 떠난 시간과 커런 씨가 죽은 시간을 정확히 알면 유용하지 않을까 뭐 그런 생각을 했습니다. 사건 수사에 말입니다."

"오후 3시요?"

"음. 오후 3시 정각이요."

"고마워요, 존. 문자 좀 보내야겠어요."

엘리자베스는 휴대폰을 꺼낸다.

"병실에서는 휴대폰을 사용하면 안 되는 거로 아는데요, 엘리자베스."

엘리자베스는 상냥하게 어깨를 으쓱한다.

"해도 되는 일만 하고 살면 무슨 재미가 있겠어요, 존?"

"하긴 그러네요."

존은 동의를 표하며 읽던 책으로 시선을 돌린다.

34장

사망 시간

    도나가 나갈 준비를 하고 있는데 휴대폰이 핑 소리를 낸다. 엘리자베스가 문자를 보냈다. 만나고 온 지 몇 시간밖에 안 됐다. 무슨 문제가 있는 것 같긴 한데, 휴대폰 화면에 엘리자베스의 이름이 뜨자 반가움이 앞선다.

      토니 커런이 살해당한 시각이 언제인가요?

    짧고 간단한 문자다. 도나는 미소를 지으며 답문을 쓴다.

      제 안부부터 묻고 그곳 소문도 공유해주시고 나서 질문을 하셔야 되지 않

      을까요? 문자 끝에 뽀뽀 이모지도 붙여주시고요. 저를 구워삶아 보세요.

      X(편지나 문자 끝에 붙이는 키스 표시)

    도나는 말풍선을 들여다본다. 엘리자베스가 무어라 답장을 적고 있는 모양이다. 느리게도 적는다. 무슨 내용일까? 잔소리? 도나가 할포드 매장 주차장에서 차량들의 타이어 접지면 깊이를 재는 일을 하는 대신 살인 사건을 조사하게 된 계기를 상기시켜 주려나? 주차장의 그 일은

오늘 마크가 하게 했다. 혹시 라틴어로 적어서 보내시려나? 핑 소리가 들린다.

　　잘 지냈나요, 도나? 매리 레녹스가 얼마 전에 증손녀를 봤는데 손녀가 바
　　람을 피웠던 건 아닌지 걱정하고 있어요. 손녀사위는 턱이 툭 튀어나왔는
　　데 증손녀 턱은 튀어나와 있질 않아서 그렇대요. 토니 커런이 살해당한 시
　　각은 언제인가요? X

　도나는 립스틱을 고르는 중이다. 너무 눈에 띄지 않으면서도 약간은 눈에 띄는 립스틱을 바르고 싶다. 일단 답장을 한다.

　　그건 말씀 못 드려요. 전 프로잖아요.

　핑 소리와 함께 즉각 답문이 온다.

　　ㅋㅋㅋ!

　ㅋㅋㅋ라고? 이 할머니가 이런 표현은 어디서 배웠을까? 대화가 좀 되네.

　　WTF?

　WTF는 '헐'이란 뜻인데 아마 이것까진 모를 거다(What The Fuck의 약자). 도나는 느긋하게 거울을 들여다보며 관심 있어 보이는 표정, 웃는

표정, 조용히 유혹하는 표정을 지어본다. 핑 소리가 들린다.

WTF는 무슨 뜻인지 모르겠네요. ㅋㅋㅋ는 지난주에 조이스한테서 배웠
어요. 1981년에 러시아인들이 눈치를 채면서 폐쇄된 바르샤바 중계 거점
(Warsaw Transit Facility)의 약칭일 리도 없고.

도나는 눈을 휘둥그렇게 뜬 얼굴 이모지와 러시아 국기 이모지를 답
장으로 보낸 뒤 치실질을 시작한다. 사람들은 치실이 별로 효과가 없다
고 말하지만 그래도 해야겠다. 핑!

이건 러시아 국기가 아니라 중국 국기예요, 도나. 사망 시간만 알려줘요.
우리가 어디 가서 발설할 사람들이 아닌 거 알잖아요. 우리가 이걸로 유용
한 정보를 낚을 수도 있어요.

도나는 미소를 짓는다. 하긴 알려줘서 해될 게 뭐가 있을까?

3시 32분요. 토니가 쓰러질 때 핏빗이 깨졌어요.

또 다시 핑 소리.

핏빗이 뭔지 모르겠네. 아무튼 고마워요. X

35장

일기장

오늘 경찰이 왔다. 처음엔 허드슨 경감님이 안됐다는 생각이었는데 가만 보니 그분도 나름대로 상황을 즐겼던 것 같다. 엘리자베스는 그분과 도나에게 서류철을 건네주었다. 이제 우리는 경찰들이 서류철에 담긴 자료를 어떻게 활용하는지 지켜볼 것이다. 조애나의 이름은 서류철 어디에도 없다. 우리가 한 일이 불법으로 판명되더라도, 엘리자베스는 '그럴 듯하게 관련성을 부인하는 방법'이 있으니 걱정할 필요 없다며 나를 안심시켜 주었다. 아무래도 불법인 것 같다.

엘리자베스에게 '그럴 듯하게 관련성을 부인하는 방법'을 한 번 더 말해달라고 해서 종이에 적어두었다. 엘리자베스는 그걸 왜 적느냐고 물었고 나는 일기장에 옮겨 적을 거라고 말했다. 엘리자베스는 어이가 없는지 눈을 위로 굴렸다. 그러고 나서 자기도 일기장에 등장하냐고 물었다. 나는 당연히 그렇다고 대답했다. 엘리자베스는 실명으로 적느냐고 물었고 나는 그렇다고 말해주었다. 나중에 생각해보니 이 사람의 이름이 정말 엘리자베스가 맞을까 하는 의구심이 들기도 했다. 어쩌면 이 사람의 본명은 재클린일 수도 있지 않을까? 남들이 말해주는 대로 상대의 이름을 받아들이는 게 일반적이지 않나? 굳이 의문을 제기하지 않고 말이다.

계속 생각을 해보았다. 누가 보면 내가 살인에 너무 몰입한 게 아니냐고 볼 수도 있다. 이 일기장을 쓰기 시작할 때부터 내가 쭉 살인에 대해 계속 언급하긴 했지만 말이다. 그런 의미에서 다른 얘기를 적어볼까 한다. 살인이 아닌 다른 것들에 대해 해보자. 무슨 얘기를 해야 할까?

경찰들이 가고 나서 진공청소기를 돌리고 있는데 엘리자베스가 편하게 다이슨 청소기를 쓰는 게 어떠냐고 제안했다. 난 이 나이에 새삼 그러고 싶지 않다고 대답했다. 하지만 어쩌면 이제는 청소기를 바꾸는 결심을 해야 하지 않을까?

진공청소기를 다 돌린 후에 우리는 와인을 마셨다. 와인 병이 뚜껑을 돌려서 따는 식이었다. 요즘 누가 그런 걸 신경 쓸까? 어떤 식이든 뚜껑만 따면 그만이지.

엘리자베스가 집으로 돌아가려고 일어서자 나는 스티븐에게 안부를 전해달라고 말했다. 엘리자베스는 그러겠다고 대답했다. 언제 한번 스티븐과 함께 저녁을 먹으러 오라고 했더니 엘리자베스는 좋은 생각이라고 말했다. 하지만 두 사람의 상황이 딱히 괜찮은 것 같지가 않다. 엘리자베스는 준비가 되면 알려주겠다고 했다.

살인 얘기 말고 또 뭐가 있더라?

얼마 전에 매리 레녹스의 손녀가 아들을 낳았다. 아기의 이름은 리버다. 이름이 뭐 그러냐고 할지도 모르겠지만 난 마음에 든다. 가게에서 일하는 여자가 이혼을 할 거란다. 가게 사람들은 초콜릿 다이제스티브를 잔뜩 들여놓기 시작했다. 언덕배기에 사는 캐런 플레이페어가 컴퓨터에 관한 '쿠퍼스 체이스 조식과 함께하는 상급 수업'을 하러 이곳을 방문할 예정이다. 지난번 마을 소식지에 캐런이 태블릿에 관한 수업을 할 것이라 적혀 있어서 주민들 사이에 다소 혼란이 일었다. 이번 주에는 소식지에 그에 관한 설명이 실리길 바란다.

자잘한 소동과 살인을 빼면 마을은 그저 평화롭고 조용하다.

시간이 많이 늦었다. 잘 자라는 인사를 해야겠다. 일기를 쓰고 있는데 엘리자베스가 문자를 보내왔다. 내일 차를 타고 어딜 좀 가자고 한다. 정확히 언제 무슨 이유로 가자는 것인지 모르겠지만 무척 기대된다.

36장

지루한 데이트

도나는 밤 9시 45분밖에 안 됐는데 벌써 잠자리에 누웠다. 이러고 있는 게 믿어지질 않는다. 오늘 데이트를 했다. 솔직히, 미루고 미루다가 어쩔 수 없이 나간 것이다. 데이트 상대는 그레고어라는 남자인데 그는 도나를 지지(영국의 이탈리아 요리 체인점)로 데려갔다. 그는 샐러드를 깨작거리면서 90분 동안 자기가 평소에 먹는 단백질 셰이크 식이 요법에 대해 떠들었다.

듣고 있던 도나는 그에게 좋아하는 작가가 누구냐고 물었다. 할런 코벤이나 커트 보니것 아니면 아무 여성 작가라도 괜찮았다. 그레고어는 점잔을 빼면서 자기는 '책을 믿지 않는다'고, '열린 마음으로 이런 저런 경험을 쌓아야 인생을 배울 수 있다'고 주장했다. 도나는 '열린 마음'과 '책을 믿지 않는다'는 개념을 같은 선상에 놓는다는 게 상당히 곤란한 철학적 딜레마가 아니겠냐고 의문을 제기했다. 그러자 그레고어는 "뭐, 그 말을 통해 내 말이 옳다는 게 입증된 것 같네요, 다이애나"라면서 대단한 지혜의 말씀이라도 내뱉은 것처럼 우아하게 물을 마셨다.

눈물이 나올 만큼 지루해진 도나는 이 시간에 전 남친 칼이 어디 있을지 생각해보았다. 얼마 전에 칼과 칼의 새 여자 친구 토요타의 인스타그램을 들여다봤다. 그들의 인스타그램을 구경하는 게 이제 거의 습관이 되어서 칼과 토요타가 헤어지면 아쉬울 것 같다. 하지만 칼은 멍청이이고, 끝내주게 멋진 눈썹을 가진 여친을 데리고 있을 주제가 못 되니 아마 헤어지겠지.

여전히 칼을 사랑하느냐고? 글쎄 사랑한 적이 있기는 했을까? 생각할 여유가 있어 다시금 돌이켜보니 사랑한 적은 없었던 것 같다. 칼에게 차여서 자존심이 상했나? 맞다. 차였을 때의 찝찝한 기분이 아직도 가시질 않았다. 그 감정은 심장 아래 돌덩이처럼 가라앉아 있다. 지난주에 페어헤이븐에서 소매치기를 체포했는데, 소매치기가 저항하자 몽둥이로 무릎 뒤를 때려 제압했다. 필요 이상으로 세게 때린 것 같기는 하다. 가끔은 뭐든 후려 패야 직성이 풀릴 때가 있다.

칼한테서 가급적 멀리 떠나온 게 실수였을까? 화나고 감정이 상해 페어헤이븐으로 전근 온 게? 물론 실수였다. 어리석었다. 도나는 늘 고집불통이고 행동이 빠르며 단호했다. 옳은 판단을 내렸을 때는 좋은 자질이지만, 그른 판단을 내렸을 때는 나중에 부담으로 다가온다. 제일 빠른 주자가 되는 건 좋은 일이지만 엉뚱한 방향으로 내달렸을 때 문제가 되는 것처럼. 목요일 살인 클럽 사람들을 만난 건 도나의 인생에 오랜만에 일어난 좋은 일이었다. 토니 커런이 살해당한 일도.

그레고어가 슈퍼 푸드 샐러드를 다 먹자 도나는 그레고어와 사진을 찍었다. 그 사진을 인스타그램에 올리면서 '개인 트레이너와 데이트할 때의 좋은 점!'이라고 설명 문구를 달았다. 윙크 이모지도 한 개가 아니라 두 개나 달았다. 남자들의 질투를 불러일으키는 유일한 요소는 상대 남의 잘난 외모다. 물론 칼은 도나가 저녁 시간 내내 식탁만 내려다보면서 그레고어를 어떤 식으로 죽여야 잘 죽였다 소릴 들을지를 상상한 줄은 모를 것이다. 그레고어가 먹을 빵 반죽에 청산가리를 넣을까, 생각해

보니, 그레고어에게 탄수화물을 섭취하게 만들 방법이 없을 듯했다.

그레고어에 대해 이런저런 생각을 하고 있는데 화장실 물 내려가는 소리가 들린다. 옷을 다 입은 도나는 화장실에서 나오는 그레고어의 뺨에 가볍게 입을 맞춘다. 침대 벽에 달라이 라마와 페라리 포스터를 붙여 놓은 스물여덟 살 먹은 남자 방에서 밤을 보내고 싶지 않다. 아직 밤 10시도 되지 않았다. 크리스 허드슨 경감에게 문자를 보내 술 한잔할 생각이 있는지 물어볼까. 엘리자베스가 준 서류철에 대해, 얼마 안 되지만 파악한 내용에 대해 소소하게 얘기나 나눠볼까. 얼마 전 넷플릭스로 드라마 〈나르코스〉를 봤는데 그 내용에 대해 누군가와 토론을 하고 싶기도 하다. 그레고어는 안 봤다고, 자기는 텔레비전을 아예 안 본다고 했다. 그 이유에 대해 그가 길게 길게 설명했지만 도나는 곧 흥미를 잃어 듣는 둥 마는 둥 했다.

그냥 집으로 가서 엘리자베스에게 전화를 걸까? 서류철에서 읽은 내용에 대해 얘기를 해볼까? 밤 10시라 너무 늦었나? 늦었는지 아닌지 어떻게 알까? 그곳 주민들은 오전 11시 반에 점심을 먹는데.

상관인 크리스냐 엘리자베스냐……. 엘리자베스에겐 어떤 호칭을 붙여야 할까? 도나의 머리에 제일 먼저 떠오른 말은 '친구'지만, 아무래도 그건 아닌 듯하다.

37장

황금알을 낳는 거위

"전혀 늦은 시간 아니에요, 드 프레이타스 순경." 수화기를 어둠 속에 떨어뜨린 엘리자베스는 더듬더듬 손을 뻗어 침대 옆 조명등을 켠다. "드라마 〈모스 경감〉을 보고 있던 참이었어요."

엘리자베스는 조명등을 켜고 스티븐의 가슴이 오르내리는 모습을 확인한다. 스티븐의 충직한 심장이 잘 뛰고 있다.

"이 시간에 왜 안 자고 일어나 있어요, 도나?"

도나는 손목시계를 내려다본다.

"지금이 10시 15분인데, 이 시간까지는 보통 안 자요. 그런데요, 엘리자베스, 서류철에 담긴 서류가 좀 길고 복잡했지만 어느 정도는 소화했어요."

"훌륭하네요. 당신이 나한테 전화를 걸어 얘기를 나누고 싶어 할 만큼 길고 복잡한 서류이길 바랐어요."

"그렇군요."

"그래야 내가 관여할 여지가 생기잖아요. 당신도 우리를 유용한 사람으로 생각할 테고요. 우리를 방해나 하는 사람들로 생각하지 않길 바라고요, 도나. 그렇지만 또 방해하고 싶기도 하네요."

도나는 미소를 짓는다.

"설명을 좀 해주시겠어요?"

"그럽시다. 첫째, 서류철에 담긴 서류들에 관해 제대로 조사하려면 수 주일은 걸릴 거예요. 영장 같은 것도 필요하겠죠. 벤섬은 당신이 영장을 얻어내도록 가만히 보고만 있을 사람이 아니에요. 그래서 나도 벌써 사건 해결이 다 된 것처럼 자만하지 않는 거고요."

"이 서류들을 어떻게 손에 넣으셨는지 말해주세요."

"론이 어쩌다가 찾아냈어요. 운 좋게도 잘 찾아낸 거죠. 그럼 자기 전에 간단하게 쭉 들어볼래요? 이안 벤섬이 왜 토니 커런을 죽였는지 알고 싶어요?"

도나는 베개에 등을 기대고 눕는다. 어렸을 때 엄마가 잠자리에서 동화를 읽어주던 기억이 난다. 이건 전혀 성격이 다르지만 분위기는 흡사하다.

"음, 예."

"벤섬의 사업은 높은 이익을 내면서 아주 잘 굴러가고 있어요. 여기서 재미있는 게 있는데, 우린 토니 커런이 쿠퍼스 체이스 실버타운 수익의 25퍼센트를 가져간다는 사실을 알아냈어요."

"그렇군요."

"그리고 커런은 벤섬이 우드랜드 개발을 위해 세운 새 회사의 파트너는 아니에요."

"새로운 부동산 개발지를 위한 회사인 거죠? 그래서요?"

"서류철에 부속 자료가 있어요. 4C로 표시되어 있을 거예요. 우드랜드 개발은 원래대로라면 쿠퍼스 체이스와 동일하게 진행이 됐어야 해요. 이안 벤섬이 수익의 75퍼센트, 토니 커런이 25퍼센트를 먹는 구조로요. 그런데 벤섬이 마음을 바꿔서 새 사업에서 커런을 완전히 몰아낸 거예요. 다음에 어떤 질문을 해야 되는지 알겠죠?"

"벤섬이 언제 마음을 바꿨는가, 라는 질문이겠네요?"

"맞아요. 벤섬은 협의회 전날에 새로운 부동산 개발 사업에서 커런을 배제시키는 서류에 서명을 했어요. 벤섬이 서명을 한 날은 두 사람이 남들 앞에서 정확히 내용을 알 수 없는 말다툼을 하기 전날이에요. 누군가 토니 커런을 살해하기 전날이기도 하고요."

"커런이 우드랜드 사업에서 배제됐다라. 그 일로 커런은 얼마나 손해를 보게 된 건가요?"

"수백만 파운드는 되겠죠. 서류철에 예상 금액이 적혀 있는데 상당히 커요. 벤섬이 커런을 배제시키지 않았으면 커런은 엄청난 수익을 올렸을 거예요. 살해되기 전날 커런이 이안 벤섬에게 들은 얘기가 바로 그를 새 사업에서 배제시키겠다는 소식이었겠죠."

"그 정도면 커런이 벤섬을 위협하고도 남았겠네요. 그렇게 생각하시죠? 커런이 벤섬을 위협했고, 겁이 난 벤섬이 커런을 죽였을까요? 당하기 전에 선수를 쳤다고 봐야 하나요?"

"그렇죠. 새 사업의 다음 단계인 힐크레스트 작업이 시작되면 위협은 더 커질 수밖에 없었을 거예요. 우리 쪽 전문가 견해예요.

"힐크레스트요?"

"그야말로 황금알을 낳는 거위나 다름없는 작업이죠. 언덕배기에 있는 농장을 사들여서 새로운 개발지의 면적을 두 배로 늘리는 거니까요."

"힐크레스트 작업은 언제 시작되는데요?"

"벤섬은 아직 그 문제를 해결하지 못했어요. 그 농장의 소유권을 넘겨받지 못했거든요. 그 농장의 소유자는 아직 고든 플레이페어 씨예요."

"제가 이해하기엔 너무 복잡하네요, 엘리자베스."

도나는 솔직하게 인정했다.

"일단 힐크레스트 문제는 잊어요. 고든 플레이페어 씨에 대해서도 생각할 필요 없고요. 관심만 분산되니까. 서류철에 담긴 서류들이 가리키는 바는 두 가지예요. 첫째, 커런이 죽은 날 벤섬이 커런을 배신했다는 것."

"그렇죠."

"이 부분을 특히 잘 들어야 돼요. 둘째, 토니 커런의 지분이 전부 이안 벤섬에게 넘어갔다는 것."

"토니 커런의 지분이 이안 벤섬에게 넘어갔어요?"

"맞아요. 크리스 허드슨 경감에게 명확하게 설명하고 싶을 테니, 우리 쪽 전문가가 한 말을 들려줄게요. 토니 커런의 죽음으로 이안 벤섬은 1,225만 파운드의 이득을 보게 됐어요."

도나는 낮게 휘파람을 불었다.

"그 정도면 살해 동기가 되고도 남지 않을까 싶은데. 이 정보가 도움이 되었나요?"

"도움이 됐어요, 엘리자베스. 크리스에게 보고할게요."

"크리스요?"

"이만 주무시게 전화 끊을게요, 엘리자베스. 늦은 시간에 전화드려서 죄송해요. 조사하시느라 고생하셨어요. '조이스의 딸' 대신에 '우리 쪽 전문가'라고 말씀하시는 것도 듣기 좋아요. 의리 있으세요. 말씀하신 부분을 저희가 자세히 조사해보겠습니다."

"고마워요, 도나. 그리고 우리 쪽 전문가에 대해서는 노코멘트 할게요. 다음에 여기 오면 내 친구 페니를 소개시켜 줄게요."

"고맙습니다, 엘리자베스. 기대가 되네요. 토니 커런이 죽은 시각을 알고 싶어 하신 이유를 여쭤봐도 될까요?"

"그냥 궁금해서요. 페니가 당신을 만나면 무척 좋아할 것 같네요. 그럼 잘 자요."

38장

내비게이션

켄트 카운티의 하늘에 아침 해가 떠오르고 있다.

"이브라힘, 시속 47킬로미터로 운전을 하면 이렇게 차를 타고 나온 게 의미가 없어요." 엘리자베스는 조수석 사물함을 손가락으로 타닥타닥 두드리며 재촉한다.

"속도를 높였다가 급커브 구간에서 사고라도 나면 이렇게 차를 타고 나온 게 아무 의미가 없잖습니까." 이브라힘은 흔들림 없이 운전하려 도로에 시선을 붙박고 대꾸한다.

"미니 체다 과자 좋아하시는 분?" 조이스가 묻는다.

이브라힘은 과자를 먹고 싶지만 두 손으로 운전대를 잡고 운전을 해야 하니 과자를 받을 수가 없다. 언제나 10시와 2시 방향에 맞춰 두 손을 운전대에 올려두어야 한다.

그들 중 자동차를 가진 사람은 론뿐이지만, 누가 운전을 해야 하는가에 관해서는 의견이 분분했다. 30년 동안 운전면허 없이 살아온 조이스는 일단 탈락이었다. 론이 운전을 하겠다고 나섰지만, 이브라힘은 론이 우회전에 자신 없어 한다는 걸 알고 있기에 론이 탈락하자 속으로 은근히 좋아했다. 엘리자베스는 아직 유효한 탱크 운전면허가 있다면서 자기가 운전해야 한다고 주장했다. 이렇게 필요에 따라 공직자 비밀

엄수법 따위는 무시하며 사는 엘리자베스였다. 하지만 결국 운전대는 이브라힘의 차지가 됐다. 내비게이션의 작동 방식을 이해하는 유일한 사람이라는 이유에서였다.

이 일에 내비게이션을 사용하자는 엘리자베스의 아이디어를 이브라힘은 기꺼이 수용했다. 그들은 이안 벤섬이 쿠퍼스 체이스를 떠난 시각이 오후 3시 정각이고, 토니 커런이 살해당한 시각이 오후 3시 32분임을 알고 있었다. 핏빛이 무엇인지에 대해서는 이브라힘이 모두에게 설명해주었다. 그래서 그들은 이렇게 다 같이 론의 다이하츠 자동차를 타고 직접 시간을 재보기 위해 길을 나선 것이다. 이브라힘은 내비게이션만으로도 거리를 측정할 수 있음을 알지만, 그들 중 내비게이션에 대해 아는 이가 없고 본인이 운전을 하게 된 게 즐겁기도 해서 기꺼이 함께하기로 했다. 이렇게 길을 나서 보는 것도 오랜만이었다.

그렇게 해서 이브라힘이 운전대를 잡게 됐다. 조이스와 론은 뒷좌석에 앉아 사이좋게 미니 체다 과자를 나눠 먹고 있다. 조수석에 앉은 엘리자베스는 손가락으로 사물함을 두드리는 걸 그만두고 휴대폰으로 누군가에게 문자를 보내는 중이다. 이브라힘은 출발 전 일행 모두에게 화장실을 다녀오도록 했다.

32분 사이에 이안 벤섬이 쿠퍼스 체이스를 출발해 토니 커런의 집으로 가 살인을 저지를 수 있었을까? 불가능하다면 그들은 괜한 짓을 한 게 된다. 그 부분을 이제 알아보기로 한다.

39장

강력팀 미팅

"좋아, 우리가 그동안 알아낸 것에 대해서 공유를 해보도록 하지."

이른 아침부터 크리스 허드슨 경감이 지휘하는 강력팀이 한자리에 모였다. 정도는 다르지만 다들 너저분한 모양새였다. 크리스는 불티나게 장사가 잘되는 매장에서 크리스피 크림 도넛을 사들고 왔다. 크리스는 목요일 살인 클럽 사람들을 만나보고 알아낸 사실들, 그리고 어젯밤 11시에 집으로 찾아온 도나한테서 들은 서류철 관련 정보를 검토해본다. 어젯밤 크리스는 도나와 사건에 관해 얘기를 나누다가 레드 와인 한 병을 같이 마시며 드라마 〈나르코스〉의 1화를 같이 봤다. 도나는 할 얘기가 있다며 그의 집으로 찾아왔는데 크리스는 요즘 런던 순경들은 다 이런가 싶어 의아했다. 그는 도나가 상대에게 빠르게 강한 인상을 남길 줄 아는 사람임을 인정할 수밖에 없었다.

"토니 커런의 동업자인 이안 벤섬은 살인이 발생하기 2시간쯤 전에 커런에게 나쁜 소식을 전했어. 로버츠브리지 근처에 있는 쿠퍼스 체이스 실버타운을 확장하는 부동산 개발 사업에서 커런을 배제하겠다는 내용이었지. 동업을 계속했으면 커런은 큰돈을 만질 수 있었을 거야. 커런의 죽음으로 벤섬은 상당한 수익을 올리게 됐어. 1,200만 파운드가 넘는 수익이야. 두 남자는 목격자들이 보는 앞에서 말다툼을 벌였고 얼마 후 커런은 집으로 돌아갔어. 커런이 벤섬을 위협했을까? 벤섬은 나중에 당하고 후회하느니 안전을 기하는 게 낫다고 판단해 누군가를 시켜 커런을 처리하게 했을까? 우리가 아는 건 지난 화요일 오후 3시 32분에 커런이 살해당했다는 사실이야. 그런데 벤섬이 그날 쿠퍼스 체이스를 떠난 시간은 언제일까?"

젊은 케이트 경위가 질문을 던진다.

"그런 정보는 어디서 얻으셨어요?"

"정보원한테서. 교통 카메라가 어디 어디 설치돼 있지, 테리? 벤섬의 차량 번호는 파악했어?"

그때 도나의 휴대폰이 진동음을 낸다. 확인해보니 문자가 와 있다.

　　오늘 아침 브리핑 잘해요. 애정을 담아, 엘리자베스. X

도나는 고개를 절레절레 흔든다.

머리를 빡빡 깎은 데다 흰색 티셔츠 안쪽으로 우람한 근육이 돋보이는 테리 핼릿 경위가 대답한다.

"차량 번호는 확인했는데 나온 게 없습니다. 아직 조사 중입니다. 통행량이 많아서요. 즐겁게 작업하고 있습니다."

"그래서 내가 도넛을 사온 거야, 테리. 먹으면서 계속 확인해. 사진 속 또 다른 친구 바비 태너의 소재는 파악됐나?"

이번에는 케이트가 대답한다.

"암스테르담 경찰 쪽과 얘기 중입니다. 여기서 도망친 바비는 암스테르담으로 건너갔고 어느 리버풀 사람 밑에서 일을 했습니다. 끝이 좋지 않았는데, 그 후로 바비에 대한 소식을 들은 사람은 없답니다. 바비와 관련된 기록이나 은행 거래도 나온 게 없고요. 혹시 다른 이름으로 이 나라에 다시 들어왔을 가능성도 있으니 계속 알아보고 있습니다만 워낙 오래전에 찍힌 사진이라 지금 당시 얼굴이 남아 있을까 싶습니다."

"바비를 찾아 얘기를 나누고 용의선상에서 배제라도 할 수 있으면 좋겠는데 말이야. 좀 더 확실한 정보를 찾아낸 사람 있나?"

여자 경사가 손을 든다. 브라이턴에서 전근 온 경찰인데 도넛 대신에 당근 조각을 오물오물 씹고 있다.

크리스는 그 경사의 이름이 잘 기억나지 않지만 떠오르는 대로 불러본다.

"그래, 그랜트 경사."

"그레인저 경사입니다."

경사가 정정해준다.

그래도 거의 비슷했네, 라고 크리스는 생각한다. '팀원이 워낙 많아야지.'

"저는 토니 커런의 통화 기록을 확인했습니다. 살해당한 날 아침에 커런에게 걸려온 전화는 총 세 통이고 같은 번호입니다. 커런은 한 번도 받지 않았습니다. 추적이 불가능한 휴대폰인 걸 보면 대포폰인 것 같습니다."

크리스는 고개를 끄덕인다.

"좋아, 잘했어, 그레인저 경사. 확보한 정보를 전부 나한테 이메일로 보내. 혹시 모르니까 휴대폰 회사에 연락해둬. 다른 때 같으면 정보를 안 내놓으려 하겠지만 요즘 이 사건으로 말이 많으니 해줄 수도 있어."

"알겠습니다, 경감님."

그레인저 경사는 이렇게 대답하고는 당근을 오물오물 씹는다.

도나의 휴대폰이 또 다신 진동음을 낸다.

목요일 살인 클럽 회원들끼리 차를 타고 길에 나왔어요. 혹시 우리한테 알려줄 만한 정보 있나요?

"좋아, 제군들. 계속 조사하도록. 테리, 교통 카메라에서 뭐라도 나오면 나한테 바로 알려줘. 케이트, 그레인저 경사와 한 팀으로 움직이면서 통화 기록을 좀 더 파봐. 살았는지 죽었는지 모르겠지만 바비 태너의 소재도 계속 알아보고. 누구든 아는 사람이 있겠지. 조사하다가 지겨워 죽겠는 사람은 언제든 내 방으로 찾아와. 지루한 일거리라도 찾아서 맡겨줄 테니. 어떻게든 벤섬의 혐의를 찾아보자고."

도나의 휴대폰이 마지막으로 진동한다.

추신. 크리스 경감님이 오늘 아침에 도넛을 사는 모습을 내 정보원들이 봤다고 하네요. 역시 운 좋은 도나. 참, 조이스가 인사 전해달래요. XX

40장

구원

「데일리 익스프레스」지에 실린 십자말 퍼즐을 다 푼 버나드 코틀은 재킷 주머니에 펜을 집어넣는다. 오늘 아침 이곳 풍경은 무척이나 아름답다. 벤치도, 언덕도. 살아서 저런 풍경을 볼 수 없게 된 이들에게는 저 아름다운 풍경이 그저 잔인한 장난에 불과하겠지.

오늘 아침에 그는 조이스와 친구들이 차를 타고 어딘가로 떠나는 모습을 보았다. 그들의 표정이 어찌나 행복해 보이던지! 문득 조이스가 모두를 행복하게 만들어주고 있다는 생각이 든다.

버나드는 자신이 내면에 너무 깊게 침잠해 있음을 알고 있다. 조이스조차 그를 품지 못할 것이다. 그는 구원을 받을 수도 없고, 구원받을 가치도 없는 인간이다.

그래서 저 차에 함께 타지 못하고 여기 이러고 있는 것이겠지. 그는 조이스가 수다를 떨며 차를 타고 멀어지는 모습을 바라보면서 재킷 소매에 붙은 실밥이나 뜯고 있다.

하지만 지금까지 매일 그랬듯이 앞으로도 그는 이 언덕에 꿋꿋이 앉아 닥쳐올 일을 기다릴 작정이다.

41장

속도 계산

이브라힘은 정확히 시간을 재기 위해 다이하츠를 토니 커런의 집 대문 앞에 세우려고 했다. 하지만 엘리자베스는 어차피 야외라 정확히 측정할 수는 없다고 만류했고 결국 그들은 토니 커런의 집에서 300미터쯤 떨어진 일시 정차 가능 구역에 차를 세웠다. 이브라힘도 이 정도면 됐다고 받아들였다.

이브라힘은 다이하츠 보닛 위에 노트북을 펼쳐놓고 조이스와 엘리자베스에게 계산한 자료를 보여준다. 론은 소변을 보러 숲에 들어갔다.

"약간의 오차를 감안하고, 평균 속도 시속 44킬로미터로 차를 타고 이동했을 때 37분이 소요됐네요. 내가 경로를 효과적으로 짠 덕분에 길은 막히지 않았어요. 내가 그런 쪽으로 육감이 발달해서요. 다른 사람이 운전했으면 분명 길이 막혔을 겁니다."

엘리자베스가 맞장구를 쳐준다.

"마을로 돌아가자마자 용맹 훈장이라도 드리고 싶네요. 자, 이 정도 시간이 걸렸다는 건 벤섬에게 어떤 의미죠?"

"자세하게 설명을 할까요 아니면 간단하게 할까요?"

엘리자베스가 지체 없이 대답한다.

"간단하게 부탁해요, 이브라힘."

이브라힘은 멈칫한다. 질문을 잘못해서 원하는 대답이 안 나왔다고 생각하는 듯하다.

"자세한 대답을 준비했는데요, 엘리자베스."

이브라힘이 이렇게 말하며 반응을 기다리자 조이스가 나선다.

"그럼, 어디 자세한 대답을 즐겁게 들어보는 게 어떨까요?"

"분부대로 하겠습니다, 조이스."

이브라힘은 손뼉을 짝 치고는 노트북 화면에서 한 페이지를 넘긴다.

"자, 벤섬이 고를 수 있는 경로는 이 셋 중 하나였을 겁니다. 우리와 같은 경로를 택하진 않았을 거라고 봐요. 도로 상황에 대해 나만큼의 통찰력을 갖고 있지는 않을 테니. A21 도로를 따라 난 두 번째 경로를 따라 갔겠죠. 지도에서 제일 명확하게 쭉 뻗은 곡선 경로잖아요. 그런데 여기서 임시 도로 보수 작업을 하는 친구가 등장합니다. 어제 켄트 카운티 위원회에서 아주 흥미로운 남자를 만나 얘기를 나눴어요. 그 남자 얘기로는 도로 보수 작업이 섬유 광학과 관계가 깊다고 하더군요. 섬유 광학에 관해 상세한 설명을 듣고 싶은 마음이 있나요, 조이스?"

"엘리자베스만 괜찮다면 저도 괜찮아요."

조이스의 대답에 이브라힘은 고개를 끄덕인다.

"그 얘긴 나중에 하지요. 세 번째 경로는 런던로를 따라서 배틀 수녀원을 지나 곧장 B2159로 향하는 경로에요. 무슨 생각하는지 알아요. 그 길로 가면 더 느리다고 생각하고 있죠?"

엘리자베스가 말한다.

"생각을 하고 있긴 했는데 그거랑은 다른 생각이었어요."

이브라힘은 엘리자베스가 답답해하는 기색을 눈치챘지만 그로서는 이게 최대한 빠르게 설명하는 것이다.

"우리가 여기까지 올 때 속도가 얼마였는지 기억해요……?"

"미안해요, 잊어버렸어요, 이브라힘."

조이스의 말에 이브라힘은 특유의 참을성 있는 말투로 설명한다.

"대략 시속 44킬로미터이었어요, 조이스."

"그런가요."

"이안 벤섬이라면 평균보다 시속 5킬로미터 정도 속도를 더 냈을 수도 있다고 봐요. 나야 신중하게 운전하느라 그 속도였지만요." 엘리자베스와 조이스가 얼른 고개를 끄덕이자 이브라힘은 흡족해하며 말을 잇는다. "이안 벤섬이 택했을 가능성이 있는 세 가지 경로를 종합적으로 고려하고, 평균 속도를 적용한 뒤 오차 범위를 제외할게요. 내 나름으로 품격 있게 오차 범위를 계산했습니다. 내가 노트북에 기록한 수학식을 보면 이해가 될 거예요. 우리는 A 경로를 따라 평균 속도로 이동했으니……"

그때 숲에서 소리가 들려 이브라힘이 설명을 멈춘다. 론이다. 태평하게 숲 밖으로 걸어 나온 론은 바지 지퍼를 올리며 말한다.

"외출하니까 좋네."

"론!" 엘리자베스는 아주 오랜만에 보는 친구를 반기듯 론을 반긴다. "이브라힘이 지금 우리한테 수학식을 보여주고 있어요. 당신도 참을성 있게 여기 와서 좀 보지 그래요?"

"수학을 왜 들이댑니까, 이브라힘. 벤섬이 그 시간에 맞게 여기 도착할 수 있었어요?"

"그게, 내가 지금 설명하고 있는데……"

론은 손을 휘젓는다.

"이브라힘, 난 일흔다섯 살이에요. 짧게 합시다. 이안 벤섬이 시간 내에 여기 도착했겠어요?"

42장

작업 착수

이안 벤섬은 리처드 브랜슨의 『내가 상상하면 현실이 된다』 오디오북을 들으며 러닝머신 위를 달리고 있다. 이안은 브랜슨의 정치 철학에 전혀 동의하지 않지만 브랜슨을 추앙할 수밖에 없다. 워낙 대단한 업적을 이뤄낸 사람이니까. 언젠가 이안도 책을 쓸 생각이다. 각운이 맞는 제목만 떠오르면 바로 쓰기 시작할 거다.

달리면서 그는 묘지에 대한 생각, 매키 신부에 대한 생각을 해본다. 이안은 통제할 수 없는 상황이 생기는 게 싫다. 예전 같으면 토니 커런을 매키 신부에게 보내 조용히 얘기를 나누도록 했겠지만 토니는 죽고 없다. 리처드 브랜슨처럼 과거에 얽매이지 말아야 한다. 브랜슨처럼 미래를 향해 나아가야 한다. 이안도 그렇게 살 작정이다.

일주일 안에 굴착기들이 묘지를 파기 시작할 것이다. 채소를 씹어 삼키는 것만큼 고역이지만 묘지 문제 해결이 우선이다. 그 문제만 해결되면 술술 잘 풀릴 것이다.

굴착기들은 묘지를 파낼 준비가 돼 있고, 허가서도 받았으며, 보그단이 준비시킨 운전기사 두 명도 대기 중이다.

그런데 그는 무엇을 기다리고 있는 건가? 브랜슨이라면 어떻게 할까? 〈드래곤스 덴〉(BBC One에서 방송된 리얼리티 쇼. 기업가들이 다섯 명의 부유한 투자자들에게 다양한 사업 아이디어를 제시하고 회사의 지분을 제공하면서 재정 투자를 받는 내용)에 나온 출연자들 중 이안의 구미에 딱 맞는 리처드 브랜슨이라면 이 상황에서 어떻게 할까?

아마 바로 착수할 것이다. 상상하면 현실이 되니까.

이안은 오디오북을 끈다. 러닝머신을 멈추지도 않고 곧장 보그단에게 전화를 건다.

43장

좁혀진 용의자

이안 벤섬이 토니 커런을 죽였을까? 그게 오늘의 주요 화젯거리였다.

언제나 상세하게 알려주고 싶어 하는 이브라힘의 설명에 따르면, 이안 벤섬은 아슬아슬하기는 해도 토니 커런의 집에 시간 내에 도착하는 게 가능했을 거라고 한다. 정각 3시에 쿠퍼스 체이스를 떠난 이안 벤섬은 3시 29분에 토니 커런의 집(조잡하긴 하지만 큼직하고 멋진 집)에 도착했을 것이다. 그가 차에서 내려 커런의 집으로 들어가 큼직한 물건으로 커런을 때려죽이기까지 주어진 시간은 2분이다.

론은 이안 벤섬이 토니 커런을 죽였다면 아주 신속하게 일을 처리했을 거라고 했다. 엘리자베스도 누군가를 죽이려면 쓸데없이 시간 낭비를 하지 않는 게 최선이라고 했다. 나는 이브라힘에게 그가 계산한 시간이 옳다고 확신하느냐고 물었다. 이브라힘은 확신한다고, 아까 계산한 걸 보여주려고 했는데 소변을 보고 돌아온 론 때문에 방해를 받아 설명을 못 했다고 했다. 내가 아쉽게 됐다고 하자, 이브라힘은 표정이 밝아지면서 나중에라도 설명을 해주겠다고 했다. 나는 그렇게 해주면 좋겠다고 대답했다. 물론 거짓말이지만, 이런 선의의 거짓말은 아무도 다치게 하지 않을 테니까.

오늘 우리는 무척 재미있는 시간을 보냈다. 이안 벤섬이 토니 커런을 죽였을 수도 있겠다는 생각이 든다. 살해 동기도 있고 살인을 할 기회도 있었다. 커런을 때려죽인 도구는 아마 크고 묵직한 물건이었을 텐데, 벤섬이라면 그런 물건을 충분히 구할 수 있었을 거다. 루이스 수사관(드라마 〈루이스〉의 주인공)이라면 벤섬을 범인으로 확신했을 것 같다.

경찰이 벤섬을 체포하면 어떻게 될까? 재미있는 시간도 끝이 나려나?

내일 또 무슨 일이 일어날지 지켜봐야지.

44장

잠 못 드는 밤

이안 벤섬은 일찌감치 잠자리에 든다. 새벽 5시에 알람을 맞춘다. 내일은 중요한 날이다. 안대를 쓰고 소음 제거 헤드폰을 착용한 뒤 기분 좋게 잠에 빠져든다.

론은 눈을 감는다. 지난번에 경찰들이 그들을 만나러 와줘서 론은 기분이 좋았다. 회의 때 벤섬에게 고함을 쳤을 때도 속이 후련했다. 사실 론은 세상의 이목을 조금은 그리워하고 있다. 그가 말할 때 경청해주는 사람들이 그립다. 론이 〈퀘스천 타임〉(BBC의 대표 정치 시사 프로그램)에 나가 주장을 설파하면 상대방은 감히 반박도 못 할 것이다. 그럼 론은 그들에게 한두 가지 가르침을 주면 된다. 테이블을 세차게 내려치고 토리당을 비난하고 지붕이 들썩들썩할 만큼 고함을 치면 된다. 옛날 그 좋았던 시절처럼. 한번 나가볼까? 아니 됐다. 그의 머릿속은 요즘 이리저리 표류하고 있다. 어쩌면 상대는 그의 속을 빤히 들여다볼 수도 있다. 그가 쓰는 방법이 낡아빠진 구식일 수도 있지 않을까? 확실히 론은 요즘 페이스가 처졌다. 진행자가 시리아에 대해 물어보면? 시리아 맞나? 리비아인가? 딤블비(〈퀘스천 타임〉의 진행자)가 그의 눈을 똑바로 쳐다보면서 '리치 씨, 본인이 목격한 것에 대해 말씀해주시죠.'라고 요구하면 어떻게 해야 하나. 그런데 이건 경찰이 했던 말 아닌가? 그리고 지금 〈퀘스천 타임〉의 진행자는 피오나 브루스 아닌가? 론은 피오나 브루스를 좋아한다. 그런데 누가 토니 커런을 죽였을까? 벤섬이겠지. 전형적인 블레어 신도(영국 토니 블레어 총리의 정치 노선을 지지하는 사람들)니까. 뭔가 빠뜨리고 추론한 게 아니라면. 혹시 뭔가 빠뜨린 건가?

길 건너에서 이브라힘은 좌뇌의 활동을 지속시키기 위해 세계 여러 나라들에 대한 공부를 하고 있다. 우뇌로는 누가 토니 커런을 죽였는지에 대한 생각을 하는 중이다. 덴마크와 지부티 사이의 어디쯤을 들여다보다가 그는 스르르 잠이 든다.

라킨 코트에 위치해 있고 방이 세 개이며 데크가 갖춰진 집에서 엘리자베스는 좀처럼 잠들지 못하고 있다. 요즘 계속 이런 식이라 익숙해지고 있다.

어둠 속에서 한 팔로 스티븐을 감싸 안는다. 스티븐은 이 감촉을 느낄 수 있을까? 페니는 그녀의 목소리를 들을 수 있을까? 어쩌면 그 두 사람은 이미 이 세상에서 사라진 게 아닐까? 엘리자베스가 그들이 존재한다고 믿는 동안에만 그들은 실재하는 걸까? 엘리자베스는 가급적 오랫동안 그들과 함께하고 싶다.

버나드 코틀은 아이패드로 인터넷에 접속해 있다. 딸 수피가 작년 크리스마스 때 사준 아이패드다. 버나드는 슬리퍼나 사달라고 했지만 수피는 슬리퍼가 무슨 선물이 되냐며 아이패드를 샀다. 그래서 버나드는 세일 기간에 페어헤이븐에 가서 직접 슬리퍼를 사야 했다. 버나드는 아이패드를 선물 받기는 했지만 사용할 줄을 몰랐다. 조이스는 바보처럼 왜 서랍에 처박아두기만 하느냐며 아이패드를 꺼내 사용법을 알려주었다. 지금 버나드의 곁에는 큼직한 위스키 잔과 조이스가 만든 커피 호두 케이크의 마지막 조각이 놓여 있다. 그는 아이패드를 통해 100번째로 우드랜드 개발 계획안을 들여다보고 있는 중이다. 아이패드 화면의 희미하고 푸릇한 빛이 그의 얼굴을 비춘다.

마을의 불빛이 하나씩 꺼지기 시작한다. 유일하게 남은 건 윌로우스 병원의 두꺼운 블라인드 커튼 너머에서 흘러나오는 빛이다. 죽음의 사업은 삶의 사업과는 다른 시간으로 흐른다.

45장

새벽 급습

그들을 제일 먼저 본 사람은 엘리지였다.

에드윈 엘리지는 매일 아침 6시 정각에 일어나 천천히 그러나 뚜렷한 목적을 가지고 쿠퍼스 체이스의 진입로 끄트머리로 걸어간다. 캐틀그리드를 지나 주요 도로에 다다르면, 길 이쪽저쪽을 충분히 살펴보고 방향을 돌려 다시 진입로를 따라 집으로 천천히 돌아온다. 그렇게 아침 일과를 마치고 집에 도착하면 6시 30분이다. 그때부터 그는 종일 두문불출한다.

쿠퍼스 체이스 실버타운 분위기에 맞게 아무도 그에게 이유를 묻지 않는다. 테니슨 코트에 사는 여자는 아침마다 있지도 않은 개를 산책시키니 물어서 뭐 할까. 어떤 계기든 아침에 침대에서 일어나기만 하면 되는 것을.

엘리자베스는 평소의 그녀답게 어느 날 불쑥 산책하고 돌아가는 엘리지의 앞을 가로막았다. 엘리자베스는 이른 아침의 안개와 자신의 얼어붙은 숨결, 외투를 입고 터덜터덜 걸어가는 엘리지를 보면서 동독에서 살 때의 행복했던 시절을 떠올렸다. 엘리지는 눈을 들어 엘리자베스를 바라보고는 안심하라는 듯 고개를 절레절레 흔들며 말했다.

"이럴 필요 없어요. 내가 다 확인했다니까요."

"고마워요, 엘리지 씨."

두 사람은 기분 좋게 침묵하며 함께 진입로를 따라 걸어 올라갔다.

이브라힘은 엘리지가 예전에 교장으로 일했고 퇴임 후 양봉 일을 했다고 알려주었다. 엘리자베스는 엘리지의 말투에 동부 노퍽주 억양이 감춰져 있음을 알아챘다. 하지만 그것은 에드윈 엘리지 관련 자료에 다나와 있는 정보였다.

제일 먼저 나타난 것은 이안 벤섬의 레인지로버였다. 오전 6시 정각, 엘리지는 길을 따라 달리던 레인지로버가 길을 벗어나 그의 앞을 지나서 언덕 위 플레이페어 농장으로 향하는 모습을 지켜보았다. 오전 6시 20분, 집으로 향하는 엘리지 옆을 무덤 파는 굴착기들이 지나갔다. 엘리지는 그리로 눈길조차 주지 않았다. 엘리지가 찾고 있는 차들이 아니었다. 굴착기들은 천천히 진입로를 따라 올라가는 저상 트레일러에 서로 마주보며 실려 있었다.

새벽 급습은 마약 밀매범이나 무장 폭력배들을 체포할 때는 효과적이지만 쿠퍼스 체이스에서는 굳이 쓸 필요가 없는 방법이다. 굳이 기록하자면 저 굴착기들이 촉발한 첫 번째 전화 통화 시각은 오전 6시 21분이었다. 굴착기들이 진입로로 올라오고 있어요. 두 대예요. 뭐 하러 왔는지는 나도 모르죠. 이런 식으로 봉홧불이 올라가고 일반 전화로 마을 전체에 소식이 퍼져나간 건 오전 6시 45분이었다. 지난 2월에 이브라힘이 다 같이 왓츠앱이라는 모바일 메신저 어플을 휴대폰에 깔자고 제안했지만 받아들여지지 않았다. 일반 전화로 소식을 전해 들은 실버타운 주민들은 무슨 일인지 알아보고자 집에서 나와 삼삼오오 모여 떠들기 시작했다.

오전 7시 30분, 언덕을 도로 내려와 진입로로 들어선 이안 벤섬은 주민들이 전부 나와 있는 것을 목격한다. 그날 하루치의 설렘을 모두 맛보고 집 안에 틀어박힌 에드윈 엘리지만 빼고, 주민들이 전부 모였다. 이안 벤섬의 레인지로버 조수석에는 캐런 플레이페어가 앉아 있다. 캐런은 이날 아침 쿠퍼스 체이스에서 조식을 겸한 수업을 진행할 예정이다.

진입로를 천천히 마저 올라온 저상 트레일러는 주차장을 조심스럽게 통과한다. 저상 트레일러 조수석에서 보그단이 땅바닥으로 훌쩍 뛰어내려 묵직한 나무 대문의 빗장을 연다. 저상 트레일러를 타고 영원한 안식의 정원으로 이어지는 좁은 길로 계속 나아가겠다는 뜻이다.

"어이, 거기 멈춰." 론이 보그단에게 다가가며 손을 흔든다. "나는 론이야. 론 리치. 이게 다 뭔가?"

보그단은 어깨를 으쓱한다.

"굴착기죠."

"굴착기인 건 나도 알아. 왜 가져왔어?" 론은 이렇게 묻고는 재빨리 덧붙인다. "무덤 파러 왔단 말은 하지 말고."

몇몇 주민들이 나무 대문 앞으로 다가와 론 주변을 둘러싼다. 그들은 다 함께 보그단의 대답을 기다린다. 론이 재촉한다.

"뭐 하러 가져왔냐니까?"

보그단이 한숨을 푹 쉰다.

"무덤 파러 왔단 말은 하지 말라면서요. 다른 대답은 할 게 없어요."

보그단은 손목시계를 내려다본다.

"이봐. 자네는 지금 이 나무 대문을 열었어. 이 나무 대문 너머로 이어지는 곳은 하나뿐이야."

론은 그를 둘러싼 사람들을 보고 이 기회를 낭비하지 말아야겠다는 생각을 한다. 그는 즉시 주민들을 향해 돌아선다. 그중에 친구들도 보인다. 이브라힘은 한쪽 팔 밑에 수영용품을 들었고, 조이스는 보온병을 손에 들고 누군가를 찾고 있다. 분명 버나드를 찾고 있을 것이다. 뒤쪽에 엘리자베스도 보이는데 좀처럼 밖에 안 나오는 스티븐도 같이 데리고 나왔다. 스티븐은 가운 차림이다. 물론 가운 차림인 주민이 스티븐만 있는 것은 아니다. 론은 페니의 남편 존이 사람들 사이에 서 있는 걸 보고 죄책감을 느낀다. 정장 차림의 존은 윌로우스로 가는 길에 사람들이 모여 있는 걸 보고 걸음을 멈춘 모양이다. 론은 윌로우스로 페니를 만나러 갔다 온 지 한참 되었다. 페니를 볼 기회가 영영 사라지기 전에 조만간 방문을 해야 될 텐데, 윌로우스를 방문할 생각을 하면 겁부터 난다.

론은 한바탕 연설을 하기 위해 나무 대문 하단의 첫 번째 가로대에 올라선다. 하지만 균형을 잡기가 힘들어서 안 되겠다 싶어 다시 탄탄한 땅에 발을 딛고 선다. 그는 준비된 연사다.

"자, 지금 여기에는 우리와 폴란드인 두 명 그리고 무덤 파는 굴착기들이 있습니다. 다들 아침 공기를 한껏 즐기고 있군요. 벤섬 씨 밑에서 일하는 분들이 우리 수녀님들을 묘지에서 파내려고 아침 6시 반부터 살그머니 찾아왔어요. 사전 경고도 없이, 상의도 없이요. 우리 마을로 들어와 우리 수녀님들을 묘지에서 파내겠다 이거죠." 론은 보그단을 돌아본다. "내 말이 맞지?"

"예, 맞습니다."

보그단은 순순히 인정한다.

벤섬이 저상 트레일러 옆에 레인지로버를 나란히 세우고 운전석에서 내린다. 그는 모여든 주민들을 쓱 둘러보고는 보그단을 쳐다본다. 보그단은 어깨를 으쓱할 뿐이다. 조수석에서 내린 캐런 플레이페어가 눈앞의 광경을 보며 미소 짓는다.

론은 그들을 향해 걸어오는 벤섬에게 말한다.

"오셨네."

"리치 씨."

"아침부터 방해해서 미안하게 됐습니다, 벤섬 씨."

"전혀요. 계속하세요. 연설 계속하십시오. 지금이 50년대인 척을 하고 싶으시면 마음대로 해보세요. 하지만 연설을 마치시면 저는 저 길로 쭉 가서 묘지를 파내야 합니다."

"오늘은 안 됩니다. 어림도 없어요." 론은 다시 청중을 돌아보며 말한다. "보다시피 우린 모두 약한 노인들입니다, 벤섬 씨. 잘 보세요. 우리를 밀쳤다가는 바로 넘어지고 말 겁니다. 설마 우리가 그렇게 되길 바라진 않겠죠. 우린 다들 약해서 밀어 쓰러뜨리기가 아주 쉬워요. 툭 건드리면 쓰러진다고요. 아시겠습니까? 그래도 여기 주민들은 한창때 다 한가락 하던 사람들이에요. 내 말이 맞죠, 여러분?"

박수가 쏟아진다.

"이런 식으로 수녀님들을 내쫓는 무례를 허용할 분들은 여기 없습니다. 다들 댁보다 훌륭한 분들이에요." 론은 청중을 돌아보며 말을 잇는다. "여기는 군인 출신도 한두 분 계십니다. 교사 출신, 의사 출신도 있죠. 사람을 분해할 수 있는 분도 있고, 온전히 모아 고칠 수 있는 분도 계세요. 기어서 사막을 건너신 분, 로켓을 만드신 분, 살인범들을 잡아 교도소에 가둔 분들도 계십니다."

"보험업자도 있습니다!"

러스킨 코트에 사는 콜린 클레멘스가 소리치자 박수가 터져 나온다.

론은 팔을 펼치며 말한다.

"한마디로 우린 전사들이에요, 벤섬 씨. 그런데 당신이 아침 7시 반에 무덤 파는 굴착기를 가져와 싸움을 건 겁니다."

이안은 론이 말을 다 마칠 때까지, 악을 다 쓸 때까지 기다렸다가 청중 앞에 나선다.

"감사합니다, 론. 쓸데없는 말씀이었지만 어쨌든 잘 들었습니다. 이 자리에서 싸움이 벌어질 일은 없습니다. 여러분들은 협의회에 참석하셨습니다. 반대를 하신 분도 계셨지만 결과적으로 찬성하는 쪽으로 얘기가 됐죠. 여기 변호사 출신도 계시니 아실 겁니다, 안 그래요? 기어서 사막을 건너신 분 옆에 아마 계시겠죠. 법정 변호사도 있고 사무 변호사 출신도 있으시겠죠. 그럼요. 판사 출신도 계십니다! 예전에 법원에서 잘 싸우신 분들이죠. 이 건은 정정당당한 싸움이었고 여러분은 이미 지셨습니다. 그래서 저는 오늘 오전 8시에 제가 소유한 땅으로 가서 작업을 할 겁니다. 제가 기획하고 돈을 지불한 작업이죠. 무례하게 굴고 싶진 않습니다만, 이 작업을 해야 여러분도 관리비를 지금 같은 적정한 수준으로 계속 내면서 사실 수가 있어요. 그러니 저는 반드시 이 작업을 해야만 합니다."

'관리비' 얘기가 나오자 즉각 효과가 나타난다. 안 그래도 주민들은 관리비 때문에 불만이 있던 참이다. 점심 식사 때까지 어차피 4시간이나 남아서 무슨 구경이 났나 하고 나와본 건데 이안이 속을 제대로 긁었다.

론이 사람들의 이목을 끄는 동안 슬그머니 청중들 뒤로 빠져나간 조이스와 버나드는 잠시 후 정원용 의자들을 팔 밑에 끼우고 돌아온다. 그들은 청중들 사이를 돌아다니며 정원용 의자들을 하나씩 펼쳐놓는다.

그리고 조이스가 사람들에게 말한다.

"라디오 켄트 방송을 들었는데 오늘 오전에 날씨가 좋을 거라네요. 저희랑 같이 여기서 즐겁게 놀아보실까요? 집에 안 쓰는 피크닉용 테이블 있으시면 가지고 나오세요."

론도 사람들에게 말한다.

"다 같이 여기 앉아서 차나 마십시다."

주민들은 여기저기서 의자며 테이블을 모아 오기 시작한다. 주전자도 가져온다. 차를 마시기엔 너무 이른 시간이지만 찬장을 뒤져 먹을거리도 챙겨온다. 여기서 차를 마시며 시간이나 끌어보자는 것이다. 어쨌든 재미있을 것 같은 분위기다. 이게 다 이안이 관리비에 대해 싸가지 없게 말한 탓이다.

이브라힘은 저상 트레일러 운전석 옆으로 다가가 운전기사와 얘기를 나눈다. 눈대중으로 이 트레일러의 길이를 13.5미터로 짐작했는데 운전기사에게 물어보니 13.3미터라고 해서 기분이 좋다. 아직 감이 살아 있구나.

엘리자베스는 별 탈 없이 스티븐을 데리고 집으로 들어간다. 스티븐에게 커피를 내주고 다시 나와볼 참이다.

46장

동참

오전 7시 30분경, 페어헤이븐 경찰서로 이안 벤섬이 신고 전화를 걸어왔다. 1리터짜리 크랜베리 주스를 마시고 있던 도나는 '쿠퍼스 체이스'라는 말을 얼핏 듣고는 자신이 직접 출동하겠다고 나선다. 그리고 크리스 경감에게 바로 문자를 보낸다. 오늘 아침에 크리스 경감은 비번이지만 이 광경을 놓치고 싶어 하지 않을 것 같아서다.

오전 7시, 매튜 매키 신부는 모린 개드의 전화를 받는다. 오전 7시 30분, 일어나서 옷을 입고 목 한가운데에 로만 칼라를 착용한 신부는 기차역으로 가기 위해 택시를 기다린다.

47장

길거리 파티

영원한 안식의 정원으로 이어지는 나무 대문 앞에 의자 스무 개가 놓였다. 대부분 일광욕용 의자인데 미리엄의 등이 안 좋은 까닭에 식탁 의자도 하나 놓였다.

정통적이지 않은 바리케이드지만 효과는 있다. 나무 대문 양옆에는 나무들이 늘어서 있어서 영원한 안식의 정원으로 가려면 지금 연금 수령자들이 진을 친 곳을 지나가야만 한다. 연금 수령자들은 오전의 태양 아래 몸을 쭉 뻗고 누워 기분 좋게 잠까지 청하고 있다. 한동안 굴착기들은 이곳을 못 지나가게 생겼다.

이안 벤섬은 차로 돌아와 앉아 그 광경을 지켜본다. 캐런 플레이페어는 밖에 나가 서서 사과와 계피 향이 나는 전자 담배를 기분 좋게 피우고 있다.

이안은 피크닉용 테이블과 아이스박스, 파라솔 등을 훑어본다. 노인네들이 밑에 푹신한 받침이 있는 쟁반에 차까지 담아 나르고 있다. 그들은 서로에게 손자들의 사진도 보여준다. 영원한 안식의 정원을 지키는 건 핑계일 뿐이고 대부분이 한여름의 태양 아래 길거리 파티를 하러 나온 모양새다. 이안이 굳이 나설 필요도 없을 것 같다. 이따가 경찰이 도착하면 저들은 일광욕용 의자처럼 접혀서 치워질 것이다. 결국 뽈

뿔이 흩어지게 되어 있다.

　이 웃기는 쇼는 곧 끝날 것이다. 그나저나 경찰이 어서 와야 될 텐데. 이안이 국가에 바치는 어마어마한 세금을 생각하면 이 정도 요구는 과한 축에도 못 든다.

48장

경보 장치

엘리자베스는 나무 대문 앞으로 돌아가지 않는다. 스티븐을 집에 데려다놓고 블런츠 숲 사이로 난 길을 따라 걸어가, 숲 너머 탁 트인 길로 나선다. 영원한 안식의 정원으로 이어지는 길이다. 그 길을 따라 올라가다가 버나드 코틀이 즐겨 찾는 나무 벤치에 자리를 잡고 앉아 기다린다.

쿠퍼스 체이스 쪽을 내려다본다. 길 끝이 굽어져서 여기서는 주민들이 만들어놓은 바리케이드가 보이지 않지만, 언덕 아래에서 주민들이 점잖게 작업을 방해하는 소리는 들을 수 있다. 일이 터지지 않은 곳을 확인해라. 그곳이 바로 일이 터진 곳이니. 마음 한편으로는 조이스가 언덕을 따라 올라오지 않아서 의외다 싶다. 조이스에겐 엘리자베스 같은 직감은 없는 걸까.

길 저편 20미터쯤 떨어진 나무 사이에서 부스럭거리는 소리가 나더니 얼마 안 있어 어깨에 삽을 걸친 보그단이 모습을 드러낸다.

길을 따라 올라온 보그단은 엘리자베스의 앞을 지나가면서 고개를 끄덕거리고 인사를 한다.

"안녕하세요."

그가 모자를 쓰고 있었으면 분명 그 모자를 벗고 인사를 했을 것이다.

"보그단 씨. 바쁜 줄은 알지만 질문 하나만 해도 될까요?"

걸음을 멈춘 보그단은 어깨에 메고 있던 삽을 내리고 삽 손잡이에 체중을 실으며 대답한다.

"그러세요."

어젯밤 내내 엘리자베스는 생각을 거듭했다. 벤섬이 커런의 집에 도착해서 집 안으로 들어가 주방으로 진입해 커런을 죽이기까지 그 모든 과정을 정말 2분 내에 끝마칠 수 있었을까? 전에 그렇게 일처리 하는 걸 본 적은 있지만 아마추어가 한 일은 아니었다. 그렇다면 엘리자베스가 놓친 것은 무엇일까?

"벤섬 씨가 말다툼을 하고 나서 토니 커런을 죽이고 싶다는 말을 당신한테 한 적 있나요? 벤섬 씨가 도와달라고 요청했어요? 그래서 도와줬나요?"

보그단은 잠시 생각을 한다. 동요한 표정은 아니다.

"묻다 보니 질문을 하나가 아니라 세 개나 했네요. 할머니라 정신이 없어요."

"뭐, 대답은 하나니까 상관없습니다. 대답은 다 '아니다'예요. 사장님은 저한테 그런 말을 한 적이 없고, 도와달란 말도 안 하셨고, 전 돕지 않았습니다."

엘리자베스는 찬찬히 생각을 해본다.

"결과적으로 이 사건으로 당신이 이득을 보게 됐잖아요. 짭짤한 수익이 나는 새 일거리도 당신 차지가 됐고요."

"그렇죠."

보그단은 고개를 끄덕이며 수긍한다.

"당신이 토니 커런의 집에 경보 장치를 설치했나요?"

보그단은 고개를 끄덕인다.

"예. 사장님이 저한테 시키는 일이 그런 거니까요."

"그럼 당신은 커런의 집에 쉽게 들어갈 수 있었겠네요? 들어가서 커런을 기다리고 있었을 수도 있고요?"

"그렇죠. 쉽게 할 수 있었을 겁니다."

언덕 아래에 차들이 와서 서는 소리가 들려온다.

"이런 걸 묻는 게 무례하다는 건 알지만 그래도 물을게요. 만약 이안 벤섬이 토니 커런을 죽이고 싶어 했다면, 당신한테 그 일을 해달라고 요청했을까요? 당신과 이안 벤섬은 그 정도 일을 요청할 수 있는 사이인가요?"

"사장님은 저를 믿으세요." 보그단은 잠시 생각해본 후 대답한다. "그런 생각이 있으셨으면 저한테 요청하셨을 거예요."

"만약 벤섬이 그런 요청을 했으면 당신은 뭐라고 대답했을까요?"

"저는 경보 장치 수리라든가 수영장 타일 작업 같은 건 하지만 사람을 죽이는 일은 안 합니다. 그러니까 사장님이 그런 요청을 했다면 이렇게 말했겠죠. '저기요, 그렇게 죽이고 싶으시면 직접 죽이세요.'라고요."

"그렇겠네요." 엘리자베스는 고개를 끄덕인다. "당신이 토니 커런을 죽이지 않은 건 확실해요?"

보그단은 소리 내어 웃는다.

"절대적으로 확실합니다. 죽였으면 제가 기억을 하겠죠."

"어쩌다 보니 질문을 많이 하게 됐네요, 보그단. 미안해요."

"괜찮습니다." 보그단은 손목시계를 확인한다. "아직 시간이 이르고 저는 얘기 나누는 걸 좋아해요."

"어디 출신이에요, 보그단?"

"폴란드요."

"그렇군요. 나도 거기 가봤어요. 어느 지역이에요?"

"크라쿠프 근처요. 크라쿠프라고 들어보셨어요?"

확실히 들어본 적이 있다.

"들어봤죠. 아주 아름다운 도시잖아요. 수년 전에 가본 적도 있어요."

정확히는 1968년이었다. 엘리자베스는 그 해에 무역 대표단 일로 젊은 폴란드 육군 대령을 비공식적으로 면담하기 위해 크라쿠프시를 방문했다. 훗날 그 폴란드 육군 장교는 쿨스던에서 신나게 마권 판매소를 운영했는데, 영국에 큰 기여를 한 공로로 대영제국 5등급 훈장을 서훈받았다. 그는 죽는 날까지 그 훈장을 잠가둔 서랍 안에 넣어두었다.

켄트 언덕 너머를 내려다보던 보그단은 한 손을 들어 올리며 말한다.

"이만 일하러 가야겠습니다. 만나서 반가웠어요."

"나도 반가웠어요. 내 이름은 마리나예요."

엘리자베스는 보그단의 큼직한 손을 잡고 악수를 하며 말한다.

"마리나요?" 이제 막 걸음마를 시작한 아기 사슴처럼 보그단의 얼굴에 반가운 미소가 피어난다. "저희 어머니랑 이름이 같으시네요."

"어머!"

이런 방법을 쓴 게 그다지 자랑스럽진 않지만, 언제 쓸모 있는 정보로 돌아올지 모른다. 무엇보다 보그단이 제 개인 정보를 몸에 문신으로 새겨뒀으니 엘리자베스가 안 써먹고 배기겠나?

"나중에 또 봐요, 보그단."

"나중에 또 뵙겠습니다, 마리나."

엘리자베스는 보그단이 길을 따라 걸어가는 모습을 바라본다. 얼마 후 묵직한 철문을 열어젖힌 보그단은 삽을 들고 영원한 안식의 정원으로 들어간다.

언덕을 내려가면서 엘리자베스는 무덤 파는 일을 하는 사람이라고 해서 다 똑같지는 않다는 생각을 해본다. 문득 아까 물어봤으면 좋았겠다 싶은 질문이 떠오른다. 이안 벤섬의 집에도 토니 커런의 집과 똑같은 경보 장치가 설치돼 있을까? 그렇다면 벤섬은 필요에 따라 쉽게 커런의 집에 들어갈 수 있을 것이다. 분명 그래야 할 필요가 있었겠지. 다음에 보그단을 만나면 꼭 물어봐야겠다.

바리케이드 앞에 도착해서 보니 나무 대문에 자물쇠가 걸려 있고 그 옆을 세 여자가 지키고 있다. 그중 하나는 데릭 아처와 브리지 카드놀이를 즐겨 하는 모린 개드다. 엘리자베스가 볼 때 모린의 브리지 솜씨는 정말 형편없다.

엘리자베스는 나무 대문을 타넘어 건너편으로 내려선다. 일이 터진 곳 한복판이다. 몇 년 만인가? 삼사 년? 크리스 허드슨 경감과 도나 드프레이타스 순경이 다가가자 이안 벤섬이 레인지로버에서 내리는 모습이 보인다. 재미난 일에 끼어들 시간이구나, 라고 생각하며 엘리자베스는 조이스의 어깨를 툭 친다. 조이스의 옆 의자에는 버나드가 자고 있다. 조이스가 염탐하러 언덕을 올라오지 않은 이유가 뭔지 알겠다.

엘리자베스는 여자가 남자를 쫓아다니는 것에 이론적으로는 찬성한다. 본인이 원한다면 해야지 어쩌겠나. 하지만 조이스는 그게 얼마나 진 빠지는 일인 줄을 곧 알게 되지 않을까?

49장

구경꾼들

엘리자베스가 왔을 때 버나드는 잠들어 있었다. 힘들어하더니 잠이 들어 다행이었다. 오늘 아침 집에 찾아가 노크를 했는데, 문을 열고 나온 버나드는 피곤해 보이는 기색이 역력했다. 밤새 잠을 못 잔 것 같았다.

엘리자베스와 나는 도중에 론을 만나서 함께 도나와 크리스를 보러 갔다. 론이 기분 좋아 보여서 우리도 좋았다. 시간이 얼마 안 지났지만 기억나는 건 이 정도가 전부다.

도나가 또 이상한 아이섀도를 발랐다. 대체 어떤 의미로 그런 화장을 하는지 늘 물어보고 싶지만 아직까지 입을 떼지 못했다. 어쨌든 주로 말을 한 쪽은 허드슨 경감이다. 경감은 꽤 인상적이었다. 경감이 이안 벤섬에게 이런저런 말을 하자, 이안 벤섬은 우리가 길에서 비켜나길 바란다고, 자신의 주장이 사실임을 뒷받침할 수 있는 서류도 갖고 있다고 주장했다. 서류가 있다는 건 사실이다.

허드슨 경감은 실버타운 주민들과 얘기를 해봐야겠다고 대답했다. 론은 자기랑 얘기를 하면 된다고 말했다. 그러면서 그는 이안 벤섬이 아직 논의 중인 사안에 대해 서류나 들이밀려 한다고 단언했다. 론 입장에서는 당연한 주장이다. 도나는 나랑 얘기하는 게 제일 타당할 거라고 허드슨 경감에게 제안했다. 공정하고 냉정하게 판단해봤을 때 그렇다는 얘기였다.

허드슨 경감은 내게 법적 세부 사항을 설명하면서 이런 식으로 무작정 굴착기 앞을 가로막으면 체포할 수밖에 없다고 경고했다. 나는 아무리 그래도 정말 주민들을 체포하지는 않을 것 아니냐고 반박했고, 허드슨도 그건 그렇다고 인정했다. 어쨌든 얘기는 다시 원점으로 되돌아갔다.

론은 허드슨 경감에게 스스로가 자랑스럽냐고 물었다. 허드슨 경감은 자신은 과체중이고 51살이며 이혼남이라서 그다지 자랑스럽지는 않다고 대답했다. 그 말에 도나는 미소를 지었다. 도나는 허드슨 경감을 좋아한다. 연애 대상으로서는 아니지만 호감을 갖고 있는 건 분명하다. 나도 마찬가지다. 나는 경감에게 당신 정도면 과체중이 아니라고 말해주고 싶지만, 사실 약간은 과체중이 맞다. 간호사 출신으로서 나는 본능적으로 환자의 마음을 보호해주고 싶더라도, 듣기 좋은 말만 해주는 게 최선이 아님을 안다. 그래서 나는 경감에게 오후 6시 이후로는 음식을 먹지 말라고, 당뇨병에 걸리고 싶지 않으면 꼭 그렇게 해야 한다고 경고해주었다. 경감은 조언 고맙다고 대답했다.

그때 합류한 이브라힘은 허드슨 경감에게 필라테스를 해보는 게 어떠냐고 제안했다. 그러자 도나는 돈 내고 그 모습을 구경하고 싶다고 말했다. 이안 벤섬은 우스갯소리에 동참하는 대신, 도나와 허드슨 경감에게 자기는 이러라고 세금을 내서 경찰들에게 급여를 주는 게 아니라고 투덜거렸다. 도나는 어차피 급여를 주는 김에 인상이라도 해주면 얼마나 좋으냐고 따졌고, 이안 벤섬은 이래 가지고 급여가 인상될 수 있겠냐며 목청을 높였다. 유머 감각이 없는 사람은 남들이 재미로 하는 얘기에 정색하면서 이렇게 분위기를 싸늘하게 만들어버린다. 어쨌든 이건 그다지 중요한 얘기는 아니다.

갈등과 부적절한 대화 진행, 교착 상태 같은 논쟁의 요소에 능숙한 이브라힘이 나서서, 나무 대문 앞에 모인 시위대 중 일부를 솎아내는 게 좋지 않겠냐고, 그래야 다들 숨 쉴 틈이 있지 않겠냐고 제안하자 다들 맞는 말이라며 동의했다.

이브라힘은 바리케이드 겸 피크닉 장소로 걸어갔다. 그곳에서는 다들 재미있게 시간을 보내는 중이었다. 이브라힘은 경찰에 체포되고 싶지 않으면 길을 막은 의자를 치우는 게 좋겠다고 말했다. 그러자 남들이 모여 있으니 괜히 나와서 떠들고 있던 몇몇이 떨어져나가기 시작했다. 그 무리를 이끄는 이가 바로 콜린 클레멘스였다. 이브라힘이 아직 남아 있는 사람들에게 길에서 비켜나기만이라도 하라고, 물러서서 지켜보는 건 얼마든지 해도 된다고 하자 또 일부가 적당히 빠져주었다. 물론 신속하게 자리를 떠난 것은 아니었다. 우리 나이가 되면 정원용 의자를 치우는 일이 군사 작전이나 다름없다. 일단 일을 시작하더라도 그날 하루는 거의 다 잡아먹고 만다.

그 후 진행된 과정은 다음과 같았다. 단단히 잠긴 나무 문 앞에 있던 바리케이드는 사라졌지만 그 자리에 무대가 차려졌다. 구경꾼들은 기분 좋게 다시 의자를 가지고 와 그 앞에 앉았다. 무대에 누가 올랐냐고? 데릭 아처와 브리지 카드놀이를 즐겨 하는 모린 개드(브리지 카드놀이 외에 다른 것도 함께하는 것 같은데 그 얘기는 굳이 여기서 다시 언급하지 않겠다), 웨이트로즈 마트에서 계산도 안 하고 연어 한 마리를 통째로 들고 나왔다가 붙잡히자 치매 때문에 그랬다고 변명을 한 러스킨 코트의 바버라 켈리(어처구니없는 변명인데 용케 통했다), 그리고 내가 별다른 정보를 갖고 있지 않은 신참 브로나였다. 브로나의 성이 무엇인지는 아직 모르겠다. 내가 알기로 이들 세 명은 일요일마다 가톨릭교회 미사에 참석했다가 몇 시간 후에 터덜터덜 걸어서 돌아오곤 했다. 바로 이 세 명이 난간에 매놓은 자전거처럼 나무 대문에 딱 붙어 있었다.

그들 앞에는 누가 있었냐고? 바리케이드가 사라진 자리에 단 한 사람이 남아 자리를 지키고 있었다. 이제 막 잠에서 깨어난 그 사람은 바른 자세로 꼼짝도 않고 서 있었다. 꼿꼿하고 멋진 모습의 그는 바로 버나드였다. 평소답지 않게 버나드는 수녀원 묘지 문제를 예민하게 받아들였다. 여러분이 오늘 버나드의 모습을 봤어야 하는데. 버나드는 헨리 폰다, 마틴 루터 킹, 미다스왕처럼 마지막까지 꼿꼿하게 자리를 지켰다. 론에게는 힘에 부치는 일이었던 것 같다. 론은 의자 하나를 집어 들고 버나드 옆으로 와 앉았다. 연대하기 위해서인지, 자기도 관심을 받고 싶어서인지는 누가 알 수 있을까? 어쨌든 론이 버나드 옆을 지켜줘서 고마웠다. 고집 센 두 남자 모두 참 자랑스러웠다.

(아까 카누트왕(994~1035년. 덴마크 왕과 노르웨이 왕을 겸했던 잉글랜드의 왕)을 미다스왕이라고 잘못 적었다.)

일단 벤섬은 도나, 크리스와 함께 그의 차로 돌아가 있었다.

나는 버나드와 론에게 차 두 잔을 건네고 그 옆에 앉았다. 이 재미있는 일도 곧 끝나겠구나 싶다.

그때 택시가 도착하면서 다시 재미있어졌다.

미안한데 지금 초인종 소리가 들려서, 잠시 후에 다시 써야겠다.

50장

세 명의 수호자

매튜 매키 신부는 평소에 택시 기사들과 얘기 나누는 걸 좋아한다. 요즘은 켄트 카운티에서 무슬림 택시 기사를 만날 때가 많은데 워낙 붙임성들이 좋아서 얘기를 나누다보면 마음이 편안해진다. 그들은 로만 칼라에도 호의적인 반응을 보인다. 하지만 오늘 매키 신부는 택시를 타고 오는 동안 말이 없었다.

영원한 안식의 정원으로 이어지는 나무 대문이 아직 잠겨 있고, 그 앞에 사람들이 지키고 있는 게 보이자 그는 마음이 놓인다. 저상 트레일러에 실린 굴착기들도 하릴없이 놀고 있다. 혹시 이런 일이 일어날까봐 성당 밖 게시판에 전화번호를 남겨뒀는데 오늘 아침 모린 개드가 전화를 걸어와 '부대에 알리겠다'고 약속했다.

매키는 모린 개드가 말한 '부대'가 검은 옷을 입고 나무 대문 앞에 꼼짝 않고 서 있는 세 할머니를 의미하는 것임을 알게 됐다. 그리고 그들 앞에는 할머니 하나와 할아버지 둘이 의자에 앉아 있다. 어쩐지 어울리지 않는 조합 같다. 가까이 가서 보니 의자에 앉은 할아버지 중 한 명은 이전 회의 때 큰 소리로 의견을 표출했던 분이다. 그리고 가운데 앉은 할아버지는 요전 날에 길 옆 벤치에 앉아 있던 분 같은데? 저들이 누구이든, 동기가 무엇이든 힘을 모으고 행동에 나서주니 고마울 따름이다.

나무 대문 옆에 50여 명의 주민들이 모여 앉아 쇼가 시작되길 기다리고 있다. 그래, 좋다. 매키 신부는 저들에게 제대로 쇼를 보여줄 작정이다. 어쩌면 이게 그의 마지막이자 유일한 기회일지도 모른다.

택시 기사에게 후하게 팁을 주고 택시에서 내린 매키 신부는 포드 포커스 안에 앉아 경찰 두 명과 얘기 중인 벤섬을 바라본다. 경찰 중 한 명은 몸집 큰 남자인데 이 날씨에 재킷까지 입어서 무척 더워 보인다. 다른 한 명은 제복을 입은 젊은 흑인 여성이다. 보그단의 모습은 보이지 않는다. 트레일러 운전석에도 없다. 이 근처에 있나?

매키는 나무 대문 쪽으로 천천히 걸어간다. 벤섬은 아직 매키가 온 걸 알아채지 못했다. 매키는 세 명의 수호자들과 잠시 얘기를 나누고 축복하려 한다. 수호자들 중 한 명인 신비로운 모린 개드가 언제 같이 차 한잔하실 수 있느냐고 묻는다. 매키는 그러자고 대답한다. 그는 벤섬과 맞서러 가기 전 잠시 걸음을 멈추고 의자에 앉아 있는 세 노인에게 자기소개를 한다.

51장

호기로운 남자들

초인종 소리를 듣고 나가보니 위층 입주민에게 물건을 배달하러 온 택배 기사였다. 우리는 이런 경우 늘 서로를 대신해서 택배 수령 서명을 해주곤 한다. 나도 마찬가지다. 가끔 조애나가 꽃을 보낼 때가 있는데 그런 경우 나는 일부러 집에 없는 척한다. 이웃이 나 대신 그 꽃을 받게 하기 위해서다. 못된 짓인 줄 알지만, 사람들은 더 못된 짓도 하고 산다.

어쨌든 버나드는 경찰에게 명령을 받지 않겠다면서, 나무 대문 근처에서 꼼짝도 않고 앉아 있다.

론은 예전에 글라스하우턴에 있는 갱도에 48시간 동안 갇혀 있었던 적이 있는데, 당시 그 안에서 사람들은 어쩔 수 없이 샌드위치 봉투에 큰일을 봐야 했다고 말했다. 물론 론이 쓴 표현은 '큰일을 봐야 했다'보다 더 거칠었다. 그리고 론이 그런 얘기를 꺼낸 건 하필 매키 신부가 자기소개를 할 때였다.

매키 신부를 예전 회의 때 본 적 있었다. 조용히 라운지 뒤쪽에 앉아, 아무도 보지 않을 줄 알았는지 슬그머니 비스킷을 집어 주머니에 넣던 모습. 전에도 말했지만 내가 워낙 흔하고 눈에 안 띄는 얼굴이라서, 사람들은 내가 쳐다보고 있는 걸 잘 알아채지 못한다.

매키 신부는 점잖았고 영원한 안식의 정원을 보호해준 우리에게 고마워했다. 버나드는 신부에게 영원한 안식의 정원은 시작일 뿐이라고, 저들에게 약간이라도 여지를 주면 결국 다 빼앗기고 만다고 말했다. 론도 나서서 '그의 패거리'(가톨릭 신자들)가 무덤에 관한 한 흠이 전혀 없는 것은 아니지만, 자유는 무엇보다 중요하니 누가 자유를 빼앗는 꼴은 두고 보지 않겠다고 선언했다. 매키 신부는 '그런 일이 일어나지 않도록 지켜보겠다'고 맞장구를 쳤다. 누가 보면 카우보이 영화라도 찍는 줄 알았을 것이다. 내 눈에는 보기 좋았다. 나는 남자들이 어느 정도는 호기롭게 구는 걸 좋아한다.

그때 벤섬이 매키 신부를 보더니 급하게 이쪽으로 걸어왔고, 그 뒤에서 크리스, 도나, 이브라힘이 바로 따라왔다. 그리고 무대가 마련되었다.

52장

두 구의 뼈

보그단은 한참 동안 땅을 파고 있는 중이다. 파지 않을 이유가 있을까? 뭐라도 해놓는 게 이득이다. 영원한 안식의 정원 맨 위쪽부터 파기 시작했다. 오래전에 조성된 초창기 무덤들은 벽 뒤의 넓게 뻗어나간 나뭇가지 그늘 아래 자리해왔다. 수년간 햇빛이 닿지 않은 곳이라 땅이 부드럽다. 이런 자리에 묻힌 오래되고 화려한 관들은 손상되지 않고 온전히 남아 있을 가능성이 높다. 아마 단단한 오크나무 관일 것이다. 쪼개지거나 썩지 않은 관. 그러니 관 틈으로 해골들이 살점을 모두 뜯어 먹힌 텅 빈 눈으로 마치 기대하듯 그를 올려다보는 일은 없을 것이다.

언덕 아래서 한바탕 소란스런 소리가 들린다. 저상 트레일러가 요란한 엔진음을 내며 언덕을 올라올 기미는 보이지 않는다. 보그단은 계속 땅을 판다. 무덤이 손상되든 말든 신경 안 쓰고 굴착기를 쓰면 수 분 내에 무덤 한 줄은 파낼 수 있을 것이다. 원래대로라면 그렇게 했겠지. 지금은 삽으로 팔 수밖에 없으니 그냥 하나씩 깔끔하게 파기로 했다.

다음으로 고른 무덤은 묘지 위쪽 구석에 콕 박혀 있다. 땅을 파고 있는데 문득 여기로 올라오는 길에 만난 마리나라는 할머니가 생각난다. 전에 마을에서 본 적이 있긴 한데 이곳 주민들은 평소 그에게 말을 잘 걸지 않고 그의 존재를 잘 인식하지도 못한다. 뭐, 상관없다. 그는 주민들을 만나러 오는 것도 아니니까. 그래도 언젠가 오다가다 마리나를 다시 만나면 좋겠다. 가끔은 어머니가 보고 싶다.

삽이 단단한 무언가에 부딪친다. 관 뚜껑 같지는 않다. 흙 속에는 돌이며 나무뿌리가 박혀 있어서 작업이 어렵지만 나름 재미도 있다. 그는 단단한 흙덩어리를 파내려고 허리를 굽힌다. 그런데 흙 속에서 나온 것은 새하얀 물체다. 그게 무엇인지 깨닫기 전에 그는 일순간 참 예쁘다고 생각했다.

이런 걸 발견하는 건 그의 계획에 없었다. 묘지의 이쪽 구역부터 파기 시작한 이유는 썩은 관이나 뼈를 볼 일이 없을 것 같아서였다. 그런데 이렇게 뼈가 나온 것이다. 150년 전 무덤이니 절차를 무시하고 관도 없이 대충 묻은 걸까? 싸구려 관에 넣는다고 해도 아무도 신경 안 쓸 테니까?

무덤을 그냥 다시 덮어야 할까? 아무 일도 없었던 척하면서 굴착기가 올라오길 기다려야 하나? 그런 생각을 하니 마음이 불편해진다. 어쨌든 자신이 발견한 뼈이니 뭔가 지켜줘야 될 것 같은 기분이다. 삽보다 작은 도구가 수중에 없어서 그는 단단한 흙바닥에 무릎을 꿇고 앉아 손으로 흙을 마저 파기 시작한다. 최대한 신중하게 손을 움직인다. 좀 더 나은 각도로 파려고 무릎을 짚은 곳의 위치를 바꿨는데, 문득 무릎 아래가 아까 같은 단단한 흙이 아니라 더 딱딱한 물체라는 생각이 든다. 확인해보니 그가 지금 무릎을 대고 앉은 곳은 단단한 오크나무 관의 단단한 오크나무 뚜껑이다. 확실하다. 하지만 이 뼈의 주인이 관에서 탈출했을 리는 없지 않을까. 끔찍한 상상이 떠오르려 하지만 간신히 머릿속에서 몰아낸다. 산 채로 묻힌 걸까? 관에서 어떻게든 빠져나오기는 했는데 흙 밖으로 올라오지는 못한 걸까?

보그단은 더 빠르게 손을 놀린다. 격식을 차리거나 미신을 따질 겨를이 없다. 흙 속에서 더 많은 뼈와 해골이 나온다. 그는 최대한 뼈들을 흐트러뜨리지 않도록 조심한다. 관 뚜껑을 살짝 열어 그 사이로 삽날을 쑤셔 넣는다. 힘을 주어 관 아래쪽 3분의 1 정도를 열어본다. 관 속에 또 다른 이의 뼈가 들어 있다.

두 구의 뼈. 관 안에 있는 뼈와 관 밖에 있는 뼈. 하나는 작고 하나는 크다. 하나는 회색에 누리끼리하고 하나는 구름처럼 하얗다.

이제 어떻게 해야 할까? 누구에게든 보여주는 게 마땅할 것 같다. 확인하려면 시간이 오래 걸릴 것이다. 작은 모종삽으로 흙을 조심스레 파내야 할 테니까. 그런 식으로 하는 걸 텔레비전에서 본 적이 있다. 그리고 일단 시작하면 이 무덤 하나만 파는 게 아니라 묘지 전체를 파서 확인하는 절차를 거치게 될 거다. 그리고 결국 아무것도 아닌 것으로 결론이 나겠지. 이 나라에서는 이런 식으로 시신을 매장하는 게 드물지 않다. 어느 해에 전염병이 돌아서 시신들을 한꺼번에 매장했을 수도 있고, 원인은 무수히 많을 것이다. 조사를 시작하게 되면 부동산 개발은 지체되고 보그단 역시 작업을 시작할 수 없게 된다. 그렇다면 이제 어떻게 해야 할까?

여유롭게 생각할 시간이 필요하지만 안타깝게도 그럴 여유가 없다. 멀리서 사이렌 소리가 들려온다. 귀를 기울이며 잠시 기다렸는데 사이렌 소리가 점점 가까워진다. 구급차 소리일 수도 있지만 논리적으로 따져보면 경찰차 소리일 가능성이 높다. 곧 바리케이드를 치우고 서커스가 시작될 것으로 보인다. 보그단은 무덤에서 기어 올라와 파놓은 흙을 다시 덮기 시작한다.

이안 벤섬 사장에게 얘기하면 어떻게 처리하라고 지시해주겠지. 사

이런 소리가 어느새 저 아래 길에 이르렀다.

53장

이안의 죽음

이안 벤섬은 차분하고 행복한 기분으로 경찰차에서 내린다.

경찰은 이런저런 얘기로 그를 회유하려 들었다. 이안은 내일 다시 여기 올 거다. 어차피 그동안 무덤이 어디로 가는 것도 아니고, 굴착기를 너무 빨리 진입시키려 한 게 실수였다. 그래도 그만한 가치는 있었으니 잘한 일이긴 했다. 본격적으로 작업에 착수하겠다고 선언한 거니까. 내용이 어떻든 모두에게 확실히 선언하는 게 중요하다.

주민들이 들고 일어난 것쯤은 일도 아니다. 어차피 그들은 곧 흥미를 잃을 거다. 다른 불평거리를 던져주면 된다. 그들이 좋아하는 서빙 직원을 자른다든가, 건강과 안전을 이유로 들어 손자들이 수영장에 못 들어가게 막는다든가. 그럼 누가 '묘지 따위'에 신경이나 쓸까? 벌써부터 우스워서 웃음이 난다.

그런데 지금 저 앞에 매튜 매키 신부가 보인다.

프록코트를 입고 작고 하얀 네모로 된 로만 칼라를 착용한 매키 신부가 마치 이 땅 주인인 양 당당하게 서 있다. 간뎅이가 부은 모양이다.

여긴 이안의 땅이다! 이안의 재산이란 말이다! 이안은 바리케이드를 향해 폭풍처럼 걸어가 매키 신부의 얼굴에 대고 삿대질을 한다.

"당신이 신부만 아니었으면 진즉에 두들겨 팼어." 사람들은 마치 술집 주차장에서 벌어진 싸움을 구경하듯 그들 주변에 모여들기 시작한다. "당장 내 땅에서 나가지 않으면 강제로 끌어낼 줄 알아."

이안은 매키 신부의 어깨를 밀친다. 늙어빠진 매키 신부는 뒤로 밀리다가 균형을 잡으려 이안의 티셔츠를 붙잡는다. 두 사람은 균형을 잃고 같이 바닥에 쓰러지고 만다. 도나는 그 모습에 기겁한 캐런 플레이페어의 도움으로 이안을 일으켜 세운 뒤 신부한테서 떼어놓는다. 조이스, 론, 버나드를 비롯한 주민들이 다가와 이안 벤섬을 뜯어말리고 그 옆에서는 또 한 무리의 주민들이 매키 신부를 에워싸 보호한다. 매키 신부는 멍한 얼굴로 바닥에 주저앉아 있다. 사람들 앞에서 애들처럼 뒹굴어서인지 꽤나 충격 받은 표정이다.

"진정하세요, 벤섬 씨. 진정해요."

도나가 소리친다.

"저 신부를 체포해요! 무단 침입이잖아요!"

이안이 악을 쓴다. 하지만 앞을 가로막은 단호한 표정의 70대, 80대, 심지어 90대 노인들에게 밀려나고 만다. 이 노인들은 2차 세계 대전 때 하루 차이로 소집에 응하지 못한 걸 두고두고 후회하는 족속들이다.

조이스도 스크럼을 짠 노인들 사이에 끼어 있다. 론과 버나드, 존, 이브라힘 모두 한창 때는 힘이 좋았지만 지금은 사그라진 상태다. 기백은 젊었을 때 못지않지만, 실제로 벤섬을 끌어당겨 싸움을 말릴 수 있는 사람은 허드슨 경감뿐이다. 경감은 테스토스테론 분비가 왕성한 상태임을 이 자리에서 확실히 보여주고 있다.

"나는 성스러운 땅을 보호하려는 겁니다. 평화적으로 그리고 법적으로."

매키 신부가 말한다.

도나는 매키 신부를 부축해 일으켜 세워주고 옷에 묻은 흙먼지를 털어준다. 헐렁한 검은색 수단을 입은 노신부의 허약함이 손끝에 느껴진다.

크리스는 그들을 가로막은 노인들의 스크럼에서 이안 벤섬을 멀찌 감치 잡아당긴다. 벤섬의 몸에서 아드레날린이 솟구치는 게 느껴진다. 여러 마을에서 늦은 밤 취객들을 상대할 때마다 숱하게 보아온 모습이다. 티셔츠 밖으로 드러난 근육에 핏줄이 툭툭 불거진 걸 보니 스테로이드를 남용하고 있는 듯하다.

크리스가 명령한다.

"집으로 돌아가세요, 벤섬 씨. 체포하기 전에."

"난 저 신부 몸에 손도 안 댔습니다."

크리스는 다른 이들이 듣지 못하게 목소리를 낮추고 말한다.

"신부님이 발을 헛디디면서 넘어지기는 했습니다, 벤섬 씨. 하지만 당신이 먼저 손을 대고 난 후에 신부님이 뒤로 넘어졌습니다. 얼마나 가볍게 손을 댔는지 여부를 떠나서요. 그러니 지금 당신을 체포해도 할 말이 없는 상황입니다. 경찰로서 예측해보자면, 이 사건이 법정에서 시시비비가 가려지게 될 경우 여기 있는 분들 중 한두 명쯤은 증인으로 나설 수도 있을 겁니다. 그러니까 신부를 공격한 죄로 기소당하고 싶지 않으면, 그런 일로 기소당하면 이 실버타운 이미지도 나빠질 테니까, 이제 그만하고 차로 돌아가서 여길 떠나세요. 아시겠습니까?"

이안 벤섬은 고개를 끄덕이긴 하지만 진심으로 크리스의 말을 받아들인 것은 아니다. 이안의 뇌는 이미 다른 생각을 하면서 계산기를 두드리고 있다. 잠시 후 이안은 크리스 허드슨 경감을 향해 천천히 애달프게 고개를 끄덕이다가 말한다.

"이게 말이 됩니까. 이긴 분명히 잘못됐습니다."

"뭐가 됐든 내일도 같은 상황일 테니 일단 집으로 돌아가서 마음 가라

앉히세요. 이마에 땀도 좀 닦으시고. 남자답게 수그릴 줄도 알아야죠."

이안은 돌아서서 자기 차로 걸어간다. 수그리라고? 웃기네. 저상 트레일러 옆을 지나가면서 이안은 운전석 쪽 문을 두 번 두드리고 엄지로 출구를 가리킨다.

이안은 천천히 걸어가며 생각한다. 보그단은 어디 있지? 보그단은 좋은 녀석이다. 폴란드인이고. 보그단을 불러 집 수영장 타일을 깔게 해야 한다. 일꾼들이 다 그렇지만 보그단은 너무 게으르다. 토니 커런에게 얘기를 해볼까. 토니라면 어떻게 할지 알 텐데. 그나저나 토니는 휴대폰을 잃어버렸나? 연락이 안 되는 걸 보면 무슨 일이 있는 건가?

이안은 레인지로버 앞에 도착한다. 레인지로버에 쇠사슬이 채워져 있다! 아버지 같으면 불같이 화를 내겠지만 이안은 주차 관리팀이 해놓은 이 짓거리를 그냥 받아들이기로 한다. 실버타운에서 버스를 타고 가면 된다. 아버지가 기다리고 있을 것이다. 겁에 질린 이안은 눈물이 나오기 시작한다. 울지 마, 이안, 아버지가 보셔. 이안은 집으로 가고 싶지 않다.

잔돈을 꺼내려 주머니를 뒤지던 그는 발을 헛디디면서 뒤로 몸이 기울어진다. 뭐든 붙잡으려고 손을 뻗지만 손에 잡히는 건 공기뿐이다.

이안 벤섬은 몸이 땅에 닿기도 전에 죽고 만다.

제2부

여기 사는 사람들은
모두 나름의 사정이 있지

54장

누구도 슬퍼하지 않는

몇 주 전에 페어헤이븐에 갔다가 노면 위로 튀어나온 포장용 석판에 발이 걸려 넘어졌다. 마을에 살인 사건도 있었고 런던에 다녀오기도 했고 버나드를 쫓아다니느라 정신이 없어서 사소한 일이라 생각해 일기에는 굳이 적지 않았다. 그런데 꽤 모질게 넘어지면서 가방을 떨어뜨렸는데 열쇠, 안경 케이스, 알약, 전화기 같은 가방에 담겨 있던 물건들이 사방으로 흩어졌다.

내가 넘어지는 걸 본 사람들이 도와주러 다가왔다. 한 명도 빼놓지 않고 전부. 자전거를 타고 지나가던 사람은 나를 부축해 일으켜 세워줬고, 주차 단속원은 내 물건들을 주워 모으고 가방에 묻은 흙을 털어주었으며, 유모차를 밀던 아기 엄마는 어느 카페의 보도 테이블에 나를 앉히고는 내가 숨을 돌릴 때까지 같이 앉아 있어 주었다. 그 카페 여주인은 차 한 잔을 들고 나와 건네면서 자기 주치의에게 같이 가보는 게 어떻겠냐고 제안했다.

그들은 내가 늙은이라 도와준 것일 수도 있다. 약하고 노쇠해 보이니까. 하지만 난 내가 쇠약한 늙은이라고는 생각하지 않는다. 몸이 탄탄한 젊은이가 길바닥에 넘어지면 나도 도움을 주려고 다가갈 수 있다. 여러분도 마찬가지일 것이다. 나도 그 젊은이 옆에 앉아 위로를 해줄 수 있다. 주차 단속원은 젊은이의 노트북을 주워주고 카페 여주인은 자기 주치의에게 데려다주겠다고 말하겠지.

이건 우리가 인간이기 때문이다. 우리는 대체로 타인에게 친절하다.

하지만 예전에 언덕 위의 브라이턴 종합병원에서 함께 일했던 고문 의사를 잊을 수가 없다. 엄청 무례하고 잔인하며 불만 가득한 남자였는데, 그 남자 때문에 주변 사람들의 삶이 피폐해질 지경이었다. 본인이 실수를 저질러놓고도 마구 고함을 지르면서 우리 탓을 해댔다.

만약 그 고문 의사가 내 눈 앞에서 죽으면 난 신이 나서 지그 춤을 출 것이다.

죽은 사람 욕을 하면 안 되겠지만 모든 원칙엔 예외가 있는 법이다. 이안 벤섬은 바로 그 고문 의사와 같은 부류였다. 생각해보니 그 고문 의사의 이름도 '이안'이었던 걸 보면, 그 이름을 가진 사람은 일단 경계 해야 될 것 같다.

왜 그런 사람들 있지 않나. 세상이 자기만의 것이라 여기는 사람들. 요즘은 그런 이기적인 사람들을 점점 더 많이 보게 된다. 때로는 이기 적인 수준을 넘어 끔찍하기 이를 데 없는 사람들도 있다. 많지는 않지 만 어디에나 몇 명씩은 꼭 있다.

어쨌든 내가 하려는 말은, 이안 벤섬이 죽어서 유감이지만 다른 관점 에서 볼 필요도 있다는 것이다.

사람들이 많이 죽어나가는 날이 있다. 통계적으로 어떻게 되는지는 모르지만 하루에 대략 수천 명쯤 죽지 않을까. 어제 어차피 누군가 죽 어야 했다면, 내 앞에서 죽을 사람이 자전거를 타고 지나가던 사람이나 주차 단속원, 유모차를 미는 아기 엄마, 카페 여주인이 아니라 이안 벤 섬이길 바랐다.

구급대원들이 끝내 살리지 못한 사람이 조애나나 엘리자베스, 론, 이브라힘, 버나드가 아니라 이안 벤섬이기를 바랐다. 이기적으로 들릴지 모르지만 시체 운반용 비닐에 담겨 바퀴 달린 들것을 타고 검시관의 밴에 실리는 자가 내가 아니라 이안 벤섬이기를 바랐다.

어제가 바로 이안 벤섬의 그날이었다. 누구나 언젠가는 죽음을 맞이하게 되는데 어제는 이안이 그리 되는 날이었다. 엘리자베스는 이안이 살해당했다고 말했다. 엘리자베스는 이안의 죽음이라는 사실을 말했지만, 나는 이안의 죽음을 예상했다. 하지만 이안은 어제 아침 눈을 떴을 때 자신이 죽게 되리라는 걸 예상하지 못했을 것이다.

피도 눈물도 없는 말처럼 들리길 바라지는 않지만, 나는 무수한 죽음을 보아왔고 무수히 눈물을 흘렸다. 하지만 이안 벤섬을 위해서는 눈물을 한 방울도 흘리지 않았다. 나는 여러분이 그 이유를 알기를 바란다. 이안이 죽은 건 슬픈 일이지만 나는 전혀 애도하지 않았다.

이제 그만 가서 그의 죽음에 관한 비밀을 파헤치는 일에 일조해야겠다.

55장

펜타닐 중독

"이안 벤섬 살해당하다, 라고 조만간 기사가 크게 나게 생겼어."

회의실 앞쪽에 선 크리스 허드슨이 말한다. 넓게 퍼져 앉은 강력팀원들은 그를 바라본다.

도나 드 프레이타스는 강력팀원들을 쭉 둘러본다. 새로운 얼굴이 몇몇 보인다. 생각할수록 자신은 운이 참 좋았다. 두 건의 살인 사건이 터진 마당에 사건 조사를 맡은 팀에 속해 있으니. 엘리자베스의 실력은 알아줘야 한다. 언젠가 엘리자베스에게 술을 사든지, 엘리자베스가 좋아할 만한 무언가를 사주든지 할 생각이다. 스카프를 선물할까? 엘리자베스의 취향이 무엇인지 누가 알까? 어쩌면 총을 좋아할지도 모르지.

크리스가 서류철을 열고 설명한다.

"사망 원인은 펜타닐(마약성 진통제의 일종) 중독으로 밝혀졌어. 팔죽지 근육으로 엄청난 양이 투여됐다고 하네. 쓰러지기 전 어느 시점에서 투여가 됐겠지. 아직 공식적으로 발표된 내용은 아니야. 내가 전화를 해서 알아낸 내용이니까 감안하고들 들어, 알겠지? 요즘 병리 연구실에 펜타닐 과잉 투여 사건이 자주 들어와서인지 딱 보니 알겠다더군. 아직 이 정보를 아는 사람은 우리뿐이니까 최대한 비밀을 유지하도록. 기자나 친구, 가족한테도 비밀 유지 해."

말을 마친 크리스는 도나를 흘끗 쳐다본다.

56장

용의자들

"우리 모두가 살인 사건의 목격자네요. 이건 정말이지 멋진 일이에요."

엘리자베스가 말한다.

24킬로미터 떨어진 곳에서 목요일 살인 클럽이 임시 회의를 열었다. 엘리자베스는 현장에서 가능한 모든 각도로 찍은 이안 벤섬의 시신 컬러 사진들을 쭉 늘어놓는다. 구급차를 부르는 척하면서 휴대폰으로 찍은 사진이다. 엘리자베스는 그녀에게 신세를 진 적 있는 로버츠브리지의 어느 약사에게 부탁해 사진을 출력했다. 엘리자베스는 그 약사가 1970년대에 형사 기소를 당한 것을 어쩌다 알게 됐지만 입 다물어준 바 있었다.

"지금 우리 감정을 전통적인 방식으로 표현하자면, 비극적이라고 해야 맞지 않을까 싶네요."

이브라힘이 말하자 엘리자베스가 토를 단다.

"멜로드라마를 찍고 싶은 거라면 그렇겠죠, 이브라힘."

론이 묻는다.

"첫 번째 질문을 해봅시다. 이게 살인 사건이라는 걸 어떻게 압니까? 내가 보기엔 심장 마비 같던데."

"의사세요, 론?"

"당신과 마찬가지로 의사는 아니죠, 엘리자베스."

엘리자베스는 서류철을 열고 서류 한 장을 꺼낸다.

"이브라힘과 이미 검토를 마쳤어요. 이브라힘에게 조사를 맡겼죠. 찬찬히 잘 들어보세요. 이안 벤섬의 사인은 죽기 직전에 과다하게 투여된 펜타닐이에요. 켄트 경찰 법의학 연구소의 이메일 통신에 접속할 수 있는 사람한테서 직접 받은 정보예요. 여러 번 문자를 보내긴 했는데 아직 도나한테 확인은 받지 못했어요. 이제 됐나요, 론?"

론은 고개를 끄덕인다. "그런 거라면 인정해야죠. 펜타닐이 뭡니까? 처음 들어보는데."

조이스가 대신 설명해준다. "오피오이드의 일종이에요, 론. 헤로인 비슷한 건데 마취나 통증 완화 같은 용도로 사용해요. 효과가 뛰어나서 환자들도 좋아해요."

이브라힘이 말한다. "코카인하고 섞기도 합니다. 마약 중독자는 그런 식으로 사용하기도 해요."

엘리자베스가 말한다. "러시아 보안 기관은 그걸 온갖 용도로 써요."

그제야 론은 흡족한 얼굴로 고개를 끄덕인다.

이브라힘이 말한다. "벤섬이 죽기 직전에 투여됐다면 현장에 있던 우리 모두가 용의자가 되는 겁니다."

조이스는 손뼉을 친다. "끝내주네요. 우리 중에 누가 어떻게 펜타닐을 손에 넣었는지 모르겠지만 아무튼 대단해요." 조이스는 앤드루 왕자(엘리자베스 2세 여왕의 차남)와 사라 퍼거슨의 결혼식 기념 접시에 비에니즈 월 비스킷을 담고 있다. 수년 전 같으면 조애나가 좋아했을 것 같은 비스킷이다.

론은 현장 사진을 들여다보며 고개를 끄덕인다. 이안 벤섬의 축 늘어진 시신을 목을 빼고 들여다보는 입주민들의 얼굴이 그의 시선을 사로 잡는다.

"쿠퍼스 체이스에 사는 누군가가 벤섬을 죽였다고요? 이 사진 속의 누군가가?"

이브라힘이 대답한다. "그렇게 따지면 우리도 전부 이 사진에 담겨 있습니다."

조이스가 거든다. "엘리자베스만 빼고요. 엘리자베스는 사진을 찍고 있었으니까. 어느 정도 조사를 진행하면 엘리자베스도 용의자 중 한 명 이 될 수 있겠죠."

엘리자베스는 동의를 표한다. "바라는 바예요."

이브라힘은 플립 차트(강연 등에서 뒤로 한 장씩 넘겨 가며 보여주는 큰 차트) 쪽 으로 걸어가며 말한다. "엘리자베스가 저더러 몇 가지 계산을 해달라고 했습니다."

엘리자베스, 조이스, 론은 퍼즐실 의자에 가서 앉는다. 론이 비에니 즈 휠 비스킷을 집어 들자 조이스는 기분이 좋아진다. 앞으로도 또 이 비스킷을 잘 만들 자신이 있다. 이 비스킷은 조이스가 직접 만든 것인 데, 그렉 월레스(영국의 요리사이며 영국의 유명 요리 경연 TV 쇼인 〈마스터셰프 UK〉 의 진행자)가 진행하는 쇼에서는 시중에 파는 비에니즈 휠 비스킷이 죄다 같은 공장에서 만들어져 나온다고 폄하한 바 있었다.

이브라힘이 설명을 시작한다.

"그 자리에 모인 이들 중 누군가가 거의 1분도 안 되는 시간 내에 이 안 벤섬에게 펜타닐을 투여해 죽였습니다. 벤섬의 팔죽지에 바늘 같은 것에 찔린 상처가 있었어요. 제가 여러분에게 그날 그 자리에서 본 사 람들의 명단을 작성해달라고 부탁을 드렸는데 다들 친절하게도 작성해주셨습니다. 여러분이 주신 명단 전부가 제가 애초에 요청했던 알파 벳순은 아니었지만 말이죠."

이브라힘은 이 말을 하면서 론을 쳐다본다. 론은 어깨를 으쓱하며 말한다.

"솔직히 말하면 F, H, G로 시작되는 이름에서 혼동이 와서 에라 모르겠다 하고 그냥 제출했네요."

이브라힘이 설명을 계속한다.

"여러분에게 받은 명단을 취합해 정리했습니다. 엑셀을 쓸 줄 알면 쉬운 작업이죠. 우리까지 포함해서 어제 현장에는 총 64명의 주민이 있었던 걸로 나왔어요. 거기에 허드슨 경감과 드 프레이타스 순경, 건축업자 보그단을 추가했죠. 보그단은 당시 어디 있었는지 모르겠지만……"

그러자 엘리자베스가 말해준다.

"보그단은 언덕 위에 있었어요."

이브라힘이 설명을 계속한다.

"고마워요, 엘리자베스. 그리고 우리는 저상 트레일러 운전기사인 마리를 명단에 추가했습니다. 관심이 있는 분들을 위해 말씀드리자면 마리도 폴란드인입니다. 요가 가르치는 일도 한다더군요. 그리고 언덕배기에 사는 캐런 플레이페어도 그 자리에 있었습니다. 어제 컴퓨터 관련 수업을 하러 우리 마을에 왔었어요. 그리고 매튜 매키 신부도 있었죠."

"그럼 다 합해서 70명이네요, 이브라힘."

론은 당뇨가 악화되든 말든 두 번째 비스킷을 입에 넣으며 말한다.

이브라힘이 설명한다. "이안 벤섬까지 치면 71명입니다."

"벤섬이 거기까지 차를 운전해 와서 소란을 피운 다음 자살을 했다고요? 명탐정 포아로 나셨네."

"그런 의미가 아니에요, 론. 이건 그냥 명단 작성을 위한 거니까 성급하게 결론 내리지 마세요."

"성급함 하면 또 나죠. 내 초능력이기도 합니다. 아서 스카길(요크셔 지역 광부 출신으로 1980년대 당시 막강한 탄광 노조를 이끈 노조 위원장. 마거릿 대처 총리와 맞서 싸우면서 강경 노조 운동의 몰락을 초래함)도 예전에 나더러 인내심을 가지라고 한 적 있는 거 알아요? 아서 스카길이 그런 말을 했다니까요!"

"어쨌든 이 명단에 적힌 70명 중에 누군가가 이안 벤섬을 죽였습니다. 목요일 살인 클럽이 평소에 접했던 미제 사건들보다 범인을 찾을 확률이 높은 편 아닌가 싶네요. 여기서 범위를 좀 더 줄여볼 수 있을 것 같고요."

그러자 조이스가 말한다. "바늘과 약물을 입수할 수 있는 사람이어야겠죠."

엘리자베스가 설명한다. "그건 여기 있는 모두가 해당돼요, 조이스."

이브라힘도 같은 생각이다. "맞아요, 엘리자베스. 시각적으로 표현하자면 바늘로 된 건초 더미에서 바늘을 찾는 격이라고나 할까요."

이쯤에서 박수가 나올 것이라 예상한 이브라힘은 뜸을 들였지만 박수가 없자 설명을 계속한다.

"근육 주사를 놓는 것에 익숙한 사람이 아주 짧은 순간에 약물을 투여했다고 봐야 하는데, 이게 또 우리 모두에게 해당이 됩니다. 하지만 아주 가까이에서 약물을 투여해야 한다는 조건이 남아요. 그래서 이안 벤섬에게 가까이 간 적 없는 사람들을 우선 제외했습니다. 꽤 많은 조연들이 명단에서 삭제됐어요. 그리고 주민들 대부분이 거동이 편치 않다는 점도 감안했습니다. 편하게 움직이지도 못하는 분들이 아무도 못 보는 새에 신속하게 다가가서 주사를 놓았을 리 없으니까요."

론도 맞장구를 친다. "보행 보조기를 쓰는 사람들은 제외해야죠."

"그렇죠. 보행 보조기를 쓰는 여덟 명을 명단에서 삭제했습니다. 백 내장 있는 분들이랑 전동 스쿠터를 타고 다니는 분들도 삭제했고요. 엘리자베스도 동의하겠지만, 스티븐처럼 어제 아침에 이안 벤섬 가까이 간 적 없는 분들도 명단에서 제외했습니다. 그리고 누군가 얼마 후에 소방서에 전화할 생각을 할 때까지 나무 대문을 지키고 있었던 주민 세 분도 제외했습니다. 그렇게 정리한 결과가 이겁니다."

이브라힘은 플립 차트의 맨 앞 장을 넘겨 명단을 보여준다.

"서른 명이에요. 우리도 포함해서요. 이 중에 한 명이 살인자인 거죠. 성을 알파벳순으로 정리하고 보니 내가 명단 맨 위에 있네요."

조이스가 칭찬한다. "잘했어요, 이브라힘."

엘리자베스가 말한다. "이게 그 명단이군요. 이제 본격적으로 추리해보면 되는 거죠?"

이브라힘이 설명한다. "그렇죠. 이 중에 몇 명은 더 제외시킬 수 있을 것 같긴 합니다."

론이 묻는다. "누가 벤섬을 죽이고 싶어 했을까요? 그자를 죽여서 누가 이득을 볼라나? 커런과 벤섬을 죽인 게 같은 사람일까요?"

"우리랑 살인범이 아는 사이라는 게 정말 흥미롭지 않아요?" 조이스는 블라우스 앞자락에 붙은 비스킷 부스러기를 털어내며 말한다. "누군지는 모르지만 분명히 우리가 아는 사람이라는 거잖아요."

"획기적인 생각이네요."

론이 맞장구를 친다. 론은 세 번째 비스킷을 먹고 싶긴 하지만 먹어도 괜찮을지 확신이 서지 않는다.

이브라힘이 말한다. "자, 어서 시작해봅시다. 12시부터 프랑스어 회화 모임이 이 퍼즐실을 쓰기로 되어 있어요.”

57장

바빠지는 경찰

크리스 허드슨이 설명한다.

"그날 아침 그 자리에 있던 누군가가 펜타닐을 투여했다는 거지. 그럼 우리가 살인범과 이미 아는 사이일 수도 있어. 그 자리에 있었던 사람들의 명단부터 작성하도록 해. 쉽진 않겠지만 명단을 빨리 만들수록 살인범도 빨리 잡을 수 있을 거야. 어쩌면 이안 벤섬을 죽인 자가 토니 커런도 죽였을지 모르지. 벤섬이 커런을 죽인 것에 대한 보복 살인이 아닐 가능성도 염두에 두자고."

도나는 회의실 창밖으로 잠시 시선을 돌린다. 제복을 입은 동료 마크가 자전거용 헬멧을 머리에 쓰고 있다. 가뜩이나 시무룩한 마크의 표정이 헬멧 때문에 더 어두워 보인다. 도나는 차—강력팀원들이 마시는 차—를 한 모금 마시고는 용의자에 대해 생각해본다. 매키 신부에 대해서도 심사숙고해 본다. 경찰이 매키 신부에 대해 제대로 아는 게 있나? 목요일 살인 클럽에 대해서도 생각해본다. 그 클럽 회원들도 전부 사건 현장에 있었다. 그 시간 즈음에 다들 벤섬을 에워싸고 있었다. 도나는 클럽 회원들 한 명 한 명이 각자의 방식으로 살인을 하는 모습을 상상해본다. 물론 추측일 뿐이다. 실제로 가능했을까? 그렇지는 않을 듯하다. 그래도 클럽 회원들은 이번 사건에 관해 나름의 견해를 갖고 있을 것이다. 도나는 실버타운으로 건너가 그들을 만나봐야겠다고 생각한다.

크리스가 또 다른 서류철을 열며 설명을 계속한다.

"제군들에게 재미있는 일거리를 줄게. 이안 벤섬은 그다지 인기가 좋은 사람은 아니었어. 조사해보니까 복잡한 사업을 넓은 범위에 걸쳐 하고 있더군. 휴대폰을 보니 여러 건의 불륜도 저지르고 있었고 말이야. 사는 게 꽤나 피곤했겠어. 할 일이 많으니까 다들 각자 애인들한테 당분간 바빠서 못 만날 거라고 미리 얘기들을 해둬."

애인들이라. 도나는 전 남친 칼을 머릿속에 떠올린다. 무려 48시간 동안이나 칼 생각을 안 했다. 신기록이다. 지금 칼을 생각하고 있으니 신기록의 의미가 다소 퇴색되긴 했지만. 그래도 이런 추세면 96시간 동안 칼 생각을 안 하게 될 것이고, 점차 그 시간이 일주일로 늘어날 것이다. 그러다 보면 언젠가 읽은 책에 나오는 등장인물처럼 느껴질 때가 오겠지. 내가 왜 그깟 일로 런던을 떠났을까 싶은 날도 올 것이다. 이 살인 사건들을 해결하고 예전 자리로 복귀하면 어떤 기분이 들까?

"그리고 토니 커런 사건에 관한 조사도 소홀히 해선 안 돼. 두 사건이 연관돼 있을 수도 있으니까. 속도 감시 카메라 정보도 확보해. 그날 오후에 이안 벤섬의 차가 그 도로를 달렸는지도 알아봐. 바비 태너가 지금 어디 있는지, 세 남자의 사진은 누가 찍었는지도 알아내. 커런에게 전화를 건 전화번호에 대한 정보도 확보하고."

그 말을 들으니 도나는 줄곧 마음 한구석에서 걸리던 무언가가 떠오른다.

58장

손해를 보는 사람

윌로우스로 돌아간 엘리자베스는 페니의 방에 놓인 야트막한 의자에 앉는다. 그 의자는 올 때마다 늘 엘리자베스의 차지였다. 지금도 엘리자베스는 그 의자에 앉아 마을에서 벌어지고 있는 일에 대해 페니에게 들려주고 있는 중이다.

"마을 주민들이 거의 다 거기 있었어, 페니. 자기가 지금도 경찰로 일하고 있었으면 그 자리에서 경찰봉을 휘두르면서 눈에 보이는 주민들을 전부 체포했을걸."

엘리자베스는 의자에 앉아 있는 존을 흘끗 돌아본다. 그는 깨어 있는 시간에는 거의 그 의자에 앉아 있곤 한다.

"페니한테 자세히 얘기해줬죠, 존?"

존은 고개를 끄덕인다.

"내 용감한 활약에 대해 과장해서 말한 측면이 없진 않지만 그 외에는 정확하게 들려줬습니다."

엘리자베스는 만족해하며 핸드백에서 수첩과 볼펜을 꺼낸다. 그리고 관현악단에게 지시를 내리는 지휘자처럼 펜으로 수첩의 페이지를 톡치며 말을 이어간다.

"아까 우리가 어디까지 얘기했지, 페니? 그래, 토니 커런은 어떤 사람 혹은 어떤 사람들에게 맞아 죽었어. 그런데 이 '맞아 죽었다'는 표현은 아무리 써도 안 질리더라. 자기는 운도 좋아. 경찰 시절에 이 표현을 실컷 써봤을 거 아냐. 어쨌든 이안 벤섬은 펜타닐을 다량으로 투여받고 몇 초 내에 사망했어. 펜타닐이 뭔지 알죠, 존?"

"알죠. 늘 사용했으니까. 주로 마취제로 쓰이죠."

존은 수의사다. 존이 론과 함께 다친 여우를 치료해 건강을 회복시켰다는 얘기를 엘리자베스는 들은 기억이 있다. 건강해진 여우는 일레인 맥코즈랜드가 기르는 닭들을 물어 죽였다. 그 여우가 범인인지 확실치 않지만 다른 용의자는 없었다. 론이 그 일로 꽤나 슬퍼해서 존은 속으로 꽤 고소했다고 한다.

"펜타닐을 입수하기가 얼마나 쉽죠?"

엘리자베스가 묻는다.

"이곳 주민이요? 음, 쉽진 않겠지만 불가능할 것도 없어요. 약국에만 가도 있으니까. 약국에 몰래 들어가 꺼내올 수도 있겠지만 그러려면 아주 굳은 결심을 해야겠죠. 운도 따라줘야 될 테고. 아니면 인터넷에서도 살 수 있어요."

"맙소사. 당신도 할 수 있어요?"

"다크 웹을 통하면 됩니다. 「란셋(1823년 토마스 웰클리가 창간한 영국의 의학 저널)」에서 읽었어요. 다크 웹을 통하면 온갖 것들을 다 구할 수가 있어요. 원한다면 로켓 발사기도 가능해요."

엘리자베스는 고개를 끄덕인다.

"다크 웹에는 어떻게 들어가요?"

존은 어깨를 으쓱한다. "그게, 내 추측인데, 만약 나라면 일단 컴퓨터부터 사겠습니다. 거기서부터 시작해야 하지 않겠어요?"

"음. 누가 컴퓨터를 갖고 있는지 확인해볼 필요는 있겠어요."

"결과는 누구도 모르는 거죠. 용의자의 범위가 줄어들 수도 있을 겁니다."

엘리자베스는 페니를 돌아본다. 이렇게 누워 있는 페니를 보고 있어야 하다니 너무 부당하다.

"한 남자는 맞아 죽었고, 한 남자는 독살됐어, 페니. 범인은 누굴까? 벤섬이 독 때문에 바로 죽은 거면 그날 아침 그 자리에 벤섬을 죽인 사람이 있었다는 얘기잖아. 나나 존일 수도 있고, 론이나 이브라힘일 수도 있겠지? 아니면…… 대체 누굴까? 이브라힘은 엑셀로 용의자 30명을 추려서 명단을 만들었어. 우리를 포함해서."

엘리자베스는 다시 친구 페니를 바라본다. 당장 친구와 팔짱을 끼고 문 밖으로 나서고 싶다. 화이트 와인 한 병을 나눠 마시고, 페니가 무언가에 모욕당한 상황을 가정하면서 부두 노동자처럼 걸쭉하게 욕을 내뱉는 소리도 듣고 싶었다. 그리고 알딸딸하게 취해서 기분 좋게 비틀거리며 집으로 돌아가는 것이다. 하지만 다시는 그리 할 수 없겠지.

"이브라힘이 널 한 번도 안 보러 온 게 이상하다고 늘 생각했어, 페니."

"아, 왔었습니다."

존이 말한다.

"이브라힘이 여길 왔었다고요? 그런 얘기는 한 적 없는데."

"매일 시계처럼 정확한 시각에 방문하고 있어요, 엘리자베스. 매일 잡지 한 권을 들고 와서 페니와 브리지 퍼즐을 풉니다. 처음부터 끝까지 혼자 얘기하면서요. 퍼즐을 풀고 나서 페니의 손에 입을 맞추고 30분 후에 떠나죠."

"론은요? 론도 와요?"

"한 번도 안 왔습니다. 모두가 와야 할 의무는 없으니까요, 엘리자베스."

엘리자베스는 고개를 끄덕인다. 그녀도 같은 생각이다. 다시 일 얘기로 돌아가자.

"자, 페니. 그럼 누가 이안 벤섬을 죽이고 싶어 했을까? 그것도 하필 묘지를 파헤치기 시작하려는 시점에? 새로 부지가 개발되면 손해를 보는 사람이 누굴까, 라는 질문이 떠오르겠지? 그렇지 않아? 언젠가 버나드 코틀에 대한 얘길 들려줄게. 그 남자 기억나지? 늘 「데일리 익스프레스」를 읽고 멋진 아내와 함께 다니던 남자 말이야. 어떤 동기가 있을 것 같다는 느낌이 들어."

엘리자베스는 그만 나가려고 일어서며 말을 맺는다.

"누가 무슨 손해를 볼까, 페니? 그게 바로 문제 아니야?"

59장

일시 정차

크리스 허드슨은 혼자 쓰는 사무실을 갖고 있다. 일하는 척 숨어 있을 수 있는 작은 도피처이기도 하다. 책상 위에는 일반적으로 가족사진을 올려놓는 공간이 있지만 늘 비어 있는 그곳을 볼 때마다 마음이 좋지 않다. 조카딸 사진이라도 둬야 하나? 걔가 올해 몇 살이더라? 열두 살인가? 열네 살인가? 형은 알 텐데.

벤섬을 죽인 범인은 누굴까? 벤섬이 죽었을 때 크리스는 그 자리에 있었다. 벤섬이 살해당하는 광경을 지켜보았다. 그 자리에서 누굴 봤을까? 목요일 살인 클럽 회원들이 전부 그곳에 있었고 신부도 있었다. 점퍼를 입고 운동화를 신은 매력적인 여자도. 그 여자는 누구일까? 싱글일까? 지금은 그런 생각을 할 때가 아니야, 크리스. 집중해.

벤섬과 토니 커런을 죽인 범인이 동일인일까? 그럼 앞뒤가 맞는다. 한 사건을 해결하면 다른 사건은 자동으로 해결되려나?

토니 커런에게 걸려온 세 통의 전화는 누구의 전화였을까? 생명 보험 상품을 팔려는 사람이었을 수도 있겠지만 모르는 거다. 토니 커런의 휴대폰을 조사해보면 자세한 정보를 알 수 있을 것이다. 인권이 중요하지만 마음 같아서는 페어헤이븐에 사는 모든 미심쩍은 사람들의 휴대폰을 전부 모아다가 샅샅이 조사하고 싶은 심정이다. 감옥에서처럼.

버니 스컬리언이라는 이름의 무장 강도가 생각난다. 파크허스트 교도소에 수감돼 있던 버니는 돈이 다 떨어졌지만 플레이스테이션을 너무 사고 싶었던 나머지 삼촌에게 전화를 걸어 50만 파운드를 숨겨놓은 장소를 말해주었다. 경찰은 한 시간도 채 안 돼서 그 돈과 삼촌을 찾아냈고 결국 버니는 플레이스테이션을 사지 못했다.

사무실 문을 똑똑 두드리는 소리에 크리스는 순간적으로 문을 두드린 사람이 도나이길 바라다가, 자신이 그런 생각을 했다는 것에 놀라 흠칫한다.

"들어와요."

문이 열린다. 도나가 아니라, 무서울 정도로 유능하고 영국 해병대 스타일로 잘생겼으며 모두에게 호감을 사는 테리 핼릿 경위다. 테리는 짜증날 정도로 좋은 사람이다. 크리스는 저렇게 딱 붙는 티셔츠를 입을 엄두도 낼 수 없다. 언젠가 테리는 이 사무실을 차지하게 될 것이다. 테리는 네 아이의 아버지이며 행복한 결혼 생활을 하고 있다. 테리가 책상 위에 올려둘 사진들을 상상해보자. 크리스는 테리가 되고 싶다는 생각을 해보지만, 실제로 테리의 집에서 무슨 일이 일어나는지는 아무도 모르는 것 아닌가? 어쩌면 테리는 남모를 슬픔을 간직한 채 살고 있을 수도 있다. 울며 잠드는 생활을 할 수도 있겠지. 설마 그러겠냐 싶지만, 자꾸만 그런 생각에 집착하게 된다.

"이따가 다시 올까요?"

테리의 말에 크리스는 자신이 테리를 멍하니, 너무 오래 쳐다보고 있었음을 깨닫는다.

"아니야, 미안해, 테리. 생각 좀 하느라고."

"이안 벤섬 생각이요?"

"어." 거짓말이다. "뭐 좀 알아냈어?"

"다시 토니 커런 얘기를 꺼내서 죄송한데요. 들으시면 좋아하실 것 같은 정보를 확보해서요. 토니 커런의 집 양 옆에 속도 감시 카메라가 한 대씩 설치돼 있는데 그 거리가 800미터쯤 됩니다. 그런데 800미터 밖에 안 되는 그 거리를 이동하는데 12분이 걸린 차가 있었어요. 그 시간을 추리에 끼워 넣으면 딱 맞아 떨어집니다."

크리스는 테리의 말뜻을 간파한다.

"속도 감시 카메라 두 대 사이의 어느 지점에서 차가 멈춰 있었다는 얘기네? 뭘 했는지 몰라도 10분도 넘게 서 있었다는 거잖아."

테리 핼럿이 고개를 끄덕인다.

"그 근처에 토니 커런의 집 말고 뭐가 또 있나? 차를 세울 만한 곳이 있어?"

"일시 정차 가능 구역이 있습니다. 소변이 마려워서 차를 세웠을 수도 있지만……"

"소변치고는 너무 오래 세웠지. 아무리 생각해도 너무 오래 세웠어. 차량 번호는 조회했어?"

테리는 고개를 끄덕이더니 미소를 짓는다.

"그 미소 마음에 들어, 테리. 결과가 어떻게 나왔어?"

"차량 소유주가 누군지 아시면 깜짝 놀라실 겁니다."

테리는 크리스의 책상에 종이 한 장을 올리고 앞으로 쓰윽 민다. 크리스는 그 종이를 들여다본다.

"아주 좋은 소식이군. 시간대는 확실하지?"

테리는 고개를 끄덕이면서 크리스의 책상에 손가락을 타닥타닥 두드린다.

"이 사람이 우리가 찾는 범인이 맞지 않을까요?"

크리스도 같은 생각이다. 이제 가서 얘기를 나눠봐야지.

60장

마리나

보그단은 마리나가 사는 곳을 봐두었다. 지금은 방문해도 괜찮은 시간이다. 묘지의 뼈들을 어떻게 하면 좋을지 마리나는 알 것이다. 그녀를 만나자마자 그런 느낌을 받았다. 보그단은 마리나에게 줄 꽃을 가져왔다. 꽃가게에서 산 게 아니라 숲에서 꺾어온 것이다. 예전에 어머니가 했던 방법 그대로 줄기를 묶어 꽃다발을 만들었다.

8호. 마리나의 집 초인종을 누르자 남자의 목소리가 대답한다. 보그단은 깜짝 놀란다. 한동안 마리나를 계속 지켜봤는데 같이 사는 남자가 있는 줄 몰랐다.

건물 현관문이 열리자 보그단은 로비로 걸어 들어가며 말한다.

"마리나 씨를 만나러 왔는데요. 마리나 씨요."

카펫 깔린 복도 안쪽의 문이 열리자 잠옷 바람으로 숱 많은 잿빛 머리카락을 빗고 있는 나이 지긋한 남자의 모습이 보인다. 집을 잘못 찾아온 걸까? 어쨌든 이 남자는 마리나를 알고 있는 것 같으니 그녀가 있는 곳을 가르쳐줄 수 있을 것이다.

"마리나 씨를 만나러 왔습니다. 여기 사시는 줄 알았는데, 혹시 다른 집인가요?"

"마리나? 아, 그래요. 어서 들어와요. 물부터 끓일까요? 차 마시는 시간은 아무리 빨라도 이르다고 할 수가 없잖아요?"

이 말을 한 사람은 바로 스티븐이다.

스티븐은 보그단에게 한 팔을 두르고 집 안으로 들인다. 복도 탁자에 마리나의 사진이 놓여 있는 것을 보고 보그단은 안도한다. 젊은 시절의 마리나다. 집을 제대로 찾아온 것 같다.

"지금 어디 갔는지 모르겠지만 오래 걸리진 않을 거예요. 가게에 갔거나 아니면 자기 엄마네 집에 갔겠죠. 일단 앉아요. 이 평화롭고 조용한 시간을 최대한 즐겨봅시다. 체스 둘 줄 알아요?"

61장

세 번의 전화

재킷 위에 외투를 걸쳐 입고 경찰서를 나서던 크리스 허드슨은 뒤에서 그를 부르는 소리에 고개를 돌린다.

"경감님?"

도나 드 프레이타스다. 그녀는 어느새 그의 뒤에 따라 붙었다.

"지금 어디 가시는지 모르겠지만 제 얘기를 들으시면 계획을 변경하게 되실 겁니다."

"글쎄 모르겠네, 드 프레이타스 순경. 내가 지금 누굴 만나러 나가는 길이라서."

"통화 목록을 조사해봤는데 아는 번호가 나왔습니다."

"토니 커런한테 걸려왔던 전화?"

도나는 고개를 끄덕인 후 종이를 꺼내 크리스 앞에 내민다.

"이 번호 기억하시죠? 제이슨 리치의 휴대폰 번호예요. 토니 커런이 살해당한 날 아침에 토니에게 세 번 전화를 건 사람이 바로 제이슨 리치였어요. 이 정도면 계획을 변경할 가치가 있지 않나요?"

크리스는 조용히 하라는 뜻으로 손가락을 들어 보인 후 테리 핼럿에게 받은 종이를 재킷 주머니에서 꺼내 도나에게 건넨다.

"살인 사건이 일어난 날 토니 커런의 집 앞을 지나간 차량 번호야."

도나는 종이에 적힌 번호를 읽어보고 눈을 들어 크리스를 바라본다.

"제이슨 리치의 차예요?"

크리스는 고개를 끄덕인다.

"제이슨은 그날 아침 토니 커런에게 전화를 걸었고, 토니가 사망한 시각에 토니의 집 앞에 제이슨의 차가 있었네요. 제이슨을 만나러 같이 가시죠."

"이번에는 나 혼자 갈게."

"아뇨. 이유를 대자면 첫째, 저는 경감님의 그림자입니다. 우린 이런 저런 신성한 믿음의 끈으로 연결된 사이죠. 둘째, 제가 이 범죄의 비밀을 풀었습니다."

도나는 크리스에게 제이슨의 전화번호가 적힌 종이를 흔들어 보인다.

그러자 크리스는 차량 번호가 적힌 종이를 흔들면서 받아친다.

"내가 먼저 풀었어, 도나. 그래서 그의 집에 혼자서 잠깐 방문하려는 거야. 두어 가지 질문에 대해 그가 대답을 꺼리지 않는지 확인하려고. 차분한 분위기로 할 거야."

도나는 고개를 끄덕인다.

"좋은 생각이에요. 문제는 그 사람이 집에 없다는 거죠. 제가 확인해 봤거든요."

"지금 어디 있는데?"

"저를 같이 데려가주시면 알려드릴게요."

"그가 있는 곳을 대라고 명령한다면?"

"해보세요. 어떻게 되는지 보게요."

크리스는 고개를 절레절레 흔든다.

"알았어. 자네가 운전해."

62장

스케이트장

크리스도 그렇고 도나도 메이드스톤시에 스케이트장이 있다는 사실을 처음 알았다. 메이드스톤시에 대체 왜 스케이트장이 있는 걸까? 그들은 그리로 가는 내내 그 얘기를 주로 했다. 물론 도나가 크리스에게 초창기 오아시스(영국의 로큰롤 밴드)의 B사이드 앨범을 좀 끄라고 요청한 후였지만.

도나는 크리스를 그가 속한 세기에서 자신의 세기로 조금씩 이끌어 내고 있었다.

그들은 '아이스-스펙태큘러'라는 이름이 붙은 스케이트장 앞에 도착할 때까지 의문에 대한 답을 내지 못했다. 순환도로 옆, 타일 창고와 카펫라이트 매장 사이에 위치한 스케이트장이 장사가 되기는 하나?

크리스는 동네에 말도 안 되는 자리에 들어 앉아 손님도 없는 가게가 있다면, 마약 사업을 감추기 위한 위장일 가능성이 높다고 친구들에게 말하곤 했다. 거의 십중팔구 그렇다고 보면 된다. 손님도 필요 없고 간판에 걸린 직종으로 돈을 벌 필요도 없는, 그야말로 돈세탁을 위한 장치일 뿐이니까. 그런 곳이 마을마다 하나씩은 있었다. 가게들이 쭉 늘어선 곳이나 철도 교량 안쪽, 카펫라이트 매장 옆 같은 곳에 콕 박혀 있는 가게. 왁싱 전문점이나 파티용 조명 대여점일 수도 있고, 마지막으로 간판에 조명을 켠 게 2011년쯤 될 것 같은 스케이트장일 수도 있었다.

그렇게 위장을 한 곳은 늘 마약과 관련이 있었다. 크리스는 그런 생각을 하며 포드 포커스에서 내려 조수석 문을 닫았다. 크리스와 도나가 여기서 만나려고 하는 사람을 생각하면 맞는 추측인 듯했다.

앞문으로 들어간 그들은 끈적거리는 카펫이 깔린 로비를 지나 스케이트장으로 향한다. 하루 중 이 시간쯤에는 사람이 거의 없게 마련인데, 지금은 플라스틱 관람석들 사이에 떨어진 팝콘을 진공청소기로 빨아들이는 나이 지긋한 청소부와 얼음판에 나가 있는 두 명이 보인다.

전성기 때 제이슨 리치를 본 적이 있는 사람이면 누구나 이렇게 말할 것이다. 제이슨은 유연하면서도 힘이 있었고 링을 가로지르는 발은 누구보다 민첩했다고. 아치형으로 허공을 가르는 힘찬 두 팔, 상대의 갈비뼈가 덜그덕거릴 정도로 세차게 먹이는 잽. 소소하게 상대를 속이고 몸을 살짝 숙여 피하면서도 쉼 없이 상대를 주시하는 두 눈. 언제든 상대를 덮치고 공격할 준비가 되어 있는 몸. 제이슨은 강타자나 큼지막한 널빤지, 좀비 같은 선수는 아니었다. 그는 강하고 용맹하며 아름다웠다. 어떤 상황에서도 낭비 없이 유연한 동작을 구사하는 기계 같은 선수였다. 아름답다고 표현해도 좋을 정도로, 우아하고 침착하며 움직임이 좋았다.

하지만 커피를 마시며 스케이트장을 지켜보고 있자니 제이슨 리치는 아이스댄스에 영 소질이 없어 보인다.

연습이 끝나자 제이슨은 보라색 타이츠를 입은 자그마한 여자에게 팔꿈치 부축을 받으면서 스케이트장 가장자리 쪽으로 조심스럽게 이동한다. 옆에서 잡아주고 있는데도 제이슨은 가장자리까지 1미터 정도를 남겨두고 왼쪽 스케이트가 확 기울어지더니 오른쪽 스케이트를 치면서 넘어지고 만다. 몸무게가 꽤 많이 나가는 탓에 타이츠를 입은 여자도 그가 넘어지는 걸 막아주지 못한다. 몸집 큰 제이슨은 또 다시 바닥에 나뒹굴고 만다. 지켜보는 몇 분 동안 제이슨이 하도 넘어져서 크리스와 도나는 그가 넘어지는 횟수를 세다가 포기했다.

크리스는 가장자리의 보드 너머로 제이슨에게 손을 내민다. 제이슨은 경찰들이 자기를 찾아온 걸 그제야 알아챈 눈치다. 그만큼 연습에 집중하고 있었던 듯하다. 제이슨은 크리스의 눈을 한 번 쳐다보고는 내민 손을 붙잡고 마른 땅으로 올라온다.

크리스가 묻는다.

"5분 정도 시간 됩니까, 제이슨? 얘기 좀 나누려고 멀리서 왔습니다."

그러자 타이츠를 입은 여자가 묻는다.

"괜찮아요, 제이슨?"

제이슨은 고개를 끄덕이고는 여자에게 먼저 가보라는 손짓을 한다.

"괜찮아요. 친구들이 찾아왔네요. 잠깐 얘기 좀 해야겠어요."

"그럼 먼저 가볼게요. 오늘 연습에 대해 평가서를 써서 프로듀서한테 보내야 해서요. 내가 보장하는데, 당신은 가망이 아주 없지는 않아요!"

"슈퍼스타인 당신이 초보인 나를 참아주고 늘 잡아 일으켜준 덕분이죠."

"그럼 쇼에서 봐요!"

여자 스케이터는 손을 흔들고는 얇은 날로 가파른 계단을 밟으며 올라간다.

제이슨은 틀로 찍어낸 플라스틱 의자에 쓰러지듯 앉는다. 그의 체중에 눌려 의자가 약간 구부러진다. 제이슨은 스케이트 끈을 풀기 시작한다.

"두 분을 다시 보게 될 줄 알았습니다. 제가 찍혀 있는 사진이 또 나왔나요?"

그러자 크리스가 말한다.

"음, 바로 본론으로 들어갈까요? 토니 커런이 살해당한 날 커런의 집에서 뭘 하고 있었습니까?"

"그건 아실 필요 없는 일인데요."

제이슨은 힘겹게 스케이트화 하나를 벗는다.

"그날 거기 있었다는 걸 인정하는 겁니까?"

"저를 체포하시려고요?"

그러자 도나가 한마디 한다.

"아직은 아니에요."

"제가 그 집에 있었든 아니든 아실 필요 없습니다."

마침내 스케이트화를 벗은 제이슨은 3라운드 권투 경기라도 끝낸 사람처럼 숨을 헐떡인다.

"그렇다면 사진을 보여드려야겠군요." 크리스는 주머니에서 휴대폰을 꺼내 손으로 밀어 화면을 켠다. "우린 토니 커런의 집 근처에 있는 교통 카메라에 이안 벤섬의 차가 찍혔는지 확인하려고 조사를 했습니다. 간단하게 확인이 됐습니다. 그날 오후 이안 벤섬은 토니 커런의 집을 방문하지 않았어요. 그런데 흥미로운 점이 눈에 띄더군요. 오후 3시 36분, 토니의 집에서 동쪽으로 365미터 지점에 설치된 교통 카메라에 당신 차가 찍혔어요. 그 전에 3시 28분, 토니의 집에서 서쪽 방향에 설치된 교통 카메라에 당신 차가 찍혔습니다. 800미터를 12분에 걸쳐 이동했거나 그 사이의 어느 지점에서 차를 세웠거나 둘 중 하나라는 뜻이겠죠."

제이슨은 차분하게 크리스를 쳐다보고는 어깨를 으쓱하며 오른쪽 스케이트화의 끈을 풀기 시작한다.

이번에는 도나가 나선다.

"좋아요, 저도 질문 하나 하죠. 토니 커런이 살해당한 날 토니에게 전화를 했나요?"

"글쎄요. 기억이 안 나네요."

제이슨은 도저히 풀 수 없을 것처럼 보이는 매듭을 풀려고 손으로 끈을 잡아 뜯는다.

"기억이 안 날 수가 없을 텐데요? 토니한테 전화를 했잖아요. 토니는 당신이 오래전에 교류했던 친구들 중 하나가 맞죠?"

"친구인 적 없습니다."

제이슨은 마침내 매듭을 푼다.

크리스는 고개를 끄덕이며 말한다.

"문제가 좀 있습니다, 제이슨. 토니가 죽던 날 아침에 토니에게 세 번 전화를 건 사람이 있었습니다. 보더폰사의 방침도 그렇고 데이터 보호법 때문에 우린 그 번호의 주인이 누구인지 추적할 수가 없었어요. 그런데 다행히도 지난번에 당신이 드 프레이타스 순경에게 적어서 준 전화번호가 바로 그 번호더군요. 당신 번호라고요, 제이슨."

마침내 다른 쪽 스케이트화도 마저 벗은 제이슨은 고개를 끄덕인다.

"제가 바보 같았네요."

"그러니까 그날 오후 당신은 토니 커런의 집 앞 도로로 차를 타고 왔고 근처에서 차를 세운 뒤 볼일을 본 겁니다. 10분 정도 소요됐죠. 바로 그 시각에 토니 커런은 살해당했고요."

크리스는 이 말을 한 후 제이슨의 반응을 살핀다.

"그러게요. 그만하면 수수께끼를 다 푸신 것 같네요. 저는 스케이트화도 다 벗어서 이만 가봐야겠습니다."

제이슨이 일어서자 크리스와 도나도 일어선다.

"경찰서에 와서 지문과 DNA를 제공해주실 수 있겠습니까? 당신을 용의선상에서 제외하려면 그 정보가 필요합니다. 두 건의 살인에 대해 모두 용의선상에서 제외시켜드릴 수 있을 겁니다. 그렇게 되면 좋겠네요."

"왜 경찰이 제 지문과 DNA를 아직 안 갖고 있는지 그 이유를 생각해보세요. 지금까지 제가 체포된 전력이 없기 때문 아닐까요?"

"체포된 전력이 없기는 하죠, 제이슨. 확실히요."

"제가 무슨 동기로 그런 짓을 했다고 생각하시는지 궁금하네요."

"강도짓을 하려던 게 아닐까요? 토니 커런 같은 사람은 현찰을 많이 가지고 있게 마련이니까요. 그 무렵 돈 때문에 골치를 썩고 있지 않았나요?"

"그만 가보겠습니다."

제이슨은 탈의실 쪽을 향해 계단을 올라가며 말한다. 크리스와 도나는 굳이 그의 뒤를 따라가지 않는다. 뒤에서 도나가 묻는다.

"그럼 〈스타와 함께 아이스댄스를〉에 나가는 것도 돈이 아니라 명예를 위해서인가요, 제이슨?"

그 말에 제이슨은 고개를 돌리고 진심 어린 미소를 짓는다. 그러고는 가운데 손가락을 들어 보이며 돌아서서 계단을 마저 올라가버린다.

크리스와 도나는 제이슨이 계단 위로 사라지자 도로 플라스틱 의자에 앉아 텅 빈 스케이트장을 바라본다.

크리스가 질문을 던진다.

"어떻게 생각해?"

"제이슨이 한 짓이면 시신 옆에 자기가 찍힌 사진을 왜 놓아두었을
까요?"

크리스는 고개를 가로젓는다.

"그런 짓을 할 만큼 멍청해서?"

"그렇게 멍청해 보이지는 않는데요."

"내 생각에도 그래."

63장

체스 게임

밖에서 집 안을 들여다본 엘리자베스는 뭔가 잘못됐음을 즉각 알아챈다. 늘 닫혀 있던 스티븐의 서재 커튼이 열려 있다. 스티븐은 글을 쓰는 아침 시간에 창문으로 강렬한 햇살이 들어오는 걸 좋아하지 않는 편이다.

엘리자베스의 뇌는 순식간에 계산을 해낸다. 자고 일어난 스티븐이 일상의 틀을 깼나? 혹시 다친 걸까? 바닥에 쓰러져 있나? 살았을까? 죽었을까?

아니면 누가 집에 침입했나? 엘리자베스와 과거에 인연이 있던 어떤 자가? 지금도 그럴 가능성은 있다. 그런 일이 일어났다는 얘기도 들었다. 아니면 골치 아픈 현재의 인연이 찾아온 걸까?

엘리자베스는 라킨 코트 뒤쪽의 방화문을 향해 건물을 빙 돌아간다. 소방대원 전용 장비 없이는 밖에서 방화문을 열고 들어가는 건 불가능하다. 하지만 엘리자베스는 곧장 문을 열고 조용히 건물 안으로 들어간다.

카펫이 깔린 복도를 발소리 한 번 내지 않고 걸어간다. 그녀의 발은 동독 구치소의 콘크리트 통로에서도 아무 소리도 내지 않았다. 열쇠를 꺼내 들고 예일 자물쇠에 립밤을 바른다. 열쇠를 꽂고 돌리자 자물쇠는 소리 없이 열린다. 엘리자베스는 최대한 조용히 현관문을 연다. 집 안이 쥐죽은 듯 고요하다.

집에 누가 있다면 목숨이 위험할 수도 있다. 손바닥에 열쇠고리를 쥐고, 주먹 사이사이의 손가락 틈새로 고리에 달린 열쇠들이 튀어나오게 잡는다.

스티븐이 적어도 복도에 쓰러져 있지는 않다. 그의 서재 문이 열려 있고 아침 햇살이 쏟아져 들어오고 있다. 문간에서 빛을 받아 춤추는 먼지들을 바라보던 엘리자베스는 문득 겸연쩍은 기분을 느낀다.

거실 쪽에서 동유럽인의 억양이 섞인 목소리가 들려온다.

"체크메이트."

"이런 망했네."

스티븐이 대답한다.

엘리자베스는 열쇠고리를 가방에 집어넣고 거실 문을 연다. 스티븐과 보그단이 체스판을 가운데 두고 마주 앉아 있다. 그들은 그녀를 돌아보며 미소 짓는다.

"엘리자베스, 누가 찾아왔는지 봐!"

스티븐이 보그단을 손으로 가리키며 말한다.

보그단은 혼란스러운 표정이다.

"엘리자베스요?"

"이 사람이 날 가끔 그렇게 불러요. 헷갈려서." 엘리자베스는 보그단에게 둘러댄 후 스티븐에게 말한다. "나 마리나예요, 여보. 잘 기억해야죠."

이런 말을 해야 하는 게 기분이 좋진 않지만 어쩔 수 없다.

"그래, 이 사람 말이 맞아."

스티븐은 아무렇지 않게 맞장구를 친다.

의자에서 일어선 보그단이 엘리자베스에게 손을 내민다.

"꽃을 가져왔어요. 남편분이 어디 가져다 놓으셨는데, 어디다 두셨는지는 모르겠어요."

스티븐은 체스판을 들여다보며 막판의 수를 점검한다.

"이 친구가 나를 이겼지 뭐야, 엘리자베스. 아주 깔끔하게 이겼어."

엘리자베스는 남편을 바라본다. 구부정한 자세로 체스판을 들여다보면서 수를 되짚어보는 남편은 상대에게 진 게 무척 기쁘다는 얼굴이다. 나이를 먹어도 여전히 패기가 있구나, 하는 생각에 엘리자베스는 오랜만에 다시 사랑이 샘솟는다.

"마리나라니까요, 여보."

"제가 엘리자베스라고 불러드리면 되죠. 괜찮습니다."

보그단이 말하자 스티븐이 설명한다.

"이 친구가 내 서재의 조명을 고쳐줬어. 아주 보물 같은 젊은이야."

"고마워요, 보그단. 집이 별로 깨끗하질 못해서 미안하네요. 집에 손님을 잘 들이지 않는 편이라……"

보그단은 엘리자베스의 팔죽지에 손을 얹으며 말한다.

"집이 참 예뻐요, 엘리자베스. 남편분도 멋지시고요. 실은 드릴 말씀이 있어서 찾아왔어요."

"말해요, 보그단."

"당신을 믿어도 되는 거죠?" 보그단은 엘리자베스의 눈을 가만히 들여다본다.

"그럼요." 엘리자베스의 시선은 흔들림이 없다.

보그단은 고개를 끄덕인다. 엘리자베스를 믿기로 한 것이다.

"이따 저녁때 같이 산책하실래요? 둘이서."

"저녁때요?"

"보여드릴 게 있어서요. 어두워진 후에 가는 게 좋을 것 같아요."

엘리자베스는 보그단의 표정을 유심히 살핀다.

"보여줄 게 있다고요? 어떤 건지 힌트라도 줄래요?"

"보시면 확실히 흥미를 느끼실 만한 거예요."

"음, 그렇다면 직접 봐야겠네요. 어디로 갈 건데요, 보그단?"

"묘지요."

"묘지요?"

엘리자베스의 등줄기를 타고 살짝 소름이 끼친다. 세상이 때로는 멋진 곳이구나 싶다!

"저녁때 제가 댁으로 찾아뵙겠습니다. 옷 따뜻하게 입으세요. 한동안 거기서 머물 겁니다."

"그래요, 이따 봐요."

64장

최적화

그래. 이안 벤섬이 죽은 건 나도 안다. 언젠가는 사건을 해결할 수 있겠지. 그리고 또 무슨 일이 있느냐고? 조애나가 나를 찾아왔다!

우리는 조애나의 새 차로 페어헤이븐에 놀러 갔다. (어떤 회사 차인지 나중에 확인해야지.) 우리는 '애니싱 위드 어 펄스' 매장에 들렀다. 나는 아무렇지 않게 행동했지만 완전한 성공을 거둔 것이나 다름없었다. 조애나가 같이 다니면서 한마디 불평도 하지 않았고 '요즘 채식주의자가 어디 있다고 그래요, 엄마'라든가 '우리 집 근처 모퉁이 너머의 레바논 매장에서 파는 브라우니가 훨씬 맛있어요' 같은 말도 하지 않았으니까. 우린 녹차, 플랩 잭, 마카롱을 즐겼다. 이런 걸 일일이 말할 필요는 없겠지.

조애나는 근처에서 미팅이 있다고 했다. '최적화'와 관련된 일이라나. 피시 핑거(생선살을 막대 모양으로 잘라 튀김옷을 입혀 튀긴 것)와 감자 와플을 잘 먹고, 완두콩은 먹기 싫다고 악쓰던 꼬맹이였는데, 이제 다 커서 '최적화'와 관련된 미팅을 한다니 상상이 되지 않는다. 최적화가 뭔지는 모르겠지만.

남친과 관련된 문제가 아닐까 싶기도 하다. 요즘은 다른 사람이 볼 수 없게 휴대폰을 잠글 수 있다는데 여러분도 아는지? 본인 지문을 갖다 대야 휴대폰을 열 수 있단다. 어느 날 저녁 남친이 소파에서 잠이 들자 조애나는 그의 지문을 휴대폰에 갖다 대고 화면을 열었다. 조애나는 그동안 남친이 주고받은 문자 메시지를 확인했고, 잠에서 깬 남친은 그의 소지품이 담긴 가방이 현관 앞에 놓여 있는 걸 보게 됐다. 역시 내 딸이다.

문자 메시지의 내용에 대해서는 조애나가 자세히 말하지 않았지만, 사진과 관련된 것 같다. 〈우먼스 아워〉의 애청자라서 나도 그 정도는 안다. 욕을 해서 미안하지만, 참 멍청한 놈이다.

우린 그 얘기를 하며 웃었다. 조애나는 크게 상심한 것 같지는 않다.

낮잠을 자던 조애나가 깬 모양이다. 잠시 글을 멈춰야겠다. 여러분은 모르겠지만 난 소리를 내지 않고 타이핑을 치고 있었다.

내 예쁜 딸이 내 침대에서 기분 좋게 잠을 잤고, 해결을 기다리는 살인 사건이 두 개나 있다. 살면서 이보다 더 흡족할 수 있을까?

조애나가 와인을 한 병 가져왔다. 특별한 의미가 담긴 와인이라고 했는데, 안타깝게도 어떤 의미인지는 잊어버리고 말았다. 언젠가 조애나도 자신이 얼마나 특별한 사람인지 알게 되겠지. 그건 그렇고 엘리자베스에게 오늘 저녁때 우리 집에 와서 같이 한잔하자고 했는데 '다른 일'이 있어서 안 된단다.

여러분도 그게 어떤 일인지 짐작이 될 거다. 분명 살인 사건과 관련된 일이겠지.

(나중에 추가한 글: 조애나의 새 차는 아우디 A4다.)

65장

같은 부류

영원한 안식의 정원으로 향하는 언덕길이 황혼의 빛 아래 옅은 색 리본처럼 구불구불하게 뻗어 있다. 보그단이 팔을 내밀자 엘리자베스는 주저 없이 잡는다.

"남편분이 상태가 좋지 않으신가 봐요?"

"맞아요. 좋지 않아요."

"남편분이 드시는 커피에 뭘 넣으신 것 같던데, 맞죠? 아까 집을 나설 때요."

"여기 사람들은 다들 약을 먹어요."

상황이 이해가 된 보그단은 조용히 고개를 끄덕인다.

그들은 버나드 코틀이 종일 앉아 있곤 하는 벤치 옆을 지나간다. 요즘 상황이 상황인지라 엘리자베스는 버나드에 대해 조금 더 신중하게 생각해보고 있는 중이다. 엘리자베스는 버나드가 묘지를 지키고 있다는 느낌을 늘 받아왔다. 그는 마치 보초를 서듯 늘 벤치에 앉아 있다. 묘지 안으로 들어가지도 않고 그렇다고 멀찌감치 떨어져 있지도 않는다. 이곳을 개발하게 되면 버나드는 무엇을 잃게 될까? 언젠가는 버나드와 얘기를 해봐야겠다는 생각이 드는데, 어쩌면 론과 이브라힘에게 부탁해 버나드와 얘기를 나눠보도록 하는 편이 나을 것 같기도 하다.

어느 쪽이든 조이스는 모르게 해야 될 것이다.

"남편이 체스를 오랜만에 뒀어요, 보그단. 보기 좋더라고요."

"잘 두시던데요. 버거운 상대였어요."

어느새 그들은 영원한 안식의 정원의 철문 앞에 다다랐다. 보그단이 쌍여닫이 철문의 한쪽을 밀어 열고 엘리자베스를 안으로 들어가게 한다.

"체스를 잘 두나 봐요?"

"체스는 쉬워요." 보그단은 무덤 사이 길로 걸어가며 손전등을 딸깍 켠다. "최선의 수를 두면 되거든요."

"그런가요. 그런 식으로 생각해본 적이 없네요. 최선의 수가 뭔지 잘 모를 땐 어떻게 해요?"

"그럼 지는 거죠." 보그단은 몇 걸음 앞에서 걸어가다가 맨 위쪽 구석진 곳에 위치한 오래된 무덤 앞에서 걸음을 멈춘다.

"믿어도 된다고 하셨죠?"

"그런 뜻으로 대답했죠."

"진짜 이름이 엘리자베스라도요? 서재에 있던 청구서에서 이름을 봤어요."

"미안하게 됐네요. 이름 말고 다른 쪽으로는 믿어도 돼요."

"알겠습니다. 이유가 있어서 그러신 거겠죠. 제가 지금 여기서 뭔가를 보여드릴 건데 경찰은 물론이고 다른 사람한테 말 안 하셨으면 해요."

"말 안 하겠다고 약속할게요."

보그단은 고개를 끄덕인다.

"제가 흙을 팔 동안 앉아 계세요."

예수 그리스도 조각상 앞 계단에 앉아 있자니 저녁 공기가 상쾌하게 느껴진다. 엘리자베스는 왼쪽에서 희미한 손전등 불빛에 의지해 무덤을 파기 시작하는 보그단을 기분 좋게 바라본다. 보그단이 무엇을 찾아 냈을까. 어떤 비밀이 드러날까? 머릿속으로 이런저런 가능성을 생각해 본다. 제일 뻔한 답은 돈이다. 보그단이 흙 속에 묻혀 있던 여행 가방이나 캔버스 천으로 된 스포츠 가방을 끄집어내 그녀의 발 앞에 내려놓는 상상을 해본다. 가방 안에는 언제 누가 묻어놓았는지 모를 지폐나 금 덩어리가 잔뜩 들어 있을 수도 있다. 엄청난 양이겠지. 그런데 왜 보그단은 다 늦은 저녁 무렵에 엘리자베스를 여기로 데려왔을까? 그 정도 돈이면 사람을 죽일 수도 있을까? 2,000파운드 정도면 보그단이 그냥 가져도 되지 않나? 그런 돈은 찾은 사람이 임자니까. 뒤탈도 없을 테고. 하지만 여행 가방에 50파운드 지폐가 가득 담겨 있다면……

"자, 와서 보세요."

보그단이 삽을 어깨에 걸친 채 무덤 안에 서서 말한다.

엘리자베스는 다리에 힘을 주고 일어서서 무덤 옆으로 다가가, 이안 벤섬이 살해당한 날 아침에 보그단이 발견한 것을 내려다본다. 무덤 안에서 발견하게 될 온갖 물건들 중에 제일 뻔한 것은 바로 시신이다. 무덤 밖으로 올라온 보그단이 손전등으로 관 뚜껑과 그 위에 놓여 있는 뼈들을 비추자, 엘리자베스는 예상이 완전히 빗나갔음을 인정한다.

"돈 뭉치라도 있는 줄 아셨나 봐요? 제가 여기서 돈 같은 걸 찾았으면 어떻게 처리할 줄 몰랐겠어요?"

엘리자베스는 고개를 끄덕인다. 돈 같은 거면 그렇겠지. 보그단은 똑똑한 청년이니까.

"맞아요. 돈이 아니라서 유감이죠. 돈이면 좋았을 텐데. 돈이 아니라 뼈라니. 관 안에도 뼈가 있고, 관 밖에도 이렇게 뼈가 있어요."

"이걸 어제 찾은 거예요, 보그단?"

"맞아요. 이안 사장님이 죽은 그 시점에요. 어떻게 해야 할지 모르겠더라고요. 하루 정도는 생각을 해봐야 했어요. 어쩌면 별것 아닐 수도 있겠죠?"

"유감스럽지만 뭔가 의미가 있을 것 같네요, 보그단."

"그러게요. 어쩌면 그렇겠죠."

보그단은 침울한 목소리로 맞장구를 친다.

엘리자베스는 바닥에 앉아 무덤 안쪽에 대고 발을 달랑거린다. 그녀는 관 뚜껑을 내려다보며 묻는다.

"이 관을 열어봤어요?"

"그러는 게 최선일 것 같아서 열어봤어요. 확인해야 하니까."

"그렇겠죠. 관 안에 또 다른 누군가의 시신이 있어요?"

보그단은 무덤 안으로 훌쩍 뛰어 내려가 관 뚜껑 일부를 열어젖혀 그 안에 있는 뼈를 보여준다.

"여기요. 이 안에 있을 만한 뼈예요. 관 밖에 있는 뼈보다 훨씬 오래돼 보여요."

엘리자베스는 고개를 끄덕이며 생각을 하다가 다시 입을 연다.

"두 구의 시신이네요. 한 구는 관 속에, 다른 한 구는 관 밖에. 관 밖에 있는 뼈는 훨씬 최근에 묻혔을 테고?"

"예. 경찰에 신고를 했어야 되나 싶기도 한데, 잘 모르겠어요. 경찰들이 어떤지 아시잖아요."

"알죠. 나한테 와서 말한 건 잘한 거예요, 보그단. 언젠가는 경찰에 말해야겠지만 아직은 아닌 것 같아요."

"이제 이걸 어떻게 해야 하죠?"

"괜찮다면 일단은 도로 묻어두는 게 어떨까요, 보그단? 당분간만. 나도 생각을 좀 해봐야 하니까."

"파냈다가 묻었다가 도로 파냈다가 묻었다가 하네요. 상황이 정리될 때까지 말씀하신 대로 할게요, 엘리자베스."

"당신이랑 나는 같은 부류인 것 같아요, 보그단."

엘리자베스는 문득 오스틴에게 전화를 해야겠다는 생각이 든다. 오스틴이라면 이런 일을 어떻게 처리할지 알 것이다.

그녀는 마을의 불빛들을 내려다본다. 대부분의 조명등은 꺼져 있지만, 이브라힘의 집 조명은 여전히 환한 빛을 발하고 있다. 오늘도 늦게까지 일을 하고 있는 모양이다. 참 좋은 사람이다.

엘리자베스는 무덤에 도로 흙을 퍼 넣고 있는 보그단을 돌아본다. 보그단은 흙과 땀투성이다. 부서진 관 뚜껑을 관에 담긴 시신 위로 다시 밀어 덮고, 관 뚜껑에 놓인 또 다른 시신을 흐트러뜨리지 않으려 조심하는 모습이다. 그녀가 늘 갖고 싶었던 아들의 모습이다.

66장

점수 매기기

"그들은 늘 그런 일에 끼어 있어요. 항상 그렇다니까요. 어떤 일에든 가톨릭 성당은 관계가 되어 있어요."

론이 주장을 펼치자 이브라힘이 대꾸한다.

"그렇기는 하죠."

이브라힘과 론은 누가 이안 벤섬을 죽였는지를 놓고 논쟁 중이다.

그들은 서른 명의 이름이 적힌 명단을 두고 누가 범인일 가능성이 높은지를 추리하고 있다. 오늘 저녁 모임의 참석자는 이 두 남자뿐이다. 조이스는 조애나가 집에 놀러와 함께 시간을 보내고 있고, 엘리자베스는 어디 갔는지 찾을 수가 없다. 하필 오늘 저녁에 행선지를 알 수 없으니 의심스럽기도 하지만, 론과 이브라힘은 둘이서라도 모임을 진행하기로 결정했다.

론은 10점 만점을 기준으로 명단에 적힌 사람들에게 점수를 매기자고 주장했다. 론의 몸 안에 들어가는 위스키가 늘어날수록 그가 사람들에게 매기는 점수도 높아져간다. 라킨 코트의 모린은 7점을 기록했다. 저녁 식사 시간에 론 앞에서 새치기를 한 적이 있다는 이유였는데, 그런 행실 하나만 봐도 '뻔할 뻔 자'라는 게 론의 논리였다.

"매키 신부한테 제일 먼저 10점을 줘야겠어요. 적어둬요. 명단에 적힌 사람들 중 제일 가능성이 높다고 보거든요. 묘지의 무덤들 중 한 곳에 뭔가를 묻어놨겠죠. 내 생각엔 확실합니다. 금이라든지 시체, 포르노 테이프 같은 거요. 셋 다일 수도 있고. 누가 묘지를 파헤칠까봐 쫄았겠죠."

"그럴 가능성은 별로 없어 보이는데요, 론."

"셜록 홈즈의 말도 있잖아요. 누가 한 짓인지 모른다면…… 어쩌고저쩌고 하는 말이요."

"현명한 말씀이기는 합니다만, 만약 그런 걸 묻어놨다면 매키 신부가 파서 옮기지 않았겠어요? 진즉에? 괜한 걱정을 덜기 위해서라도?"

"삽을 잃어버렸을 수도 있죠. 어쨌든 내 말 명심해요." 론의 혀가 점차 꼬이면서 말에 열기가 더해가고 있다. 밤늦은 시간, 위스키를 마시며 사건을 풀고 있으니, 사는 맛이 난다. "내가 보기엔 10점입니다."

"이건 〈스타와 함께 독살을(BBC에서 제작한 유명 댄싱 프로그램 〈스타와 함께 춤을〉을 패러디 한 말)〉이 아닙니다, 론." 이브라힘은 론의 채점 방식에 강하게 반감을 드러내면서도 매키 신부의 이름 옆에 '10'이라고 적어 넣는다. 사실 이브라힘은 〈스타와 함께 춤을〉의 채점 방식에 강한 반감을 갖고 있다. 전문가 투표 점수에 비해 일반인 투표 점수에 너무 큰 비중을 두고 있는 것 같아서다. 일전에 BBC 방송국에 그런 내용의 편지를 보낸 적도 있는데 돌아온 것은 친절하지만 애매한 내용의 답장이었다. 이브라힘은 명단의 다음 이름을 들여다보며 말한다.

"다음은 버나드 코틀입니다, 론. 이분은 어떻게 봐야 할까요?"

"유력한 범인일 가능성이 높은 사람 중 하나죠." 론이 위스키 잔을 든 채로 손을 움직이자 얼음이 잔에 부딪쳐 달그락거린다. "그날 아침 버나드 코틀이 어떻게 행동했는지 확인해봐야 해요."

"점점 더 불안해하는 모습을 보이기는 했습니다."

"그 사람이 마치 자기 영역을 지키고 있는 것처럼 묘지 근처의 벤치에 줄창 앉아 있다는 걸 우리도 다 알잖습니까. 전에는 부인이랑 거기 같이 앉아 있곤 했잖아요? 그래서 거기 앉아 있으면 마음의 평화를 얻는 게 아닐까 싶은데, 안 그래요? 우리 나이에 그렇게 마음의 평화를 주는 장소를 빼앗기는 건 정말 싫잖아요. 너무 큰 변화는 견뎌내기 힘들기도 하고요."

이브라힘은 고개를 끄덕인다.

"너무 큰 변화는 그렇죠. 주변에서 변화가 일어나는 게 마뜩찮은 시기인 건 맞습니다."

이브라힘이 보기에 쿠퍼스 체이스의 장점 중 하나는 마을에 가득한 활기다. 이 마을에는 엉뚱한 위원회들이 잔뜩 있고 우스꽝스런 정치질도 난무하며 온갖 논쟁과 재미, 소문으로 가득하다. 신참이 들어오면 마을의 역학 관계에 미묘한 변화가 일어난다. 기존 주민과의 작별도 마찬가지다. 그런 일이 있을 때면 이곳도 영원히 변함없는 곳은 아님을 깨닫게 된다. 이곳은 공동체고, 인간들은 이런 공동체에서 어우러져 살도록 만들어졌다는 게 이브라힘의 견해. 쿠퍼스 체이스 주민은 혼자 있고 싶을 땐 언제든 현관문을 닫으면 되고, 사람들과 어울리고 싶을 땐 현관문을 다시 열어놓으면 된다. 이보다 더 훌륭한 행복의 비결이 있는지 모르겠지만, 아직까지 이브라힘은 들어본 바 없다. 아내를 잃은 버나드는 여전히 슬픔을 배출할 방법을 찾아내지 못한 듯하다. 그래서 그냥 페어헤이븐 부두에 멍하니 앉아 있거나 언덕의 벤치에 앉아 있거나 하는 것이다. 이곳 주민들은 버나드에게 왜 그러고 있느냐고 굳이 이유를 묻지 않았다.

"당신한테는 어디가 그런 곳이죠, 론? 마음의 평화를 찾을 수 있는 곳이요."

론은 입술을 오므리고는 큭큭 웃는다.

"2년 전쯤에 그런 질문을 받았으면 웃으면서 그냥 자리를 박차고 일어났을 겁니다."

"그랬겠죠. 내가 당신을 제대로 바꿔놨네요."

"내 생각에는……" 론은 기민한 얼굴로 눈을 반짝이며 말한다. "내가 생각하기에는……" 이브라힘은 론의 얼굴이 편안하게 긴장을 풀고 있음을 알아챈다. 생각을 거치지 않고 곧장 진실을 털어놓을 준비가 된 듯하다. "솔직히 말할까요? 뭐라고 말해야 할지, 머릿속으로 이런저런 생각을 해봤습니다. 답을 하자면, 날은 어두워졌는데 여기 이렇게 친구와 함께 앉아 위스키를 마시며 얘기를 나누는 데서 마음의 평화를 찾는다고 할 수 있겠네요."

이브라힘은 두 손을 맞잡고 론의 얘기에 귀를 기울인다.

"여기 없는 사람들에 대해 생각을 해보면 더 그래요, 이브라힘. 지금까지 살아내지 못한 사람들 말입니다. 그런데 우린 여기 이렇게 살아 있잖아요. 이집트에서 온 소년과 켄트주 출신 소년. 우린 온갖 난관을 이겨내고 여기까지 왔죠. 그리고 스코틀랜드에 사는 누군가가 우리를 위해 이 위스키를 만들어줬습니다. 이렇게 생각하면 참 대단하지 않아요? 그래서 여기가 바로 그런 곳이 아닐까 싶어요. 내 마음의 평화가 있는 곳이요."

이브라힘은 고개를 끄덕여 동의를 표한다. 이브라힘이 마음의 평화를 찾을 수 있는 곳은 서류철이 빼곡히 꽂혀 있는 등 뒤의 벽이다. 하지만 지금의 분위기를 망치고 싶지 않아서 굳이 그 얘기는 하지 않기로 한다. 론은 입을 닫았고, 눈치를 보아 하니 본인 마음 속 깊은 곳을 들여다보고 있는 듯하다. 과거의 기억에 빠져들었을 수도 있다. 이럴 때는 그저 조용히 지켜보면서, 론이 원하는 곳에 가 있을 수 있도록 해야 한다는 것을 이브라힘은 잘 알고 있다. 생각해야 할 필요가 있는 것을 생각하게 두는 것이 최선이다. 바로 저 안락의자에 앉은 사람들이 그에게 상담을 받으며 오랜 세월 그리 해왔다. 이 직업을 수행하면서 그가 특히 좋아하는 부분이기도 하다. 존재하는지조차 알지 못했던 마음속 깊은 곳에 가 닿도록 돕는 것. 론이 고개를 위로 살짝 기울인다. 다시 말할 준비가 되었다는 뜻이다. 이브라힘은 몸을 약간 앞으로 기울인다. 론은 마음 속 어디를 들여다보고 돌아왔을까?

"버나드가 조이스와 섹스를 하는 것 같죠, 이브라힘?"

론의 말에 이브라힘은 몸을 약간 뒤로 젖힌다.

"그런 건 생각해보질 않았네요, 론."

"생각해봤으면서 왜 그래요. 정신과 의사잖아요. 내가 보기에 버나드는 진짜 운이 좋아요. 조이스가 만든 케이크도 실컷 먹을 수 있을 거 아닙니까. 그건 그렇고 그, 섹스가 가능은 해요?"

"글쎄요. 몇 년 동안 하질 않아서."

"나도 그래요. 어떤 면에서는 축복일 수도 있죠. 예전에는 섹스의 노예로 살았거든요. 어쨌든 9점이라고 생각되는데 어때요? 버나드 말이에요. 버나드는 늘 그 묘지 근처에 앉아 있고, 딱 봐도 묘지가 파헤쳐지는 걸 원치 않게 생겼잖아요. 버나드가 무슨 과학 분야에서 일했다고 하지 않았어요?"

"석유 화학 분야일 겁니다."

"답이 나오네. 펜타닐을 잘 다루겠네요. 그러니 9점이죠."

이브라힘도 같은 생각이다. 아무리 봐도 버나드는 어딘지 수상한 구석이 있다. 이브라힘은 버나드의 이름 옆에 '9'라고 적어 넣는다.

"둘이 섹스를 하는 사이라면 조이스는 버나드에게 9점을 매긴 걸 안 좋아하겠네요."

론이 말한다.

"우리가 가진 정보를 조이스도 갖고 있습니다. 그러니 버나드가 9점이라는 걸 이미 알고 있겠죠."

"그러게요. 조이스는 바보가 아니니까. 언덕배기에 사는 그 여자는 어떻습니까? 컴퓨터 일을 하는 농부의 딸 말입니다."

"캐런 플레이페어 말씀이군요."

"그 여자도 그 자리에 있었죠? 그 일이 터졌을 때요. 그 여자도 약물에 관해 좀 알 것 같은데. 예쁘장하던데요. 미인은 늘 문제를 일으키게 마련이죠."

"그렇습니까?"

"늘 그래요. 내가 보기엔 그랬어요."

"살해 동기는요?"

이브라힘의 물음에 론은 어깨를 으쓱한다.

"불륜 때문이 아닐까요? 묘지와 관련되었을 거라는 추측은 그만 잊읍시다. 이런 사건은 늘 불륜과 연관이 있어요."

"그럼 그 여자에게 7점을 매길까요? 7점을 매기고 그 옆에 별표를 한 다음, 각주를 다는 건 어때요? '추가 조사가 필요하다'는 뜻으로."

"7점을 매기고 별표, 좋네요." 론은 '별표'라는 말을 마치 자기가 낸 아이디어인 양 말한다. "이제 우리 넷이 남았어요. 명단에서 아직 점수가 매겨지지 않은 건 우리뿐이에요."

이브라힘은 명단을 내려다보며 고개를 끄덕인다.

론이 말한다.

"시작해볼까요?"

"우리 중에 누가 그런 짓을 했을 거라고 생각해요?"

"일단 내가 안 한 건 확실해요. 난 그들이 재개발을 하는 쪽을 찬성하니까. 얼마든지 해도 좋아요."

"하지만 공청회에서 반대를 주도했잖아요. 바리케이드 치는 것도 주도했고요. 재개발을 막으려고 작정한 것처럼 굴더니만."

"그렇게 하기는 했죠." 론은 이브라힘을 미친 사람 대하듯 하며 설명을 해나갔다. "누가 내 자유를 구속하는 건 딱 질색이니까. 나이가 여든에 가까워지면 그런 일 말고 말썽을 일으킬 만한 건수가 또 있겠어요? 관리비라든지 새로운 시설 같은 문제를 물고 늘어질 수밖에 없어요. 이젠 그마저도 없게 됐지만. 어쨌든 내가 이안 벤섬을 죽였을 가능성은 없다고 봐야 돼요. 이안이 죽으면 나한테 손해인데 뭐. 그러니까 내 점수는 4점이에요."

이브라힘은 고개를 젓는다.

"당신 점수는 7점입니다. 당신은 대단히 호전적이고 성질도 급한데다가 반이성적으로 굴 때도 있어요. 실랑이가 벌어졌을 때 당신은 그한복판에 있었죠. 게다가 인슐린 의존성 당뇨병을 앓고 있으니 주사기 바늘을 잘 다룰 겁니다. 그래서 더 높은 점수를 줄 수밖에 없네요."

수긍이 된 론은 고개를 끄덕인다.

"좋아요. 그럼 6점을 주든가요."

이브라힘은 메모장에 대고 펜을 일곱 번 두드린 뒤 눈을 든다.

"당신 아들이 토니 커런과 아는 사이인 것 같던데요. 그러니 당신 점수는 7점이어야 마땅합니다."

론은 더 이상 마음의 평화를 유지하지 못한다. 잔에 담긴 각 얼음이 또 다른 지그 춤을 추고 있다. 론은 속은 차분하지 않지만 나지막하게 받아친다.

"이 문제에 제이슨을 끌어들이지 말아요, 이브라힘. 그렇게 어리석은 사람은 아니잖아요."

이브라힘은 속으로 흥미롭다고 생각하지만 내색은 하지 않는다.

"지금 우린 스스로에 대해 점수를 매기고 있잖습니까?"

"그래요. 맞아요. 내가 7점이면 당신도 7점이에요."

"알겠습니다." 이브라힘은 메모장에 기재하며 묻는다. "이유는요?"

'이유야 아주 많지,' 라고 론은 생각한다. 긴장감은 이미 깨졌다. 론은 웃으며 말한다.

"일단 당신은 너무 똑똑해요. 그게 첫 번째 이유예요. 그것도 기재해도 됩니다. 당신은 사이코패스이거나 소시오패스이거나 둘 중 나쁜 거 아무거나 해당이 될걸요. 필체가 엉망이니 확실합니다. 당신이 이민자 출신인 걸 우린 자료를 봐서 알고 있어요. 여기 가여운 영국인 정신과 의사가 있고, 당신 때문에 직업을 잃고 백수가 된 백인 남성이 있다고 칩시다. 당신은 머리가 벗겨지기 시작한 탓에 분노가 치민 상태였던 거죠. 사실 사람들은 그보다 더 사소한 이유로도 사람을 죽이거든요."

"난 머리가 벗겨지고 있지 않아요. 미용사 앤서니한테 물어봐요. 내 머리숱이 풍성하다고 감탄을 한단 말입니다."

"전에는 뭐, 머리숱이 많았겠죠. 어쨌든 당신은 살인을 저지르고도 빠져나갈 수 있는지 보려고 완벽한 살인을 저지르는 영화 속 살인마 같다 이겁니다."

"그건 맞는 말이에요."

"오마 샤리프(1932~2015년, 이집트의 영화배우 겸 작가)가 예전에 영화에서 그런 역할로 나왔죠."

"아, 오마 샤리프를 갖다 댔으니 내 머리숱이 아직 멀쩡하다는 점에 대해 우리가 같은 의견인 거로 봐도 되겠군요. 좋아요. 내가 7점인 거로 하죠. 그럼 이제 조이스와 엘리자베스에 대해 얘기해봅시다."

이브라힘은 이처럼 밤늦도록 대화를 나누는 걸 즐긴다. 론이 돌아가고 나면 그는 자료를 읽거나 목록을 작성하거나 억지로 침대에 누워 좀처럼 오지 않는 잠을 청해야 할 것이다. 그의 관심을 필요로 하는 목소리들이 너무 많다. 어둠 속에서 길을 잃은 채 그가 도와주길 바라는 사람들이 한둘이 아니다.

쿠퍼스 체이스에서 제일 늦은 시간까지 깨어 있는 사람이 자신임을 이브라힘은 잘 알고 있다. 오늘밤에는 대화 상대가 있다는 핑계를 댈 수 있어 기분이 좋다. 밤늦도록 얘기를 나누는 두 노인이라.

이브라힘은 다시 메모장을 펼치고 창문 너머 조이스의 집을 내다본다. 사방에 어둠이 깔렸고, 마을은 잠이 들었다.

엘리자베스는 이 방면엔 전문가다. 그녀가 손전등을 켜고 언덕을 걸어 내려오는 일은 아마 없을 것이다.

67장

블랙 브리지

제이슨 리치는 모서리 쪽 테이블에 앉아 점심 식사를 마무리하고 있다. 아귀 요리와 판체타(돼지 뱃살로 만든 베이컨의 일종). 둘 다 현지에서 조달한 재료로 만든 것이다.

딱히 뭘 해야 할지 알 수가 없다.

블랙 브리지 술집이 너무 많이 변해서 놀랐다. 지금은 회색 바탕에 검은 글씨, 미니멀리스트적인 분위기를 물씬 풍기는 소문자로 된 간판을 매단 '르 퐁 누아(Le Pont Noir. Black Bridge라는 뜻의 프랑스어)'라는 고급 술집 겸 음식점이 되었다. 수년의 세월이 흐르면서 페어헤이븐 특유의 거친 면모가 부드러워졌고 어둑한 모퉁이도 일부 사라졌다.

당신네들이나 나나 다 그렇지 뭐, 라고 제이슨은 생각하며 탄산수를 마신다.

그는 사진에 대해 생각하고 있다. 권총이라도 갖고 있으면 훨씬 안심이 될 텐데. 20년 전 같으면 권총을 소지하는 것쯤은 일도 아니었다. 블랙 브리지 술집으로 걸어 들어가 미키 랜스다운에게 얘기를 하면 되는 일이었다. 그럼 미키 랜스다운은 제프 고프에게 전화를 걸었을 것이다. 제이슨이 맥주 약 500cc를 마시는 동안 비엠엑스 자전거를 탄 아이가 갈색 종이로 싼 꾸러미를 술집에 배달해주고 감자 칩 한 봉지와 B&H

담배 20갑을 수고비로 받아갔겠지.

참 단순하고 쉬운 시절이었다.

지금 미키 랜스다운은 방화죄 그리고 벼룩시장에서 가짜 비아그라를 판매한 죄로 원즈워스 교도소에 수감돼 있다.

제프 고프는 페어헤이븐 타운 축구팀을 사려고 시도했고, 부동산 시장 붕괴로 돈을 잃었으며, 훔친 구리를 팔아 한 재산을 일궜고, 제트 스키를 타다가 총에 맞아 죽었다.

요즘 애들도 비엠엑스 자전거를 탈까?

제이슨의 앞 테이블에 그 사진이 놓여 있다. 오래전, 그러니까 여기서 판체타와 사워도우 빵을 팔기 전에 블랙 브리지에서 찍은 사진이다.

당시 어울렸던 패거리들과의 추억이 어제 일처럼 생생했다. 그들은 다음 모퉁이에서 괴로움이 기다리고 있으리라는 걱정 따윈 없이 매사를 웃어넘기며 살았다.

이 술집에 자리를 잡고 앉은 후부터 제이슨은 토니 커런이 런던 출신 마약상 소년을 총으로 쏜 자리가 어디였는지 기억해내려고 애썼다. 마약상 소년은 나른한 페어헤이븐에서 감히 자신의 운을 시험해보려고 했다. 그때가 2000년쯤이었나? 이곳을 리모델링하면서 벽을 옮긴 탓에 위치를 정확히 가늠하기 어렵다. 다시 만들어놓은 벽난로 옆이 아닐까. 현지에서 조달한 통나무를 넣어놓은 벽난로.

"커피 드시겠어요?"

여종업원이 와서 묻는다. 제이슨은 플랫 화이트(스팀 밀크를 에스프레소 샷 위에 부어서 만든 커피)를 주문한다.

마약상의 배를 뚫고 종이처럼 얇은 벽을 통과한 총알이 주차장으로 날아가 터키시 지아니의 코스워스 RS500 앞 문짝까지 뚫은 일을 제이슨은 똑똑히 기억하고 있다. 지아니는 그 일로 잔뜩 부아가 났지만 총을 쏜 사람이 토니이니 지아니라고 별 수 있나?

터키시 지아니. 제이슨은 그에 관해 한참 생각을 거듭했다. 토니 커런의 시신 옆에 있었다는 사진을 찍은 사람이 지아니였다. 늘 카메라를 들고 다니던 자였으니까. 경찰도 그 사실을 알아냈을까? 지아니가 마을로 돌아왔나? 바비 태너도 돌아왔을까? 제이슨이 다음 살해 대상일까?

토니의 총에 맞은 마약상은 결국 목숨이 끊어졌다. 당시 마약상들은 종종 런던에서 이곳으로 오곤 했다. 때로는 런던 남부에서, 때로는 런던 북부에서. 세력을 확장하려는 갱들은 돈이 잘 벌리는 새로운 시장을 찾고 싶어 했다.

여종업원이 플랫 화이트를 가져왔다. 아몬드 비스코토(이탈리아 비스킷)를 곁들여서.

제이슨은 토니의 총에 맞은 마약상을 기억한다. 마약상이라고는 하지만 소년에 불과했다. 소년은 해안 지역 오크 거리에서 스티브 조르쥬에게 코카인 한 봉을 내밀었다. 스티브 조르쥬는 키프로스 출신 청년인데 갱 주변에서 얼쩡댔다. 갱이 하는 일에 관여하려 하지는 않았지만 충성스럽게 처신하는 편이었다. 지금은 체육관 주인으로 살고 있다. 스티브 조르쥬는 마약상 소년에게 블랙 브리지에 가서 운을 시험해보라고 구슬렸다. 소년은 스티브의 말대로 했고 더는 운이 따라주지 않는다는 사실을 깨달았다.

소년은 피를 무척 많이 흘렸다. 제이슨에게 그런 모습은 더 이상 재미있게 다가오지 않았다. 그 소년은 당시 열일곱 살쯤 되었던 것 같다. 지금 생각하면 어린애지만 당시에는 그렇지도 않았다. 누군가 그 소년을 바비 태너의 낡아빠진 브리티시 텔레컴 밴에 집어넣었고, 토니는 이런 일을 처리할 때 부르곤 하던 택시 운전사를 불러서 A2102 도로의 '페어헤이븐에 오신 걸 환영합니다'라는 표지판이 세워져 있는 곳까지 소년을 데려가도록 했다. 다음 날 아침 소년이 발견됐다. 죽은 시신으로. 하지만 소년도 그 정도 위험이 따를 줄 알고 감수한 것이었다. 토니는 이런 일은 아무리 신중을 기해도 지나치지 않다고 생각하는 사람이라 택시 운전사도 총으로 쏴 죽였다.

그 사건을 계기로 제이슨은 그 일에서 손을 뗐다. 그들 모두 마찬가지였다. 돈도 벌고 친구들과 어울려 재미도 보면서 로빈 후드인 척 사는 젊은이의 삶은 더 이상 없었다. 당시 그가 생각했던 삶이 무엇이었든 끝이 났다. 그저 총알과 시체, 경찰, 비통해하는 부모들로 뒤덮인 기억이었다. 제이슨은 자신이 멍청했음을 너무 늦게 깨달았다.

그 후 얼마 지나지 않아 바비 태너도 마을을 떠났다. 바비 태너의 남동생 트로이는 배를 타고 영국 해협을 건너다가 죽었다. 마약을 들여오는 길이었을까? 제이슨은 그 답을 나중에도 알아내지 못했다. 택시 운전사가 총에 맞아 죽고 얼마 안 있어 지아니도 줄행랑을 놓았다. 그 시절은 그렇게 총알 하나로 끝이 났다. 다시는 그들을 보지 않게 돼서 속이 시원하기도 했다.

사람들 얘기로 요즘은 세인트 레오나즈에서 온 두 형제가 페어헤이븐에서 마약을 판다고 했다. 잘해보라지. 여전히 물건을 현지에서 조달하고 있는 건가.

제이슨은 벽난로 앞으로 걸어가 그 앞에 웅크리고 앉는다. 그래, 바로 이곳이었다. 그는 복제 골동품 타일을 손가락으로 쓰윽 문지른다. 이 타일을 뜯어내고 뒷부분을 제거하면 작은 구멍이 하나 보일 것이다. 20년쯤 전에 미키 랜스다운이 이 구멍을 메우고 페인트를 칠했다. 그

구멍은 당시 모든 것을 변하게 만든 총알이 지나간 자리였다.

이제 이곳에는 아무것도 남아 있지 않다. 블랙 브리지도, 당시의 추억도, 인삼을 넣은 녹차도. 당시 어울리던 갱들도 다 사라졌다. 토니 커런, 미키 랜스다운, 제프 고프. 총알구멍이 난 코스워스는 어디 있을까? 어느 들판에서 녹슬어가고 있겠지? 바비 태너는 어디 있을까? 지아니는? 그들이 제이슨을 찾아내기 전에 먼저 그들을 찾아내려면 어떻게 해야 할까?

제이슨은 의자에 도로 앉아 플랫 화이트를 마신다. 어쩌면 그 답을 알 것도 같다. 이미 전부터 알고 있었다.

제이슨은 한숨과 함께 비스코토를 플랫 화이트에 담그며 아버지에게 전화를 건다.

68장

치기 어린 젊은 날

"화요일 아침에 사진을 받았어요. 누가 우편함에 넣어놨더라고요."

제이슨 리치가 말한다.

그는 아버지 론의 집 발코니에서 아버지와 함께 병맥주를 마시고 있는 중이다.

론이 묻는다.

"아는 사진이냐?"

"사진 자체는 아니에요. 전엔 본 적 없는 사진이라. 사진에 담긴 내용이랑 어디서 찍힌 사진인지는 알겠더라고요."

"무슨 사진인데? 어디에서 찍힌 사진이야? 말해봐."

제이슨은 사진을 꺼내서 보여준다.

"여기요. 토니 커런, 바비 태너, 그리고 제가 찍힌 사진이에요. 늘 모여서 술을 마시던 블랙 브리지 술집에서 우리 셋이 테이블에 둘러 앉아 있는 사진이거든요. 예전에 저를 찾아 오셨을 때 그 술집에 모시고 간 적 있는데, 기억나시죠?"

론은 고개를 끄덕이고는 사진을 들여다본다. 젊은 청년들이 돈이 잔뜩 쌓인 테이블을 앞에 두고 앉아 있다. 수천 파운드, 2만 5,000파운드쯤 되어 보이는 지폐들이 아무렇게나 놓였다. 청년들은 잔뜩 신이 난 모습이다.

"어디서 난 돈이냐?"

"당시예요? 모르겠어요. 거의 저녁마다 이러고 놀아서요."

"마약으로 번 돈이야?"

"그렇죠. 당시에는 늘 그랬으니까요. 그 일에 제 돈을 투자했어요. 안전하게 지키려고."

론은 고개를 끄덕이고 제이슨은 변명의 여지가 없다는 뜻으로 두 손바닥을 펼쳐 보인다.

"경찰도 같은 사진을 갖고 있지?"

"예, 이 사진 말고도 제가 찍힌 사진을 잔뜩 갖고 있겠죠."

"하나만 묻자, 제이슨. 네가 토니 커런을 죽였니?"

제이슨은 고개를 젓는다.

"아뇨. 죽였으면 아버지한테 얘기를 했겠죠. 만약 제가 죽였으면 그럴 만한 이유가 있을 거라는 걸 아버지는 아실 테니까요."

론은 고개를 끄덕인다.

"네가 죽이지 않았다는 걸 증명할 수 있어?"

"바비 태너나 지아니를 찾으면 누가 범인인지 알 수 있을 거예요. 그들 중 하나가 범인일 테니까. 범인이 토니 커런의 시신 옆에 이 사진을 놓아둔 건, 경찰의 주의를 딴 데로 돌리려는 수작이겠죠. 그런데 왜 저한테도 같은 사진을 보냈을까요? 바비나 지아니가 자기가 한 짓임을 저한테 알리려는 게 아니라면 다른 이유가 없잖아요?"

"경찰한테는 얘기 안 했어?"

"저를 아시잖아요. 제가 직접 찾아낼 생각이었어요."

"어떻게 되어가고 있니?"

잘 안 돼서 아버지를 찾아온 거예요, 라고 제이슨은 속으로 말한다.

론은 고개를 끄덕인다.

"엘리자베스에게 전화를 해야겠다."

69장

가짜 신부

도나와 크리스는 페어헤이븐 경찰서 B취조실에 있다.

얼마 전 도나는 이 취조실에 앉아 수녀인 척하는 할머니와 면담을 했었다. 지금은 신부인 척하는 할아버지를 앞에 두고 앉아 있다. 뭔가 비슷한 상황이라는 생각이 든다.

도나는 직접 돌파구를 마련했다. 매튜 매키 신부의 신원 조사를 해본 것이다. 이 남자에 관한 정보를 컴퓨터에 입력하고 돌려봤더니 재미있는 결과가 나왔다.

결과물이 도통 나오질 않아서 신원조사에 이틀 정도 걸렸다. 말도 안 되는 일이었다. 도나는 정보를 취합해 이리저리 작업을 한 뒤 찾아낸 정보를 크리스에게 들고 갔다. 그리고 지금 그들은 이 자리에 모여 앉아 있는 것이다.

"매번 매키 씨는 본인을 '신부'라고 지칭하셨죠? 매키 신부라고 자기 소개도 하셨고요?"

크리스의 질문에 매튜 매키는 수긍한다.

"예."

"지금도 로만 칼라를 착용하고 계시네요?"

"그렇습니다."

매키는 확인해주듯 손가락을 로만 칼라에 가져다 댄다.

"나머지 차림도 그렇고. 이걸 장비라고 해야 하나요?"

"신부복입니다."

"우리가 조사를 좀 했는데, 뭘 찾아냈을 것 같습니까?"

도나는 지켜보며 배운다. 크리스는 노인에게 정중하게 대해주고 있다. 크리스도 완전히 돌변하는 때가 올까.

"아무래도…… 음, 뭔가, 오해가 있는 것 같네요." 의자 등받이에 등을 기대고 앉은 크리스는 매튜 매키가 말을 하게 둔다. 매키의 말은 중간중간에 자꾸 끊어진다. "그 부분에 대한 비난은 받겠습니다. 어떤 면에서는 제가…… 기준에 맞지 않는다고 생각하실 수도 있겠지만 제가 진실을 호도하려던 건 아닙니다. 사실은 차치하고 그렇게 보일 수 있다는 거 압니다."

"사실이라고요, 매키 씨? 좋습니다! 사실에 대해 얘기를 해보죠. 당신은 매튜 매키 신부가 아닙니다. 그게 사실이죠. 당신은 가톨릭 성당에서든 다른 교파의 교회에서든 성직자로 일하고 있지 않아요. 그것도 사실이죠. 이 지역 NHS(국민보건서비스) 트러스트에 알아보니 15분 만에 결과가 나오더군요. 당신은 마이클 매튜 노엘 매키 박사라고 하던데요? 이것도 사실 맞죠?"

"예."

매튜 매키는 순순히 인정한다.

"당신은 지역 보건의로 일하다가 15년 전에 은퇴했습니다. 지금은 벡스힐시의 단층집에서 살고 있고요. 그 동네에 가서 알아보니 미사에 참석한 적도 없다더군요."

매튜 매키는 바닥만 내려다본다.

"다 사실입니까?"

매키는 눈도 들지 않고 고개만 끄덕인다.

"다 사실입니다."

"보기 불편해서 그런데 목에 그 로만 칼라를 좀 빼주시겠습니까, 매키 씨?"

그제야 매키는 고개를 들어 크리스를 똑바로 쳐다본다.

"아뇨. 전 이걸 차고 있고 싶네요. 저를 체포하실 게 아니라면요. 저를 체포한다는 말은 아직 없으셨잖습니까."

크리스는 고개를 끄덕인다. 그는 도나를 돌아본 뒤 다시 매키를 바라보면서 탁자에 대고 손가락을 타닥타닥 두드린다. 이제 제대로 시작이네, 라고 도나는 생각한다. 크리스는 어지간해서는 탁자에 손가락을 두들기지 않는다.

"사람이 죽었습니다, 매키 씨. 당신과 저는 그 일을 바로 앞에서 목격했잖습니까? 당시 제가 무슨 생각을 했을까요? 한 남자가 가톨릭 신부를 밀쳤다고 생각했죠. 가톨릭교의 묘지를 지키려는 가톨릭 신부를요. 경찰로서 저 나름대로 상황을 머릿속에 그려봤습니다. 무슨 말인지 이해하시죠?"

매키는 고개를 끄덕인다. 도나는 말없이 그들을 지켜본다. 딱히 나서서 할 수 있는 역할도 없을 것 같다. 크리스가 도나를 바라보며 탁자에 대고 손가락을 두드릴 날이 올까. 그런 날은 부디 오지 않았으면 좋겠다.

"그럼 제가 그날 본 건 뭐였을까요? 저는 신부를 사칭하는 당신을 한 남자가 밀치는 모습을 봤습니다. 무슨 이유 때문이었는지는 본인만 알겠죠. 그 남자는 사기꾼인 당신을 밀쳤습니다. 묘지를 지키겠다고 나선 사기꾼을 말이죠."

"저는 사기꾼이 아닙니다."

크리스는 조용히 하라는 뜻으로 손을 들어 보인 후 말을 잇는다.

"사기꾼과 실랑이를 벌이고 얼마 안 가서 그 남자는 치명적인 약물을 투여당하고 쓰러져 죽었습니다. 그 사기꾼이 의사라는 걸 알게 되니 사건의 양상이 달리 보이네요. 제가 빠뜨린 게 있습니까?"

매키는 말이 없다.

"다시 요청드리겠습니다. 목에 차고 있는 로만 칼라를 빼주시겠습니까?"

"지금은 신부가 아닙니다. 그건 인정합니다." 매키는 길게 한숨을 내뱉고 말한다. "하지만 예전에 수년 동안 신부로 일했어요. 그러니 지금도 로만 칼라를 착용할 권리는 있습니다. 로만 칼라를 착용하고 저 스스로를 매키 신부라고 부르는 것도 제가 알아서 할 일이지 다른 사람이 관여할 바는 아닙니다."

"매키 박사님. 이건 살인 사건이에요. 거짓말 그만하세요. 여기 있는 드 프레이타스 순경이 모든 기록을 확인했습니다. 교단 측이 적극적으로 도와줬죠. 당신이 우리한테 뭐라고 말했던 위원회나 이안 벤섬, 묘지 문을 지키고 나선 할머니들한테 뭐라고 둘러댔던 당신은 신부가 아니에요. 신부였던 적도 없고요. 당신이 신부였다는 기록은 어디에도 없습니다. 그런 기록이 담긴 먼지투성이 장부도 없고 오래된 사진도 없어요. 대체 왜 우리한테 거짓말을 하는지 모르겠네요. 우리 앞에는 시신이 있고 우리는 살인범을 찾고 있는 중입니다. 하루라도 빨리 범인을 찾아내야 하는 사안이라 이겁니다. 제 얘기 중에 중대하게 빠진 부분이 있으면 말해주시죠."

매키는 생각에 잠긴 표정으로 잠시 크리스를 바라보다가 고개를 젓는다.

"저를 체포하실 거라면 몰라도, 그게 아니면 이만 집에 가보겠습니다. 악감정은 없어요. 경감님은 본인 일을 하고 계신 것뿐이니까."

매튜 매키는 성호를 그으며 일어선다. 크리스도 따라 일어선다.

"제가 당신이라면 이 방을 안 나가겠습니다, 매키 박사님."

"저를 기소하시면 그렇게 해야겠죠. 그 전에는……"

의자에서 일어선 도나가 취조실 문을 열어준다. 매튜 매키는 문 밖으로 나선다.

70장

고백

사우나 안에서 담배를 피우는 건 상당히 어려운 일인데 제이슨 리치는 그 어려운 일을 잘도 해내고 있다.

"정말 이렇게 해도 되는 거 맞아요, 아버지?"

이렇게 묻는 제이슨의 이마에서 땀이 뚝뚝 떨어진다.

"이분들한테 전부 말씀드려. 이분들은 어떻게 해야 되는지 아실 거다."

"정말 아실까요?"

그러자 아래쪽 벤치에 앉은 이브라힘이 팔다리를 쭉 뻗으며 말한다.

"아마 알 겁니다."

사우나 문이 열리고 엘리자베스와 조이스가 수영복 위로 수건을 두른 채 안으로 들어온다. 제이슨은 뜨거운 잿더미에 대고 담배를 꾹 눌러 끈다.

"아이고, 향기 좋네요. 유칼립투스 향이네." 조이스가 말한다.

"만나서 반가워요, 제이슨." 엘리자베스는 반나체 상태인 권투 선수 제이슨 맞은편에 가 앉으며 말한다. "우리가 당신한테 어느 정도 쓸모는 있을 것 같아 찾아왔을 텐데, 그 생각이 맞으면 좋겠네요." 인사치례를 한 뒤 엘리자베스는 제이슨을 빤히 쳐다보며 말한다. "어디 얘기 해봐요."

제이슨은 아버지에게 했던 것과 똑같은 얘기를 엘리자베스와 조이스에게 들려준다. 사우나 안에서 그들은 사진 한 장을 돌려본다. 이브라힘이 미리 코팅 처리를 해둔 사진이다.

"제가 이 사진을 받았습니다. 이게 대체 무슨 의미일까요? 누가 보냈을까요? 언론사에서 꾸민 짓일까요? 내일 「더 선」 신문 1면에 실으려고? 그런 것 같기도 합니다. 하지만 사진 말고 메시지는 온 게 없어요. 전혀. 전화를 걸어온 기자도 없고요. 기자들은 제 휴대폰 번호를 알거든요. 대체 무슨 일일까요?"

"그러게 무슨 일일까요?"

엘리자베스가 되묻는다.

"홍보 담당자에게 전화를 해볼까요? 기자들이 홍보 담당자한테는 뭐라고 얘기를 했을 수도 있으니까. 솔직히 20년도 더 된 옛날 사진이고, 청산한 과거인데 이렇게 엮이니까 충격입니다. 저야 뭐든 부정할 준비가 돼 있어요. 어떤 핑계라도 댈 수 있고요. 총각 파티 때 가장 무도회를 하면서 찍은 사진이라고 둘러대야겠죠."

"아, 그거 좋네요." 조이스가 맞장구친다.

"이 사진을 받아서 들여다보고 있는데 문득 이런 생각이 들더라고요. 누군가가 계획한 게임이 아닌가 하는 생각이요. 토니가 이 사진을 손에 넣고 뭔가 꾸몄을 수도 있잖아요. 유명한 권투 선수가 현금을 앞에 잔뜩 두고 전과자들이랑 같이 찍은 사진이니까. 토니가 돈을 요구하려고 저한테 사진을 보냈을 수도 있다는 생각이 들었어요. 2만 파운드를 주면 언론에 안 까발릴게, 뭐 이런 요구를 하려고요. 딱 그거다 싶어서 토니에게 전화를 해서 얘기를 해봐야겠다 싶었습니다. 대화로 풀어볼 수 있지 않을까 해서요."

"토니가 당신을 그런 식으로 협박할 만한 사람인가요?"

엘리자베스가 묻는다.

"토니는 무슨 짓이든 할 수 있는 사람이에요. 어쨌든 저는 중요하다고 생각되는 일부터 해나갔어요. 일단 마을에 가서 싸구려 휴대폰을 하나 새로 장만했죠."

"나도 싼 휴대폰을 하나 장만해야 해서 그런데 어디서 샀는지 나중에 좀 알려줄래요?" 이브라힘이 말한다.

"그럼요, 아리프 씨. 어쨌든 저는 토니한테 전화를 걸었습니다. 안 받더라고요. 다시 걸었어요. 안 받았어요. 20분 뒤에 다시 걸었죠. 역시 안 받았어요."

그러자 조이스가 말한다.

"난 모르는 번호로 걸려온 전화는 절대 안 받아요. 〈악덕 장사꾼들 (BBC One에서 2001년부터 2012년까지 방영한 소비자 피해 문제 관련 조사 프로그램)〉에서 봤어요."

"현명한 처신이에요, 조이스. 어쨌든 저도 그날 아버지와 술 한잔하려고 여기 왔다가 그를 봤어요. 토니 커런이요. 그가 이안 벤섬 씨와 말다툼을 하고 있는 걸 봤죠."

"이런 얘길 그동안 나한테 안 하다니."

론이 중얼거리자 제이슨은 죄송하다는 뜻으로 손을 들어 보인다.

"아버지랑 맥주 두 병을 마셨는데……"

"나도 그 자리에 같이 있었잖아요." 조이스가 끼어든다.

그러자 제이슨이 고쳐 말한다.

"맞아요. 조이스 씨도 같이 있었죠. 어쨌든 그러고 나서 생각을 좀 정리하려고 차를 타고 나섰어요. 토니의 집 쪽으로 갔죠. 그쪽이 경치가 예뻐요. 저랑 토니 사이엔 이런저런 비밀이 많아서 서로 주변에 있으면 조심하는 편이에요. 하지만 그날은 이유가 있어서 그의 집을 찾아간 거였죠. 진입로에 토니의 차가 세워져 있더라고요. 초인종을 눌러도 대답이 없길래 보안 카메라로 현관문 앞에 서 있는 나를 봤구나, 나랑 얘기를 하고 싶지 않은가 보다 했죠. 토니를 욕하지는 않았어요. 초인종을 몇 번 더 눌러보고 그 집을 떠났어요."

"그게 토니가 죽은 날이에요?" 조이스가 묻는다.

"예. 집 안에서는 아무 소리도 안 들렸어요. 그래서 그때가 토니가 죽기 전인지 후인지는 모르겠어요. 저는 그냥 집으로 돌아갔어요. 2시간 후에 왓츠앱 그룹에 들어갔는데……"

"왓츠앱 그룹이요?" 엘리자베스가 묻지만 조이스가 손을 흔들어 말린다. 제이슨은 하던 얘기를 계속한다.

"오랜 지인들 몇 명이 접속해 있었는데, 그중 누군가가 토니가 집에서 죽은 채로 발견됐다는 얘길 하는 겁니다. 오싹했어요. 그날 아침 저는 그 사진을 받았고, 그날 오후에 토니는 죽은 거잖아요. 불안하더라고요. 저도 자신을 지킬 수 있는 사람이지만, 그건 토니도 마찬가지거든요. 토니가 어쩌다 그렇게 됐을까? 너무 불안한 거예요. 자연스런 현상이겠죠. 그런데 경찰은 제가 토니의 집에 갔다는 걸 알아냈고, 토니가 죽은 날 제가 토니에게 전화를 건 기록도 찾아냈어요. 토니의 시신 옆에 제가 찍힌 사진이 놓여 있었고요. 경찰을 탓할 일은 아니죠. 경찰은 뭔가 냄새가 난다고 생각할 텐데, 저도 같은 생각이니까요."

"당신은 토니 커런을 죽이지 않았다는 거죠?" 엘리자베스가 묻는다.

"안 죽였어요. 하지만 경찰이 저를 의심하는 이유를 짐작하실 거예요"

"당신이 죽였다고 보는 게 경찰 입장에선 설득력이 있으니까 그렇겠죠." 이브라힘이 말한다.

"우리가 옛 친구를 찾아줄 수 있는지 알아보려고 왔어요?" 엘리자베스가 묻는다.

"그게, 저희 아버지 말씀이, 경찰이 아무리 실력이 좋아도 여러분이 훨씬 뛰어나다고 하셔서요."

그 말에 다들 조용히 고개를 끄덕거린다.

다시 제이슨이 말한다.

"사진에 찍힌 사람들은 옛날 친구들이고, 그 사진을 찍은 사람도 있어요."

"그게 누구죠?" 엘리자베스가 묻는다.

"터키시 지아니라고 우리가 결성한 작은 조직의 네 번째 멤버였어요."

"터키 사람이라 이름이 터키시인가요?" 조이스가 묻는다.

"아뇨."

이브라힘은 그 내용을 메모한다.

"터키 혈통이고 키프로스섬 출신인데 몇 년 전에 그 섬으로 도주했어요."

"키프로스에 괜찮은 정보원들을 알고 있어요." 엘리자베스가 말한다.

"저기요, 여러분은 저한테 빚지신 거 없어요. 오히려 그 반대죠. 전 여기서 좋은 일을 한 적이 없고 토니는 더더욱 그랬어요. 하지만 바비나 지아니가 토니를 죽인 거라면 그들이 여전히 이 부근에 있을 수도 있잖아요. 그렇다면 제가 다음 차례가 되지 말라는 법도 없겠죠? 다시 한번 말씀드리지만 여러분이 나서서 하실 일은 아닌 거 압니다. 하지만 아버지 말씀으로는 여러분의 능력이 출중하다고 하시니, 도와주신다면 그 도움을 거절하고 싶지 않습니다."

"자…… 어떻게들 생각해요?"

론의 물음에 엘리자베스가 대답한다.

"글쎄요. 내 생각은 이래요. 다른 분들은 동의 안 하실 수도 있겠지만요. 물론 그럴 가능성은 별로 없다고 보네요. 내 생각에 이건 제이슨 당신이 만든 난장판이에요. 탐욕과 마약에서 비롯된 난장판이죠. 그런 면은 마음에 안 들지만, 좋은 점도 있어요. 당신이 론의 아들이라는 점이요. 당신 추측이 아마 맞을 거예요. 우리가 바비 태너와 터키시 지아니를 찾아줄 수 있을 거라고 봐요. 아마도 빠른 시일 내에요. 당신이 무슨 짓을 저질렀든, 그런 점에 대해 우리가 어떻게 생각하든 상관없이, 난 살인범을 잡고 싶네요. 그 살인범이 당신을 해치기 전에요."

"동의해요." 조이스가 말한다.

"동의합니다." 이브라힘이 말한다.

"고맙습니다." 제이슨이 말한다.

"나도 고마워요." 론도 말한다.

"천만에요." 엘리자베스는 의자에서 일어선다. "그럼 사우나 잘들 하세요. 나는 전화를 몇 통 해야 해서요. 론, 시간 괜찮으면 오늘밤 10시에 묘지에서 봐요. 조이스와 이브라힘도 거기서 같이 봤으면 해요."

"그러죠. 꼭 가겠습니다." 론이 대답한다.

그의 아들 제이슨이 의구심이 담긴 눈빛으로 론을 바라본다.

"제이슨은요?" 엘리자베스가 묻는다.

"예?" 제이슨이 되묻는다.

"우리 앞에서 괜한 허세를 부린 거라면 위험을 각오해야 할 거예요. 우린 살인범을 꼭 잡을 거니까. 그 살인범이 바로 당신이라도요."

71장

유해 발굴

"무덤 안으로 내려갈 때 손을 잡아줄까요?"

이브라힘의 물음에 오스틴은 흔쾌히 대답한다.

"그래 주시면 정말 고맙겠습니다."

보그단이 아크등을 빌려와 무덤 옆에 놓아두었다. 이안 벤섬이 살해당한 날 아침 보그단이 파낸 바로 그 무덤이다. 관 뚜껑 위에 또 한 구의 시신이 놓여 있다. 그곳에 묻힐 권리는 없으나 묻히고만 해골이다.

오스틴은 이브라힘의 팔을 잡고 무덤 안으로 발을 들여놓는다. 오스틴은 관 뚜껑 위에 흩어져 있는 뼈들을 밟지 않으려고 조심스럽게 움직인다. 그는 엘리자베스를 올려다보며 싱긋 웃는다.

"옛날 생각나네요, 리지. 라이프치히의 그 일 기억나죠?"

엘리자베스는 미소 짓는다. 당연히 기억한다. 조이스도 덩달아 미소를 짓는데, 누가 엘리자베스를 '리지'라고 부르는 걸 처음 들어봤기 때문이다. 다른 사람들도 알아챘으려나.

"어떻게 생각해요, 오스틴 교수님?"

예수 그리스도 조각상 발치에 기분 좋게 앉아 스텔라 맥주를 캔째로 마시던 론이 묻는다.

"글쎄요. 평소 이런 상황에서는 말을 아끼는 편이지만……" 오스틴은 손에 든 대퇴골을 좀 더 면밀히 들여다보기 위해 안경을 올려 쓰며 말을 잇는다. "친구들끼리 가볍게 하는 얘기니까 말하자면, 상당 기간 여기 묻혀 있었던 거로 보이네요."

"상당 기간이요, 오스틴?"

엘리자베스의 물음에 오스틴은 생각에 잠긴 목소리로 대답한다.

"뼈의 변색 정도로 볼 때 그렇게 보이네요."

"좀 더 구체적으로 말해줄 수 있어요?" 엘리자베스가 다시 묻는다.

"음, 글쎄요! 구체적으로 말한다면……" 오스틴은 잠시 생각을 정리한 후 대답한다. "꽤 오랜 기간이라고 할 수 있겠죠."

"이 묘지에 묻힌 마거릿 수녀와 같은 시기에 묻혔다는 말씀이세요?" 이번에는 조이스가 묻는다.

"묘비에 사망일이 언제라고 적혀 있죠?" 오스틴이 조이스에게 묻는다.

"1874년이요."

"그렇게까지는 아니고. 흙 상태를 볼 때 30이나 40, 50년 정도 되어 보이네요. 150년까지는 아닐 겁니다."

그러자 이브라힘이 묻는다.

"그러니까 어느 시점에서 누군가가 이 무덤을 파헤치고 또 다른 시신을 넣은 뒤 흙으로 메웠다는 거죠?"

"그렇습니다. 여러분들은 또 풀어야 할 미스터리가 생겼네요."

"또 다른 수녀일 수도 있을까요, 오스틴? 그 아래 장신구라든가, 옷 조각 같은 게 있어요?" 엘리자베스가 묻는다.

"그런 건 보이질 않네요. 완전히 발가벗겨진 상태로 묻혔어요. 이게 살인이라면 본인이 무슨 짓을 하는지 확실히 알고 한 짓이겠죠. 뼈 몇 점을 가져가도 될까요? 아침에 더 자세히 보고 좀 더 명확하게 사진을 찍어서 보내줄게요."

"그러세요, 오스틴. 가져가세요." 엘리자베스가 말한다.

보그단은 불안한 표정으로 엘리자베스에게 묻는다.

"이제 경찰에 신고해야겠죠?"

"음, 오스틴이 우리한테 연락할 때까지는 우리끼리만 알고 있는 게 좋을 것 같은데. 다들 동의해요?"

다들 동의한다.

"여기서 나가게 누가 손 좀 잡아줘요." 오스틴이 말한다. "보그단, 좀 도와줄래요?"

보그단은 고개를 끄덕이다가 뭔가를 분명히 해두고 싶은지 다시 말한다.

"저기요. 이 얘기는 해야겠어요. 괜찮으시죠? 제가 미친 걸 수도 있으니까요. 지금 이게 정상적인 상황은 아닌 거죠? 그렇죠? 할아버지가 무덤 속에 들어가서 뼈를 들여다보고 있는 이 상황 말이에요. 누군가 살해당한 것 같은데, 아무도 경찰에 신고를 안 하려는 게 정상은 아니죠?"

"보그단, 처음에 여기서 뼈를 발견했을 때도 경찰에 신고 안 했잖아요." 조이스가 지적한다.

"예, 그렇죠. 저는 워낙 그래요. 정상이 아니거든요."

"음, 우리도 그래요. 우리도 정상은 아니랍니다. 나는 예전에는 정상이었지만요."

그러자 이브라힘이 한마디 한다. "정상이라는 개념은 환상에 불과해요, 보그단."

엘리자베스가 나선다.

"보그단, 우릴 믿어요. 우린 이 유해의 주인이 누구이고 누가 묻었는지를 알아내고 싶을 뿐이에요. 정말 필요한 순간이 되기 전까지는 경찰이 개입하지 않은 상태라야 조사하기가 쉬워요. 만약 경찰한테 먼저 뼈를 보여주면 그 후 어떻게 됐는지 우리 귀에는 들어올 일이 없겠죠. 우리가 고생을 많이 했는데 그렇게 되면 불공평하잖아요."

"여러분을 믿을게요." 문득 어떤 생각이 드는지 보그단은 인상을 쓰며 말을 잇는다. "일이 잘못되면 감옥에 갈 사람은 저겠지만요."

"그런 일은 없을 거예요. 당신은 쓸모가 많은 사람이니까. 오스틴을 무덤에서 꺼내는 일부터 도와줘요. 뼈도 모아서 나한테 건네주고요. 그리고 다 같이 조이스의 집으로 가서 차나 한잔해요."

"좋습니다!" 오스틴은 뼈를 골라 관 뚜껑 위에 늘어놓고 보그단에게 손을 뻗는다.

"앞장서요, 리지." 론은 이렇게 말하고는 스텔라 맥주를 마저 들이켠다.

72장

뼈의 비밀

꽤 유쾌한 분위기였다. 나는 그 이유를 이해했다. 우린 마치 갱단처럼 일상에서 벗어난 특별한 일 한가운데에 서 있었다. 우린 불법적인 일을 하고 있었지만 그런 것에 일일이 신경 쓸 나이는 지났다. 누군가는 '꺼져가는 빛에 분노하라'(영국 시인 딜런 토마스의 시 「순순히 어두운 밤을 받아들이지 마오[Do not Go Gentle Into that Good Night]」에서 인용)고 하지만 시에서나 그렇고 실생활은 안 그렇다. 내가 포착하지 못한 다른 이유도 있을 수 있지만 언덕을 내려가는 동안 우리는 그저 즐거웠다. 밤늦게까지 나가 노는 10대 청소년들처럼.

그러다 오스틴이 내 집 식탁에 뼈 무더기를 펼쳐놓았을 때, 아직까지 모험하는 기분이 살아 있기는 했지만, 우리 모두의 감정이 차분해졌음을 느낄 수 있었다. 론도 기분이 가라앉는 모습이었다.

지금까지는 별문제가 없었다. 목요일 살인 클럽 활동도, 우리가 취한 대담한 행동도. 이 나이에 누릴 수 있는 자유로움에 취해 우리는 무슨 말이든 할 수 있었다. 하지만 아무리 오래전이라고 해도 죽은 사람을 앞에 두고 있으니 잠시라도 조용히 생각할 시간을 갖는 것이 옳았다.

그 무덤에 또 다른 시신이 있어야 할 이유를 우리는 떠올릴 수가 없었다. 그러니 더더욱 생각에 잠겨야 했다. 오렌지 드리즐 케이크를 먹으며 힘을 내서 뼈를 더욱 면밀히 들여다본 오스틴은 뼈의 주인이 남성이라고 확신했다. 그렇다면 수녀는 아니라는 얘기다.

그럼 이 남자는 누굴까? 누가 이 남자를 죽였을까? 답을 알아내려면 언제 죽었는지부터 알아내야 했다. 30년 전인가? 50년 전인가? 시간차가 너무 크다.

오스틴은 뼈들을 가져가 추가로 검사를 진행해보겠다고 했다. 다들 집으로 돌아가고 난 뒤 인터넷으로 알아봤더니 오스틴은 무려 '경'이라는 작위를 받은 대단한 교수였다. 그다지 놀라울 일은 아니었다. 뼈에 대해 정말 많은 것을 아는 사람이었으니까. 80대인 그가 밤 10시에 무덤 안에 들어가 서 있는 것은 참 유별난 일이긴 했지만, 엘리자베스의 친구라면 그런 일에 익숙할 것이다. 점잖게 생겨서 차에 설탕을 세 스푼이나 넣는 취향인 것도 특이하기는 했다.

이제 제일 큰 문제가 남았다. 여러분은 아마 짐작할 것이다. 훨씬 최근에 일어난 살인 사건의 동기는 확인됐나? 그곳에 뼈가 묻혀 있다는 사실을 달리 아는 사람이 있을까? 누군가 영원한 안식의 무덤과 그곳에 묻힌 이 뼈의 비밀을 지키기 위해 이안 벤섬을 죽였을까?

우린 한 시간 가까이 얘기를 나눴다. 경찰에 신고하지 않아도 정말 괜찮을까? 언젠가는 신고를 해야겠지만 이건 우리가 풀어야 할 이야기이고 우리의 무덤이며 우리 동네 일이라는 공감대가 있었다. 우리는 당분간 비밀로 하기로 했다. 오스틴이 검사 결과를 알려주면 그때 가서 경찰에 말해도 될 것이다.

자, 이제 우리는 두 건의 살인 사건, 어쩌면 세 건의 살인 사건을 해결해야 하게 생겼다. 이번에 발견된 뼈가 살해당한 거라면 말이다. 아니, 뼈의 주인이 살해당한 거라면, 이라고 정정하겠다. 뼈도 사람으로 쳐야 하나? 이건 나보다 똑똑한 이들이 풀어야 할 문제다.

엘리자베스는 바비와 지아니를 얼른 찾고 싶어 안달이 난 듯했다. 하지만 우리는 이 뼈에 관한 의문을 해결하는 것이 우선이라 여겼다.

크리스와 도나가 사건 조사에 진전을 보고 있는지 궁금하다. 그쪽 얘기를 듣지 못했다. 그들이 우리 모르게 뭔가를 감추고 있지는 않길 바란다.

73장

살해 동기

크리스와 도나는 크리스의 사무실까지 3개 층을 계단으로 올라가고 있다. 도나는 승강기가 무서운 척했지만 실은 크리스를 강제로라도 걷게 하려고 그런 것이다.

"제이슨 리치가 토니 커런을 죽였고, 매튜 매키가 이안 벤섬을 죽였다고 보면 되나?"

"우리가 놓친 게 없다면요."

"빠뜨린 부분이 있으면 안 되지. 철저히 하자고. 일단 우리가 아는 건 매튜 매키가 현장에 있었고 거짓말을 했다는 거야. 신부가 아니고 의사라는 것도 확인했고."

"의사니까 펜타닐을 손에 넣기도 쉬웠을 테고 사용 방법도 알았겠죠."

"그래. 살해 동기만 빼곤 다 알아냈네."

"그는 묘지 이전을 원치 않았어요. 그거면 충분하지 않을까요?"

"그걸로는 체포 못 해. 묘지 이전을 반대한 이유를 알아내야지."

"신부 사칭도 범죄잖아요? 전에 틴더 앱(미국 최대 규모의 데이트 앱)에서 만난 남자가 비행기 조종사인 척을 하면서 올 바 원 술집 앞에서 제 몸을 더듬으려고 했어요."

"그 남자는 그런 짓 한 걸 곧 후회했겠군."

"제가 그 남자 사타구니를 걷어찬 다음 그의 차량 번호를 신고해서 그 남자가 집으로 가는 길에 음주 측정을 받게 하기는 했어요."

두 사람은 피식 웃는다. 하지만 웃음은 곧 사라지고 만다. 이대로라면 매튜 매키가 보기 좋게 경찰 손아귀를 빠져나갈 것이다. 구체적인 증거가 없으니까.

"목요일 살인 클럽 친구들한테서는 아무 소식 없어?"

"전혀요. 조용하니까 불안하네요."

"나도. 제이슨 리치에 대해 그들에게 말을 해줘야 될 텐데 내키지가 않아."

크리스는 계단참에서 잠시 걸음을 멈춘다. 생각하는 척하며 멈춰 섰지만 실은 가쁜 숨을 고르려는 것이다.

"매키가 묘지에 뭔가를 묻어놨다면? 그래서 묘지가 파헤쳐지는 걸 원치 않은 거라면?"

"묘지가 뭔가를 묻어놓기에 좋은 장소이긴 하죠."

74장

총상

여러분은 스카이프(인터넷 연결 기반의 무료 통화 서비스)라는 걸 사용해본 적이 있는지?

나는 오늘 아침에 처음 써봤다. 이브라힘이 컴퓨터에 스카이프를 설치했다고 해서 우린 그의 집에 모였다. 이브라힘의 집은 엄청 깔끔한데, 다른 사람에게 청소를 시키는 것 같지는 않다.

그의 집에는 사방에 서류철이 보관돼 있지만 전부 잠겨 있어서 다른 사람은 그 내용을 읽을 수가 없다. 정신과 의사가 환자에게 평생 어떤 이야기를 들었을지 상상해보길. '누가 무엇을 누구에게' 했다는 얘기 아닐까? '누가 누구에게 무엇을'인가? 어쨌든 이브라힘은 온갖 얘기를 다 접했을 게 분명하다.

'경'이라는 작위를 받은 분답게, 오스틴은 오전 10시 정각에 스카이프로 연락을 해왔다. 우리는 컴퓨터 화면을 통해 그의 모습을 볼 수 있었는데, 우리 모습은 화면 한쪽 귀퉁이의 자그마한 상자 안에 들어가 있었다. 상자가 너무 작아서 서로 바짝 붙어 있으려니 쉽지 않았다. 그래도 몇 번 해보면 익숙해질 것 같기는 하다.

오스틴이 일전에 말한 대로 뼈의 주인은 남자였다. 대퇴골에 총상 흔적이 있었다. 오스틴은 그 뼈를 들어 우리에게 화면으로 보여주었다.

우리는 작은 상자 안에 몸을 우겨넣은 채 화면에 비친 뼈를 바라보았다. 대퇴골 총상으로 사망했을까? 오스틴은 확실하진 않지만, 그렇지는 않은 것 같다고 대답했다. 그 전에 입은 상처일 가능성이 높다고 했다.

애기를 나누고 있는데 오스틴의 아내가 오스틴의 등 뒤에서 지나갔다. 오스틴의 아내는 남편이 컴퓨터 화면에 뼈를 들이대는 모습을 보고 무슨 생각을 했을까? 어쩌면 남편의 그런 모습이 익숙할지도 모르겠다.

뼈를 보고 연식까지 알아내려면 그 분야에 얼마나 조예가 깊어야 할까? 나는 그 방면으로 전혀 아는 게 없다. 오스틴은 세세하게 조사를 진행했다. 놀라웠다. 기계와 특수 염료를 쓰고 탄소를 이용했다고 했다. 일기장에 기록하려고 집으로 돌아오는 동안에도 그 내용을 기억하려고 애썼는데 안타깝게도 세세한 기억은 날아가고 말았다. 어쨌든 대단히 흥미로웠다. 오스틴이라면 〈더 원 쇼(영국의 인기 토크쇼)〉에 나가서도 아주 잘할 것 같다.

오스틴은 무덤의 흙도 가져가서 검사를 진행했다는데 흙에 관한 결과는 그리 재미있지는 않았다. 흙에 관한 설명을 듣는 동안에도 나는 뼈에 대한 애기나 더 해주길 바랐다.

요약해서 말하자면 오스틴은 몇 가지 수학적 계산을 했고, 이런저런 변수가 있다고 했으며, 아무도 속 시원한 대답을 듣지 못했고, 오스틴은 그저 최대한 추측해볼 수 있을 뿐이라고 했다. 그러자 엘리자베스는 쓸데없는 소리 그만하고 결론을 말해달라고 요구했다. 엘리자베스는 '경'이라는 작위를 받은 분에게도 본인 하고 싶은 말을 다 할 수 있는 사람이었다.

그렇게 해서 오스틴이 풀어놓은 추측은 이랬다. 시신이 묻힌 시기는 1970년도로 추정되는데 어쩌면 그보다 더 전일 수도 있다고 했다. 그러니까 대략 50년 전쯤이라는 얘기였다.

우린 오스틴에게 고맙다고 말했다. 하지만 스카이프를 끊는 방법을 아무도 몰랐다. 이브라힘이 이리저리 시도를 해보기는 했지만 되질 않아서 체면이 구겨지고 말았다. 결국 문제를 해결해준 사람은 오스틴의 아내였다. 오스틴의 아내는 참 사랑스러운 사람 같았다.

우리가 알아낸 것은 여기까지다. 50년의 간격을 두고 벌어진 살인사건. 모두가 한동안 곰곰이 생각할 거리를 얻은 셈이다. 그리고 이제 우리가 알아낸 바를 크리스와 도나에게 알려줄 때가 됐다. 그들이 너무 기분 나빠하지는 말아야 될 텐데.

엘리자베스가 오늘 브라이턴시에 있는 화장터에 가보려고 하는데 같이 갈 생각 있냐고 물었다. 하지만 나는 오늘 버나드를 위해 점심을 만들기로 했다. 그런 사정이 있어 함께 갈 수가 없었다.

여러분은 냄새를 맡지 못하겠지만 지금 나는 버나드에게 줄 스테이크 앤 키드니 요리를 하고 있는 중이다. 버나드가 계속 살이 빠지고 있어서 내가 할 수 있는 일을 해볼 생각이다.

75장

저녁 초대

도나와 크리스는 A21 도로변의 BP 주유소 내에 있는 와일드 빈 카페에서 무료 커피를 기다리고 있다. 30분이라도 경찰서 밖에 나가 있을 핑계가 필요했다. 아일랜드 여권 사무소에서 보내온 끝도 없는 서류들을 들여다보느라 진이 다 빠졌다. 크리스가 초콜릿 바를 집어 들자 도나가 말린다.

"경감님, 굳이 그걸 드실 필요는 없을 텐데요."

크리스가 그녀를 쓱 쳐다본다.

"참아보세요. 제가 도와드릴 테니까. 견디기 힘든 거 알아요."

크리스는 고개를 끄덕이고는 초콜릿 바를 도로 내려놓는다.

"매키는 묘지에 왜 그렇게 신경을 쓸까요? 묘지와 무슨 관계가 있길래? 신부도 아니면서 수녀원 묘지를 왜 그렇게 지키려고 하는 거죠?"

크리스는 어깨를 으쓱한다.

"벤섬에게 접근하기 위한 방법이 아니었을까? 둘 사이에 또 다른 인연이 있을지도 모르지. 매키 박사의 환자 목록을 보면 알 수 있지 않으려나? 혹시 모르니까."

크리스는 시리얼 바를 집어 든다.

"그건 초콜릿 바보다도 더 안 좋아요. 설탕이 더 많이 들었다고요."

318

크리스는 시리얼 바도 내려놓는다. 이래 가지고는 과일 한 조각밖에 못 먹을 듯하다.

"확실히 의심스럽기는 해. 동기를 모르겠어."

도나의 휴대폰이 위잉 소리를 낸다. 문자 메시지다. 화면을 본 도나는 입술을 오므리면서 크리스를 쳐다본다.

"엘리자베스예요. 오늘 저녁에 좀 와줄 수 있냐는데요."

"당장은 못 가. 우린 두 건의 살인 사건을 해결하느라 바쁘다고 전해."

도나는 문자 메시지 화면을 아래로 쭉 내린다.

"우리한테 말해줄 게 있대요. '우리가 알아낸 걸 보기 전에는 다른 자료는 읽지 말아요. 셰리주도 준비해둘게요. 저녁 8시까지 와요'라고 하네요."

도나는 휴대폰을 주머니에 집어넣고 크리스를 바라본다.

"어쩌죠?"

어째야 할까? 크리스는 까칠하게 자라 올라온 수염을 천천히 쓰다듬으며 목요일 살인 클럽에 대해 생각해본다. 가서 만나봐야겠다. 그는 그 클럽 회원들을 좋아한다. 그들이 내주는 차를 마시고 케이크를 먹고 비공식적으로 수다를 떠는 시간이 즐겁다. 구불구불하게 이어지는 마을의 언덕과 너른 하늘도 좋다. 혹시 그들에게 이용당하고 있는 건가? 뭐, 그런 것 같기도 하지만 그만큼 받는 것도 많다. 계속 이런 식이면 볼썽사나우려나? 꼭 그렇지도 않을 것이다. 일이 잘못되면 엘리자베스를 징계 청문회에 불러 마법을 부려보게 하면 되지 않을까?

마침내 크리스는 눈을 들어 도나를 바라본다. 도나는 그의 대답을 기다리며 눈썹을 치켜뜬 모습이다.

"하는 수 없지. 가보자고."

76장

갈등과 협력

"이 일을 대하는 자세는 둘 중 하나일 거예요." 엘리자베스가 말한다. "난리를 치고 우릴 욕하면서 시간 낭비를 하든지. 아니면 이미 일어난 일을 순순히 받아들이고 셰리주를 함께 마시면서 편안하게 얘기를 나누든지. 선택하세요."

크리스는 잠시 말문이 막힌다. 그는 클럽 회원 네 명을 바라보다가, 허공을 쳐다보다가, 바닥으로 시선을 내린다. 뭐라고 말을 해야 될 텐데 기가 막혀 말이 안 나온다. 잠시라도 이 현실을 멈추고 싶은 마음에 그는 손바닥을 허공에 대고 펼친다. 물론 아무 소용도 없다.

"그러니까……" 크리스는 천천히 입을 뗀다. "여러분들이…… 시체를 파냈다고요?"

이브라힘이 설명한다. "정확히 말하자면 우리가 파낸 건 아닙니다."

"시신을 끄집어냈다면서요?"

엘리자베스와 조이스는 고개를 끄덕인다. 엘리자베스는 셰리주를 한 모금 마신다.

조이스가 명확하게 답을 한다. "요약해서 말하자면 그래요."

"끄집어낸 뼈에 대해 법의학 분석도 하셨고요?"

이브라힘이 변명한다. "음, 다시 말하지만 우리가 개인적으로 한 일은 아니고, 뼈 중 일부에 대해서만 진행한 겁니다."

"아, 그렇군요. 일부에 대해서만요?" 크리스가 목청을 높인다. 생각해보니 도나는 크리스가 목청을 높이는 모습을 오늘 처음 봤다. "알겠으니까 즐거운 저녁 보내세요. 여기서 더 들을 얘기는 없겠네요."

"이렇게 감정적으로 나오실 줄 알았어요. 감정은 접어두고 본론으로 넘어가면 안 될까요?"

엘리자베스의 말에 도나가 나선다. "감정적이라고요? 엘리자베스, 당신은 시신을 파냈고 경찰에 신고도 안 했어요. 이건 핸드백을 도둑맞은 수녀 행세를 하는 것과는 차원이 다른 짓이에요."

크리스가 묻는다. "수녀 얘기는 또 뭐야?"

"아무것도 아니에요. 어쨌든 이건 심각한 범죄예요. 엘리자베스, 이일로 여러분 모두 감옥에 갈 수도 있어요."

엘리자베스가 한마디로 일축한다. "말도 안 되는 소리."

크리스가 열을 낸다. "말도 안 되는 소리가 아닙니다. 대체 무슨 짓을 하고 있는 겁니까? 지금부터 신중을 기해서 말하도록 하세요. 대체 무덤에서 시신은 왜 파냈습니까? 차근차근 얘기해보자고요."

이브라힘이 상황을 정리한다. "음, 아까도 말했듯이, 우린 시신을 파내지 않았습니다. 그러니까 여기서는 시신이 무덤 밖으로 파내졌다는 사실 자체에 주목해야 합니다."

론이 말한다. "사실 호기심이 동했네요."

이브라힘도 맞장구를 친다. "관심이 가더라고요."

조이스도 덧붙인다. "이안 벤섬 씨가 살해당한 일도 있고 하니까, 그 뼈도 중요하게 보이더라고요."

크리스가 묻는다. "시신을 파내면서, 도나와 우리가 관심을 가졌을 거란 생각은 안 하셨습니까?"

그러자 엘리자베스가 설명한다. "우선요, 경감님. '도나와 우리'가 아니라 '도나와 내가'라고 말하는 게 맞고요. 다음으로는, 그 뼈의 정체에 대해 누가 알고 있나가 중요한 거죠. 우리는 무엇을 다루고 있는지 확실히 알기 전까지는 경찰들이 시간을 낭비하게 하고 싶지 않았어요. 만약 우리가 그 뼈를 발견하고 경찰을 불렀는데 막상 알아보니까 소뼈에 불과했다면요? 우릴 멍청한 늙은이들로 보지 않았겠어요?"

이브라힘도 맞장구를 친다. "우린 여러분의 시간을 낭비하게 하고 싶지 않았습니다. 이미 두 건의 살인 사건 때문에 바쁜 걸 아니까요."

엘리자베스가 하던 설명을 계속한다. "그래서 우리가 알아서 분석 요청을 한 거예요. 그 결과가 왔는데 사람 뼈라고 하더라고요. 세금 낭비도 하지 않고 이렇게 확인이 됐으니 잘된 거죠. 1970년대쯤에 사망한 남자래요. 다리에 총상을 입었다네요. 그 총상이 사망 원인인지는 알 수 없다고 했어요. 우리가 알아낸 건 여기까지고 이제부터는 크리스 경감님과 도나 순경이 진행하세요. 전문가들이 나설 단계니까요. 이 정도면 우리한테 고마워해야 하는 거 아닌가요?"

크리스는 대꾸를 하려 하지만 말이 잘 나오지 않는다. 도나는 일이 이렇게 된 게 자신의 탓이라는 생각이 들어 나선다.

"맙소사, 엘리자베스. 그쯤 해두세요. 사람을 농락하는 것도 아니고. 파내자마자 그게 사람 뼈라는 걸 아셨잖아요. 그 정도 차이는 구분할 줄 아실 텐데요. 조이스, 당신은 40년 동안 간호사로 일했으니 사람 뼈와 소 뼈의 차이쯤은 아시죠?"

조이스는 빠르게 인정한다. "그야 그렇죠."

"그러니 뼈를 파내자마자 엘리자베스도 그렇고 나머지 분들도……"

"우린 나머지가 아닙니다."

이브라힘이 말을 자르며 손을 들고 나서려 하자 도나는 그에게 눈썹을 치켜뜨면서 하던 얘기를 계속한다.

"여러분은 그 순간부터 입장이 아주 곤란해지신 거예요. 이건 사소한 장난이 아니에요. 세상을 속일 수 있을진 몰라도 저는 못 속여요. 여러분은 용감한 약자도 아니고 경찰을 돕는 아마추어도 아니에요. 이건 심각한 범죄라고요. 아니, 심각한 범죄 그 이상이죠. 우리끼리 셰리주를 마시면서 웃어넘길 수 있는 일이 아니에요. 법정에까지 끌려갈 수도 있다고요. 어쩌면 그렇게 어리석으세요? 네 분 다? 친구라면서 어떻게 저를 이렇게 취급하세요."

엘리자베스는 한숨을 푹 쉰다. "내가 이래서 미리 말을 안 한 거예요, 도나. 둘 다 이렇게 난리를 피울 걸 아니까."

도나는 경악해 소리친다. "난리라뇨!"

"그래요, 난리. 상황이 상황이니만큼 이해는 되네요."

론이 거들고 나선다. "그냥 당신 일을 하면 되는 겁니다."

이브라힘도 같은 생각이다. "잘하면 돼요. 내 생각엔 그래요."

엘리자베스가 상황을 정리한다. "난리는 이제 그만 피워요. 우리를 체포할 거면 하든가요. 우리 넷을 경찰서로 끌고 가서 밤새 심문을 해요. 우린 밤새 똑같은 대답만 할 테니까요."

론이 말한다. "노코멘트요."

이브라힘도 말한다. "노코멘트."

조이스도 한마디 한다. "〈경찰서 구류 24시간(영국 채널4에서 방영된 경찰서 관련 텔레비전 다큐멘터리 시리즈)〉에서처럼요."

엘리자베스가 설명을 마저 이어간다.

"누가 그 뼈를 파냈는지에 대한 대답을 우리한테서 들을 일은 없을 거예요. 누가 그 뼈를 가져가 분석했는지도 마찬가지고요. 우리랑 얘기를 끝내고 나서 국립기소청에 가서 고발이라도 해요. 70대, 80대 노인 네 명이 무덤에서 끄집어낸 시체에 관해 경찰에 신고를 안 했다고 말이죠. 가서 무슨 이유 때문이라고 설명할래요? 오늘 저녁에 우리한테서 들은 얘기 말고는 다른 증거도 없잖아요? 우리한테 들은 얘기는 증거로 채택할 수 없을 테고. 우리 네 용의자는 기분 좋게 법정에 출두해서 행복한 미소를 지으면서 판사를 손녀딸로 착각한 척하면 돼요. 왜 좀 더 자주 놀러 안 오냐고 할 거예요. 그 과정은 비용도 많이 들고 쓸데없이 시간도 잡아먹고 힘겹겠죠. 성과는 없을 테고요. 그러니 우리 중 아무도 감옥에 가지 않고, 벌금을 낼 일도 없고, 도로변에서 쓰레기를 줍는 사회봉사명령도 받지 않을 것이라는 게 내 생각이에요."

론이 맞장구친다. "내 생각도 그러네요."

엘리자베스가 설명을 계속한다.

"그냥 우리 잘못을 용서해주는 게 어떻겠어요? 우리가 경찰을 도우려 했다는 말도 좀 믿어주고요. 열정이 지나쳤다는 점은 사과할게요. 우리가 하는 행동이 잘못인 줄 알면서도 한 거니까. 지난 24시간 동안 두 분 모르게 일을 진행했으니, 빚을 졌다고 생각하고 있어요. 우릴 용서해주고 내일 아침에 영원한 안식의 정원에 대한 수색을 시작하세요. 뼈를 파내서 법의학팀에 보내세요. 그럼 법의학팀은 1970년대 초에 묻힌 남자의 뼈라고 말해주겠죠. 그럼 지금 우리가 내준 정보를 재확인하는 셈이 되겠네요."

잠시 침묵이 흐른다.

크리스가 천천히 입을 뗀다.

"그 뼈를 다시 갖다 묻었습니까?"

조이스가 대답한다. "그게 최선이라고 생각했어요. 경찰에 영광을 돌려야 하니까요."

론도 설명한다. "나 같으면 맨 위의 오른쪽 구석 자리에 있는 무덤을 4, 5일 정도는 안 건드리고 둘 겁니다. 지금 바로 가서 파면 너무 티 나잖아요."

엘리자베스가 말한다. "그동안 우린 즐겁게 저녁 시간을 보내면 되겠네요. 더 이상 소리도 지르지 말고. 우리가 아는 모든 걸 말해줄게요. 그럼 내일 아침부터 제대로 조사를 시작할 수 있을 거예요."

이브라힘이 말한다. "두 분도 공유해도 된다고 생각되는 정보가 있으시면 우리에게 말해주셔도 됩니다."

크리스가 열을 올린다. "법 정의 실현을 방해한 죄로 어떤 구류 판결을 받을지에 대한 정보를 알려드려요? 무덤을 파헤친 죄는요? 최대 10년이에요."

엘리자베스가 한숨을 쉬며 말한다. "아, 우리도 다 알아봤어요, 크리스. 화난 척 그만하고 자존심도 그만 세워요. 그리고 우린 경찰을 방해하려는 게 아니라 도우려는 거예요."

론이 크리스와 도나를 바라보며 핑계를 댄다. "두 분이 직접 무덤을 파헤칠 생각이 있는 줄은 몰랐네요."

이브라힘이 말한다. "우리 나름대로 지금까지 꽤 고생하며 작업을 했습니다."

엘리자베스가 쐐기를 박는다. "우리를 체포하고 싶으면 하세요. 우린 다 이해해요. 조이스는 아마 재미있어 할걸요."

그러자 조이스는 기분 좋게 고개를 끄덕거리며 말한다. "노코멘트 할게요."

"아니면 우리를 체포하지 말고, 남은 저녁 시간 동안 같이 얘기나 해요. 1970년대에 누군가 이 언덕 중턱에 시체를 묻은 이유에 대해 얘기를 나눠보자고요."

엘리자베스의 말에 크리스는 도나를 흘끗 쳐다본다.

엘리자베스가 계속해서 말한다.

"범인이 그 시체에 대한 비밀을 지키려고 이안 벤섬을 살해했는지 여부에 대한 논의도 해보면 좋겠네요."

도나는 크리스를 바라본다. 그러자 크리스가 엘리자베스에게 묻는다.

"1970년대에 신원 미상의 남자를 살해한 범인이 최근에 두 건의 살인 사건을 저질렀을 수도 있다는 얘깁니까? 50년 간격을 두고요?"

"흥미로운 질문이네요."

"어젯밤에 우리가 여러분께 물을 수 있었으면 참 흥미로운 질문이었겠죠."

도나가 나선다. "1970년대에도 여기 있었고 지금도 여기 있는 사람을 찾으면 답이 나올 수도 있다는 걸 우리가 진즉에 알았으면 좋았을 거예요."

조이스가 말한다. "정말 미안하게 됐어요. 엘리자베스가 워낙 완강해서. 이 사람 어떤지 아시잖아요."

엘리자베스가 말한다. "그런 얘기는 이제 그만하고 사건에 대한 토론을 했으면 좋겠어요."

크리스가 묻는다. "우리가 달리 선택의 여지가 있습니까, 엘리자베스?"

"선택이라는 건 과대평가된 개념이에요. 좀 더 나이가 들면 알게 될 거예요. 자, 일 얘기를 해봅시다. 신부에 대해 알아낸 거 있어요? 매키 신부요. 이곳이 수녀원이었던 시절에 여기 있었을 것 같은데."

크리스가 대답한다. "방금 그 질문은 여러분이 매키 신부에 관해 알아낸 게 없다는 말로 해석해도 되겠죠? 여러분의 갑옷에도 깨진 틈이 있긴 하네요."

"신부에 대해서는 아직 조사 중이라서요."

도나가 설명한다. "조사할 필요 없어요, 엘리자베스. 그 문제는 우리가 풀었으니까. 매키 신부가 아니라 매키 박사예요. 신부였던 적도 없어요. 앞으로도 없을 테고요. 아일랜드에서 의사로 일하다가 90년대에 여기로 거주지를 옮겨왔어요."

"흥미롭네요. 왜 신부인 척했을까요?"

그러자 론이 이브라힘에게 속닥거린다. "내가 전에 그 사람 수상하다고 했잖아요."

도나가 말한다. "매키가 이안 벤섬을 죽였을 수 있겠네요. 확실히 뭔가 꿍꿍이가 있어요. 그런데 그게 여러분이 발견한 뼈 때문이 아닐 수도 있잖아요."

크리스가 지적하고 나선다. "지금 우리가 나누는 얘기가 다 수사 기밀이라는 건 알고들 있죠?"

엘리자베스가 대답한다. "우린 어디 가서 발설 안 해요. 알잖아요? 오늘 나눈 얘기는 이 방 밖으로 나갈 일 없어요. 지금 나눈 얘기, 뼈에 관한 일, 두 분이 갖고 있다가 우리한테 전해준 정보도 싹 잊으면 되죠?"

도나가 말한다. "오늘은 이만하면 우리가 정보를 충분히 공유한 것 같네요, 엘리자베스."

"아, 그래요? 토니 커런의 시신 옆에서 발견된 사진에 관해 두 분이 말이 없어서, 우리가 나서서 알아내야 했거든요."

도나와 크리스는 동시에 엘리자베스를 쳐다본다. 크리스가 과장된 한숨을 내쉰다.

이브라힘이 묻는다.

"화해의 뜻으로, 그 사진을 찍은 사람이 누구인지 말씀드릴까요?"

크리스는 하늘을 아니, 걸쭉한 페인트를 칠해 장식한 조이스의 집 천장을 올려다보며 말한다. "말씀해주시면 진짜 좋겠네요. 예."

론이 말한다. "터키시 지아니라는 남자예요."

조이스가 부연 설명을 한다. "터키 혈통은 아니래요."

도나가 묻는다. "사진 봤어요, 론?"

론은 고개를 끄덕인다.

"그 사진에 제이슨이 잘 찍혀 있죠?"

"내 생각을 말해드릴까? 터키시 지아나나 바비 태너를 찾으면 토니 커런을 죽인 범인을 찾는 겁니다."

크리스가 말한다. "가진 패를 다 꺼내놓고 얘기해보죠. 토니 커런이 살해당한 날 아침에 제이슨이 토니한테 몇 번이나 전화를 했다는 얘기 하던가요? 토니가 살해당한 시점에 그 집 근처에 차를 대놓고 있었다는 얘기도 했어요?"

엘리자베스가 대답한다. "예. 충분히 설명 들었어요."

도나가 묻는다. "우리한테 해주실 얘기는요?"

그러자 론이 나선다. "저기요. 내가 제이슨한테 그 부분에 대해 경찰에 전화해서 설명하라고 할 테니까 걱정 말아요. 우선은 지아니와 바비 태너를 찾는 일부터 서둘러야 하지 않겠어요?"

크리스가 말한다. "그 일은 우리한테 맡겨두시죠."

엘리자베스가 말한다. "미안하지만, 그 일을 두 분에게 전적으로 맡기진 않을 거예요, 크리스."

조이스가 말한다. "셰리주 좀 마실래요? 세인스버리 셰리주이긴 한데, '맛의 차이(영국의 유통업체)'에서 나온 거예요."

크리스는 의자에 털썩 앉으며 그들의 뜻에 따르기로 한다.

"이 얘기가 제 상관의 귀에 들어가면 여러분을 체포해서 법정에 세울 겁니다. 내 인생을 걸고 맹세하죠."

엘리자베스가 그를 안심시킨다. "크리스, 아무도 모를 거예요. 내가 예전에 뭐 하면서 살았는지 아세요?"

"글쎄요, 솔직히 모르겠네요."

"그렇다니까요."

그들은 조용한 가운데 본격적으로 술을 마시며 함께 음모를 꾸미기 시작한다.

이브라힘이 말한다.

"우리가 한 팀으로 일하게 돼서 정말 뿌듯합니다. 건배."

77장

추적

크리스와 도나에게 뼈에 관해 털어놓기를 잘한 것 같다. 옳은 일을 했다는 기분이 든다. 이제 다들 주의 깊게 경계 중이다. 1970년대에 여기 있었고 지금도 여기 있는 사람은 누구일까? 다들 그 사람을 찾아내야 한다.

이제 모두가 사실을 알고 있으니 공평해진 것 같다.

지아니와 바비는 어디 있을까? 뼈를 분석하고 나면 엘리자베스는 지아니와 바비를 찾으러 가려 하겠지. 그쪽은 엘리자베스의 전문 분야이기도 하니까. 내일 아침이면 엘리자베스한테서 이런 전화가 올 거다. '조이스, 우리 같이 레딩시에 가요.' 아니면 '조이스, 우리 같이 인버네스나 팀북투시에 갑시다.' 그리고 조금씩 그 이유에 대해 설명해줄 것이다. 어느새 우리는 바비 태너와 함께 차를 마시고 있거나 터키시 지아니와 카페오레를 마시고 있을 가능성이 크다. 두고 봐라. 내일 아침 10시 전까지 그런 전화가 올 테니. 장담한다.

예전에 소포를 찾느라 처음이자 마지막으로 여권을 사용해봤다. 여권을 확인해보니 만료 기간이 3년 남았다. 처음 여권을 받았을 때 앞으로 갱신할 일이 있을까 싶었다. 그런데 지금은 상황이 달라졌다. 이대로라면 여권을 갱신할 일이 생길 거다. 지아니나 바비 태너가 해외에 있다면 엘리자베스는 당장 비행기를 타러 가자고 하겠지. 여기서 그리 멀지 않은 곳에 개트윅 공항이 있다.

해외에 나가서 조애나에게 엽서를 보내볼까. '엄마야, 이틀 정도 키프로스에 머물 거야. 도망친 용의자를 추적 중이거든. 용의자는 무장을 했겠지만, 크게 걱정할 필요는 없어.' 요즘도 엽서를 보내는 사람이 있을까? 조애나가 휴대폰으로 사진을 전송하는 방법을 가르쳐줬는데, 막상 해보니 잘 되지가 않았다. 화면에 빙글빙글 돌아가는 동그라미 그림만 계속 나온다.

버나드에게 같이 가자고 물어볼까. '이틀 정도 햇빛을 쬐는 게 어때요? 좀 긴박한 일이거든요. 우리가 그 일을 꼭 해야 해요.' 하지만 이런 말을 들으면 불쌍한 버나드는 죽을 만큼 두려워하지 않을까 싶다.

그렇다고 추적을 포기하고 싶지는 않은데, 같이 가자고 하면 버나드는 나한테서 더 멀어지겠지. 점심 식사를 같이 하기는 하지만 그는 원래 그다지 재미있는 편은 아니다. 스테이크 앤 키드니 요리는 아직 많이 남아 있으니까 그를 두고 가도 되겠지.

다른 사람들이 어떻게 생각할지, 어떤 의심을 할지 머릿속에 그려진다. 그들은 50년 전에 버나드가 여기 있었는지 확인해볼 것이다. 그들이 따로 말은 안 했지만 분명하다. 확인할 테면 어디 해보라지.

팀북투시는 실제로 존재하는 도시다. 여러분은 알고 있었는지? 전에 퀴즈쇼에도 나온 적이 있다. 이브라힘은 팀북투시가 어느 나라 도시인지도 기억할 것이다. 이름만 들으면 꽤 흥미로운 도시일 것 같다.

78장

르 퐁 누아

크리스 허드슨은 위스키 잔을 손으로 부드럽게 잡는다. 진짜 장작을 태우는 벽난로를 좋아하는데 르 퐁 누아 술집에 바로 그런 멋진 벽난로가 있다. 크리스는 같이 먹을 사람이 마땅치 않아 이 집 테이블에서 식사를 해본 적은 없지만 바에 앉아 술을 마시는 건 좋아한다. 벽난로 가장자리의 빈티지 타일은 정말이지 그의 취향이다. 20년 전에 누가 물어봤으면 그는 딱 이런 분위기의 집에서 살고 싶다고 말했을 것이다. 가죽 안락의자, 끝없이 들어가는 위스키, 맞은편에 앉아 책을 읽는 아내. 상까지 받았지만 그의 취향은 아닌 그 책을 아내는 재미있다는 듯 미소 띤 얼굴로 읽으며 페이지를 넘기겠지. 책 내용은 영국의 인도 통치 시절을 배경으로 하는 사랑 이야기라고 해두자. 아내를 앞에 두고 그는 살인 사건에 관한 서류를 읽으며 천천히 사건을 풀어나갈 것이다.

크리스는 여전히 매키를 유력한 범인으로 보고 있다. 매키가 범인이라야 앞뒤가 맞는다. 하지만 뼈는 어쩌지? 뼈 때문에 사건의 방향이 달라질까? 50년 간격을 두고 두 건의 살인 사건이 일어났다고, 한 사건을 덮기 위해 또 다른 사건이 일어났다고 봐야 하나? 그렇다면 그들이 찾는 범인은 매키가 아니다. 기록을 확인해보니 매키는 80년대까지 아일랜드 땅을 떠난 적이 없었다.

그의 의식은 다시 백일몽 속으로 흘러간다. 아이들은 위층에서 자고 있을까? 새 잠옷을 입고 자고 있다고 해두자. 두 살 터울인 아들 하나 딸 하나. 둘 다 곤히 자고 있다. 아니, 아이들은 됐다. 그냥 같이 데려갈 만한 사람이 없어 그가 테이블에서 식사는 하지 않지만, 바 자리는 비교적 한산한 식당 겸 술집, 그 안의 벽난로면 충분하다. 술을 마시고 집으로 터벅터벅 걸어서 돌아간다. 밤새 영업하는 가게에 들러 우유를 산다. 큰 통으로. 전자 열쇠로 아파트 공동 현관문을 열고 3개 층 위로 올라간다. 아무도 요리를 한 적 없고 여분의 방을 사용한 적도 없는, 청소부가 말끔하게 청소해놓은 집으로 들어간다. 창문을 열면 바다 소리는 들리지만 바다는 보이지 않는다. 이 정도 삶이면 충분하지 않나?

그가 손에 쥐지 못한 삶의 요소들이 있다. 가족, 도로에서 집까지 이어지는 진입로, 트램펄린, 만찬에 초대할 친구들. 광고지에서 볼 만한 이런 인생의 요소들 말이다. 만약 그렇게 살았으면, 그런 삶을 영원히 누릴 수 있었을까? 중간색 벽이 있고 스카이 스포츠 채널 방송이 나오는 외로운 아파트에서의 삶은? 어떻게든 찾아보면 출구가 있겠지만 당장은 보이지 않는다. 선혜엄을 치듯, 점점 더 뚱뚱해지고 웃음은 줄어드는 삶을 살아갈 뿐이다. 크리스의 삶의 로켓은 연료가 떨어져가고 있다. 그나마 이 직업을 좋아해서 다행이다. 그는 이 일을 꽤 잘하는 편이다. 아침에 출근을 위해 일어나는 것도 수월하다. 밤에 잠들기가 어려울 뿐이지.

매키 문제는 잠시 접어두고 토니 커런 살인 사건에 집중해보자. 제이슨 리치는 토니가 죽기 전 토니에게 전화를 걸었다. 제이슨은 그날 토니에게 전화를 건 이유와 그곳에 차를 세웠던 이유까지 털어놓았다. 거짓말이라면 꽤 철저하게 잘한 거짓말일 것이다. 하지만 과연 거짓말이었을까?

바비 태너는 아직 소재가 파악되지 않았다. 암스테르담에 있었던 것까지는 확인되는데 이후로는 공식적인 기록이 없었다. 어딘가에 살아 있다면, 브뤼셀 같은 데서 여러 갱들과 관계를 맺어가며 이런저런 가명으로 살고 있을 공산이 크다. 마약 밀수나 싸움 같은, 지금까지 해온 짓을 또 하면서 살고 있겠지. 우려를 살 만큼 크게는 못 놀고 소소하게 불법적인 일을 하면서 말이다. 마약 거래 중에 조심하느라 종종 사기도 당할 것이다. 그러다보면 어느 날 경찰은 이주민 대상 체육관에서 나오는 바비를 붙잡아 영국행 비행기에 태우고 돌아와서는 몇 가지 질문을 하게 되겠지.

바비 태너가 이미 죽었을 가능성도 있다. 스테로이드 부작용이나 술집에서의 싸움, 페리호에서의 추락 같은 이유로 죽었지만 가짜 여권 때문에 신원 파악이 안 되었을 수도 있으니까. 하지만 바비가 어딘가에 살아 있을 것 같은 느낌이 든다. 만약 살아 있다면, 이미 오래전에 잊힌 어떤 이유로 인해 바비가 토니 커런을 찾아가지 않았다고 누가 장담할 수 있을까? 마약을 잔뜩 실은 배를 타고 가다가 익사한 동생 트로이와 관련된 문제 때문일 수도 있지 않나? 누가 알까?

그리고 새로 등장한 터키시 지아나라는 인물이 있다. 크리스는 그자에 관한 공식 기록을 꽤 많이 찾아냈다. 진짜 이름은 지아니 군두스. 블랙 브리지 술집 총격 사건 당시 택시 운전사를 살해한 자다. 범인으로 밀고당하자 2000년대 초반에 이 나라에서 도망쳤다. 모든 것은 그날 밤, 바로 이 술집으로 귀결된다.

지아니가 이 마을에 돌아왔을까?

크리스는 잔에 남은 위스키를 마저 마시고 다시 타일을 바라본다. 정말이지 아름답다.

　이제 그만 집으로 돌아갈 시간이다.

79장

포크스턴 항구로

급해서 오늘 아침에는 두 가지 사항만 간단히 기록하겠다.

첫째, 팀북투는 아프리카 말리에 있는 도시다. 우편함을 확인하고 돌아오다가 이브라힘을 만나 팀북투에 대해 물어봤더니 그렇게 알려줬다. 그리고 그때 버나드는 천천히 언덕을 걸어 올라가고 있었다. 요즘 버나드는 매일 그렇게 언덕을 오르고 있다. 크게 신경 쓸 일은 아닌 듯하다.

아까도 말했듯이 팀북투는 말리에 있다. 여러분도 잘 알아두기 바란다.

둘째, 엘리자베스가 오전 9시 17분에 우리 집 초인종을 눌렀다. 우리는 함께 포크스턴 항구로 출발했다. 포크스턴까지 가려면 세인트 레오나드역과 애쉬포드 인터내셔널역에서 기차를 갈아타야 해서 일찌감치 출발한 거였다. 난 애쉬포드 인터내셔널역에 처음 가보는데 역 이름에 'M&S'가 아니라 '인터내셔널'이라는 단어가 들어가니 어쩐지 믿음이 가질 않았다. 역에 올리버 보나스 매장이라도 있으면 좋을 텐데. 부디 행운이 따르기를.

나중에 또 자세히 쓰겠다.

80장

꽃집

여러 가지 면에서 이 동네 사람들은 피터 워드에게 빚을 지고 있었다. 물론 대부분의 동네 주민들이 아는 사실이었다.

피어슨 거리는 예전부터 볼품이 없었다. 신문 판매점은 신문을 몇 부 갖춰놓지 않았고, 미니 마트는 카운터 뒤에 싸구려 술만 잔뜩 쌓아뒀으며, 여행사 진열장에는 햇볕에 바랜 포스터들이 덕지덕지 붙었다. 그 외에 도박장 두 곳, 문 닫기 일보 직전인 주점 하나, 파티용품점 하나, 손톱 관리점 하나, 그리고 판자로 창문을 막아놓은 카페가 하나 있었다.

어느 날 이 거리에 '플라워 밀'이라는 꽃집이 문을 열었다. 피터 워드가 운영하는 그 꽃집 덕분에 칙칙한 거리는 무지갯빛으로 다채롭게 물들었다.

꽃들은 하나같이 예뻤다! 피터 워드는 자신이 파는 물건에 대해 잘 아는 사람이었다. 작은 마을에 본인이 파는 물건에 대해 잘 아는 주인이 있으면 빠르게 소문이 돌게 마련이다. 도심의 번화가를 주로 찾던 사람들은 방향을 돌려 이 거리를 찾아오기 시작했다. 그 사람들은 친구에게 말을 전했고, 그 친구의 친구에게도 소문이 전해졌다. 급기야 런던에 사는 어떤 이가 판자로 창문을 막아놓은 카페를 눈여겨보고 임대계약을 맺기에 이르렀다. 그렇게 해서 사람들이 피어슨 거리에 놀러올

두 가지 이유, 꽃집과 카페가 생기게 되었다. 어느 날 피터의 꽃집에서 꽃을 주문하고 카페에 앉아 라떼를 마시고 있던 새 신부는 문득 이 작은 거리가 뜰 것 같다는 예감이 들었다. 그녀는 여기에 작은 철물점을 하나 차려볼까 하는 생각을 했고 바로 실행에 옮겨 플라워 밀 옆, 카사 카페 앞에 툴 체스트라는 철물점을 열었다. 여행사 주인은 사람들이 여행사로 들어오지 않고 지나쳐버리고 있다는 사실을 알아채고 낡아 빠진 포스터를 교체했다. 그러자 사람들이 하나둘 여행사로 들어오기 시작했다. 여행사가 뭐 하는 곳인지도 잘 모르는 30대 이하 손님들이 대부분이었다. 카사 카페를 차린 런던 사람은 주점도 사들여 음식을 팔기 시작했다. 그러자 신문 판매점을 운영하는 테리도 더 많은 신문과 우유를 가게에 들여놓기 시작했다. 손톱 관리점은 더 많은 손톱을 관리하게 됐고, 파티용품점은 더 많은 풍선을 팔았으며, 미니마트는 보드카 옆에 진을 쌓아놓고 팔았다. ASDA(대형 마트) 정육점에서 일하던 존은 자기 가게를 차려 독립하고 단골들을 데려갔다. 지역 예술단은 비어 있는 가게 앞 공간을 빌려서 번갈아가며 서로의 예술 작품을 구매했다.

이 모든 것이 피터 워드의 난초와 스위트피, 트란스발 데이지 덕분에 일어난 변화였다.

피어슨 거리는 이제 그럴듯한 쇼핑 거리가 됐다. 사람들로 붐비고, 친절하며, 지역적 특색이 뚜렷하고, 행복한 기운이 넘쳐나는 거리 말이다. 조이스는 지금이 딱 완벽한 상태인데, 앞으로 6개월 내에 대형 프랜차이즈인 코스타 커피가 들어와 지금의 특색 있는 분위기를 망쳐놓을 거라고 예상했다. 안타깝지만 조이스는 코스타 커피를 좋아했다. 그러니 누가 이게 다 당신 같은 사람들 때문이라고 말한다면 비난을 감수할 수밖에 없을 것이다.

지금 조이스와 엘리자베스는 카사 카페에 앉아 있다. 피터 워드가 그녀들에게 카푸치노를 대접했다. 30분 정도 자리를 비울 피터를 대신해 툴 체스트 철물점을 운영하는 베키가 꽃집 손님들까지 봐주고 있다. 여긴 그런 거리다.

머리가 희끗희끗한 피터 워드는 미소 띤 얼굴이다. 인생에서 좋은 결정을 하며 살아온 사람 특유의 편안한 분위기를 갖고 있다. 포크스턴의 꽃집 주인인 이 남자는 평생 다정하고 침착하게 살아온 업보로 행복한 말년을 보내는 듯하다. 한마디로, 선행을 베풀며 살아온 덕분에 행복이라는 상을 받은 것 같은 분위기다.

하지만 이런 첫인상은 진실을 호도하기 쉽다. 오른쪽 눈 밑의 상처와 불거진 이두박근을 눈여겨보면 그가 바로 바비 태너임을 알 수 있다. 바비 태너였던 과거를 묻고 사는 피터 워드라고 해야 하나? 이게 그에 관한 진실이다. 그는 여전히 싸움꾼 기질을 갖고 있을까? 살인자이기도 할까? 얼마 전에 해변을 따라 페어헤이븐으로 건너와 예전 보스였던 토니를 때려 죽였을까? 엘리자베스가 테이블에 사진을 내려놓자 피터 워드는 미소를 지으며 그 사진을 집어 든다.

"블랙 브리지 술집에서 찍은 사진이네요. 우린 거기서 밤늦게까지 놀곤 했어요. 이 사진을 어디서 얻으셨습니까?"

"여러 곳에서요. 정확히 말하면 두 곳에서죠. 제이슨 리치 씨도 이 사진을 받았고, 토니 커런 씨의 시신 옆에서도 발견됐어요."

"토니 소식은 신문에서 읽었습니다. 사건이 일어났을 때요."

"전에 이 사진을 본 적 없어요?"

엘리자베스의 물음에 피터는 사진을 다시 들여다본다.

"한 번도 못 봤습니다."

"이 사진을 받은 적이 없다고요?"

조이스는 이렇게 물으며 카푸치노를 한 모금 마신다.

피터는 고개를 젓는다.

"그렇다면 당신한테도 좋고 우리한테도 좋은 소식이네요."

엘리자베스의 말에 피터는 궁금하다는 듯 한쪽 눈썹을 치켜뜬다.

"토니 커런을 죽인 범인이 아직까지 당신의 소재를 모른다는 뜻이니 당신한테 좋은 소식이고요. 우리한테 좋은 소식이라는 건, 당신이 토니 커런을 죽인 범인이면 우리가 포크스턴까지 온 게 헛걸음이 아니라서 예요."

피터는 애매한 미소를 지으며 사진을 다시 들여다본다.

조이스가 말한다.

"어쨌든 우리가 여기 온 게 시간 낭비는 아니에요. 정말 즐거운 하루를 보내고 있으니까요."

엘리자베스가 본론으로 들어간다.

"경찰은 제이슨이 토니 커런을 죽인 범인이라고 보고 있어요. 그게 사실일 수도 있겠죠. 하지만 우리는 나름의 이유로 제이슨이 범인은 아닐 거라고 봐요. 어떻게 생각해요, 바비?"

피터가 한 손을 들어 올린다.

"저는 여기서 피터로 살고 있습니다."

그러자 엘리자베스가 고쳐 묻는다.

"어떻게 생각해요, 피터?"

"글쎄요. 제이슨이 살인을 할 사람은 아닙니다. 인상이 더럽긴 해도 속은 여려요."

수첩을 내려다보고 있던 조이스가 잠시 눈을 들고 말한다.

"속이 여린 사람이 마약 조직에 돈을 댔군요."

피터가 고개를 끄덕인다.

엘리자베스는 사진을 테이블에 내려놓으며 묻는다.

"제이슨이 아니라면 당신이 범인인가요? 아니면 터키시 지아니가 범인일까요?"

"터키시 지아니요?"

"그가 이 사진을 찍었잖아요."

피터는 잠시 생각에 잠긴다.

"그랬나요? 기억이 안 나서. 하지만 말은 됩니다. 얘기는 들으셨죠? 토니가 블랙 브리지 술집에서 총으로 쏴 죽인 소년이요. 지아니는 소년의 시체를 처리한 택시 운전사를 총으로 쏴 죽였습니다."

"알고 있어요. 그 후 지아니가 키프로스로 도망쳤다고 들었어요."

"그게 그렇게 간단하지가 않았어요."

"얘기해주세요."

"누가 지아니가 한 짓에 대해 경찰에 밀고를 했어요. 경찰이 지아니의 아파트를 급습했는데 이미 사라진 후였죠."

엘리자베스가 묻는다.

"밀고한 사람이 누구였죠?"

"모르죠. 저는 아니었습니다."

그러자 조이스가 한마디 한다.

"밀고자를 좋아하는 사람은 없잖아요."

"밀고자가 누구였는지는 중요하지 않아요. 지아니가 도망치면서 토니의 돈 10만 파운드를 가져갔다는 게 중요하죠."

"그래요?"

"지아니가 자기 집에 보관을 하고 있었거든요. 토니의 돈을요. 그 돈이 싹 사라진 겁니다. 토니는 눈이 홱 돌았어요. 토니한테도 10만 파운드는 큰돈이었으니까요."

엘리자베스가 묻는다.

"토니가 지아니를 찾으려고 했겠네요?"

"그럼요. 키프로스에도 두어 번 갔어요. 아무것도 못 찾았지만."

"자기가 나고 자란 곳이 아니면 원래 뭘 찾기가 쉽지 않죠."

"두 분도 지아니를 못 찾으신 거죠?"

엘리자베스는 못 찾았다는 뜻으로 고개를 젓는다.

"저는 어떻게 찾으셨습니까? 물어봐도 되죠? 지아니가 돌아와서 시체 옆에 제가 찍힌 사진을 놓아두고 다니는 거면, 저는 아무한테도 발견되고 싶지가 않거든요."

엘리자베스는 커피를 한 모금 마시고 대답한다.

"우드베일 묘지에 동생 트로이가 묻혀 있죠?"

피터는 고개를 끄덕인다.

"아는 장의사가 있어서 묘지 CCTV를 확인했어요. 예전에 기차에서 그 장의사의 삼촌의 목숨을 내가 구해준 적이 있어요. 그 CCTV 덕분에 당신을 찾아냈어요."

피터는 엘리자베스를 똑바로 쳐다보며 말한다.

"엘리자베스, 저는 그 묘지에 일 년에 두 번 갑니다. CCTV에서 저를 찾으셨을 리 없어요. 건초더미에서 바늘 찾기나 마찬가지일 텐데."

"맞아요. 당신은 그 묘지에 일 년에 두 번 갔죠. 정확히 며칠, 며칠이죠?"

피터는 등받이에 등을 기대고 팔짱을 끼며 미소 띤 얼굴로 고개를 끄덕인다. 이제 알겠다는 표정이다.

엘리자베스가 설명을 이어간다.

"3월 12일이랑 9월 17일이잖아요. 트로이의 생일과 기일요. 이 두 날에 같은 차량이 나타날 걸로 예상했어요. 차량 번호를 적어서 친구의 친구를 통해 컴퓨터로 차주를 조회해달라고 할 생각이었죠. 그런데 CCTV를 보니 3월 12일에 포크스턴 꽃집의 흰색 밴이 묘지를 방문했더라고요. 포크스턴의 꽃집 차량이 브라이턴시에 있는 묘지까지 올 일은 없잖아요. 불가능한 일은 아니지만 별난 일인 건 맞죠. 그리고 9월 17일에도 같은 차가 보였어요. 대단히 주목할 만한 상황인 거죠. 이제 어떻게 찾았는지 아시겠죠?"

"알겠습니다." 피터는 고개를 끄덕인다. "연락처를 알아내려고 차량 번호를 조회해볼 필요도 없으셨겠네요."

"밴 측면에 꽃집 주인의 이름과 주소, 전화번호가 다 적혀 있었으니까요."

피터는 엘리자베스에게 조용히 박수를 치고 엘리자베스는 살짝 고개를 숙이는 것으로 대답을 대신한다.

조이스가 말한다.

"정말 잘했어요, 엘리자베스. 이분 정말 유능하다니까요, 피터."

"그러게요. 제가 있는 곳을 다른 사람은 모르죠? 또 누군가 저를 찾아낼 일은 없겠죠?"

엘리자베스가 대답한다.

"내가 말하지 않는 이상에는요."

피터는 앞으로 몸을 기울인다.

"말하지는 않으실 거죠?"

엘리자베스도 앞으로 몸을 기울이며 대답한다.

"대신 내일 우리를 만나러 와요. 지금 우리한테 한 말을 제이슨과 경찰 앞에서도 해줘요."

81장

납득할 만한 이유

"호두 좋아해요?"

이브라힘이 묻는다.

버나드 코틀은 이브라힘을 쓱 쳐다보고는, 이브라힘이 내민 봉지를 내려다본다. 호두가 담긴 봉지의 입구가 열려 있다.

"아뇨, 괜찮습니다."

이브라힘은 봉지를 거둬들인다.

"호두는 탄수화물 함량이 무척 낮아요. 견과류는 적당히만 먹으면 건강에 아주 좋죠. 캐슈넛은 아니에요. 캐슈넛은 예외입니다. 내가 방해하고 있습니까, 버나드?"

"아뇨, 괜찮습니다."

"풍경을 구경하러 여기까지 올라왔어요?"

이브라힘이 보기에 버나드는 다른 사람과 벤치에 함께 앉아 있는 이 상황을 불편해하고 있는 듯하다.

"살이나 좀 빼려고요."

"묻히기에 딱 좋은 장소죠. 안 그래요?"

"묻혀야 한다면요."

"안타깝지만 누구나 언젠가는 땅에 묻히게 되잖아요? 호두를 아무리 많이 먹더라도요."

"기분 나쁘게 듣지는 마세요. 저는 조용히 앉아 있는 걸 좋아하는 편입니다."

"불합리한 생각은 아니네요."

이브라힘은 고개를 끄덕이며 호두 한 조각을 입에 넣고 우물우물 씹는다.

두 남자는 그 자리에 앉아 잠시 풍경을 바라본다. 아래서 소리가 들리자 이브라힘이 고개를 돌린다. 론이 다리 저는 것을 감추려 애쓰면서 언덕길을 걸어 올라오고 있다. 손에 지팡이를 들었지만 사용하지는 않는다.

"어이쿠, 이거 잘됐네. 저기 론이 오네요."

버나드는 길 쪽을 바라보며 입술을 약간 오므린다.

론은 버나드의 다른 쪽 옆으로 다가와 벤치에 앉으며 인사를 건넨다.

"안녕들 하십니까?"

"안녕하세요, 론."

이브라힘이 대답한다.

론이 묻는다.

"어이, 버나드 씨. 오늘도 경비를 서는 겁니까?"

버나드가 론을 쳐다보며 묻는다.

"경비요?"

"이 묘지를 지키고 있느냐고요. '내 앞으로는 아무도 못 지나간다'라고 말하는 땅속 요정처럼요. 여기서 뭐 해요?"

이브라힘이 대신 말한다.

"조용히 앉아 있고 싶대요, 론. 아까 그렇게 말하더라고요."

"내가 옆에 있으면 그건 불가능한데. 자, 그러지 말고 말해봐요. 대체 여기다가 뭘 숨겨둔 겁니까?"

버나드가 되묻는다.

"숨기다뇨?"

"아내가 그리워서 그러니 어쩌느니 하는 얘긴 하지 말아요. 외람된 말이지만, 우리도 다 아내를 떠나보냈어요. 그거 말고 다른 이유가 있을 것 같아 묻는 말입니다."

이브라힘도 옆에서 거든다.

"슬픔은 사람들에게 다양한 방식으로 영향을 미칩니다, 론. 버나드의 행동이 아주 특이한 건 아니에요."

"글쎄요." 론은 고개를 절레절레 흔들며 언덕 너머를 바라본다. "얼마 전에 저 묘지를 파헤치려 했던 남자가 죽었잖습니까. 그런데 버나드는 매일, 그것도 종일 이 자리에 앉아 묘지를 지키고 있어요. 그러니 묘하다는 생각이 드네요."

"그런 겁까?" 버나드는 론을 외면하면서 차분하고 흔들림 없는 목소리로 받아친다. "얼마 전에 일어난 살인 사건 얘기를 하시는 거예요?"

"바로 그겁니다, 버나드. 맞아요. 저 아래서 누가 벤섬한테 약물을 주입해서 죽였어요. 우리 모두 벤섬과 아는 사이잖습니까. 우리 중 누군가가 살인을 저질렀을 수 있다는 거죠."

이브라힘이 거든다. "우린 우리가 생각하는 용의선상에서 몇몇 사람들을 지우려고 확인하는 중입니다."

론이 버나드에게 묻는다. "혹시 납득할 만한 이유가 있어서 그랬어요?"

버나드가 되묻는다. "사람을 죽이면서 납득할 만한 이유라는 게 있을까요, 론?"

론은 어깨를 으쓱한다. "저 묘지에 당신이 뭔가를 묻어뒀을 수도 있잖아요. 당뇨병 있죠? 그럼 바늘을 잘 다루겠네."

"우린 다들 당뇨가 있어요, 론."

"70년대에 어디 있었어요? 이 동네 출신입니까?"

"이런 말을 해도 될지 모르겠지만, 좀 특이한 질문이네요, 론."

"어쨌든요. 질문에 답이나 해줘요."

이브라힘이 말한다. "우린 모두에게 같은 질문을 하고 다니는 중입니다."

버나드는 이브라힘을 돌아보며 묻는다. "지금 무슨 놀이를 하는 중이에요? 회유와 협박 놀이?"

이브라힘은 잠시 생각한 끝에 대답한다. "음, 그러네요. 그렇게 볼 수도 있겠어요. 심리학적으로 볼 때 회유와 협박은 꽤 효과가 좋아요. 관심 있으면 관련 서적을 추천해드릴 수도 있습니다."

버나드는 길게 숨을 토하며 론을 돌아본다.

"론, 당신은 내 아내를 만난 적 있잖아요. 아시마요."

론이 고개를 끄덕인다.

"당신은 아시마한테 다정하게 대해줬고, 아시마는 당신을 좋아했어요."

"그러게요. 나도 아시마를 좋아했죠, 버나드. 당신 아내는 참 좋은 사람이었어요."

"다들 아시마를 좋아했어요, 론. 그걸 알면서 나더러 왜 매일 여기 앉아 있냐고 묻는 겁니까? 묘지와는 아무 관계없고 바늘하고도 상관이 없어요. 50년 전에 내가 살았던 곳과도 무관합니다. 나는 아내를 그리워하는 늙은이일 뿐이에요. 그러니 좀 내버려줘요." 버나드는 벤치에서 일어선다. "두 분이 내 아침 시간을 망쳐놨습니다. 부끄러운 줄 아세요."

이브라힘이 버나드를 올려다본다.

"버나드, 안타깝지만 난 당신 말을 곧이곧대로 믿지는 않습니다. 믿고 싶지만 그럴 수가 없어요. 마음속에 담아둔 얘기를 털어놓고 싶겠죠. 언제든 날 찾아와요."

버나드는 미소를 지으며 고개를 젓는다.

"얘기를 하라고요? 당신한테?"

이브라힘이 고개를 끄덕인다.

"그래요. 나한테 털어놔요, 버나드. 아니면 론한테라도요. 과거에 무슨 일이 있었든, 아무한테도 말 안 하고 가만히 있는 게 제일 안 좋습니다."

버나드는 겨드랑이 밑에 신문을 끼우며 말한다.

"대단히 미안합니다만, 이브라힘, 론. 내가 할 수 있는 제일 지독한 짓이 무엇인지 두 분은 절대 모를 겁니다."

말을 마친 버나드는 천천히 언덕을 걸어 내려간다.

82장

바비 테너 이야기

무척 재미있었다. 우선 포크스턴에는 처음 와봤다.

피터 워드의 예전 이름은 바비 테너이고, 우리는 그 사실을 비밀로 하기로 약속했다. 피터는 꽃집을 운영한다.

일기에 기록할 만한 내용은 두 가지다. 피터 워드는 왜 하필 꽃집 주인이 되었나? 꽃집 주인이든 아니든, 그는 누가 토니 커런을 죽였다고 생각할까?

버나드에 대해서도 쓸 계획이긴 한데, 다른 내용을 쓰면서 생각을 좀 더 해보고, 맨 마지막에 써야겠다.

피터 워드—이제부터는 그를 피터라고 부르겠다—는 동생 트로이가 죽고 곧바로 페어헤이븐을 떠났다. 그 이유는 여러분도 충분히 짐작이 될 것이다. 피터는 새 여권도 확보했다. 엘리자베스와 피터 얘기를 들으면 가짜 여권을 마련하는 게 쉬운 일 같은데, 나는 방법을 모르겠다. 여러분은 아는지? 피터는 암스테르담으로 건너가 이런저런 잡다한 일로 생계를 이어갔다고 했다. 그가 말한 잡다한 일이란 우리가 생각하는 홈통 청소라든지 울타리 페인트칠 같은 게 아니라 페리호를 타고 영국 해협을 건너다니며 코카인을 밀수하는 일을 의미할 것이다. 사람들을 협박도 했겠지. 잘 보면 그의 밑바닥에 그런 기운이 있음을 감지

할 수 있다.

그는 리버풀에서 온 갱단과 어울려 다녔다. 그는 내가 동요할까봐 그런지 갱단의 이름은 말해주지 않았다. 그 갱단은 네덜란드와 벨기에에서 출발하는 꽃 배달용 대형 트럭의 짐칸에 코카인을 몰래 숨겨서 영국으로 보내는 전략을 썼다. 그게 그들의 '방식'이었다.

처음에 피터는 물건 싣는 일을 했다. 트럭 운전기사에게 돈을 주고 벨기에 고속도로의 일시 정차 구역에 트럭을 세우게 한 뒤, 피터와 친구들이 트럭 뒤 짐칸에 올라타 물건을 숨겨두는 식이었다. 그리고 트럭은 영국 켄트 카운티에서 잠시 멈추게 된다. 꽃 배달 트럭들은 이런 식으로 매일 왔다 갔다 했다. 신선한 꽃을 배달해야 하기 때문이었다. 그러니 의심 받지 않고 물건을 보내기에는 완벽한 수단이었다.

일을 함께할 운전기사를 확보하는 게 우선이었다. 그리고 돈을 써서 코카인 재배실을 사들였다. 예전과 같은 사업이었지만 피터는 나가는 물건들을 일일이 직접 '검사'했고 특별히 약간의 덤도 얹어 내보냈다. 매일 제브뤼헤(벨기에 서북부의 항구 도시)를 통과하는 트럭 세 대를 확보한 후에는 원하는 대로 일을 진행시킬 수 있었다. 나름 영리한 방법이었다.

피터는 재배실에서 거의 살다시피 했는데, 재배실 운영을 맡은 청년이 돈을 받고 눈을 감아준 덕분이었다. 그들은 벨기에에서 종일 카드놀이도 하고 잡담도 나누고 이런저런 일을 하며 보냈다.

(잠시 다른 얘기를 좀 해야겠다. 며칠 전에 벨기에 브뤼헤로 떠나는 여행에 대한 공지가 붙었다. 나도 그 여행에 참여해볼까 생각 중이다. 몇 년 전에 브뤼헤에 다녀온 조애나는 "엄청 앙증맞은 도시예요, 엄마. 마음에 드실 거예요."라고 했다. 그래서 한번 가볼 생각이다. 엘리자베스도 좋아하려나?)

어쨌든 그 후에 일이 꼬였다고 했다. 실수가 일어난 과정이나 이유는 알 수 없었고 피터도 못 알아냈다고 했다. 주문한 베고니아와 함께 코카인 2킬로그램까지 배달받게 된 질링엄의 어느 작은 꽃집 주인이 곧바로 경찰에 신고했다.

때로는 멍청하지 않은 경찰도 있는 모양인지, 신고를 받고 출동한 경찰들은 곧장 트럭 운전기사를 체포하지 않고 뒤를 밟았다. 운전기사가 어디로 가서 무엇을 하는지 확인을 한 것이다. 그리고 떼로 들이닥쳐서 누가 무슨 짓을 했는지 확인하고 최대한 많은 인원을 체포했다.

피터와 재배실을 운영한 청년은 1.6킬로미터 떨어진 곳에서 달려오는 경찰차를 보고 (벨기에는 네덜란드만큼이나 평평한 나라라고 피터는 말했다.) 해바라기 밭으로 달려가, 경찰이 그 일대를 뒤지는 동안 여섯 시간을 숨어 있었다. 얼마 후 암스테르담에서 리버풀 사람이 세르비아 사람에게 살해당하는 사건이 일어났다. 앞서 일어난 배달 사고와 관련된 사건이었다.

그 후 어떻게 되었는지는 짐작이 될 것이다. 피터는 조직에서 높은 자리까지 올라가지 못했다. 원래 승진에 목숨 거는 타입도 아니었다. 그래도 그 일을 하면서 돈도 좀 벌었고 꽃에 관해 상당한 지식을 쌓았다. 꽃이 제일 아름다운 시기에 실컷 본 덕분이었다. 그가 꽃의 다채로운 아름다움에 대해 열정적으로 설명을 늘어놓기 시작한 바람에 엘리자베스는 다음 이야기로 넘어가도록 재촉해야 했다.

매일 그랬듯이, 지금도 꽃 배달 트럭 한 대가 피어슨 거리로 들어왔다. 피터는 트럭 짐칸으로 들어가 늘 하던 일을 한다. 예전과는 달리 그가 트럭에서 내려 꽃집 안으로 가지고 들어간 물건은 코카인이 아니라 꽃이다. 트럭은 다음 배송지에 차례로 들렀다가 벨기에로 돌아갈 것이다. 피터와 카드놀이를 하고 함께 해바라기 밭에 들어가 숨었던 청년이 운영하는 코카인 재배실에도 들르겠지.

재미있는 얘기였다. 암스테르담에서 리버풀 사람들과 세르비아 사람들은 여전히 서로의 몸 왼쪽과 오른쪽, 몸통 한가운데에 총질을 한다. 그 아수라장에서 빠져나온 피터는 모두가 그의 이름을 아는, 아니, 아무도 그의 진짜 이름을 모르는 사랑스러운 거리에서 아름다운 꽃집을 운영하고 있다. 바르게 산 시간 덕분에 이제는 아무도 그를 찾으려 혈안이 되어 있지 않고, 아무도 그를 체포하지 않으며, 여권을 자세히 들여다보지도 않는다. 피터 워드는 과거를 뒤로하고 평안을 찾았다. 이게 말처럼 쉬운 일은 아니다.

엘리자베스의 궁금증을 해소시켜 주기 위해 피터는 엘리자베스를 플라워 밀로 데려가 토니 커런이 살해당한 날의 CCTV 영상을 보여주었다. 영상 속에서 피터는 플라워 밀의 계산대 뒤에 있었다. 이만하면 그를 용의선상에서 제외해도 되지 않을까. 우리가 찾는 범인은 터키시 지아니일 가능성이 높다고 피터는 힘주어 말한다. 토니가 터키시 지아니가 한 짓에 대해 경찰에 밀고를 했고, 지아니는 토니의 돈을 훔쳤다. 얘기를 들어보면 터키시 지아니가 토니를 해쳤을 만하다.

엘리자베스와 나는 기차를 타고 집으로 돌아가면서 사건에 관해 좀 더 얘기를 나눴다. 애쉬포드 인터내셔널역에서 30분 정도 머물게 됐는데, 어이없게도 그곳에는 쇼핑을 할 만한 매장이 하나도 없었다. 여권 심사대 너머에는 있으려나? 아마 있지 않을까?

어쨌든 우리는 바비 태너를 만나고 왔다. 이제 잠자리에 들 시간이다, 조이스. 오늘 론과 이브라힘은 뭘 하며 보냈을까?

버나드에 대한 얘기도 쓰려고 했지만 머릿속에서 생각이 정리가 안 돼서 오늘은 안 쓰기로 한다.

피터 워드의 꽃집에서 버나드에게 줄 프리지어를 몇 송이 샀다. 꽃집에서 꽃을 사고는 싶었는데 누구한테 사줄지 바로 떠오르는 사람이 없었다. 그러다 문득 버나드가 꽃을 좋아할지도 모른다는 생각이 들었다. 여자가 남자한테 꽃을 선물하기도 하나? 내가 살던 곳에서는 안 그랬지만 지금은 풍습이 달라졌을 수도 있다. 프리지어는 지금 우리 집 싱크대에 있다. 내일 아침에 버나드에게 가져다줘야지.

버나드도 브뤼헤를 좋아하려나?

83장

흐르는 눈물

길이 고르지가 않다. 그는 손전등 불빛을 바닥에 비춰가며, 남의 주의를 끌 만한 불상사 없이 무사히 채소밭에 도착했다. 늦은 시간이라 다들 잠들어 있을 것이다. 그는 왜 굳이 위험을 감수해가며 늦은 시간에 거길 갔을까? 그는 창고로 향한다. 맹꽁이자물쇠로 잠겨 있지만 싸구려 자물쇠라서 아내의 모자 고정용 핀으로 금방 열었다.

채소밭에 지분을 갖고 있는 쿠퍼스 체이스 입주민들이 함께 사용하는 창고다. 꼭 필요한 물건들만 들어 있다. 날씨 좋을 때 쓰기 위한 접이식 의자들, 그리고 추운 날에 쓰기 위한 물주전자. 한쪽 벽에는 공동 적립금으로 구입한 비료와 뿌리 덮개들이 쌓여 있다. 운전기사 칼리토가 가든 센터에서 마을로 돌아올 때마다 미니버스에 실어서 가져오는 물건들이다. 비료 더미 위에는 '쿠퍼스 체이스 채소밭 사용자 연합'의 규칙들이 적힌 종이가 핀으로 고정돼 있다. 장황한 규칙들이지만 사람들은 열정적으로 잘 지키며 살아간다. 여름인데도 밤공기가 서늘하다. 그는 손전등으로 계속 창고 안을 훑는다. 창문이 하나도 없으니 일이 좀 더 쉬워지겠다.

창고 안 뒷벽에 삽이 기대어 있다.

뭐가 필요해서 창고에 들어왔는지는 굳이 물어볼 필요도 없을 것이다. 길을 따라 올라가는 그의 손에 답이 있다. 하지만 그걸 뭐 하러 가져갈까? 여러분도 맞춰보시길.

손잡이를 잡고 삽을 들어 올린 그는 곧 그 무게 때문에 충격을 받았다. 언제 이렇게 힘이 약해졌을까? 몸에 대체 무슨 일이 일어난 건가? 집에서 글을 쓸 때는 별로 힘이 들지 않았는데, 이제 삽 하나도 제대로 들지 못하는 몸이 된 건가? 이래 가지고 땅을 팔 수나 있을까.

이제 어쩌지? 누가 그를 도와줄까? 누가 이해를 해줄까? 절망적이다.

접이식 의자에 앉은 버나드 코틀은 자신이 한 일 때문에 눈물을 흘린다.

84장

증언

크리스와 도나는 찻잔을 앞에 두고 퍼즐실에 앉아 있다. 맞은편에 자리한 사람은 제이슨 리치와 바비 태너다. 8개 부서의 형사들이 찾으려 애썼지만 끝내 찾지 못했던 바로 그 바비 태너다. 아무리 물어도 엘리자베스는 어디서, 어떻게 그를 찾았는지 말해주지 않는다.

엘리자베스와 조이스는 토니 커런이 살해당했을 당시 바비가 다른 데서 뭔가를 하고 있었다는 명확한 증거를 봤다고 했다. 크리스가 증거를 보여달라고 하자 엘리자베스는 영장을 받아오면 볼 수 있을 거라고 했다. 바비가 제안한 조건도 아는 바를 모두 말할 테니 조용히 군중 속으로 사라지게 해달라는 것이었다.

"10만 파운드 정도, 어쩌면 조금 더 될 수도 있습니다. 평소에 지아니가 토니를 위해 그 돈을 자기 집에 보관하고 있었어요."

바비의 말에 조이스가 묻는다.

"좋은 아파트였나요?"

"음, 전망이 좋은 큰 아파트 중 하나였을 걸요?"

"아 예. 앞에 전망창이 있는 아파트였나 보네요. 좋았겠네."

크리스가 묻는다.

"토니가 지아니를 찾으러 키프로스로 갔다고요?"

"두어 번이요. 하지만 아무것도 못 찾았습니다. 그 후로 상황이 달라졌고요. 제이슨, 네가 떠났잖아. 텔레비전에 나오기로 했다고 말하면서."

제이슨이 고개를 끄덕인다. "조직 일은 더 이상 나하고는 맞지가 않았어, 바비."

바비도 고개를 끄덕인다. "두 달 후에 동생이 죽어서 저도 마을을 떠났습니다. 여기엔 아무 미련이 없었어요."

도나가 묻는다. "하지만 지아니가 최근에 마을로 돌아왔다면 목격자가 있지 않을까요? 본 사람이 있으면 말도 나왔을 테고요."

바비는 잠시 생각을 해본다. "당시 지인들이 여기 많이 남아 있지 않을 겁니다."

제이슨이 말한다. "지아니가 여기 와서 머물 곳이 필요할 때 누구한테 의지했을지도 알 수가 없죠."

바비가 제이슨을 쳐다본다. "혹시 말이야, 제이슨……?"

제이슨도 바비를 마주 보며 잠시 생각을 하다가 고개를 끄덕인다. "그래, 그렇겠지. 어쩌면……"

제이슨이 휴대폰으로 누군가에게 문자 메시지를 보낸다.

엘리자베스가 제이슨에게 묻는다.

"우리한테도 말해줄 수 있어요?"

"저랑 바비가 직접 만나보겠습니다. 이 사람이라면 알 겁니다. 저희한테 맡겨주세요. 여러분이 전부 다 해결하는 건 불공평하잖아요, 엘리자베스."

도나가 묻는다. "경찰한테는 말해줄 수 있지 않아요?"

바비가 웃으며 말한다. "아이고, 제발."

도나가 말한다. "해보세요."

그때 제이슨의 휴대폰이 알림음을 낸다. 제이슨은 휴대폰 화면을 확인하고 바비를 돌아본다.

"2시에 만나자는데. 괜찮겠어?"

바비는 고개를 끄덕이고 제이슨은 또 다시 문자 메시지를 보낸다.

"만날 장소는 한 군데뿐이지."

85장

오래된 친구

르 퐁 누아에서 점심 식사라. 가게가 예전과 똑같지는 않지만, 예전으로 돌아간 기분이다.

제이슨 리치가 바비에게 묻는다.

"비행사라도 된 거야?"

바비는 미소를 지으며 고개를 젓는다.

"그럼 경마 기수?"

바비 태너는 또 다시 고개를 젓는다. "네가 아무리 이런저런 추측을 해도 난 말 안 해."

뭐, 괜찮다.

"행복하게 잘 살고 있지, 바비?"

바비는 고개를 끄덕인다.

"잘됐어. 넌 그럴 자격 있어."

"우리 둘 다 그렇지. 어떻게든 잘 살아야지."

"그래, 둘 다. 어쩌면 아닐 수도 있지만."

바비 태너는 고개를 끄덕인다. 수긍이 가는 말이다.

그들은 만나기로 한 사람을 기다리며 디저트를 먹고 있다. 르 퐁 누아의 최고급 와인 말벡도 한 병 시켰다.

바비가 묻는다. "지아니가 한 짓이 맞겠지? 사실 그 친구가 죽었을 거라고 늘 생각했거든."

"난 네가 죽었을 줄 알았어. 안 죽고 살아 있어서 기쁘지만."

"고맙다."

제이슨은 손목시계를 확인한다.

"이제 곧 어떻게 된 일인지 알 수 있겠지?"

"그가 알까?"

"지아니가 마을에 들어왔으면 알겠지. 마을에서 쭉 살았으니까."

바비가 묻는다. "요즘은 점심 식사 때 술을 많이 못 마시겠어. 넌 어때?"

"우리가 늙어서 그래. 술 한 병 더 마실 시간이 되려나?"

그들은 한 병 더 마실 시간은 될 거라는 데 합의한다. 그때 스티브 조르쥬가 술집으로 들어온다.

86장

페니 그레이 경위

저녁 내내 도나는 지난 2주일 동안 키프로스를 오간 비행기 승객 명단을 확인했다. 지아니 군두스가 요즘도 자기 이름을 사용하고 있는지는 모르는 일이지만.

승객 명단을 확인하는 일도 물론 재미있지만 계속 하다 보니 진력나서 도나는 다시 인스타그램을 들여다본다.

칼이 토요타랑 깨진 것 같긴 한데, 그는 연애를 쉴 인간이 아니다. 지금은 누구를 만나고 있을까? 이런 걸 보면 도나는 타고난 형사다. 직장 동료인 그 여자를 만나고 있을까? 이름이 파피였나? 전에 칼이 페이스북에서 그 여자 사진에 좋아요를 누른 적이 있지 않나? 단순히 좋아요만 누른 게 아니라 윙크 이모지까지 곁들여 답장을 했지 아마? 입술을 비쭉 내밀고 왼쪽 얼굴을 내보이는 것 말고는 사진 찍는 방법을 모르는 것 같은 여자, 파피. 그래, 그 여자가 분명할 것 같다. 전에 몇 번 그 여자 이름을 홈 오피스 컴퓨터로 조회해봤지만 나온 건 없었다.

이제 자야 할 시간인데 페니 그레이에 대한 생각이 머릿속을 떠나지 않는다.

목요일 살인 클럽 모임이 끝나고 엘리자베스는 만나게 해주고 싶은 사람이 있다며 도나를 윌로우스로 데려갔다. 윌로우스는 쿠퍼스 체이스의 부속 치료소다.

그들은 온통 베이지색인 조용한 복도를 걸어갔다. 희미한 빛을 뿜어내는 천장의 기다란 형광등 아래, 해변을 그린 수채화 몇 점이 벽에 걸려 있었다. 싸구려 합판으로 만든 사이드 테이블 위에 잔가지를 함께 엮은 꽃들이 장식돼 있었지만, 압도적으로 우울한 치료소 분위기에 짓눌렸다. 누가 매일 이곳에 꽃을 가져다 놓을까? 어차피 이 분위기를 바꾸기에는 역부족일 텐데. 하긴 다른 대안도 없겠지? 도나는 힘겹게 숨을 삼켰다. 윌로우스는 살아서는 탈출이 불가능했다. 죽어야만 나갈 수 있는 감옥이었다.

그들은 함께 어느 병실로 들어갔다. 엘리자베스가 말했다.

"드 프레이타스 순경, 이쪽은 페니 그레이 경위예요."

페니는 침대에 누워 있었다. 가벼운 시트를 목까지 덮고, 그 아래로는 담요를 접어 덮고서. 코와 손목에 튜브가 연결돼 있었다. 도나는 예전에 로이드 건물(영국 런던의 금융 중심가인 시티 지구에 세워진 로이드 보험의 본사 건물)로 수학여행을 간 적이 있었다. 내부에 있어야 할 기계 설비가 모두 외부에 설치된 건물이었다. 막상 보고 나니 도나는 그런 설비가 보이지 않는 깔끔한 건물이 더 좋다는 생각을 했었다.

도나는 페니에게 경례를 했다.

"경위님."

엘리자베스가 말했다.

"앉아요, 도나. 두 사람이 서로 알게 되면 좋겠다는 생각을 했어요. 둘이 잘 지낼 것 같아서요."

도나는 엘리자베스에게 페니의 경력에 대해 이미 들었다. 똑똑하고 쾌활하며 고집 센 페니는 여성이라는 점과 강한 성격 때문에 매번 좌절을 겪어야 했다. 경찰 조직은 그 두 가지 점 때문에 페니를 버거워했다.

"페니는 레킹 볼(철거할 건물을 부수기 위해 크레인에 매달고 휘두르는 쇳덩이) 같은 사람이에요. 난 얇은 칼날 같은 사람이고요. 페니는 뚝심도 대단해요. 지금은 이런 모습이라 상상이 안 되겠지만."

도나는 페니를 바라보며 충분히 그 모습을 상상할 수 있었다.

"그때는 뚝심 있는 형사가 유행이었어요. 남자인 경우에만 그랬죠. 페니한테는 전혀 도움이 안 됐어요. 결국 경위 이상으로는 진급을 못했죠. 페니에 대해 알면 그게 얼마나 말도 안 되는 일인지 알 거예요. 그렇죠, 존?"

존은 고개를 들고 고개를 끄덕였다.

"그럼요."

"페니는 골칫거리 취급을 받았지만 경찰로서 그것보다 더 대단한 칭찬의 말은 없었을 거예요. 그런 취급을 받은 덕분에 페니는 오래된 사건들을 즐겨 들여다보게 됐어요. 그리고 그런 사건들을 본인이 직접 맡아 진행하게 됐죠. 자기만의 거친 방식으로 사건을 풀어나갔어요. 남들 눈치를 보면서 예의를 차리거나 쓸데없는 농담에 억지로 웃거나 차를 끓여 갖다 바칠 필요도 없었고요."

도나는 엘리자베스가 페니의 손을 잡는 모습을 바라보았다.

엘리자베스는 페니를 향해 고개를 끄덕였다.

"우리 그때 정말 잘 싸웠지? 페니는 사건을 모든 면에서 살피고 확인했어요. 매일, 한마디 불평도 없이요."

그러자 존이 한마디 한다.

"이런 말을 해서 미안하지만, 불평은 많이 했습니다, 엘리자베스."

"맞아요. 그렇기는 했죠. 성질이 워낙 대단했으니까."

"집중력도 좋았고요."

잠시 후, 비록 나이 차이는 많이 났지만 엘리자베스와 도나는 어깨를 나란히 하고 완벽하게 걸음을 맞춰 병실을 나섰다. 엘리자베스는 도나를 돌아보며 말했다.

"당신은 나보다 이 일에 대해 잘 알겠지만, 모든 싸움에서 이겨본 건 아닐 거예요, 그렇죠?"

"아마도요."

그들은 다정하게 마음을 나누며 조용히 윌로우스 건물의 정문을 나섰다. 그리고 감사한 마음으로 바깥 공기를 들이마셨다.

다시 집에 와 있는 도나 얘기를 해보자. 그런데 여길 진정한 집이라고 불러도 될까? 어쨌든 도나는 더 이상 인스타그램에 집중할 수가 없다. 페니를 만나보니 그녀가 자랑스러우면서도 한편으로는 애달팠다. 그동안 페니를 쭉 만나보고 싶었는데 실제로 만나니 드는 생각이 많았다. 도나는 여러 가지 이유로 이번 살인 사건을 해결하고 싶은데, 페니 그레이 경위가 자기를 자랑스럽게 여기도록 만들고 싶다는 이유가 추가됐다.

지아니가 토니 커런을 죽였을까? 매튜 매키는 벤섬을 죽였고? 엘리자베스는 다른 입주민에 대해서도 조사해보라고 했다. 버나드 코틀이라는 입주민이었다. 도나는 그 이름을 적어두었다.

뼈는? 뼈도 중요한 단서일까?

어떻게 생각해요, 페니 그레이 경위님?

전부 해결할 수 있으면 얼마나 좋을까. 그렇게만 된다면 오래전에 떠나간 분에 대한 경의의 표시가 될 텐데. 다시 승객 목록을 살펴봐야 한다.

도나는 일로 돌아가기 전에 인스타그램의 사진들을 마지막으로 훑어본다. 파피는 암 연구를 위한 번지 점프 챌린지를 하는 중이다. 너무나 파피답다.

87장

안부 전화

아침에는 일기를 잘 쓰지 않는 편인데 오늘은 써야겠다. 반드시. 그래서 일기장을 펼치고 이렇게 앉아 있는 중이다.

어제는 무척 흥미로웠다. 남자들과 살인 사건들, 코카인 등등 온갖 얘기가 다 나왔다. 사람들은 집으로 돌아가면서 할 얘기가 많았을 것이다. 그들은 그 후에 누구를 만나러 갔을까.

나 같은 사람에게는 꽤나 재미있는 하루였다. 무척이나. 누가 들어도 지아니가 범인처럼 들리지 않나?

혹시…… 아니다, 그만두자. 조이스, 그만해. 그건 나중으로 미뤄. 굳이 지금 쓰지 않아도 된다고.

그래, 그러자. 일단 좋지 않은 소식이 있었다. 그 내용을 적자면 다음과 같다.

오늘 아침에 버나드에게 '안전 확인용 안부 전화'를 걸었다.

요즘 이런 전화를 이용하는 사람이 많다. 누군가와 짝이 돼서 아침 8시에 서로 전화를 해주는 것이다. 전화 벨소리가 두 번 울리게 하고 끊는다. 그럼 상대방도 나한테 그렇게 해주는 것이다. 통화료를 안 들이고 서로가 잘 있는지 확인할 수 있다. 굳이 아침마다 대화를 나누지 않아도 된다.

오늘 아침에도 나는 버나드에게 안전 확인용 안부 전화를 걸었다. 벨소리가 두 번 들리게 해서, 내가 밤사이 쓰러지거나 하는 일 없이 안전하고 무사히 잘 있다는 것을 알렸다. 그런데 그에게 전화가 오지 않았다. 크게 걱정이 되지는 않았다. 가끔 그가 잊어버리면 내가 그의 집으로 찾아가 초인종을 누르곤 했으니까. 그럼 그는 잠옷 바람에 창가로 다가와 미안해하며 내게 두 손의 엄지를 들어 보였다. 그를 보며 나는 이렇게 생각했다. '아, 나를 집으로 들여요, 이 바보 같은 할아버지야. 같이 아침을 먹으면 좋잖아. 난 당신이 잠옷 바람이어도 상관없다고요.' 하지만 버나드는 그런 사람이 아니었다.

오늘도 나는 그의 집에 찾아갔다. 무슨 일인지 알았냐고? 짐작은 했지만, 너무 큰일이라 미리 알았다는 말은 못 하겠다. 하지만 알았던 것 같다. 마조리 월터스가 지나가는 나를 보고 손을 흔들었다는데 평소 나답지 않게 생각에 잠긴 탓에 보지 못했다. 그랬으니, 어쩌면, 내가 알았던 것도 같다.

초인종을 누르고 창문 쪽을 살펴봤다. 커튼이 드리워져 있어 안이 보이지 않았다. 자고 있나? 감기 기운이 있어 침대에 누워 있을지도 몰랐다. 얼마 전 〈디스 모닝〉이라는 라디오 방송에서 누가 '남성 독감(남성이 스스로 심각한 독감이라고 판단하는 단순 감기)' 얘기를 했었다. 재미난 표현이라는 생각이 들어 조애나에게 말했더니, 벌써 몇 년째 돌고 있는 표현이란다. 그런데 왜 난 처음 들어봤을까? 내가 이렇다.

남들보다 느린 편이다. 정신 차려야지.

여분의 열쇠로 버나드가 사는 건물로 들어가 계단을 올라갔다. 버나드의 집 문에 셀로판테이프로 봉투 하나가 붙어 있었다. 그는 겉봉에 '조이스'라고 적어놓았다.

미안한데, 여기까지만 써야겠다.

'조이스'의 'O'에 웃는 얼굴 그림까지 그려져 있었다. 버나드는 참 알다가도 모를 사람이다.

88장

유서

조이스는 봉투를 열고 그 안에 담긴 손 편지를 꺼낸다. 서너 장은 되는 것 같다. 친구들이 고맙게도 집으로 찾아와줬다. 오늘은 도저히 밖에 나가고 싶지가 않았다.

"그럼, 읽을게요. 다 읽지는 않고 여러분에게 흥미가 있을 만한 부분만 읽어드릴게요. 우리가 갖고 있던 몇 가지 의문에 대한 답이 될 수도 있어서요. 그 사람에 대해 미심쩍어하는 분들도 있으니까요. 그 사람이, 그러니까…… 이안 벤섬 씨를 어떻게 했다고…… 아무튼 그래서요."

"천천히 해요."

론은 조이스의 손을 잠시 잡으며 위로한다.

조이스는 평소답지 않게 떨리는 목소리로 편지를 읽어 내려간다.

"친애하는 조이스에게. 성가시게 해서 미안합니다. 안에서 빗장을 잠갔으니 굳이 들어오려고 하지는 말아요. 여기로 이사 들어오고 처음으로 빗장을 사용했네요. 내가 무슨 짓을 했는지 지금부터 말하겠습니다. 한 번도 본 적 없는 일일 겁니다. 나는 침대에 누워 있을 거예요. 큰 문제는 없어 보이는 모습으로요. 평화로워 보이겠죠. 하지만 편치는 않아요. 그것까지는 챙길 여력이 없어서, 구급대원 아저씨들에게 맡겨야겠네요. 적어도 당신이 작별 인사를 하러 왔을 때 나쁘지 않은 모습으로 보여야 될 테니까. 만약 당신이 작별 인사를 하고 싶다고 한다면요.'"

조이스는 잠시 말을 멈춘다. 엘리자베스와 론, 이브라힘도 아무 말이 없다. 조이스는 그들을 바라보며 말한다.

"그들은 내가 그를 보지 못하게 했어요. 가족이 아니니까 정책상 그렇겠죠. 버나드가 그 부분은 잘못 생각했어요. 그리고 구급대원은 둘 다 여자였어요."

조이스가 희미하게 미소 짓자 친구들도 같이 미소를 지어준다. 조이스는 나머지 편지를 읽는다.

"내 옆에는 알약이 있고, 궂은 날에 대비해 준비해둔 라프로잉 위스키도 있어요. 주변의 집들이 불을 하나씩 끄는 모습이 보이네요. 이제 내 차례겠네요. 침대 옆에는 당신이 사다준 아름다운 꽃이 있습니다. 우유병에 꽂아뒀어요. 알다시피 내가 꽃병이 따로 없잖아요. 가기 전에 당신에게 전부 털어놓아야겠습니다.'"

엘리자베스가 묻는다.

"전부라고요?"

조이스가 입술에 손가락을 가져다 대자 엘리자베스는 입을 다문다. 조이스는 버나드의 마지막 편지를 마저 읽어 내려간다.

"'알다시피 아시마는……' 아시마는 버나드의 아내 이름이에요. '아시마는 우리가 쿠퍼스 체이스에 입주하고 얼마 안 있어 세상을 떠났습니다. 생각지도 못한 일이었어요. 난 당신이 제리에 대한 얘기를 잘 하지 않는다는 걸 압니다, 조이스. 하지만 이해해주면 좋겠어요. 아내를 잃고 나니까 마치, 누군가 내 심장과 폐를 뜯어내고 계속 살아가라고 강요하는 것처럼 느껴졌어요. 평소처럼 일어나서 음식을 먹고 한 발 한 발 앞으로 내딛으며 살아가라고 말이죠. 뭘 위해서 그래야 할까요? 도저히 답을 찾을 수가 없었어요. 당신도 알다시피 내가 종종 언덕을 올라가 벤치에 앉아 있곤 했잖아요. 처음 여기 입주해서 아시마와 앉아 쉬던 벤치였는데, 거기 앉아 있으면 아시마와 가까이에 있는 것 같은 기분이었어요. 사실 언덕에 올라간 이유는 하나 더 있었습니다. 차마 입에 담을 수도 없이 창피한 이유였죠.'"

조이스는 읽기를 중단하고 말한다.

"물 좀 마셔도 될까요?"

론이 컵에 물을 채워 가져다준다. 조이스는 물을 마신 뒤 다시 편지로 돌아간다.

"대다수 힌두교인들의 재가 갠지스강에 뿌려진다는 사실을 알고 있을 겁니다. 요즘은 다른 강에서도 그렇게 합니다만 어떤 세대는 갠지스강을 고집하죠. 물론 그것도 돈이 있어야 가능한 얘기지만요. 아시마가 수년 전부터 소원하던 바이기도 했습니다. 우리 딸 수피는 어렸을 때부터 그 얘기를 듣고 자랐어요. 아시마의 장례식에 대해서는 다시 생각하거나 글로 쓰고 싶지 않네요. 장례식이 끝나고 이틀 뒤에 수피와 마지드—딸과 사위—는 인도 바라나시로 날아가 갠지스강에 아시마의 재를 뿌렸습니다. 알약과 위스키를 옆에 두고 있자니 두려운 마음이 드네요. 어쨌든, 딸 부부가 뿌린 것은 그녀의 재가 아니었습니다.'"

조이스는 잠시 쉬고 고개를 든다.

"아이고. 맙소사!"

이브라힘은 이렇게 말하며 앉은 채로 몸을 앞으로 기울인다.

조이스는 다시 편지를 읽는다.

"내가 종교적으로 독실한 사람이 아니라는 건 당신도 잘 알 겁니다. 아시마도 말년에는 독실하지 않았어요. 나무에서 잎사귀가 떨어지듯

서서히 믿음을 잃어갔죠. 마지막에는 아무것도 남지 않았어요. 나는 내 모든 것을 걸고 아시마를 사랑했고 아시마도 나를 사랑했습니다. 아시마가 내 곁을 떠나 비행기에 수하물로 실려서 저 멀리 가버리는 걸 견딜 자신이 없었어요. 그녀와 작별을 하고 이틀이 지났지만 도저히 받아들여지지가 않더라고요. 변명의 여지가 없다는 건 알지만 그래도 내 사정을 설명하고 싶네요. 장례식을 치르고 맞이한 첫 번째 밤에 아시마의 재를 집에 두었습니다. 수피와 마지드는 내 집의 남는 방에 머물지 않고 호텔로 갔고요.

수년 전에 아시마와 나는 오래된 골동품 가게에 간 적이 있어요. 그곳에서 아시마는 호랑이 모양 차통을 골랐죠. 나는 이렇게 말했어요. '당신답네.' 우린 같이 웃었습니다. 평소에 난 아시마를 작은 호랑이라고 불렀고 아시마는 나를 큰 호랑이라고 불렀거든요. 일주일 후에 그 가게로 다시 갔습니다. 아시마에게 크리스마스 깜짝 선물로 그 차통을 사주고 싶었거든요. 그런데 벌써 팔리고 없는 겁니다. 그리고 크리스마스 날 아시마가 준 선물 포장을 열었는데, 바로 그 차통이 들어 있었습니다. 아시마는 그날 바로 그 가게로 돌아가서 나한테 선물로 주려고 그 차통을 구매한 겁니다. 그 후로 쭉 그 차통을 간직하고 있었어요. 나는 유골 항아리 뚜껑을 열고 그 안에 담긴 아시마의 재를 호랑이 모양 차통에 옮겨 담았습니다. 그리고 그 차통을 찬장에 넣어뒀죠. 유골 항아리에는 톱밥과 골분을 섞어서 채웠습니다. 그렇게 해놓으니까 진짜 재처럼 보였어요. 뚜껑을 덮고 다시 잘 봉해뒀죠. 수피가 바라나시로 가져가 갠지스강에 뿌린 게 바로 그 가루입니다. 당시 아내를 잃은 슬픔 때문에 제정신이 아니었다는 걸 감안하고 들어주면 좋겠어요. 아시마를 떠나보내지 않기 위해 무슨 짓이든 할 수 있는 상태였으니까요.

그녀가 수피의 엄마이기도 하다는 사실조차 잊어버렸습니다. 다음 날 어둠이 깔리자마자 채소밭 창고에서 삽을 꺼내 들고 언덕을 올라갔어요. 벤치 밑에 깔린 잔디를 잘라내고 구멍을 판 뒤 그 속에 차통을 묻었습니다. 언젠가 슬픔이 가실 거라고 생각은 했지만 당장 아시마를 떠나보낼 수가 없었어요. 아무도 알아채지 못하게 잔디를 원래 자리에 메꿔 넣었습니다. 알아챘을 리 없겠죠? 나는 매일 그 벤치로 가 앉아서 지나가는 사람들에게 인사를 했습니다. 그리고 근처에 사람들이 없을 때면 아시마에게 말을 걸었어요. 잘못된 짓인 줄 알면서, 딸을 배신하는 짓인 줄 알면서, 돌이킬 수 없는 짓인 줄 알면서 어쩔 수가 없었어요. 고통이 그만큼 컸어요.'"

이브라힘이 입을 연다.

"배우자보다 자식을 더 사랑하는 사람도 있고, 자식보다 배우자를 더 사랑하는 사람도 있죠. 어느 쪽이든 자신이 그렇다는 걸 인정하려 들지는 않지만요."

조이스는 멍하니 고개를 끄덕이다가 편지의 다음 장을 읽기 시작한다.

"'당장 죽을 것 같은 고통이 가시니까, 내가 얼마나 큰 죄를 저질렀는지 깨달았습니다. 지독하게 이기적인 짓이었어요. 일을 바로잡아보려고 했습니다. 차통을 다시 파내서 버스를 타고 페어헤이븐으로 갈까. 유골의 일부를 떠나보내고, 일부는 내가 갖고 있을까. 내가 한 짓을 수피에게 털어놓을 자신은 없지만, 수피가 상상한 대로 아시마의 재는 파도를 타고 우리가 돌아가야 할 곳으로 간 셈이 될 테니까요. 충분하지는 않겠지만 내가 할 수 있는 최선이었어요. 그런데 어느 날 아침 언덕에 올라가서 보니 일꾼들이 벤치가 있는 자리에 콘크리트 토대를 만들고 있더군요. 그들은 그 자리의 흙을 파내고 시멘트로 메웠습니다. 차통을 발견할 정도로 깊게 파지는 않았고요. 그들은 30분 만에 그 일을 마쳤어요. 그렇게 된 겁니다. 바보같이 보이겠지만, 결국 나는 차통을 다시 파내지 못하게 되고 말았어요. 그래서 그 후로도 쭉 언덕을 걸어 올라가 벤치에 앉아서, 주변에 아무도 없을 때 아시마에게 다시 말을 걸곤 했죠. 새로운 소식에 대해 들려주고 내가 그녀를 얼마나 사랑했는지, 얼마나 미안한지도 말해줬어요. 그리고 조이스, 우리끼리 얘기지만, 나는 새 출발을 할 만한 힘이 남아 있지 않았습니다. 나라는 인간이 그래요.'"

편지를 다 읽은 조이스는 잠시 그대로 편지의 잉크를 손가락으로 문지른다. 고개를 들어 친구들에게 미소를 지으려 하지만 눈물이 흐르고 만다. 눈물은 흐느낌으로 바뀌고 론은 의자에서 일어나 조이스 앞에 무릎을 굽히고 그녀를 품에 안아준다. 포옹은 론의 특기다. 조이스는 론의 어깨에 얼굴을 묻고 그를 두 팔로 안고서 엉엉 울어버린다. 제리, 버나드, 아시마, 그리고 뮤지컬 〈저지 보이즈〉를 보러 갔다가 집으로 돌아오는 내내 캔에 담긴 진토닉을 마신 숙녀들을 위한 울음이다.

89장

출장

퇴근 시간을 훌쩍 넘긴 늦은 시간이다. 도나와 크리스는 달리 갈 곳이 없어 페어헤이븐 경찰서에 죽치고 있다.

크리스는 복사기에 낀 종이를 빼내느라 무릎까지 꿇고 용쓰는 중이다. 요즘은 이렇게 무릎을 꿇고 있으면 자꾸 쥐가 난다. 원인을 모르겠다. 염분 섭취가 과해서일까 아니면 부족해서일까? 답은 이쪽 아니면 저쪽이겠지.

"다 고쳤어."

그는 도나에게 말한다.

도나는 '인쇄' 버튼을 누르고 키프로스 경찰 서비스에서 보내준 보고서들을 복사한다.

"정리해서 드릴게요. 시간이 좀 걸리겠지만, 그렇게 하는 게 보시기 편할 겁니다."

"고마워, 도나. 그건 그렇고 키프로스에 나랑 같이 가는 게 낫지 않겠어?"

도나는 대답 대신 혀를 쏙 내민다.

크리스는 대단히 흥미로운 면담을 앞두고 있다. 면담 대상자는 지아니 군두스의 행방에 관해 최종적으로 답을 해줄 것이다.

도나는 영국으로 들어오거나 영국에서 나가는 비행기, 배, 기차의 승객 명단을 전부 확인했지만 지아니 군두스라는 이름은 발견하지 못했다. 크리스는 지아니가 본명을 사용할 가능성은 낮다고 보았다. 경찰이 젊은 택시 운전사 살해 용의자로 지아니를 쫓았고, 10만 파운드를 털린 토니 커런도 그를 찾아내려 혈안이 됐으니 그럴 만도 하다.

하지만 세상에서 완전히 사라질 수 있는 사람은 없다. 살아 있다면 흔적이 남게 마련이다.

크리스는 컴퓨터의 전원을 끈다. 터키시 지아니가 범인이라는 확신이 든다. 지금까지 살펴본 정황으로는 아귀가 맞아 떨어진다. 증거는 또 다른 문제지만, 니코시아(키프로스의 수도)에 가보면 뭐든 찾을 수 있지 않을까.

"오늘은 이만 끝낼까?"

"간단히 한잔 하실래요? 르 퐁 누아에서?"

"아침 6시 50분 비행기를 타야 돼."

"그 얘긴 그만하시고요."

크리스는 일어서서 사무실 블라인드를 내린다. 지아니는 그렇다 치고, 이안 벤섬은 어쩔 것인가? 이안 벤섬을 죽인 자를 찾는 일은 더욱 쉽지 않았다. 50년 전 살인 사건과 정말 연관이 있기는 한가? 만약 아니라면? 증언해줄 사람이 얼마나 있을까? 크리스는 당시 상황에 대해 기억하는 수녀를 찾기 위해 경위 두 명을 수녀 찾는 일에 배정했다. 몇 명은 어느 시점에서 수녀원을 떠나지 않았을까? 소명을 잃고 세속으로 돌아왔다면? 지금쯤 나이가 어떻게 되려나? 팔십몇 살 정도? 기록이 정확히 남아 있지 않아 그는 큰 기대는 하지 않는다. 어쩌면 그들은 좀 더 단순한 사실을 놓치고 있는 게 아닐까?

"내가 떠나 있는 동안 혼자서 사건을 해결하지는 말아줘."

"장담은 못 하겠어요."

크리스는 서류 가방을 집어 든다. 집으로 갈 시간이다. 그에게는 늘 최악의 시간이다. 이제 곧 꿈나라로 떠나야 한다. 그래도 그의 서류 가방에는 소금과 식초 맛 맥코이 감자 칩 하나, 위스파 초콜릿 바 하나, 다이어트 콜라 하나가 들어 있다. 다이어트 콜라? 대체 무슨 생각으로 이런 콜라를 챙겼을까?

데이트 웹사이트에 가입해야 하는 거 아닌가 하는 생각이 한 번씩 든다. 그가 생각하는 완벽한 데이트 상대는 작은 개를 키우고 성가대 활동을 하는 이혼한 교사 정도다. 그 생각이 틀렸다고 해도 상관없다. 그냥 다정하고 재미있는 사람이면 좋겠다.

크리스는 도나를 위해 문을 잡아주고 도나의 뒤를 따라 문을 나선다.

어떤 여자가 크리스 같은 남자를 원할까? 요즘 여자들도 남자의 품성을 따질까? 그래, 물론 그럴 것이다. 하지만 그래서 그에게 유리한 게 있나? 어쨌든 그는 살인 사건을 해결해야 한다. 켄트 카운티 어딘가에는 그런 그를 매력적이라고 생각하는 여자가 있지 않을까?

90장

브램리 홀딩스

아, 잠을 잘 수가 없다. 버나드, 버나드, 버나드에 대한 생각이 머릿속을 온통 떠다닌다. 장례식에 대해서도 미리 고민을 해봤다. 여기서 장례식을 치르게 될까? 그러면 좋겠다. 버나드와 오래 알아온 사이는 아니지만, 그의 유해를 딸이 사는 밴쿠버로 휙 떠나보내는 건 생각도 하기 싫다.

결국 잠을 못 자고 새벽 2시에 일기장을 펼쳐놓고 앉았다. 여러분에게 소식이나 전해드려야지. 걱정할 필요는 없다. 이번에는 누가 죽었다는 소식은 아니니까.

이안 벤섬 사건이 우리가 사는 쿠퍼스 체이스에 어떤 영향을 미칠지 궁금했다. 누가 이안 벤섬의 회사를 넘겨받게 될까? 크게 걱정하는 사람은 없는 것 같았다. 충분히 수익이 나는 사업이니 누구든 맡겠다고 나서는 사람이 있겠지. 그게 누구냐가 문제지만.

그걸 밝혀낸 사람이 누구인지 맞혀보기 바란다.

엘리자베스는 남편 이안을 잃고 홀로 된 젬마 벤섬을 로버츠브리지에 새로 생긴 식품 판매점에서 '우연히' 만났다고 했다. 예전 같으면 클레어 미용실에서 맞닥뜨렸을 텐데 클레어가 제명된 바람에 그렇게 됐다. 미용사에 대해 '제명됐다'는 표현을 써도 되나? 클레어는 지역 보건의 부인의 머리를 손질하다가 귀 위쪽을 잘라버리는 바람에 매장을 정리해야 했다. 지금은 브라이턴시에서 다시 미용실을 운영 중이라고 하니 차라리 잘된 일인지도 모르겠다.

어쨌든 젬마는 웬 남자와 함께 있었단다. 엘리자베스는 그 남자를 '테니스 코치 스타일'이라고 했는데, 내가 알기로 요즘 사람들은 그런 부류를 '필라테스 강사 스타일'이라고 부른다. 엘리자베스가 보기에 젬마는 슬픔에 잠긴 미망인의 모습은 전혀 아니었다고 한다. 사별 후 조금이나마 행복해진 모습이라고 하니 다행이긴 하다.

그리고 젬마는 꽤 큰돈을 손에 쥐게 됐다. 이것도 엘리자베스가 젬마와 접촉해서 알아낸 정보다. 어떤 식의 접촉이었는지는 모르겠지만, 예전에 엘리자베스가 기절한 척하느라 팔꿈치까지 까진 적이 있는 걸 보면 그 비슷한 방법을 쓰지 않았을까 싶다. 엘리자베스는 언제나 답을 알아낼 방법을 찾아내는 사람이니까.

어쨌든 젬마 벤섬은 쿠퍼스 체이스 홀딩스를 브램리 홀딩스라는 회사에 팔았다. 우리는 브램리 홀딩스라는 회사에 대해 최대한 알아보려고 했지만 지금까지는 나온 게 없다. 조애나와 코닐리어스에게 전화를 해 도움을 요청했는데 그들도 성과를 올리지 못하기는 마찬가지다. 계속 알아보겠다고는 하는데, 코닐리어스의 인내심이 점점 바닥나고 있는 게 목소리에서 느껴졌다.

그런데 그 회사 이름 때문에 신경이 쓰여 잠을 잘 수가 없다.

브램리 홀딩스? 들어본 적이 있는 이름인데 정확히 떠오르지가 않는다. 엘리자베스는 흔한 이름이라 그럴 수 있다고 했고 그 말이 맞을 수도 있지만, 계속 머릿속에서 경고음이 울린다. 끄고 싶어도 끌 수가 없다.

브램리? 어디서 들어봤더라? 내가 늙어서 기억을 못 할 수도 있으니

타박은 하지 말기를. 그 이름에 뭔가 있다. 중요한 뭔가가.

쿠퍼스 체이스 실버타운의 소식지 「컷 투 더 체이스」를 편집하는 앤이 오늘 나를 만나러 왔다. 사람들은 누가 친구를 잃으면 늘 이렇게 찾아와 위로를 해주곤 한다. 우리 나이에는 그런 상황에 무슨 말을 해야 하는지 다 안다. 자주 겪어본 일이니까.

앤은 내게 흔한 위로의 말을 건네는 대신, 「컷 투 더 체이스」에 칼럼을 써줄 수 있겠냐고 요청했다. 앤은 내가 글쓰기를 좋아하고 실버타운에서 일어나는 온갖 일에 참견하고 다니는 만큼, 쿠퍼스 체이스에서 일어나는 일들에 관해 써주면 좋겠다고 했다. 나는 알겠다고 대답했다. 내 칼럼의 이름은 '조이스의 선택'으로 하기로 했다. 원래 내가 '조이스의 목소리'라는 이름을 제안했는데 앤은 정신 건강 관련 칼럼처럼 들릴 것 같다며 별로라고 했다. 앤이 칼럼에 실을 내 사진이 필요하다고 해서, 내일 사진을 몇 장 찍어 그중 괜찮은 사진을 하나 고를 생각이다.

우리는 내일 고든 플레이페어 씨를 만나러 가기로 했다. 그는 언덕배기에 사는 농부다. 1970년대 초에 여기서 살았고 지금도 여기 살고 있는 유일한 사람이 아닐까 싶다. 이안 벤섬이 살해당할 당시 고든은 벤섬 근처에 있지도 않았으니 용의자로 볼 수는 없겠다. 그래도 여기서 오래 산 사람이니 쓸모 있는 정보를 기억할 수도 있지 않을까.

다시 누워서 잠을 청해봐야겠다.

91장

70년대

"고풍스럽다고요?" 고든 플레이페어는 웃으며 우리가 한 말을 되풀이한다. "여기가? 오래 돼서 낡아빠진 집이기는 합니다. 다 죽어가는 늙은이가 사는 집이 뭐 그렇죠."

"우리도 다 늙어가고 있어요, 고든."

엘리자베스가 말한다.

영원한 안식의 정원 주변에 경찰이 저지선을 설치한 바람에 빙 돌아가야 해서, 플레이페어 농장까지 걸어 올라가는 데 예상보다 시간이 더 걸렸다. 소식에 따르면, 경찰차 두 대와 법의학팀이 사용하는 것으로 보이는 흰색 밴 한 대가 오전 10시경 영원한 안식의 정원 앞에 자리를 잡았고, 흰색 바디 수트를 입은 경찰 여러 명이 삽을 들고 언덕을 올라갔다고 한다. 라킨 코트 꼭대기 층에 사는 마틴 세지가 쌍안경으로 경찰들을 관찰하고 있는데 아직 별다른 소식은 없다. 마틴의 최근 보고는 '그냥 계속 땅을 파고 있어요'였다.

"이 집도 나도 늙어가고 있습니다. 지붕도 떨어지기 직전이고." 고든은 몇 가닥 남지 않은 머리카락을 쓸어 넘긴다. "전에는 멀쩡하던 곳들도 삐걱거려요. 배관도 문제가 생겼고요. 그런 면에서 이 집이나 나나 매한가지예요."

"저희가 선생님을 많이 성가시게 하는 건 아니죠? 저희 마을이요."

엘리자베스가 묻는다.

"별로 그런 건 없습니다. 저 아래 땅속에서 잠들어 있는 수녀들만큼 조용하진 않지만."

조이스가 말한다.

"언제 한번 마을에 놀러 오세요. 레스토랑도 있고 수영장도 있어요. 줌바 수업도 받을 수 있고요."

"예전에는 자주 내려가곤 했어요. 이런저런 볼일도 보고 얘기도 나누러. 수녀들은 기도를 할 때만 빼면 활기찼어요. 일하다 엄지에 못이 박히거나 토끼굴에서 발목을 접질리면 가서 치료도 받았어요."

엘리자베스는 고개를 끄덕인다.

"이안 벤섬 씨가 살해당한 날 아침에 선생님을 만났죠?"

"안타깝게도 그렇게 됐습니다. 내가 부른 건 아니었지만."

"그럼 누가 불렀어요?"

"막내딸 캐런이요. 캐런이 그 사람 얘기를 끝까지 들어보라고 부탁을 해서요. 캐런은 내가 이 농장을 팔기를 바라고 있어요. 왜 안 그렇겠습니까?"

"이안 벤섬 씨와 무슨 얘기를 나누셨나요?"

엘리자베스가 묻는다.

"늘 하는 헛소리죠. 똑같은 제안을 하고 구워삶으려 들고. 정중하게 말하자면, 이안 벤섬 씨와 말다툼은 하지 않았습니다. 마음만 먹으면 정중하지 않을 수도 있지만요."

"땅을 팔 생각은 없으신 거죠?"

"벤섬 씨도 그렇고 딸도 말을 빙빙 돌려요. 캐런은 어차피 나한테 안

통한다는 걸 알고 있지만 벤섬 씨는 좀 더 끈덕지게 굴더군요. 내가 땅을 팔지 않는 건 애들한테 못 할 짓이라는 식으로 밀어붙였어요."

"선생님은 꿈쩍도 안 하셨죠?"

"내가 원래 그런 말에 잘 안 넘어갑니다."

"저도 그래요. 그래서 그날 얘기가 어떻게 마무리됐나요?"

"벤섬 씨는 어떤 방법을 써서든 내 땅을 자기 것으로 만들겠다고 했습니다."

이번에는 조이스가 묻는다.

"그래서 뭐라고 하셨어요?"

"내 눈에 흙이 들어가면 그렇게 하라고 했죠."

그러자 엘리자베스가 나지막하게 말한다.

"그렇군요."

"어쨌든 또 다른 제안을 받았는데 그 제안을 받아들일 생각입니다. 벤섬 씨 없이 계약을 하게 되었네요."

"잘됐네요."

"그런데, 여기 찾아오신 이유가 사교적인 목적인가요? 아니면 내가 딱히 도와드릴 일이 있습니까?"

"재미있는 질문이네요." 엘리자베스는 고개를 끄덕인다. "선생님이 이곳에 대해 기억하는 부분이 있는지 궁금해요. 70년대 관련해서요."

"기억하는 거야 많죠. 사진 앨범도 몇 개 있을 겁니다."

"보여주시면 좋겠어요."

"미리 경고하는데 내 사진은 대부분 양들을 찍은 겁니다. 정확히 뭘 찾고 있습니까?"

92장

단체 사진

우리는 묘지에서 발견한 시체에 관해 고든 플레이페어에게 털어놓았다. 그리고 50년 전 누가 그 시체를 거기 묻었을지에 대해 한참 얘기를 나눴다. 쿠퍼스 체이스가 수녀원이고, 청년 고든 플레이페어가 바로 이 언덕배기의 이 집에서 가족과 함께 살던 시절에 관한 얘기였다.

그런데 그의 땅을 팔라는 제안은 어떻게 된 거냐고? 정체 모를 브램리 홀딩스 사람들이 한 제안이라고 했다. 그 회사 이름만 들으면 미칠 것 같다. 언젠가는 기억이 나겠지. 고든은 지금까지 이안 벤섬이 싫어서 순전히 그에 대한 반감으로 자신이 손해임에도 불구하고 땅을 팔지 않았다. 벤섬이 빠지자 고든은 드디어 땅을 팔기로 한 것이다.

나는 땅 판 돈으로 뭘 할 건지 물었다. 당연하게도 그 돈은 대부분 자식들에게 갈 모양이었다. 그는 자식이 셋이라고 했다. 그중 한 명은 우리가 아는 캐런이다. 바로 옆 들판의 작은 오두막에 살면서 우리에게 컴퓨터 수업을 해주기로 했던 캐런. 상황이 이렇게 되면서 그 수업은 불가능하게 됐지만.

캐런은 결혼을 하지 않았는데, 그 점에서는 조애나도 마찬가지다. 생각해보니 나도 그렇다.

어쨌든 운 좋은 아이들이구나. 고든은 자식들한테 나눠 주고 남는 돈으로는 그럭저럭 괜찮게 생활할 만한 곳을 마련할 생각이라고 했다. 며칠 내로 우리가 쿠퍼스 체이스를 안내해주기로 했다. 그의 마음에 들지는 그때 가봐야 알겠지. 재미있지 않나? 고든은 우락부락하게 생겨서 전형적인 미남은 아니지만, 농부답게 어깨가 떡 벌어졌다.

다시 본론으로 돌아가자. 고든은 우리가 왜 1970년대와 관련된 그의 기억을 듣고 싶어 하는지 이해했다. 우리가 왜 그의 사진 앨범을 그렇게 열심히 들여다보고 있는지도. 우리는 오래전 그가 언덕을 내려가면서 찍은 사진들을 하나하나 살펴보았다. 눈에 들어오는 사람이 찍혀 있는지 확인해야 했다.

두 번째 앨범을 들여다보던 중에 단서를 찾았다. 두 번째 앨범의 시작은 결혼사진이었다. 고든과 샌드라 부부의 결혼사진(미안하지만 그동안 남들의 결혼사진을 하도 많이 봐서 그다지 감흥이 없었다)에 이어 그들 부부의 아기 사진이 앨범에 담겨 있었다. 아기 사진은 결혼식 사진과 미심쩍을 정도로 기간 차이가 얼마 나지 않았다. 어쨌든 그 아기가 그들 부부의 맏이였다. 그다음 페이지는 온통 양들의 사진이었다. 고든 얘기로는 그게 다 다른 양이라고 했다. 벽난로 앞에서 와인을 마시며 양 사진을 한 장씩 들여다보고 있자니 나른하게 졸음이 오기 시작했다. 드디어 그 앨범의 끝 부분에 다다랐다. 마지막 사진 여섯 개는 모두 흑백 사진이고 전부 수녀원에서 열린 크리스마스 파티에서 찍은 것이었다. 우리가 생각하는 그런 파티는 아니었지만 크리스마스 기념 모임인 것만은 틀림없어 보였다.

다섯 번째 단체 사진이 우리의 시선을 사로잡았다. 처음에는 바로 알아보기 어려웠다. 50년이라는 세월이 흐르는 동안 누구나 모습이 많이 바뀌게 마련이니까. 50년 간격이었으면 나도 엘리자베스를 못 알아봤을 것이고, 엘리자베스도 마찬가지 아니었을까. 우리는 그 사진을 거듭 들여다본 끝에 같은 결론에 이르렀다.

드디어 우리는 증거를 손에 넣었다. 앞으로 어떻게 할지 계획도 섰다. 물론, 엘리자베스가 세운 계획이다.

사진 얘기가 나와서 말인데, 내 사진 중에 「컷 투 더 체이스」의 칼럼에 넣을 괜찮은 사진을 한 장 찾았다. 오래전에 찍은 사진이기는 하지만 나인 것을 알아볼 만은 하다. 제리와 함께 찍은 사진인데, 앤이 컴퓨터로 알아서 그를 잘라내겠다고 했다. 미안, 여보.

93장

심리전

쿠퍼스 체이스 한가운데에 위치한 성당 건물에는 고해 성사실이 있다. 근래에는 청소부들이 청소용품을 보관해두는 용도로 사용했다. 조이스는 엘리자베스를 도와 고해 성사실을 치웠다. 바닥 광택제가 담긴 상자들을 예수상 뒤쪽의 제단 위에 깔끔하게 쌓았다. 엘리자베스는 고해 성사실을 말끔하게 청소하고 창살까지 윤기 나게 닦았다. 단단한 나무 의자에는 올라 카일리(런던에서 활동하는 아일랜드인 패션 디자이너)가 디자인한 쿠션 두 개를 올려놓아 포인트를 주었다.

엘리자베스는 수많은 심문을 진행했고 무수한 이들을 법의 심판대 앞에 세웠다. 그녀가 진행한 면담의 녹화 테이프가 있다고 해도 오래전에 어디 묻히거나 지워지거나 불태워졌을 것이다. 엘리자베스는 부디 그렇게 되었기를 바랐다.

변호사는? 없었다. 법적 절차는? 당연히 없었다. 어떻게든 빨리 결과를 이끌어내기 위해서였다.

신체적 폭력은 가하지 않았다. 그런 방법은 엘리자베스가 선호하는 방법이 아니었다. 엘리자베스는 이 업계에서 그런 방법을 동원하는 경우가 종종 있지만 효과는 전혀 없다는 걸 잘 알고 있었다. 이건 심리전이었다. 허를 찌르는 방법으로, 예상치 못한 각도로 접근해야 했다. 전혀 급할 거 없다는 듯이 의자 등받이에 기대어 앉아 느긋하게 상대의 대답을 기다려야 했다. 마치 그 모든 과정을 상대가 이끌어가고 있는 것처럼. 그러기 위해서는 예상 밖의 관점으로 접근해야 했다. 상대에게 꼭 맞는 방법으로.

이를테면 신부를 고해 성사실로 불러들이는 것도 그런 방법 중 하나일 것이다.

엘리자베스는 도나와 크리스가 무척 마음에 들었다. 목요일 살인 클럽 입장에서는 그 두 경찰과 함께 할 수 있어 운이 좋았다. 그 둘이 없었으면 온갖 지루한 일들까지 다 해야 했을 것이다. 물론 도나와 크리스도 한계가 있었다. 이번 작전은 바로 그들의 한계를 한참 뛰어넘고도 남았다. 하지만 엘리자베스가 매튜 매키에게 제대로 마법을 걸면 경찰들도 용서해주지 않을까.

마법이 통하지 않으면? 그녀의 마법은 그저 기억에 지나지 않는데 어쩌지? 이안 벤섬이 토니 커런을 죽였을 것이라던 엘리자베스의 추측은 이미 보기 좋게 빗나가지 않았나?

하지만 매튜 매키는 달랐다. 매튜는 벤섬과 맞붙어 싸움을 벌였다. 세상에 존재하지도 않는 것 같던 매튜는 바로 이 성당에서 찍은 사진에 모습이 남아 있었다. 신부이기도 하고 아니기도 한 그 남자는 그동안 본인의 발자취를 잘 감추며 살아왔다.

누군가 무덤을 파헤치기로 결정할 때까지. 바로 그 무덤을 말이다.

그 남자는 지금 이곳으로 오고 있었다. 집에 머무는 게 더 편한 이 시간에 말이다. 고해 성사를 하러 오는 것일까? 엘리자베스가 진실을 알아냈다는 것을 그가 알아챌까? 펜타닐이 가득 담긴 주사기를 들고 오려나?

엘리자베스는 죽음을 두려워한 적이 없지만, 지금 문득 스티븐이 생각난다.

영원 같은 어두움 속에서 느껴지는 한기에 엘리자베스는 몸을 떤다. 카디건 단추를 잠그고 손목시계를 내려다본다. 진실이 어떻게든 곧 밝혀지게 될 것이다.

94장

아버지

크리스 허드슨은 작은 방 안에서 덩치 큰 남자와 마주 앉아 있다. 그곳은 니코시아 중앙 교도소의 면회실이고, 그 남자는 지아니 군두스의 부친 코스타스 군두스다.

크리스는 바닥에 볼트로 고정된 콘크리트 의자에 앉았다. 등받이가 뻣뻣하고 꿈쩍도 하질 않는다. 라이언에어 비행기를 타고 키프로스로 날아오느라 이미 상당히 불편한 좌석을 경험했지만, 세상에 이 콘크리트 의자보다 더 불편한 의자가 있을까 싶다.

지금까지 해외 출장은 몇 번 없었고 상당히 띄엄띄엄 있었다. 수년 전 해안 지역 근처의 차고에서 1파운드 위조 주화를 공급하던 70세 골동품 거래상 빌리 질을 호브 마을에서 스페인으로 호송한 적이 있었다. 오랜 세월 들통 나지 않은 덕분에 빌리는 그 사업으로 꽤 쏠쏠한 수익을 올렸다. 그러다 2파운드 주화가 나왔고 빌리는 욕심이 나서 급하게 위조 주화를 만들어냈다. 그가 만든 2파운드 주화는 훌륭한 편이었지만 가운데 부분이 자꾸 떨어져 나가는 바람에 결국 꼬리가 밟히고 말았다. 경찰은 포트슬레이드 빨래방에서 오래 잠복근무를 한 끝에 빌리의 위조 주화 제조소 위치를 파악했고 빌리는 그 길로 주머니에 주화를 담고 짤랑거리며 달아나다가 붙잡혔다.

크리스가 기억하는 그 출장은 이러했다. 크리스와 빌리는 쇼럼 공항에서 비좁은 전세 비행기를 타고 출발해 스페인의 'A'로 시작되는 어느 공항에 착륙했다. 밴을 타고 불볕더위에 시달리며 교도소로 향하고 있었는데, 45분쯤 달린 밴이 도로에서 멈추더니 그쪽 경찰이 진저리를 치며 손에 수갑을 찬 빌리 질을 크리스 옆자리로 옮겨 앉게 했다. 그 후 7시간 동안, 집으로 돌아가기 전까지 크리스는 빌리 질의 수다에 시달려야 했다. 빌리는 스페인에서는 마마이트(영국인이 주로 빵에 발라 먹는 이스트 추출물로 만든 제품)를 구할 수가 없다며 한탄을 해댔다.

그리고 몇 년 뒤 업무에 필수라는 IT 강습을 받느라 아일오브와이트 주로 출장을 다녀왔다. 지금까지 그의 해외 출장 경험은 그 정도가 다였다.

이번 키프로스 출장은 좀 더 제대로 된 해외여행에 가까웠다. 물론 무지하게 덥기는 했지만. 키프로스의 라르나카 공항에 착륙한 크리스는 키프로스 형사 조 키프리아누가 운전하는 차를 타고 함께 수도 니코시아로 향했다. 니코시아 중앙 교도소는 깨끗하고 시원한 편이었다. 콘크리트 의자에 앉아 있으니 땀도 나지 않았다. 면회실 문이 닫힌 순간부터 그는 기분이 좋아졌다.

코스타스 군두스의 나이는 70대 정도인데 빌리 질보다는 확실히 말수가 적었다.

"지아니를 마지막으로 본 게 언젭니까"

크리스의 물음에 코스타스는 그를 똑바로 쳐다보며 어깨만 으쓱한다.

"지난주예요? 작년? 지아니가 여길 찾아왔습니까? 대답해봐요, 코스타스."

코스타스는 손톱만 내려다본다. 교도소에 수감된 죄수의 손톱치고는 상당히 깨끗하다.

"잘 들어요, 군두스 씨. 우리는 당신 아들이 2000년 5월 17일에 키프로스로 돌아왔다는 기록을 갖고 있습니다. 오후 2시경에 라르나카 공항에서 내렸죠. 그런데 그 후로는 행방이 묘연해요. 흔적조차 보이질 않습니다. 어째서 그런 걸까요?"

코스타스는 잠시 생각을 하다가 묻는다.

"지아니는 왜 찾습니까? 세월이 많이 지났는데?"

"영국에서 일어난 위법 행위에 관해 물어볼 게 있어서 그렇습니다. 그의 행선지를 확인하고 용의선상에서 제외하려고요."

"여기까지 날아온 걸 보면 꽤 큰 위법 행위였나 봅니다?"

"그렇죠. 꽤 큰 위법 행위 맞습니다."

코스타스는 천천히 고개를 끄덕인다.

"여태 지아니를 못 찾았다고요?"

"2000년 5월 17일 오후 2시에 어디 있었는지까지 파악했고 그 후로는 오리무중이죠. 어디로 갔을까요? 누구를 만났겠습니까?"

"글쎄요." 코스타스는 의자에 앉은 채 허리를 곧게 편다. "여기 왔으면 나를 만나러 왔겠죠."

"그가 여기 왔습니까?"

코스타스는 앞으로 몸을 약간 기울이며 미소를 짓는다. 그러고는 다시 어깨를 으쓱한다.

"면회 시간이 다 됐네요. 행운을 빕니다. 키프로스에서 재미있게 놀다 가세요."

앞으로 허리를 숙인 조 키프리아누는 코스타스를 바라보며 입을 연다.

"코스타스와 그의 형제 안드레아스는 이곳 니코시아에서 오토바이를 훔쳐 되파는 일을 했습니다, 크리스. 훔친 오토바이를 터키로 선적해 보냈죠. 각 항구에 아는 사람을 심어두기만 하면 되니 무지하게 쉬운 일이었어요. 이들 형제는 작은 작업장을 운영하면서 오토바이의 일련번호를 없애고 등록번호를 바꾸는 식으로 일처리를 했어요. 맞지, 코스타스?"

"오래전 일입니다."

"종종 자동차도 취급했어요. 어차피 같은 배에 실어 보내면 되는 것이고 그들이 하는 짓을 눈감아주는 사람들도 있으니까 문제될 게 없었죠. 그렇게 이들은 오랜 세월 훔친 오토바이와 자동차를 되팔아왔습니다. 자동차를 취급하면서부터는 작업장 규모도 커졌죠. 트럭도 더 큰걸 사용해야 했고, 상자도 더 커져야 했지만요."

"돈도 더 많이 벌었겠군요?"

크리스는 코스타스를 쳐다보며 묻는다.

"그렇죠. 아무 문제도 없이 모두가 행복하게 일이 척척 진행됐어요. 코스타스와 안드레아스는 깔끔하게 일처리를 했습니다. 그러다 1974년에 터키가 쳐들어왔어요. 그 역사에 대해서는 아시죠?"

"예."

크리스는 모르지만 대충 안다고 대답한다. 영국으로 돌아가는 비행기를 타기 전에 뭐든 먹어야 될 것 같다. 아무래도 이야기가 길어질 것 같은 예감이 든다. 중요하다고 생각되는 정보는 나중에 위키피디아에서 찾아보면 될 것이다.

"터키가 쳐들어와서 키프로스 북부 지역을 차지했습니다. 북쪽에 살던 그리스계 키프로스인들은 남쪽으로 내려오고, 남쪽에 살던 터키계 키프로스인들은 북쪽으로 올라갔죠. 코스타스와 안드레아스도 작업장을 옮겼고요."

"북쪽으로 올라간 겁니까?"

조 키프리아누는 웃으며 말한다.

"북쪽으로 올라가기는 했지, 코스타스? 거리 세 개를 가로지르는 만큼이었지만, 올라가기는 했죠. 니코시아시가 반으로 나뉘면서 도시 북부에는 터키계가 남부에는 그리스계가 살게 됐으니까요. 분단선 넘어 북쪽으로 올라간 코스타스와 안드레아스는 완전히 새로운 세상을 만나게 됐습니다."

크리스는 나중에 인터넷에서 '분단선'을 찾아봐야겠다고 속으로 생각한다.

"코스타스, 새로운 세상에서 사업 기회를 포착했지? 그래서 새 사업을 시작했잖아."

조의 말에 크리스가 코스타스에게 묻는다.

"마약입니까? 이런 못된 사람 같으니라고."

코스타스는 어깨만 으쓱할 뿐이다.

조가 대신 말한다.

"마약 맞습니다. 아주 제대로 된 공급책을 물었어요. 터키에서 북키프로스로 마약을 들여왔죠. 북키프로스에서 저들은 어디로든, 누구한테든 마약을 팔 수 있었습니다. 사업은 빠르게 커져갔어요. 온갖 보호를 받으면서요. 변경 국가의 장점을 십분 이용한 거죠. 그렇게 10년 동안 사업을 운영하면서 이들 형제는 북키프로스의 왕으로 군림했습니다. 저들 가문에는 아무도 손을 대지 못했어요. 저들은 자선 사업도 운영하고 학교도 열고 온갖 일을 다 벌였습니다. 북키프로스에서 군두스라는 이름을 대면 안 되는 일이 없을 정도죠."

크리스는 고개를 끄덕인다.

"2000년에 지아니는 비행기를 타고 여기로 와서 그 길로 사라졌습니다. 다시 모습을 드러낸 적이 없어요. 당시 영국 경찰들이 체포 영장을 들고 이곳으로 날아왔고, 키프로스 경찰들도 수색을 했지만 성과는 없었습니다."

조는 고개를 끄덕거린다.

"그렇겠죠, 크리스. 영국을 재빨리 빠져나온 지아니는 아버지에게 전화를 했을 겁니다. 코스타스는 공항에 도착한 아들을 데려오라고 사람을 보냈겠죠. 아들이 기존에 갖고 있던 여권을 불태우고 곧바로 새 여권을 건네줬을 테고요. 새로운 이름으로 거듭난 지아니는 북키프로스 사업에 다시 복귀했을 겁니다. 아마 바로 다음 날부터 일을 시작했을 걸요. 그렇지, 코스타스?"

"그런 일 없습니다." 코스타스가 말한다.

크리스가 묻는다.

"수색은 제대로 한 걸까요? 우리 쪽 경찰들도 그렇고, 이쪽 경찰들도요."

"그럴 리가요. 절대 그럴 리 없죠. 아시겠지만 저도 경찰에 대해 안 좋은 소리는 안 하고 싶습니다. 하지만 뻔해요. 찾아보지도 않았을 겁니다. 들여다봐야 할 곳도 안 들여다봤겠죠. 그쪽 경찰들이 쓴 보고서를 한번 보세요. 북키프로스에는 발도 들여놓지 않았을 겁니다. 2000년에 코스타스는 그야말로 어마어마한 힘을 갖고 있었어요. 모든 것과 모든 사람을 다 손아귀에 쥐고 있었으니까요. 그렇지, 코스타스?"

그 말에 코스타스는 고개를 끄덕인다.

"지금 이렇게 교도소에 있지만 여전히 권력을 휘두르고 있습니다. 경

경감님이 얼마나 실력이 좋은지 모르겠지만 한번 찾아보세요. 지아니는 여기 있을 수도 있고 터키나 미국에 가 있을 수도 있어요. 영국으로 돌아갔을 수도 있고요. 코스타스는 지아니가 어디 있는지 알겠지만 절대 경감님을 도와주지 않을 겁니다."

코스타스는 잘 모르겠다는 듯 두 손을 앞으로 뻗는 것으로 대답을 대신한다.

크리스가 조에게 묻는다.

"지아니가 영국으로 돌아갔을 수도 있겠군요? 가명으로 살면서 토니 커런을 죽이고 다시 영국을 빠져나갔을 가능성도 있겠네요. 우리로서는 절대 확인이 불가능합니까?"

조는 고개를 끄덕인다.

"그렇죠. 지아니가 영국으로 돌아갔다면 거기서 누군가의 도움을 받았겠죠. 영국에 사는 키프로스인들이 있으니까요. 그들이 지아니를 도와주지 않았을까요? 코스타스가 두려워서 어떻게든 도움을 주지 않았겠어요?"

크리스는 어깨를 으쓱하며 그 정보를 머릿속에 저장한다.

코스타스는 이만하면 충분하다는 듯 의자에서 일어선다.

"더 할 말 없으시죠, 두 분 다?"

크리스는 고개를 끄덕인다. 여기서는 쏠 수 있는 탄약도 없다. 이런 면담에서 성과를 내려면 프로답게 행동해야 한다. 그는 명함을 꺼내 코스타스 앞 테이블에 내려놓는다.

"내 명함입니다. 뭐든 기억나는 게 있으면 연락해요."

코스타스는 명함을 한번 보고 크리스를 올려다본다. 그리고 다시 명함을 내려다보더니 껄껄 웃음을 터뜨린다. 그러고는 조 키프리아누 쪽으로 몸을 기울여 크리스는 듣지 못하게 귓속말을 한다. 조도 웃음을 터뜨린다. 코스타스는 마지막으로 한 번 더 크리스를 돌아보고는 확고하게 고개를 젓는다. 눈빛은 그다지 사납지 않다.

크리스는 프로답게 코스타스에게 어깨를 으쓱해 보인다.

미리 검색을 해봤는데 라르나카 공항에 스타벅스와 버거킹이 있는 거로 나왔다. 요즘은 버거킹 매장을 찾는 게 점점 힘들어진다. 이제 떠나야 할 시간이다. 크리스는 일어서며 묻는다.

"그런데 어쩌다 잡혀 들어오게 된 겁니까, 코스타스?"

코스타스는 슬쩍 웃음 짓는다.

"미국에서 할리 데이비슨을 사서 배에 실어 보냈는데, 세금 내는 걸 깜박해서요."

"농담이죠? 그래서 종신형을 받았다고요?"

코스타스 군두스는 고개를 젓는다.

"2주 징역형이었는데 교도관을 죽인 바람에 이렇게 됐습니다."

크리스는 고개를 끄덕인다.

"대단한 가족이네."

95장

고해 성사

매튜 매키는 엘리자베스에게 전화를 받고 깜짝 놀랐다. 엘리자베스는 그에게 고해 성사를 해줄 수 있느냐고 물었다. 그는 정원 손질을 하면서 생각에 잠겼다. 경찰과의 면담으로 그는 혼란에 빠졌고 마음도 심란해졌다. 몇 달 전까지만 해도 그의 삶은 단순하기 그지없었다. 물론 행복하다고는 말할 수 없었다. 오랜 세월 행복한 적이 없었으니까. 그래도 마음은 평화롭지 않았나? 약간의 만족감도 느꼈던가? 앞으로도 그렇게 살 줄 알았다.

그는 집도 있고 정원도 있으며 연금도 받고 있다. 한 번씩 그를 찾아오는 좋은 이웃들도 있다. 얼마 전에는 맞은편 집에 젊은 부부가 이사왔다. 아이들은 포장된 길을 따라 자전거를 타고 내달렸다. 창문을 열어놓으면 초인종 소리와 웃음소리를 들을 수 있었다. 5분만 걸어 내려가면 바다였다. 바람만 많이 안 불면 해변에 앉아 갈매기를 바라보며 신문을 읽을 수도 있었다. 사람들은 그를 알았고, 지나가면서 미소와 함께 안부를 묻곤 했다. 그가 바쁘지 않아 보이면 사람들은 코피나 고관절 통증, 불면증 같은 고민거리를 털어놓기도 했다. 그는 그렇게 살아왔다. 일정한 리듬, 반복되는 일상은 과거의 유령들이 가까이 다가오지 못하게 막아주었다. 그 이상 뭘 더 바랄까?

하지만 지금은? 싸움판이 벌어지고 경찰과 면담을 했으며 걱정이 끊이질 않는다. 마음의 평안을 되찾을 수 있을까? 시간이 지나면 번뇌가 사라질까? 그럴 것 같지가 않다. 시간이 약이라고들 하는데, 인생에서 어떤 것들은 한 번 망가지면 되돌릴 수 없다. 요즘 매튜 매키는 창문을 닫아놓고 살았다. 초인종 소리도 웃음소리도 들리지 않도록. 다시는 평화로운 삶으로 돌아갈 수 없을 것이다.

지난 한 달 동안 줄곧 나쁜 소식만 듣고 살았다. 엘리자베스의 전화는 어떻게 받아들여야 할까? 이건 또 무슨 일인가?

성 마이클 성당의 고해 성사실을 아느냐고 엘리자베스는 물었다. 아냐고? 그는 요즘도 고해 성사실 꿈을 꾼다. 어둠 속에서 둔탁하게 울리는 메아리, 사방에서 조여 들어오는 벽. 그의 삶이 반으로 쪼개져 다시는 회복되지 못한 곳.

그리로 돌아가야 할까? 이건 옳은 질문이 아니다. 그는 애초에 그곳을 떠난 적이 없었다. 언젠가는 그곳으로 가야할 것임을 알고 있었다. 하느님의 유머 감각 덕분이겠지. 정말이지 인정해드려야 한다.

그는 엘리자베스를 본 적이 있었다. 협의회에서 그리고 살인이 일어난 날에. 엘리자베스는 눈에 확 띄었다. 엘리자베스는 무슨 생각인 걸까? 더 이상 감출 수 없어 고백하려는 죄는 무엇일까? 왜 그에게 고해 성사를 요청했을까? 왜 하필 그곳에서? 살인이 일어난 날 그를 본 게 분명했다. 일반적으로 사람들의 머릿속에 강한 인상을 남기곤 하는 로만 칼라 때문이겠지. 로만 칼라를 보면 사람들은 비밀을 죄다 털어놓고 싶어 하니까. 그의 무엇이 엘리자베스로 하여금 마음 속 빗장을 열고 그에게 전화를 걸게 만들었을까? 게다가 그의 번호는 어떻게 알았을까? 그의 번호는 전화번호부에 등재돼 있지도 않은데. 인터넷에서 알아냈을까? 분명 어디선가 알아냈을 것이다.

결국 이렇게 성 마이클 성당으로 돌아가게 됐다. 엘리자베스와 함께 고해 성사실로 들어가야 한다. 모든 것이 시작되고 모든 것이 끝나버린 그곳으로. 섬뜩한 우연이 아닐 수 없다. 엘리자베스가 아는지 모르겠지만.

벡스힐 기차역 플랫폼에서 기차를 기다리던 매튜 매키는 문득 엘리자베스가 둘 중 누가 고해 성사를 할 것인지 명확히 말하지 않았음을 깨달았다.

그냥 집으로 돌아갈까. 하지만 이미 기차표를 사버렸다.

엘리자베스가 아는 건 아니겠지? 설마?

96장

스타스키와 허치

역시 그렇게 된 거였다. 사라졌던 탕아 지아니 군두스는 돌아왔고 강력한 가족들의 보호를 받고 있었다. 이제는 지아니가 최근에 비행기를 타고 영국으로 돌아갔는지를 확인해야 했다. 지아니는 영국에서의 추억을 되새김질하고 있을까. 어떤 이름으로 살고 있을까? 어떤 얼굴로? 이 정도면 지아니가 멋대로 영국을 드나들 수 있다고 봐야 한다.

공항에 도착하고 보니 탑승까지 시간이 한참 남아서 크리스는 스타벅스에서 트리플 초콜릿 머핀을 사 먹었다. 영양가는 없고 칼로리만 높은 음식이라 몸에 안 좋다는 걸 알지만, 머핀 하나를 다 먹고 나서야 그 생각이 났다. 그때 누군가 영국인 억양으로 그에게 묻는다.

"옆자리 비었습니까?"

크리스는 눈도 들지 않고 비었다는 뜻으로 옆자리를 손으로 가리킨다. 잠시 후 뇌가 그에게 익숙한 목소리라고 알려준다. 그래, 역시 그렇겠지. 시선을 든 크리스는 고개를 끄덕거린다.

"즐거운 오후네요, 론."

"그러게요, 크리스." 론은 옆자리에 앉으며 말한다. "머핀 하나가 450칼로리인 건 아는지 모르겠네."

"내 뒤를 밟았습니까, 론? 뭘 하는지 지켜보려고요?"

"아뇨. 우린 어제 여기 도착했어요."

"우리라고요?"

이브라힘이 쟁반을 들고 이쪽으로 다가온다. 이브라힘은 크리스에게 고개를 끄덕이며 말을 건넨다.

"이렇게 우연히 만나니 참 좋네요, 경감님! 여기 와 계시다는 얘기는 들었습니다. 론, 인스턴트커피를 어떻게 주문하는지 몰라서 대충 주문 했더니 캐러멜 카푸치노를 주네요."

"고마워요, 이브라힘."

론은 이렇게 말하며 쟁반에서 커피를 집어 든다.

"두 분이 여기서 뭘 하고 계신지는 굳이 물어볼 필요도 없을 것 같네 요. 두 분만 오신 겁니까? 조이스는 면세점에서 쇼핑 중인가요?"

"남자들끼리 왔습니다. 키프로스에서 즐겁게 관광이나 하려고."

이브라힘이 그 말을 받는다. "유대 관계도 다질 겸 해서죠. 나는 지금 껏 가까이 지내는 남자 친구들이나 여자 친구들이 없었어요. 키프로스 에도 처음 와봤고요."

론이 설명한다. "실은 엘리자베스가 우리더러 여기 가보래서 왔습니 다. 엘리자베스가 아는 사람의 아는 사람의 아는 사람을 통해서 손을 좀 썼어요. 그래서 알게 된 건 경감님이 알아낸 것과 같은 정보겠죠."

이브라힘이 말한다. "아주 강력한 가문이던데요. 지아니는 아주 쉽게 숨을 수 있었겠어요. 신분도 감췄겠죠. 그러니 추적이 안 됐던 거고요."

론이 묻는다. "경감님이 지아니의 부친을 만났다고 들었는데, 알아낸 거라도 있습니까?"

"대체 누구한테 그런 얘기를 들으신 거죠?"

"그게 중요할까요?"

크리스가 생각하기에도 그건 별로 중요한 사항이 아니다.

"지아니가 어디 있는지 아는 눈치였습니다. 엘리자베스도 지아니의 소재에 대해 그 부친한테서 정보를 얻어내지 못했나 보군요."

두 할아버지는 고개를 끄덕인다.

"조이스라면 가능했을 수도 있을 텐데."

크리스가 덧붙여 말하자 두 할아버지는 미소를 지으며 또 고개를 끄덕인다.

이브라힘이 말한다.

"자주 웃질 않으시네요, 경감님은. 이런 말을 해서 거슬리지는 않으시죠? 그냥 관찰한 걸 말한 겁니다."

"저에 대한 관찰은 제가 알아서 하겠습니다." 이브라힘의 말이 맞는 것 같기는 한데 지금 이 자리에서 그런 생각을 하고 싶지는 않다. "엘리자베스는 아는 사람의 아는 사람의 아는 사람을 통하지 말고 직접 오지 왜 안 왔습니까? 캐그니와 래이시(1980년대 방영된 강력계 여형사 캐그니와 래이시를 주인공으로 한 드라마)가 와서 해도 될 일을 스타스키와 허치(1970년대 경찰 액션 드라마. 스타스키와 허치는 이 드라마에 나오는 남성 형사들 이름)를 보낸 이유가 뭡니까?"

"스타스키와 허치라. 듣기 좋군요. 나는 좀 더 체계적인 성격을 가진 허치 역할을 해야겠어요."

그때 탑승 시간임을 알리는 안내 방송이 흘러나온다. 세 남자는 각자의 소지품을 챙겨든다. 크리스는 론이 지팡이로 바닥을 짚고 있음을 알아챈다.

"지팡이 쓰시는 건 처음 보네요, 론."

론은 어깨를 으쓱한다.

"지팡이를 짚고 있으면 비행기에 제일 먼저 탑승시켜 줘요."

"엘리자베스와 조이스는요? 제가 알고 싶어 하지 않을 만한 일을 어디서 벌이고 있는 건 아니겠죠?"

그러자 이브라힘이 말한다.

"알고 싶지 않으실 겁니다."

"아, 맙소사!"

97장

거짓 고백

성당 안에 촛불이 깜박거린다. 고해 성사실 안, 엘리자베스와 매튜 매키는 약간 간격을 두고 앉아 있다.

"옷을 갖춰 입고 올 필요는 없을 것 같아 이러고 왔어요. 당신이나 하느님께 용서를 바라지는 않아요. 공식적으로 해두고 싶어 이러는 거죠. 내가 죽어 모든 것이 먼지가 되어버리기 전에 증언을 해줄 사람은 있어야 하니까. 고해 성사 관련해서 규칙이 있다는 걸 알아요. 그러니 이 정보로 해야 할 일이 있다면 하세요. 저는 사람을 죽였어요. 아주 오래전 일이에요. 어쩔 수 없었어요. 그 남자가 날 공격하는 바람에 방어하다가 그리 된 거니까. 어쨌든 그 남자를 죽이기는 했지만요."

"계속하세요."

"당시 저는 페어헤이븐의 셋방에서 살고 있었어요. 이걸로 제 탓을 하실지 모르겠지만 제가 그 남자를 집으로 초대했어요. 어리석었죠. 하지만 젊을 때는 누구나 어리석잖아요. 그런데 초대받아 온 남자가 날 공격한 거예요. 처참한 상황이 벌어졌지만 변명의 여지는 없겠죠. 난 반격했고 결국 그 남자를 죽였어요. 겁이 더럭 났어요. 남들 눈에 어떻게 보일지 아니까. 실제 벌어진 일을 본 사람은 아무도 없으니 누가 내 말을 믿어주겠어요. 당시는 요즘과는 달랐어요. 기억하시죠?"

"기억합니다."

"시체를 커튼으로 둘둘 감쌌어요. 차로 끌고 갔죠. 어떻게 처리할지 생각할 동안 차 안에 뒀어요. 모든 일이 순식간에 일어나버렸다는 걸 이해해주세요. 그날 아침 나는 남들과 다름없이 눈을 떴는데 그런 일이 벌어진 거예요. 정말 말도 안 되는 일이요."

"어떤 식으로 죽였는지 물어봐도 될까요?"

"총으로 쐈어요. 다리에다가. 다리에 총을 맞고 죽을 줄은 몰랐는데 피를 엄청 흘리더라고요. 너무 빨리, 너무 많은 피를 흘린 거예요. 그 남자가 악이라도 썼으면 상황이 달라졌을 수도 있어요. 그런데 그냥 낑낑대며 신음을 흘리는 게 전부였어요. 쇼크 때문이었을 거예요. 지금 당신 옆에 있는 것처럼 이렇게 가까이서, 그 남자가 죽는 모습을 지켜봤어요."

고해 성사실에, 성당에 정적이 흘렀다. 엘리자베스는 문을 잠그고 빗장을 질러두었다. 아무도 들어올 수 없다. 아무도 나갈 수도 없다. 이렇게 끝을 맺어야 한다.

"그리고…… 주저앉아 울었어요. 달리 뭘 할 수 있었겠어요? 누가 와서 내 어깨를 붙잡고 체포해 가기만을 기다렸어요. 너무 끔찍했죠. 그런데 그 자리에 계속 앉아 있는데도 아무 일도 안 일어나더라고요. 누가 와서 문을 두드리지도 비명을 지르지도 않았어요. 번개조차 치지 않았죠. 그래서 일어나 차를 만들었어요. 주전자 물이 끓고 수증기가 피어올랐죠. 커튼으로 둘둘 감싼 시체는 내 자동차 트렁크에 들어 있었고요. 여름날 저녁이었어요. 라디오를 켜고 어둠이 내리길 기다렸어요. 그리고 여기로 차를 몰고 왔죠."

"여기요?"

"성 마이클 성당으로요. 한동안 여기서 일했거든요. 모르셨죠?"

"몰랐습니다."

"대문을 통과한 후 헤드라이트를 끄고 언덕을 올라갔어요. 수녀님들은 늘 일찌감치 잠자리에 드는 편이었어요. 성당을 지나고 병원을 지나서 계속 차를 몰고 달려 영원한 안식의 정원으로 가는 길까지 갔어요. 거기가 어딘지 아시죠?"

"압니다."

"그렇겠죠. 삽을 꺼내 들었어요. 주변의 벽이 무너지지 않도록 조심해서 해야 했어요. 수녀님들이 묻혀 있는 무덤 중 하나를 골랐어요. 위쪽 무덤이 흙이 부드럽더라고요. 그곳을 팠어요. 파다보니까 나무 관에 삽이 닿았어요. 다시 차로 돌아가서 트렁크에서 시체를 꺼내고 커튼을 풀었어요. 시체에서 옷을 벗길 필요도 없었어요. 나를 공격했을 때 그 남자는 알몸이었으니까. 시체를 질질 끌고 묘비 앞으로 가져갔어요. 엄청 힘들었죠. 가다가 나도 모르게 욕이 나왔지만 얼른 사죄했어요. 시체를 구덩이에 겨우 밀어 넣었어요. 원래 있던 관 위에 얹은 거죠. 다시 삽을 들고 무덤을 흙으로 메운 뒤 기도를 했어요. 차로 돌아가 삽을 트렁크에 넣고 집으로 운전해서 갔어요. 뺀 부분 없이 있는 그대로 털어놓은 거예요."

"알겠습니다."

"그 후에도 내 집을 찾아와 문을 두드린 사람은 없었어요. 덕분에 이렇게 당신에게 얘기를 하고 있는 거겠죠. 아무도 내 집 문을 두드리지 않았으니까. 누군가는 찾아왔어야 옳지 않았겠어요? 꿈에서는 매일 누가 찾아와 문을 두드렸어요. 누구나 자기가 한 일에 대한 결과를 책임져야 하잖아요. 어떻게 생각하세요? 솔직하게 말해주면 좋겠어요."

"솔직하게요?" 매튜 매키는 천천히 길게 한숨을 내쉰다. "솔직히 말하면 지금 당신이 한 얘기 전혀 안 믿습니다, 엘리자베스."

"전혀요? 세세하게 얘기했는데요, 매키 신부님. 날짜며 다리에 총을 쏜 것, 시체를 파묻은 무덤까지요. 정말 상세하게 말했는데."

"엘리자베스, 당신은 1970년대에 여기서 일한 적이 없어요."

"음. 당신은 여기서 일했죠. 사진을 봤어요."

"맞아요. 전에 이 자리에 앉아 있었습니다. 지금 당신이 앉아 있는 자리에도 앉아 있어 봤고."

엘리자베스는 좀 더 압박을 가하기로 한다.

"하고 싶은 말이 있는 것처럼 들리네요. 내 얘기를 들으니 떠오르는 기억이라도 있나요? 내가 뭔가 알고 있는 것처럼 느껴지지 않아요?"

매튜 매키는 슬픈 눈으로 웃는다. 엘리자베스는 그를 계속 몰아간다.

"괜찮다면 한마디만 더 할게요. 아까 내가 영원한 안식의 정원 얘기를 하니까 좀 움찔하시던데요?"

"당신이 그런 얘기를 한 게 유감입니다만, 털어놓고 싶기는 합니다, 엘리자베스. 늘 털어놓고 싶었어요. 그런데 우리가 여기 들어온 후로 당신은 진짜 패를 보여주지 않고 있네요. 패를 보여주고 결과가 어떻게 될지 알아보는 게 어떻겠습니까?"

"그래야 하나요?"

"저는 지금 집에 돌아와 있습니다, 엘리자베스. 하느님의 집에요. 잠시 얘기를 더 나눠볼까요? 두 늙은 바보들처럼? 당신이 먼저 얘기를 시작하면 적절한 부분에서 내가 얘기를 하겠습니다."

"이안 벤섬부터 시작하는 게 어떨까요? 잠시 그 사람에 대한 얘기부터 해보죠."

"이안 벤섬이요?"

"거기서부터 시작해보자는 거예요. 과거로 점점 가면 되니까. 그럼 질문부터 해도 되나요, 매키 신부님?"

"하세요. 그리고 나를 그냥 매튜라고 부르세요."

"고마워요, 그럴게요. 중요한 것부터 물어볼게요, 매튜. 왜 이안 벤섬을 죽였어요?"

98장

거짓말과 겁쟁이

나는 명확한 지시를 받고 대기 중이다. 그런데 엘리자베스가 너무 오래 소식이 없다. 론과 이브라힘이 내 옆에 같이 있으면 좋을 텐데. 도나가 어서 도착하기를 기다리며 이 글을 쓰고 있다. 도나가 빨리 좀 오면 좋겠다.

이제 이 일이 더는 재미난 장난처럼 느껴지지 않는다. 지금까지는 어떤 문제가 있든 알아서 해결하고 우리는 다음 주에 또 비슷하게 재미있는 문제를 풀어가면 되는 식이었다. 엘리자베스는 나더러 두 시간 동안 대기하라고 했다. 그런데 이미 두 시간이 다 됐다. 아니 두 시간이 조금 넘었다. 내가 대체 무슨 생각으로 그녀의 지시에 따르겠다고 했을까? 우리가 크리스, 도나한테 말하지 않은 게 한두 가지가 아니지만 이번 일은 제일 위험한 것 같다. 내가 원래 거짓말을 잘하는 편이 아니라서, 비밀을 지키기로 했어도 누가 와서 물으면 말해버리고 말 것이다.

결국 나는 도나에게 전화를 걸어 엘리자베스가 지금 어디 가 있는데 아직까지 돌아오지 않고 있다고 털어놓았다.

도나는 크게 화를 냈다. 이해한다. 나는 거짓말한 것에 대해 미안하다고 사과했다. 도나는 거짓말을 한 쪽은 엘리자베스고 나더러는 그냥 겁쟁이일 뿐이라고 했다. 그리고 도나는 내가 차마 여기다 쓸 수 없는 말을 내뱉었는데, 나도 인정한다. 난 그런 욕을 들어도 싸다.

나는 사람들의 호감에 목말라하는 편이라서 그 순간에도 도나에게 칭찬의 말을 건넸다. 평소 하고 다니는 아이섀도가 마음에 드는데 어디서 산 거냐고 물은 것이다. 그런데 도나는 이미 전화를 끊은 후였다.

도나는 그 길로 출발했을 것이다. 도나가 무척 걱정하고 있다는 걸 안다. 나도 그러니까. 난 엘리자베스가 늘 천하무적이라고 생각했다. 부디 내 생각이 틀리지 않기를.

99장

마거릿 수녀

완곡하게 굽어지는 좁은 길, 나무 사이로 뻗은 큰길, 그리고 영원한 안식의 정원으로 이어지는 길을 엘리자베스는 무수히 다녔다. 지금 그녀는 등허리를 받쳐주는 매튜 매키의 손에 의지해 그 길을 걸어 올라가고 있다.

늘 조용한 곳이지만 오늘따라 더 쥐죽은 듯 아무 소리도 들리지 않는다. 새들조차 지저귐을 멈췄다. 새들도 무언가를 알고 있는 걸까? 비가 내릴 것 같은 날씨다. 햇살이 두터운 구름을 뚫고 지상에 닿으려 애쓰고 있어 공기가 따뜻한데도 엘리자베스는 몸이 떨린다. 며칠 전까지만 해도 경찰들이 이곳에 저지선을 쳐놓았다. 그중 일부가 묘목에 매달린 채 파란색과 하얀색 꼬리가 되어 바람에 퍼덕거린다.

그들은 버나드가 늘 앉아 있던 벤치 앞을 지나간다. 어이없을 정도로 그 자리가 텅 빈 듯 느껴진다.

버나드가 살아서 봤으면 두 사람이 무엇 때문에 이 길을 오르는지 궁금해할 것이다. 엘리자베스와 신부는 돌처럼 굳은 얼굴로 천천히 언덕을 오르고 있다. 버나드는 신문을 읽다 말고 눈을 들어 그들에게 즐거운 하루를 보내라는 인사를 건넸겠지. 그리고 그들의 뒷모습을 한참 쳐다봤을 것이다. 하지만 버나드는 이 세상에 없다. 지상에서 살다간 수많은 사람들과 마찬가지로. 지상에서 그의 시간이 다 되었다. 돌이킬 수 없다. 고요한 언덕의 텅 빈 벤치만 자리를 지키고 있을 뿐.

두 사람은 영원한 안식의 정원 대문 앞에 다다랐다. 문을 밀어 연 매튜 매키는 엘리자베스의 등허리를 받쳐주며 그녀를 먼저 정원으로 들여보낸다. 엘리자베스의 등 뒤에서 대문이 삐걱 소리를 내며 닫힌다.

매튜 매키는 영원한 안식의 정원 맨 위의 오른쪽 구석 자리, 오래된 무덤들이 비밀을 간직한 곳으로 그녀를 곧장 데려가지는 않는다. 그는 엘리자베스의 등허리에서 손을 떼고 길을 벗어나 비교적 새로 세워진 묘비들 사이로 걸어간다. 그 줄의 묘비들은 다른 묘비들에 비해 깨끗하고 흰 편이다. 그가 늘 다니는 곳이다. 뒤따라가던 엘리자베스는 그의 발길이 멈춘 어느 묘비 앞에 선다. 묘비에 새겨진 이름을 확인한다.

마거릿 앤 수녀

마거릿 패럴
1948–1971년

엘리자베스는 매튜 매키의 손을 잡고 깍지를 낀다.

"아름다운 곳이죠, 엘리자베스."

엘리자베스는 담장 너머 완만하게 경사진 들판과 언덕, 숲, 새들을 바라본다. 정말 아름다운 곳이다. 그런데 언덕 아래서 들려오는 시끌벅적한 소리에 평화가 깨지고 만다. 언덕을 달려 올라오는 발소리도 들린다. 엘리자베스는 손목시계를 내려다본다.

"나를 구하러 왔나 봐요. 내가 두 시간 안에 돌아오지 않으면 문을 부수고라도 성당에 들어와달라고 했거든요. 총도 쏘면서요."

"두 시간이요? 우리가 두 시간이나 얘기를 했나요?"

엘리자베스는 고개를 끄덕인다.

"할 말이 많았죠, 매튜."

그도 고개를 끄덕인다.

"저 사람들이 언덕을 달려 올라오면 당신은 나한테 했던 얘기를 다시 해야 될 거예요."

최선을 다해 언덕을 달려 올라오는 크리스 허드슨의 모습이 엘리자베스의 눈에 들어온다. 비행기에서 내리자마자 온 모양이다. 엘리자베스가 다정하게 손을 흔들자 크리스는 비로소 안심한 표정이다. 엘리자베스가 아직 살아 있어서, 그리고 이제 그만 뛰어도 되어서.

100장

영원한 안식

십자말풀이 클럽 회원들 사이에 골이 깊어졌다. 콜린 클레멘스가 매주 내는 십자말풀이 문제를 아이린 도허티가 3주 연속 풀어내 우승을 거머쥔 게 발단이었다. 프랭크 카펜터가 뭔가 이상한 거 아니냐며 문제를 제기했고 다른 회원들도 동조했다. 다음 날 불경한 의미가 담긴 십자말풀이 관련 단서가 적힌 종이가 콜린 클레멘스의 집 문에 붙었다. 콜린이 그 문제를 푼 순간, 싸움이 벌어지고 그야말로 지옥이 펼쳐졌다.

당사자들의 분노를 가라앉혀야 한다는 이유로 이번 주 십자말풀이 클럽 모임은 연기됐고, 예정과 달리 퍼즐실이 비게 됐다. 그래서 지금 목요일 살인 클럽 회원들이 퍼즐실을 차지한 것이다. 회원들은 늘 앉던 자리에 앉았고 크리스와 도나는 라운지에서 적재식 플라스틱 의자 두 개를 가져와 앉았다. 구석 자리에 놓인 안락의자에 앉은 매튜 매키는 모두의 시선을 한 몸에 받으며 입을 연다.

"제가 아일랜드에서 건너온 지 얼마 안 됐을 때였습니다. 모험을 하고 싶어 떠난 거였죠. 당시에는 신부들을 세계 곳곳으로 보냈습니다. 아프리카나 페루로도 보냈고요. 저는 원주민을 개종시키는 일에 자신이 없어서 해외로는 안 나갔습니다. 그러다 이곳에 대해 알게 됐고 1967년에 무작정 배를 타고 이리로 건너왔습니다. 지금 여러분이 있는 바로 이곳이죠. 100명의 수녀들이 살고 있는 아름답고 고요한 수녀원. 수녀들이 존재하는지조차 알 수 없을 만큼 조용히 생활하는 곳이었죠. 수녀들은 지나다닐 때 발소리조차 내지 않았습니다. 그야말로 평화로운 분위기였지만 수녀들에게는 일터이기도 했습니다. 수녀원에 딸린 치료원도 늘 바빴고요. 저도 바쁘게 살았습니다. 강론도 하고 고해 성사도 받았어요. 사람들이 행복해하면 저는 미소를 지었고, 슬퍼하면 저도 같이 울었습니다. 그게 제 일이었으니까요. 당시 스물다섯 살이었으니 생각도 일천하고 몸에 스며든 지혜도 없었습니다. 그래도 인간으로서 그 시기를 잘 살아내려 했어요. 삶에서 중요한 건 그것뿐이라고 여겼고요."

"여기서 사셨다는 거죠?"

크리스가 묻는다. 엘리자베스는 크리스와 도나에게 주도적으로 질문을 하도록 미리 언질을 주었다. 그래야 오늘 이 일이 마무리되었을 때 그들에게 점수를 따놓을 수 있을 것 같아서였다.

"당시 저는 수녀원에 딸린 사제관에서 생활했습니다. 그만하면 훌륭했어요. 수녀들이 쓰는 방보다 확실히 좋았죠. 방문객을 받는 건 물론 금지였지만요. 그건 제가 따라야 할 규칙이었습니다."

도나가 질문을 던진다.

"그래서 그 규칙을 따르셨나요?"

"처음에는요. 잘해보려고 했습니다. 좋게 보이려고 노력했고요. 쫓겨나서 고향으로 돌아가고 싶지 않았으니까. 그 이유가 전부였습니다."

크리스가 묻는다.

"그런데…… 상황이 달라졌군요?"

"예, 달라졌죠. 달라졌습니다. 여기 온 지 얼마 안 돼서 매기(마거릿의 애

417

칭를 만난 겁니다. 매기는 성당을 청소하러 오곤 했어요. 성당 청소를 담당한 수녀가 네 명 있었거든요."

도나가 확인차 묻는다.

"그중 하나가 매기였다?"

"예." 매튜 매키는 미소를 지으며 말을 잇는다. "누군가의 눈을 처음 바라본 순간 세상이 무너지는 기분을 느껴본 적 있습니까? 그럴 때는 이런 생각이 듭니다. '그래, 이거야. 내가 평생 기다려온 순간이야.' 저는 매기를 봤을 때 그랬습니다. 처음에 우리가 주고받은 말은 이거였어요. '좋은 아침입니다, 마거릿 수녀님.' '좋은 아침이에요, 신부님.' 그리고 그녀는 자기 일을 했고 저도 제 일을 했습니다. 그렇게 시간이 지나면서, 제가 미소를 지으면 그녀도 미소를 짓는 분위기가 되어갔죠. 얼마 후에는 '정말 좋은 아침이에요, 마거릿 수녀님. 우리에게 환한 햇살의 축복이 내렸네요.' '그러게요, 신부님. 우린 정말 축복받았어요.' 이런 대화가 오갔습니다. 그리고 시간이 지나자 '바닥 닦을 때 쓰는 그건 뭔가요, 마거릿 수녀님?' '바닥 광택제예요, 신부님.' 같은 대화도 나눴죠. 단시일에 그렇게 편한 분위기가 된 건 아니었고 수 주일이 걸렸습니다."

론이 무슨 말을 하려는 듯 몸을 앞으로 기울이자 엘리자베스는 조용히 들으라는 눈빛을 보내고, 론은 눈치껏 입을 열지 않는다.

"그곳에 머문 지 한 달 정도 됐을 때 매기가 고해 성사를 하러 왔습니다. 고해 성사실에 우리 둘만 있게 된 거죠. 우리는 한마디도 하지 않았습니다. 중간에 나무판 하나를 사이에 두고 바로 옆에 앉아 있기만 했습니다. 그녀의 숨소리가 다 들렸습니다. 내 가슴 속에서 심장이 쿵쿵 뛰는 소리가 귀에 들렸어요. 심장이 어찌나 거세게 뛰는지 그러다 가슴 밖으로 뛰쳐나갈 듯했습니다. 얼마나 오래 그러고 있었는지 묻지 마세요. 저도 모르니까. 어쨌든 결국 저는 이렇게 말했습니다. '이 생활을 계속하느라 고생이 많으시겠어요, 마거릿 수녀님' 그러자 그녀가 말했죠. '알아주셔서 감사해요, 신부님.' 그게 다였습니다. 우리는 서로 같은 마음인 걸 확인했습니다. 둘 다 그런 식의 고해 성사는 죄라는 걸 알았지만 어쩔 수가 없었어요."

조이스가 차가 담긴 보온병을 기울이며 묻는다.

"차를 좀 더 채워드릴까요?"

매튜는 고맙지만 괜찮다는 뜻으로 손가락을 들어 보인다.

"당연히 아무도 모르게 만나곤 했습니다. 아침마다 그녀를 봤지만 다른 사람들이 근처에 있을 땐 서로 말을 붙일 수가 없었어요. 그래서 그녀를 고해 성사실로 데려가 얘기를 나눴죠. 고해 성사실의 나무의자에 앉아 서로에게 빠져들었습니다. 매기와 매튜. 매튜와 매기. 고해 성사실의 창살을 사이에 두고 대화하며 사랑을 키워갔죠. 그토록 우울한 사랑이 또 있을까요?"

크리스가 묻는다.

"얘기 중에 미안하지만, 공식적으로 확인차 묻겠습니다. 매기는 마거릿 앤 수녀를 말씀하시는 겁니까?"

"그렇습니다."

"1948년에 태어나 1971년에 돌아가신 분이요?"

매튜 매키는 고개를 끄덕인다.

"저는 우리가 수녀원을 나가는 게 맞다고 생각했습니다. 그리 어려운 일도 아니었어요. 저는 의사 시험에 통과했으니 의사로 일하고, 매기는 간호사로 일하면 되는 거니까요. 해안가에 집을 사서 진료소로 꾸미면 되고요. 우린 둘 다 바닷가에서 자랐으니 그러면 될 거라고 생각했습니다."

"두 사람 다 환속을 하려고 했다고요?"

"예. 하나만 묻죠. 허드슨 경감님은 왜 경찰이 되셨습니까?"

크리스는 잠시 생각 끝에 대답한다.

"솔직히 말할까요? 에이레벨 과정을 마쳤는데 어머니가 일자리를 알아보라고 했어요. 그리고 마침 그날 밤에 우린 〈줄리엣 브라보〉라는 형사 드라마를 보고 있었습니다."

"음, 설마 그게 전부는 아니겠죠. 저 역시 다른 나라 다른 마을에서 나고 자랐으면 비행사나 청과물 가게 주인이 됐을 수도 있습니다. 그저 환경에 떠밀려 신부가 된 거였어요. 지금도 그렇지만 애초에 대단한 믿음도 없었고요. 그냥 먹고살기 위한 직업이었고 집을 떠나기 위한 방편이었을 뿐이에요."

도나가 묻는다.

"매기는요? 매기도 수녀를 그만두려고 했습니까?"

"매기는 결단을 내리기가 더 어려웠을 겁니다. 그녀는 독실한 믿음을 가지고 있었어요. 그래도 상황이 상황인 만큼 그만둬야 했죠. 어차피 언젠가 그만둬야 했어요. 살아 있다면 지금 초록색 눈을 빛내며 벡스힐에서 저와 함께 살고 있겠죠. 매기는 많이 힘들어했어요. 젊은 남자와 젊은 여자는 각각 짊어져야 할 위험의 무게가 다르니까요. 당시에는 특히 더 쉽지가 않았어요."

조이스는 손을 뻗어 매튜 매키의 손을 꼭 잡아주며 말한다.

"매기에게 무슨 일이 일어났어요, 매튜?"

"매기는 제가 머무는 사제관으로 몰래 찾아오곤 했습니다. 밤마다. 아마 상상이 되실 겁니다. 소등 후에 수녀원을 빠져나오는 건 어렵지 않았어요. 매기는 살아 있으면 지금 여러분과도 잘 교류했을 사람이에요. 그만큼 똑똑했으니 문제될 건 없었죠. 그녀는 화요일과 금요일마다 저를 만나러 왔습니다. 그날이 제일 안전했어요. 저는 위층 방에 그녀를 위해 초를 켜두었죠. 초가 꺼져 있으면 제가 일 때문에 나가 있거나 손님이 와 있다는 뜻이니 그녀는 오지 않았습니다. 제가 초를 켜놓으면 늘 찾아왔어요. 초를 켜자마자 바로 올 때도 있었고, 제가 서성이며 기다릴 때도 있었지만 그녀는 늘 제게 와줬어요."

매키는 목이 메는지 헛기침을 하며 이마에 주름을 잡는다. 조이스가 그의 손을 꼭 잡아준다.

"50년 만에 하는 이 얘기를 오늘은 하루에 두 번 하고 있네요." 매키는 희미한 미소를 지으며 힘겹게 얘기를 이어간다. "그날은 3월 17일 수요일이었습니다. 저는 방에 초를 켜놓고 매기가 오기를 기다리며 방 안을 서성이고 있었어요. 거실에 마룻장 하나가 약간 비틀려 있어서 그 부분을 밟으면 조그맣게 세 번 삐걱거리는 소리가 나곤 했습니다. 제가 왔다 갔다 서성댈 때마다 마룻장이 '삐걱, 삐걱, 삐걱' '삐걱, 삐걱, 삐걱' 소리를 냈죠. 밖에서 조그맣게 무슨 소리라도 들리면 '왔구나'라고 생각하면서 걸음을 멈추고 귀를 쫑긋 세웠지만 매번 아니었습니다. 밖에는 정적만 흘렀죠. 기다리는 시간이 너무 길어지니까 불안해졌습니다. 혹시 매기가 몰래 빠져나오다가 들킨 거 아닌가 싶기도 했고요. 매리 수녀가 꽤 무서운 분이었어요. 하지만 별일 없을 거라고 쉽게 생각했습니다. 그 나이에는 다 그렇잖습니까. 위층으로 올라가 초를 불어 끄고 다시 내려왔습니다. 부츠를 신고 끈을 묶은 뒤 수녀원으로 향했죠. 무슨 일인지 알아보려고요."

매튜 매키는 바닥을 응시한다. 젊은 시절을 얘기하는 늙은 남자의 모습이다. 엘리자베스는 론과 눈이 마주치자 자신의 가슴 주머니를 손으로 톡톡 친다. 무슨 뜻인지 알아챈 론은 고개를 끄덕이고는 재킷 안쪽 주머니에서 작은 휴대용 술병을 꺼내며 말한다.

"아무래도 위스키 한 모금 마셔야겠네요. 같이 한잔하시죠, 매튜?"

론은 대답을 기다리지 않고 술병에 담긴 위스키를 매튜 매키의 머그에 붓는다. 매키는 여전히 바닥만 바라보면서 고맙다는 뜻으로 고개를 끄덕인다.

도나가 묻는다.

"가서 뭘 보셨어요, 매키 신부님?"

"가서 보니 수녀원은 어두컴컴했습니다. 다행이라고 생각했어요. 만약 그녀가 몰래 나오다가 붙잡혔으면 수녀원 어딘가에 불이 켜졌겠죠. 매리 수녀의 사무실이라든가요. 한밤중에 성당 청소를 하는 벌을 받고 있다면 성당에 불이 켜져 있었을 테고요. 그런데 불이 켜진 곳은 치료원뿐이었어요. 조금 더 둘러보기로 했습니다. 매기한테 아무 일 없다는 걸 확인하고 싶었어요. 그날 밤 매기가 나를 만나러 오지 못한 이유를 100가지는 더 떠올릴 수 있었지만 불안을 떨쳐버리고 싶었죠. 성당 뒤쪽에 있는 작은 사무실에서 서류를 몇 개 가지고 나와야겠다고 생각했어요. 누군가의 눈에 띄더라도 일 때문에 온 척할 수 있으니까요. 잠이 오지 않아서 돌아다니나보다 생각할 테고요. 할 수만 있다면 수녀들 숙소로 들어가 그녀의 방을 들여다보고 싶었어요. 방에 잘 누워 있는지 확인하면 마음이 놓일 것 같았습니다."

조이스가 말한다.

"우리가 있는 이 방이 예전에는 수녀들이 사용하던 방 중 하나였어요."

매튜 매키는 방 안을 둘러보며 고개를 끄덕인다. 그는 왼손으로 안락의자 손잡이를 천천히 두드리며 얘기를 계속한다.

"저한테 성당 열쇠가 있었습니다. 아시다시피 성당 문은 엄청 무겁습니다. 당시에는 자물쇠 소리도 요란했는데 저는 최대한 소리 내지 않고 자물쇠를 열고 안으로 들어가 문을 닫았어요. 성당 안에는 칠흑 같은 어둠이 깔려 있었지만 저는 내부를 잘 알고 있었죠. 그런데 제단 근처에서 낡은 나무 의자에 부딪쳤어요. 원래 그 자리에 없던 의자인데 그게 바닥에 끌리면서 요란한 소리를 냈습니다. 제단 옆에 있는 램프를 켜야겠다고 생각했습니다. 그래야 좀 더 안심이 되고 누가 와서 보더라도 도둑처럼 보이지 않을 것 같아서요. 램프를 켰습니다. 아주 희미한 빛이었어요. 밖에서는 잘 보이지 않을 정도로요. 환한 빛은 전혀 아니었어요. 조그맣고 흐릿하게 타오르는 빛이었으니까. 그 램프의 불빛이 그랬습니다."

매튜 매키는 머그를 들고 위스키를 한 모금 마신 뒤 머그를 다시 내려놓는다.

"그 빛은 제단과 그 제단에서 드리워진 그림자나 겨우 볼 수 있을 정도였지만 그거면 충분했습니다. 충분히 볼 수 있었어요."

매튜 매키는 손등으로 입을 문지른다.

"매기가 제단 위 들보에 매달려 있었습니다. 흐릿한 불빛이지만 그 정도는 보였어요. 원래 그 들보는 향로나 성물을 매달아놓는 용도로 쓰였습니다. 구조상 그렇게 쓰면 편리해요. 그런데 그 들보에 매기는 밧줄로 올가미를 만들어 걸고 목을 맨 겁니다. 제가 그곳에 도착하기 얼마 전에 그렇게 한 것으로 보였습니다. 제가 부츠 끈을 묶고 있을 때 목을 매달았겠죠. 아니면 제가 방에 켜놓은 촛불을 입으로 불어 껐을 때? 제 앞에 그녀는 그렇게 죽어 있었습니다. 그래서 그녀는 제 방으로 오지 못한 거였어요."

퍼즐실에 정적이 흐른다. 매튜 매키는 머그에 담긴 위스키를 한 모금 더 마신 후 말한다.

"고마워요, 론."

론은 '무슨 그런 말씀을'이라는 뜻으로 두 손을 들어 보인다.

크리스가 묻는다.

"유서가 있었습니까, 매키 신부님?"

"아뇨. 없었습니다. 저는 조용히 그 일을 알려야 했습니다. 모두에게 보일 만한 광경이 아니었어요. 매리 수녀를 찾아가 깨우고 상황을 알렸습니다. 매리 수녀는 어떻게 된 일인지 말해줬습니다."

도나가 묻는다.

"뭐라고 하던가요?"

매튜 매키는 고개를 끄덕일 뿐 바로 대답하지 못한다. 엘리자베스는 재촉하지 말고 그에게 시간을 주라는 뜻으로 모두에게 눈빛을 보낸다.

"매기가 임신을 했다고 했습니다."

"아이고 이런!"

론이 한탄한다.

매튜는 고개를 들고 하던 얘기를 이어간다.

"매기가 그 사실을 누군가에게 털어놨다고 했습니다. 아마 젊은 수녀들 중 하나였겠죠. 그게 누구였는지는 저도 밝혀내지 못했습니다. 매기는 그 수녀를 믿었을 겁니다. 그게 누구였는지는 몰라도, 믿고 얘기한 게 실수였던 거죠. 그 수녀는 매리 수녀에게 그 사실을 알렸고, 기도를 마치고 저녁 6시경에 매리 수녀는 매기를 방으로 불렀습니다. 매리 수녀가 매기에게 뭐라고 했는지 저한테 말은 안 했지만 충분히 짐작할 수 있었어요. 매기에게 짐을 싸서 수녀원을 나가라고 했겠죠. 매기는 그날 밤까지만 수녀원에 머물고 다음 날 아침에 아일랜드로 돌아가기로 얘기가 됐었다고 하더군요. 그날 제가 사제관 위층의 제 방에 초를 켠 게 저녁 7시쯤이었어요. 매리 수녀와 얘기를 마친 매기는 수녀 숙소로 돌아갔습니다. 지금 우리가 앉아 있는 바로 이곳이죠. 평소 소등 후 숙소를 몰래 빠져나가는 방법을 알고 있었던 매기는 그날도 조용히 숙소를 빠져나갔습니다. 하지만 저한테 온 게 아니라 성당으로 가서 들보에 목을 맸습니다. 그렇게 본인과 우리 아이의 목숨을 끝장냈습니다."

매튜 매키는 방 안에 모여 앉은 여섯 명을 둘러보며 덧붙인다.

"이게 제 얘기입니다. 그다지 듣기 좋은 얘기는 아니죠? 그 후로 저는 별로 잘 살지 못했습니다."

론이 묻는다.

"그분은 어떻게 저 언덕에 묻히게 된 겁니까?"

"제가 그렇게 해달라고 요구하면서 교단과 거래를 했습니다. 아무한테도 그 일을 알리지 않고 조용히 수녀원을 떠나 아일랜드로 돌아가는 조건으로요. 교단에서는 제가 아일랜드 킬데어에 있는 의과대학 부속 병원에서 일할 수 있게 자리를 마련해줬습니다. 그 전까지의 기록은 싹 지우고 새 기록을 만들어줬죠. 당시 교단은 필요하면 그렇게도 했습니다. 저를 수녀원에서 조용히 치우는 게 목적이었으니까요. 아무런 말썽이나 추문 없이요. 매기가 목을 매단 걸 본 사람은 저와 매리 수녀뿐이었습니다. 교단에서 무슨 말을 지어내 그 일을 덮었는지 모르겠지만 신부와 아기, 자살과 연관된 얘기는 아니었어요. 저는 그렇게 조용히 사라져주는 대신 매기의 시신을 영원한 안식의 정원에 묻어달라고 요구했습니다. 매기는 끝까지 고향으로 돌아가고 싶어 하지 않았고, 수녀원

외에 매기가 아는 유일한 장소는 성 마이클 성당뿐이었어요."

도나가 묻는다.

"매리 수녀가 동의하던가요?"

"매리 수녀 입장에서도 그렇게 하는 편이 보기 좋았겠죠. 안 그랬으면 의심을 샀을 테니까요. 저는 갑작스럽게 떠나게 되고 매기 수녀는 죽었으니 사람들이 얼마든지 우리 둘을 엮어서 소문을 퍼뜨릴 수 있었어요. 그래서 우리는 그렇게 거래를 한 겁니다. 다음 날 아침, 원래 매기를 태우고 가기로 했던 차가 와서 저를 태우고 갔습니다. 저는 그 차를 타고 종일 달려서 홀리헤드섬에 도착했어요. 그리고 그곳에서 고향으로 돌아갔습니다. 매리 수녀가 죽었다는 소식이 들려올 때까지 고향에 머물렀죠. 매리 수녀도 영원한 안식의 정원에 묻혔습니다. 매리 수녀의 묘비에 아기 천사 조각상들이 있어요. 어쨌든 매리 수녀가 돌아가셨다는 소식을 들은 그날로 저는 일을 그만두고 짐을 싸서 이곳으로 돌아왔습니다. 매기가 있는 이곳과 최대한 가까이에서 살고 싶어서요."

"영원한 안식의 정원에 있는 시신들을 다른 곳으로 이장하지 못하게 필사적으로 막은 이유가 그거였군요?"

"매기를 위해 해줄 수 있는 유일한 일이었어요. 그녀가 죽은 후에라도 평안하길 바랐어요. 다들 그 묘지에 가보셨으니 아실 겁니다. 저한테는 그 묘지뿐이에요. 묘지에 가서 그녀에게 미안하다고 '아직도 당신을 사랑한다'고 말하는 게 고작이지만. 내 평생 유일하게 사랑했던 여인과 우리 아들이 묻혀 있는 너무나도 아름다운 그곳을 지키고 싶었습니다. 딸일 수도 있지만 저는 늘 아들이라고 생각했어요. 패트릭이라고 이름도 지었죠. 바보 같은 짓인 거 압니다."

"무례하게 들릴 수도 있겠지만 이 말을 해야겠습니다, 신부님. 그 정도면 이안 벤섬을 죽일 만한 충분한 동기가 될 것 같은데요."

"무례하게 말하셔도 됩니다. 하지만 저는 그를 죽이지 않았어요. 제가 벤섬 씨를 죽였으면 매기가 저를 용서할까요? 매기를 모르시니 그렇게 생각하시겠지만 매기는 필요할 때는 화도 잘 냈어요. 저는 매기가 찬성할 것 같은 일만, 패트릭이 자랑스러워할 것 같은 일만 하면서 살아왔습니다. 그러기 위해 죽자 사자 애쓰고 있어요. 언젠가 매기와 내 아들을 다시 만나게 될 테니 양심 깨끗하게 살아야죠."

101장

새로운 입주자

"필라테스 좋아하세요?"

이브라힘의 물음에 고든 플레이페어가 대답한다.

"좋아하는지 어떤지 대답을 못 하겠네요. 필라테스가 뭡니까?"

쿠퍼스 체이스 구경을 마친 고든 플레이페어는 이브라힘 옆에 나란히 앉아 얘기 중이다. 엘리자베스와 조이스도 이브라힘의 집 발코니에 같이 앉아 있다. 이브라힘은 브랜디를, 엘리자베스는 진토닉을, 고든은 맥주를 마시고 있다. 요즘 론은 와인을 마시고 있는 것 같지만, 어쨌든 이브라힘이 론을 위해 냉장고에 넣어뒀던 술들이다.

크리스와 도나는 페어헤이븐으로 돌아갔다. 떠나기 전 크리스는 그들에게 키프로스에 다녀온 얘기며 지아니의 그쪽 인맥에 대해 얘기해주었다. 그는 지아니를 범인으로 확신하고 있었다.

도나는 멋대로 위험한 행동을 한 할머니들에게 화가 났지만 참기로했다. 해는 이미 뉘엿뉘엿 넘어가고 날이 저물고 있었다.

매튜 매키는 벡스힐에 있는 집으로 돌아갔다. 늘 초 두 개를 켜두는 집으로. 조이스는 언젠가 매튜 매키를 만나러 벡스힐에 놀러가기로 했다. 그녀는 벡스힐을 무척 좋아한다.

이브라힘이 말한다.

"필라테스는 움직임을 제어하는 예술이라고 할 수 있습니다."

"흐음." 고든은 잠시 생각을 하다가 말한다. "여기 다트판 있어요?"

"스누커 당구대는 있죠."

고든은 고개를 끄덕인다.

"그거나 그거나죠."

그들은 쿠퍼스 체이스를 바라본다. 전경의 라킨 코트에 커튼이 드리워진 엘리자베스의 집 창문이 보인다. 그 너머에는 러스킨 코트, 월로우스 그리고 수녀원이다. 그리고 지평선으로 이어지는 아름다운 언덕들이 자리하고 있다.

고든이 말한다.

"여기서 사는 거라면 익숙해질 수 있겠습니다. 술 마실 일도 많을 것 같고."

"언제든지 마시면 됩니다."

전화 벨소리가 들리자 이브라힘이 전화를 받으러 일어선다. 그는 어깨 너머로 고든 플레이페어에게 말을 하며 걸어간다.

"저 때문에 필라테스를 지루한 운동으로 생각하시겠네요. 코어 근육과 유연성을 기르는 데 아주 좋은 운동이에요. 매주 화요일에 합니다."

고든은 발코니 아래로 지나가는 입주민들을 바라보며 맥주를 홀짝인다.

"농담이 아니고 진지하게 하는 말입니다만, 저 할머니들 중에 누가 예전에 여기 살았다고 해도 못 알아보겠네요. 누가 알겠어요? 예전 수녀들 중에 누가 여기 살고 있을지. 모르는 일이죠. 당신이 어쩌면 그중 하나일 수도 있고요, 조이스."

조이스는 소리 내어 웃는다.

"지난 2년 동안 거의 수녀처럼 살기는 했어요. 굳이 수녀가 될 필요도 없을 만큼이요."

엘리자베스도 고든 플레이페어와 같은 생각을 하고 있다. 수녀들. 다음에는 그쪽을 파봐야 하나? 내일은 목요일 살인 클럽 모임이 있는 날이다. 수녀들에 관한 부분부터 조사를 시작해야겠다. 진토닉이 마법의 술기운을 발휘하기 시작한다. 통화를 마친 이브라힘이 돌아와 말한다.

"론이었어요. 다 같이 자기 집으로 와서 술을 마시자네요. 그리고 제이슨이 우리를 위해 선물을 준비했대요."

102장

선물

"저랑 바비는 여길 나가서 블랙 브리지로 가 재회 기념으로 술을 마셨어요. 지금은 르 퐁 누아가 된 곳이죠."

제이슨은 맥주를 병째로 들고 마시고 있다. 론도 제이슨이 근처에 있을 때면 늘 그렇듯 맥주를 마시고 있다. 아들에게 본보기를 보이는 게 중요하니 그런 모양이다.

"우리가 서로 믿고 살아야 되잖아요? 세월이 많이 지나서인지 우리 둘 다 변하긴 했어요. 바비는 요즘 뭐 하고 사는지 말을 안 해주더라고요. 행복해 보이니 그걸로 된 거긴 하지만요. 바비가 요즘 뭐 하고 사는지 알려주실 분?"

제이슨은 기대에 찬 눈으로 엘리자베스와 조이스를 바라보지만 두 사람 다 고개를 젓는다.

"알겠습니다. 밀고자를 좋아하는 사람은 아무도 없죠. 어쨌든 우리는 범인이 누구인지 아직 모르잖습니까? 우리 중에 누가 범인을 밝혀낼지도 아직 불확실하고요. 지아니가 복수를 하려고 살아 돌아왔다는 것도 확실치 않은 가설이고요. 그래서 제가 전화를 했습니다."

조이스가 묻는다. "어머, 누구한테요?"

제이슨이 미소 짓는다. "우리가 누굴 안 좋아한다고 했죠, 조이스?"

조이스는 패배를 인정하듯 고개를 끄덕인다. "밀고자요, 제이슨."

"이름을 밝힐 수는 없지만 제가 친구한테 전화를 했습니다. 우리 모두 믿을 수 있는 사람인데, 지아니도 우리와는 다른 이유로 그를 믿을 것 같았어요. 우리 둘이 전화를 하니 그 친구는 바로 나왔습니다. 달리 선택의 여지가 없었겠죠. 우린 그에게 물어봤습니다. 지아니가 영국으로 건너왔나? 그를 봤냐? 우리끼리만 알고 다른 데 가서는 발설 안 할 테니 말해줄 수 있겠냐?"

엘리자베스가 묻는다.

"그래서 건너왔다고 하던가요."

"건너왔답니다. 토니가 살해당하기 사흘 전에 영국으로 건너왔고 토니가 죽은 당일에 영국을 떠났다고 했습니다. 지아니는 토니가 오래전에 자기를 밀고한 일을 두고 여전히 원망하고 있었나 봐요. 지아니의 속을 누가 알겠어요?"

조이스는 근엄하게 고개를 끄덕이고 제이슨은 얘기를 계속한다.

"어쩌면 처리할 때가 됐다고 느꼈던 것일 수도 있죠. 사람들이 잘못 알고 있는데, 앙금이 무지하게 오래 가는 사람도 있거든요."

엘리자베스가 묻는다.

"그 정보의 출처가 확실한가요? 피터도 그 친구를 믿나요?"

"피터요?"

"미안해요, 바비요. 늙으니까 깜박깜박 하네요. 당신이랑 바비는 그 친구를 믿어요?"

"우리 목숨을 내놔도 될 만큼이요. 누구보다 견실한 친구예요. 게다가 그 친구라면 지아니에게 도움을 줘야 할 이유도 있고요. 여러분이 아는 경찰들이 그 친구의 정체를 밝히려고 하지만 않는다면 제가 이 정보를 경찰들에게 말해줄 수도 있습니다. 어쩌면 경찰들이 똑똑해서 이미 알아냈을 수도 있지만요."

이브라힘이 묻는다.

"지아니가 왜 당신한테도 그 사진을 보냈을까요, 제이슨?"

제이슨은 어깨를 으쓱한다.

"토니를 처리한 게 자기라는 걸 우리한테 알리고 싶었겠죠. 과시하고 싶어서요. 지아니는 예전부터 그랬어요. 제 주소를 찾는 건 일도 아닐 겁니다. 이 근처에서 제가 어디 사는지 모르는 사람이 없죠. 지아니는 무슨 짓을 하든 그게 자기가 한 일이라는 걸 꼭 알려야 속 시원해하는 놈이에요."

이번에는 엘리자베스가 묻는다.

"지아니가 지금도 예전 모습을 간직하고 있을까요? 새로 바꾼 이름은 뭐래요?"

제이슨은 고개를 젓는다.

"그건 우리도 모릅니다. 우린 그냥 필요한 질문만 했어요. 범인이 누구인지 확인만 하면 되는 거니까. 그거면 충분했어요."

"안타깝네요."

"뭐, 경찰이 그 친구를 추적하지 않으면 지금 제 앞에 계신 네 분께서 하시겠죠. 어쨌든 저와 바비는 여러분에게 감사하는 마음입니다. 저희를 이렇게 만나게 해주시고 진실을 알 수 있게 해주셔서 말이죠. 여러분이 없었으면 여기까지 오지도 못했을 겁니다. 솔직히 말해, 여러분이 없었으면 저는 범인으로 몰려 감옥에 갔겠죠. 그래서 여러분께 작은 선물을 준비했습니다. 괜찮으시죠?"

당연히 괜찮다. 제이슨은 발치에 놓아둔 스포츠 가방의 지퍼를 열고 선물들을 꺼낸다. 우선 나무 상자 하나를 이브라힘에게 건넨다.

"이브라힘, 시가예요. 물론 쿠바산이고요."

"이 선물은 도시적 세련됨의 절정이군요, 제이슨. 고마워요."

다음 선물을 받을 사람은 론이다.

"아버지, 와인이에요. 꽤 좋은 거예요. 제 앞에서 와인보다 맥주를 더 좋아하시는 척은 이제 그만하세요."

론은 선물을 받아들며 말한다.

"아아, 화이트 와인이구나. 고맙다, 제이슨."

제이슨은 조이스에게 봉투 하나를 건넨다.

"조이스, 다음 주 〈스타와 함께 아이스댄스를〉 녹화 현장 초대표 두 장이에요." 조이스의 얼굴이 환해진다. "물론 VIP 석입니다. 조애나랑 같이 보러 오세요."

"조애나는 됐어요. ITV잖아. 조애나는 ITV 안 봐요."

"다음은 엘리자베스." 제이슨은 손에 휴대폰 말고는 아무것도 안 들었다. "이게 바로 제 선물이에요."

제이슨은 휴대폰을 들어 올리고 화면을 손가락으로 쓰윽 그어 보인 뒤 주머니에 도로 집어넣는다. 그는 엘리자베스를 바라보지만, 엘리자베스는 어떻게 반응해야 할지 모르는 눈치다.

"어쨌든, 고마워요, 제이슨. 난 샤넬을 선물 받을 줄 알았더니만."

"이걸 더 좋아하실 텐데. 벤섬을 죽인 범인을 잡을 수 있는 힌트예요."

"그게 선물이라고요, 제이슨?"

"아마도요. 아버지랑 제가 알아냈어요. 그렇죠, 아버지?"

론은 고개를 끄덕인다.

"그렇지 뭐."

"잘난 척하는 놈처럼 보이고 싶지는 않으니까 화면을 열어서 확인시
켜 드릴게요."

103장

뻔한 답

여러분은 '틴더'라는 것에 대해 아는지?

라디오에서 들어본 적은 있다. 틴더에 대한 농담도 들어봤다. 하지만 제이슨이 보여주기 전까지 내 눈으로 본 적은 없었다.

틴더에 대해 이미 알고 있는 분은 이 부분을 읽지 않고 건너뛰셔도 된다.

틴더는 데이트 앱이다. 자기 사진을 찍어 올리는 앱. 앱은 휴대폰에서 쓰는 인터넷 같은 거라고 보면 된다. 제이슨이 사진을 몇 장 보여줬다. 남자들은 보통 산에 오르거나 나무를 도끼로 찍는 사진이 대부분이다. 예전 파트너가 있던 자리를 잘라낸 흔적이 보이는 사진들도 있다. 「컷 투 더 체이스」에 사진을 싣게 된 바람에 나도 사진의 일부를 삭제하는 방법이 있다는 걸 알게 됐다.

여자들 사진은 대개 보트를 타고 있거나 다른 여자들과 떼로 찍은 것이다. 상대는 그중 누가 데이트에 나올지 알 수 없으니 운에 맡기고 도전해볼 것이다.

나는 사람들이 그 앱을 '원나잇 스탠드'를 위해 사용하느냐고 물었다. 제이슨은 약간 용도가 다르다고 했다. 들어보니 재미가 있을 것도 같지만 내 눈에는 전체적으로 슬픈 느낌이었다. 사진 속에서 웃는 얼굴이 많이 보일수록 더 우울해졌다.

어쩌면 내 개인사 때문인지도 모르겠다. 나는 제리를 댄스파티에서 만났다. 원래 안 가려고 했는데 어머니한테 뿔이 나서 마지막 순간에 가기로 결정을 내렸다. 그 파티에 안 갔으면 우린 만나지 못했을 것이다. 진실한 사랑을 찾는 데 있어서 비효율적인 방법일지 모르지만 우리한테는 효과가 있었다. 나와 눈이 마주친 순간부터 그는 다른 데로는 눈도 못 돌리게 되어버렸으니까. 운도 좋지.

어쨌든 틴더 앱에서는 근처에 사는 싱글들의 사진들을 볼 수가 있다. 때로는 근처에 사는 유부남 유부녀의 사진도 뜬다. 가라테복을 입은 이안 벤섬의 사진도 틴더에 올라와 있다. 심지어 그는 죽은 사람인데 말이다.

앱에서 본 누군가의 모습이 마음에 들면 그 사람의 사진을 오른쪽으로 (아니, 왼쪽인가) 이동시킨다. 근처에서 다른 이들도 사진들을 쭉 보고 있다가 당신 모습이 마음에 들면 당신 사진을 오른쪽 (또는 왼쪽)으로 이동시킨다. 그렇게 두 명이 짝지어진다.

사진들을 훑어보는 동안 가슴이 아팠다. 잃어버린 고양이를 찾아달라며 가로등 기둥에 붙여놓는 전단지 속 사진들을 보는 기분이 들어서였다. 찾을 수 있으리라는 희망을 품고 올려놓은 사진들 말이다.

제이슨은 짝이 될 수 있으리라 확신하고 어떤 사진을 왼쪽 (또는 오른쪽)으로 이동시켰다. 그는 짝이 된 상대방이 살인범이라고 확신했다. 처음에는 제이슨의 설명이 그럴 듯하게 들렸는데 들을수록 점점 미심쩍어졌다.

'그라인더'라고, 게이 남자들을 위한 데이트 앱도 있단다. 게이 여자들도 같이 쓰는 앱인가? 그건 모르겠다. 물어보지도 않았다. 그들이 같은 앱을 쓸까? 같이 쓰면 좋을 텐데.

제이슨은 자기가 사건을 해결했다고 생각한다. 그는 너무 뻔한 문제였다고 말한다. 하지만 이 사건에서는 너무 뻔한 것은 답이 아닌 경우가 많았다.

적어도 나는 온라인 데이트가 내 취향은 아니라는 걸 알게 됐다. 이 세상에서 내가 고를 수 있는 선택지가 많다는 것은, 다른 사람들도 그렇다는 얘기다. 그럼 선택받기가 훨씬 힘들어진다. 누구나 선택받기를 원하니까.

그럼 모두 잘 자길. 버나드도 잘 자고, 내 사랑 제리도 잘 자요.

104장

지금도 여기 있는 사람

옷을 준비했다가 바꾸고 친구들에게 문자를 보내느라 아침 내내 즐거웠다. 그런데 지금 캐런 플레이페어는 익숙하지 않은 안락의자에 홀로 앉아 있다. 고개를 절레절레 저으면서. 잘 맞는 상대를 만나게 되리라는 기대를 하며 아침에 나갔는데 상대를 만나 점심을 먹으면서 현실을 깨달았다.

틴더 앱으로 몇 번 기분 나쁜 데이트를 해본 경험은 있었다. 하지만 데이트 상대가 그녀를 살인자라고 몰아간 건 처음 있는 일이었다.

어제 저녁 휴대폰에서 짝이 이루어졌음을 알리는 '핑' 소리가 들렸다. 상대는 제이슨 리치였다. 뭐, 나쁘지 않네, 라고 그녀는 생각했다. 지금까지 만나온 남자들에 비하면 평균 이상이었다. 그가 먼저 문자를 날렸고 그녀도 답장을 했다. 그리고 어느새 그들은 르 퐁 누아에서 만나, 적색 치커리가 들어간 가재 샐러드를 주문하고 있었다. 로맨스가 회오리바람처럼 피어오르는 듯한 순간이었다.

지금 캐런은 안락의자에서 자세를 바꿔 앉으며 커피 테이블에 쌓여 있는 잡지 하나를 하릴없이 집어 든다. 「컷 투 더 체이스」라는 제목이 붙었는데 잡지라기보다 소식지에 가까워 보인다.

다시 데이트 얘기로 돌아가보겠다. 처음에는 소소한 잡담을 나눴다.

심도 있는 대화는 아니었다. 캐런은 권투에 대해 아는 게 별로 없고 제이슨은 IT에 대해 아는 게 없었다. 가볍게 거품이 이는 탄산수가 나오자 제이슨은 별안간 이안 벤섬을 입에 올렸다. 그 순간 캐런은 이게 데이트가 아님을 알아챘다. 바보가 된 기분이었다. 하지만 아직 최악의 순간은 오지 않았다.

지금 론 리치가 주방에서 와인 병을 따는 소리가 들린다. 제이슨은 화장실에 갔다. 캐런의 손은 「컷 투 더 체이스」를 뒤적거리는데 머릿속은 자꾸만 어제 '르 퐁 누아'에서 있었던 일을 떠올리고 있다.

제이슨이 그녀에게 쏴 댄 온갖 질문들. 이안 벤섬이 죽은 날 아침에 쿠퍼스 체이스에 내려와 있었어요? 예, 맞아요. 아버님이 이안 벤섬에게 땅을 안 팔겠다고 했었다면서요? 뭐, 그것도 맞아요. 저기요, 지금 우리가 주문한 가재 샐러드가 나왔는데. 아버님이 땅을 팔아서 현금을 챙기는 걸 당신은 바라지 않았나요? 내가 아버지한테 그렇게 하시라고 조언은 해드렸지만 아버지가 결정하실 일이었어요. 아버님이 땅을 팔았으면 땅 판 돈 중에 일부는 당신 손에 들어왔겠군요? 이런저런 추측을 해보는 건 알겠는데요, 제이슨. 말을 빙빙 돌리지 말고 대놓고 물어보지 그래요?

그는 대놓고 물었다. 생각할수록 웃겼다. 지금 화장실에서 변기 물 내려가는 소리가 들린다. 어제 제이슨이 뭐라고 했더라?

제이슨은 몸을 앞으로 기울였다. 그래, 확실히 그랬다. 제이슨은 이렇게 떠들어댔다. 경찰은 1970년대에 그곳에서 살았고 지금도 거기서 살고 있는 사람을 찾고 있어요. 그 생각은 틀리지 않았어요. 결국 뼈를 찾아냈거든요. 1970년대에 누군가 살해당한 거죠. 그런데 잘 보면 뼈가 문제가 아니에요. 경찰은 제일 단순한 범죄 동기를 잊고 있어요. 바로 탐욕이죠. 캐런 당신이 수백만 파운드를 받아 챙길 수도 있는 판인데 벤섬이 방해가 된 거죠. 당신 아버지는 벤섬이 있는 한 꿈쩍도 안 하려고 하니 벤섬이 사라져줘야 했을 겁니다. 당신은 IT 분야에서 일하니까 다크웹에서 약물을 구할 수 있잖아요? 어렵지 않게 말이죠. 제이슨은 이렇게 주절거리며 자기가 사건을 해결했다고 여겼다. 그러면서 캐런한테서 자백을 받아내려 했다. 남자들이란!

제이슨의 예상과 달리 캐런은 그의 면전에 대고 웃음을 터뜨리면서 설명을 해주었다. 그녀는 중등학교에서 데이터베이스 관리자로 일하고 있을 뿐이었다. 그런 그녀가 다크 웹에 접근하는 것은 달까지 날아가는 것만큼이나 불가능했다. 그녀는 제이슨이 말한 펜타닐을 벤토린(기도 주변에 분포하는 베타-2 수용체에 작용하여 기관지를 확장시키는 약물)으로 잘못 알아듣고는 천식약인 벤토린으로 사람을 어떻게 죽였다는 것인지 의아해했다. 무엇보다 캐런은 영국에서 제일 아름다운 곳으로 손꼽히는 곳에서 살고 있었다. 물론 100만 파운드를 준다면 그 집을 포기할 수도 있겠지만, 아버지가 호브 마을의 신축 건물에서 우울하게 사시게 하는 것보다 지금 농장에서 행복하게 사시도록 두는 편이 낫다고 생각했다. 여기까지 듣고 난 제이슨은 나름 똑똑하게 반격하려는 모습을 보였지만 결국 입이 잦아 붙고 말았다.

화장실을 나온 제이슨이 거실로 돌아온다. 캐런은 어제 잔뜩 풀죽었던 제이슨의 표정을 떠올린다. 그는 캐런의 말이 진실임을 알았다. 결국 그의 추측은 틀리고 말았다. 제이슨은 사과하고 떠나려 했지만, 캐런은 어차피 산통 다 깨졌는데 점심이나 즐겁게 먹자고 제안했다. 이러다 둘이 사귀게 되면 어쩔 것이냐? 나중에 '우리 둘은 이렇게 만났다'는 이야기로 써먹을 수 있는 거 아니냐? 캐런의 말에 두 사람은 함께 웃음을 터뜨렸고, 그들은 느긋하게 술을 곁들인 점심을 먹으면서 화기애애하게 얘기를 나눴다.

제이슨은 같이 술을 또 마시자며 캐런을 이곳으로 초대했다. 그는 그녀가 부친 론 리치 씨에게 상황 설명을 해주길 바랐다.

마침 존 리치가 질 좋은 화이트 와인 한 병과 잔 세 개를 들고 거실로 들어온다.

제이슨은 캐런 옆에 앉아 아버지의 손에서 잔들을 받아 든다. 어제 살인범으로 지목당한 후부터 캐런의 눈에 제이슨은 꽤 매력적으로 보인다.

캐런 플레이페어는 「컷 투 더 체이스」를 잡지 더미에 내려놓는다. 그런데 보던 페이지의 중간 아래쪽에 박혀 있는 사진에 눈길이 간다. 캐런은 소식지를 다시 집어 들고 사진을 자세히 들여다본다.

론이 와인을 따르는 동안 제이슨이 묻는다.

"괜찮아요, 캐런?"

캐런이 천천히 신중하게 묻는다.

"경찰이 70년대에 여기 있었고 지금도 여기 사는 사람을 찾는다고 했죠?"

"맞아요. 처음엔 경찰이 잘못 짚었다고 생각했는데 나중에 보니까 그렇지도 않더라고요."

제이슨은 이 말을 하며 웃는데 캐런은 정색을 하며 론을 쳐다보더니 사진 속 얼굴을 손으로 가리킨다.

"바로 이분이 70년대에 여기 있었고 지금도 여기 있는 사람이에요."

론은 그 사진을 들여다보면서도 곧장 그 사실을 받아들이지 못한다. 그는 간신히 입을 뗀다.

"확실합니까?"

"오래전이지만 확실히 기억해요."

그제야 론의 머릿속이 급속하게 돌아간다. 이럴 수는 없다. 그는 캐런이 잘못 생각했을 가능성을 이리저리 따져보지만 답은 나오지 않는다. 론은 와인을 커피 테이블에 내려놓고「컷 투 더 체이스」를 집어 들며 말한다.

"가서 엘리자베스랑 얘기 좀 해야겠네요."

105장

체육관

　스티브가 운영하는 체육관은 제 주인을 꼭 닮았다. 작지만 탄탄한 벽돌 건물. 첫인상은 험상궂어 보이지만 체육관의 문은 누구에게나 늘 열려 있다.

　크리스와 도나는 문턱을 넘어 체육관으로 들어간다.

　어제 묘지에서 한바탕 소란이 있은 후 크리스와 도나는 페어헤이븐으로 돌아가, 조 키프리아누가 초기 수사에 대해 짐작으로 했던 말이 사실인지 확인했다. 켄트 경찰서에서 나온 경찰들은 실제로 북키프로스에 발을 들여놓지도 않았다. 그들이 쓴 보고서에는 지아니의 가족이 연루됐을 가능성에 대한 언급조차 없었다. 의미 있는 수사를 아예 하지 않은 것이다. 니코시아로 파견됐던 두 경찰의 이름이 크리스의 눈에 익었다. 놀랄 일도 아니었다. 그 두 경찰은 피부가 햇볕에 잘 그을린 상태로, 숙취 때문에 게슴츠레해진 눈으로, 수사 성과는 하나도 없이 영국으로 돌아왔다.

　크리스와 도나는 살인이 발생하기 전 주에 라르나카 공항을 출발해 히스로 공항과 개트윅 공항으로 들어온 승객 명단을 전부 살펴보았다. 3,000명에 가까운 이름들 중 키프로스 출신 남자들을 위주로 봤다.

　명단을 계속해서 살펴보던 크리스는 조 키프리아누가 했던 말을 떠올렸다. 지아니가 영국으로 돌아왔다면 누군가에게 도움을 받았을 거라는 말이었다. 도움을 받으려면 키프로스 출신 옛 동료가 제격이었겠지. 그런 인물이 누구더라?

머릿속에 이름들이 쭉 지나갔다.

그들은 다시 토니 커런 관련 초기 수사 파일로 돌아갔다. 예전에 스티브 조르쥬가 토니 커런 패거리와 어울리면서 늘 그 언저리에 있었던 것은 틀림없었다. 하지만 경찰서로 불러들여 심문을 할 만한 건수가 없었다. 토니를 위해 어떤 일을 했다고 해도 장기간 한 것은 아니었다. 그는 몇 해 전에 '스티브 체육관'을 열었는데 꽤 잘되고 있는 편이었다. 크리스와 도나가 알기로 그 체육관에서 훈련하는 경찰들도 있었다. 멍청이가 아니라 꽤 괜찮은 경찰들이었다. 그 체육관은 여느 체육관들과는 달리 평판도 좋았다.

오늘도 스티브 체육관은 사람들이 가득 들어찼다. 수요일 오후, 다들 조용히 그리고 열심히 운동하는 분위기였다. 멋을 부리며 우쭐대는 인간은 없었다. 크리스도 언젠가 체육관에 다닐 생각을 하고 있던 참이었다. 일단은 무릎 통증이 멎을 때까지 기다려야 했다. 괜히 지금 운동을 했다가 통증을 악화시킬 필요는 없으니까. 무릎이 낫자마자 체육관을 다녀야지. 문제에 정면으로 맞서야 한다. 생각해보니 엘리자베스를 구하러 묘지까지 언덕을 달려 올라갔을 때 팔에 날카롭게 찌르는 통증이 느껴졌다. 별것 아닐 수도 있지만 조심해야 될 것 같다.

문 옆에서 기다리고 있던 스티브가 힘찬 악수와 함박 미소로 그들을 맞아들였다. 그리고 지금 그들은 스티브의 사무실에 들어가 앉아 있다. 요가 볼을 타고 앉은 스티브가 유쾌하게 떠들어댄다.

"누구보다 잘 아시겠지만 저희 체육관은 어떤 말썽과도 연루돼 있지 않습니다. 여기서 말썽을 일으킬 일도 없어요."

스티브 조르쥬의 말에 크리스가 동의를 표한다.

"압니다."

"오히려 그 반대죠. 아시잖습니까. 저희는 사람들을 받아들여 개조를 시켜서 내보냅니다. 비밀도 없으니 뭐든 궁금한 게 있으시면 물어보세요."

"최근에 내가 키프로스에 다녀왔습니다, 스티브."

스티브의 입가에서 미소가 사라진다. 그는 움찔하며 대답한다.

"아, 예······."

"직접 가보기 전에는 키프로스에 대해 잘 몰랐는데 막상 가서 보니까 휴가 보내기에 참 좋은 곳 같더군요."

"아름다운 곳이죠. 그런 얘기나 하자고 오신 건 아니죠?"

도나가 질문을 던진다.

"당신은 어느 쪽인가요, 스티브? 그리스계 키프로스인입니까, 아니면 터키계 키프로스인?"

짧은 순간이지만 움찔하는 기색이 느껴진다. 하지만 곧 스티브는 침착하게 고개를 젓는다.

"저는 그쪽 일에 전혀 연루돼 있지 않습니다. 어디 출신이든 다 똑같은 사람들이에요."

"우리도 동의합니다만 그래도 당신은 어느 한쪽에 들어가 있기는 하잖아요? 우리가 다른 방법으로 알아낼 수도 있지만 어차피 여기 왔으니까······."

"터키계요. 터키계 키프로스인입니다."

스티브는 대단히 중요한 요소도 아니라는 듯 어깨를 으쓱한다.

크리스는 고개를 끄덕이며 수첩에 무어라 적는다. 스티브가 잠시 기다리고 있게 만들기 위한 방법이다.

"지아니 군두스랑 똑같네요?"

스티브 조르쥬는 고개를 옆으로 기울이더니 크리스를 비스듬히 바라본다.

"까마득하게 오래전에 들어본 이름이네요."

"그런가요? 내가 키프로스에 다녀온 것도 그 사람 때문입니다. 그를 쫓고 있어요."

스티브 조르쥬는 미소 짓는다.

"오래전에 자취를 감춘 사람입니다. 지아니는 미친놈이에요. 아마 누가 지아니를 죽였겠죠. 지아니를 죽인 사람에게 행운이 따르기를. 틀림없어요."

"우리가 지아니를 계속 못 찾는 이유가 설명이 되네요. 그런데 경찰 일을 하다보면 앞뒤가 안 맞는 게 보일 때가 있어요."

"직업상 어쩔 수 없이 그렇겠군요?"

"우리가 생각하고 있는 가설을 얘기해볼 테니까 한번 들어보시죠. 아무 말 안 해도 됩니다. 반응할 필요도 없고 듣기만 하세요. 가능하겠습니까?"

"아는 게 있다면 솔직하게 말씀드려야겠죠. 저는 체육관을 운영할 뿐이라서, 경찰들이 왜 찾아오셨는지 전혀 짐작이 안 되지만요."

도나가 손을 들고 나선다.

"그래요. 우리 얘기를 끝까지 들어보세요. 2분 정도 걸릴 건데, 얘기를 다 듣고 나서 하던 일로 돌아가시면 됩니다."

"2분, 좋습니다."

스티브가 말했다.

"당신이 좋은 사람인 거 압니다. 당신에 관한 나쁜 소문도 없고요."

"알아주셔서 감사합니다."

"그런데 내가 걱정하던 일이 일어났습니다. 아마 몇 주 전에 당신은 어떤 메시지를 받았을 겁니다. 아니면 누가 찾아와 문을 두드렸을 수도 있겠죠. 어느 쪽이든 당신에게 접촉한 사람은 지아니 군두스일 겁니다."

"그런 일 없는데요."

스티브는 고개를 젓는다.

"지아니는 도움이 필요하다고 했을 거예요. 그는 어떤 일 때문에 이 마을로 돌아왔습니다. 정확히 무슨 일 때문인지 당신에게 말을 했을 수도 있고 안 했을 수도 있어요. 옛정을 생각해서 작은 부탁 하나만 들어 달라고 했겠죠. 당분간 머물 곳이 필요하다든가, 뭐 그런 부탁이요. 이 마을에서 새로 만든 이름을 사용해 기록에 남게 하고 싶지 않았을 테니까. 아무도 모르게 머물다 가려 했을 겁니다."

"지아니 군두스를 못 본 지 20년이 다 되어가요. 죽었거나 감옥에 갔거나 터키에서 잘 살고 있겠죠."

"그럴 수도요. 하지만 지아니는 본인이 원하는 걸 손에 못 넣으면 가만히 있지 않는 성질이잖습니까. 당신이 부탁을 안 들어주면 이 체육관에 불을 지를 수도 있었겠죠. 그렇게 생겨 먹은 사람이니 당신에게 선택의 여지가 있었을까요? 이틀만 머물다 가겠다고 했을 겁니다. 두어 가지 배달을 하고 나서 오래된 일을 매듭지은 뒤 사라졌겠죠. 어떻습니까, 스티브?"

스티브 조르쥬는 어깨를 으쓱한다.

"상당히 위험한 이야기 같네요."

"체육관 위층에서 사시죠?"

도나의 물음에 스티브는 고개를 끄덕인다.

"지금은 누가 머물고 있나요?"

"필요한 사람은 누구든지요. 이곳을 찾아오는 사람들이 다 안정적인 배경을 갖고 있지는 않습니다. 집으로 도저히 못 가겠다고 하는 아이가 있으면 저는 묻지도 따지지도 않고 집 열쇠를 건네줍니다. 제 집은 안전한 곳이니까요."

이번에는 크리스가 묻는다.

"6월 17일에 그 집에 누가 머물고 있었죠?"

"모르겠습니다. 제가 힐튼 호텔 운영자도 아니고. 어떤 아이가 머물렀을 수도 있고, 그냥 제가 썼을 수도 있습니다."

도나가 묻는다. "비어 있었을 수도 있을까요?"

스티브는 어깨를 으쓱한다.

이번에는 크리스가 묻는다.

"누군가 있었다는 겁니까?"

"어쩌면요."

"지아니는 키프로스에서 인맥이 아주 탄탄하더군요, 스티브."

"저랑은 관계없는 곳입니다."

도나가 묻는다. "당신 가족이 여전히 그곳에서 살고 있잖아요?"

"그렇죠. 잔뜩요."

"스티브. 지아니 군두스가 찾아와서 머물 곳이 필요하다고 했을 수 있습니다. 어떤 식으로든 당신한테 압박을 가했을 수 있어요. 당신한테 돈을 줬을 수도 있겠죠? 동의할지 모르겠지만. 그리고 6월 17일에 체육관 위층에 있는 집에서 머물렀을 수도 있습니다. 관련해서 할 말 없습니까?"

"없습니다."

"말했다가는 큰일이 닥칠 테니까? 키프로스에 사는 가족들한테도?"

"2분이 다 된 것 같은데요."

"알겠습니다. 고마워요, 스티브."

"언제든지 협조하겠습니다. 언제든 환영이에요. 진심입니다. 뱃살도 단숨에 빼드릴 수 있어요."

크리스는 미소를 짓는다.

"안 그래도 여기 다닐 생각입니다, 스티브. 가기 전에 위층을 좀 살펴봐도 될까요? 지아니가 남겨놓은 물건이라도 있는지 확인하고 싶은데."

스티브는 고개를 젓는다.

"그건 안 되고, 부탁 하나만 들어주세요."

"말씀하시죠."

"분실물 보관소에 이걸 좀 맡겨주시겠어요? 2주 전에 누가 떨궈놨는데 여기저기 물어봐도 누구 것인지 알 수가 없어서요." 스티브는 서랍에 손을 넣어 지폐가 두둑하게 담긴 투명한 비닐 봉투를 꺼내 크리스에게 건넨다. "5천 유로예요. 이 돈을 잃어버린 관광객이 줄곧 자책하고 있을지 모르겠습니다."

지폐를 내려다보던 크리스는 도나에게, 이어서 스티브에게 시선을 옮긴다. 여기 지문이 남아 있을까? 가능성은 별로 없겠지만 적어도 스티브는 크리스의 짐작이 맞다는 것을 넌지시 알려주고 있다.

"가지고 있지 그러세요?"

스티브는 고개를 젓는다.

"아뇨. 어떤 돈인지 아는데 그럴 순 없죠."

크리스는 도나에게 비닐 봉투를 넘긴다. 도나는 봉투를 받아 증거물 보관 가방에 집어넣는다. 두 사람은 방금 스티브 조르쥬가 대단히 용감한 행동을 했다는 것을 알고 있다. 크리스는 일어서서 조르쥬와 악수를 나눈다.

스티브가 말한다.

"토니 커런이 개새끼이긴 했지만 죽어도 쌀 정도는 아니었습니다."

크리스도 동의한다.

"그렇죠, 어느 정도 공감할 수 있어요." 크리스가 말한다. "조만간 뱃살을 빼러 다시 오겠습니다."

"그럼 이만."

106장

마무리

엘리자베스는 스티븐이 계속 자게 둔다. 보그단이 퇴근하고 체스를 두러 올 것이다. 엘리자베스는 이따가 집으로 돌아왔을 때 두 사람이 다 집에 있으면 좋겠다고 생각한다. 누구라도 같이 있으면 마음이 덜 헛헛할 것 같다.

침실 옷장 문의 손잡이가 떨어져나갔다. 엘리자베스는 손잡이를 주방 식탁 위에 살포시 내려놓는다. 보그단 성질에 문을 고치지 않고는 못 배길 것이다.

론이 캐런 플레이페어가 본 사진을 들고 찾아왔다. 캐런은 당시 어린 나이였지만 분명히 기억한다고 했다. 엘리자베스는 머릿속으로 퍼즐 조각들을 맞춰본다. 처음에는 불가능한 가설로 느껴졌는데, 차츰 생각이 정리되면서 끔찍한 진실이 보이기 시작했다. 하나씩 확인해보았다. 한 시간 전에 이브라힘이 마지막 퍼즐 조각을 들고 찾아왔다. 드디어 때가 되었다. 사건은 해결됐고 이제 정의 구현만이 남아 있었다.

엘리자베스는 뒤도 돌아보지 않고 서늘한 저녁 공기 속으로 걸어 나간다. 해 지는 시간이 점점 앞당겨지고 있어서 옷장에서 스카프를 꺼내 둘렀다. 아직까지는 여름이 가을의 진입을 막고 있지만 오래 버티지는 못할 것이다. 엘리자베스에게는 몇 번의 가을이 더 남아 있을까? 앞으로 몇 해나 더 편안한 부츠를 신고 낙엽 사이를 걸을 수 있을까? 언젠가 봄은 오고 엘리자베스는 세상에 없을 것이다. 호숫가에 수선화가 피어도 볼 수 없을 때가 올 것이다. 그러니 지금이라도 가야지. 즐길 수 있을 때 즐겨야지.

하지만 하던 일부터 마처야 한다. 엘리자베스는 늦여름에 애착을 갖고 있다. 가지에 끈질기게 붙어 있는 잎사귀들, 유종의 미를 장식하려는 여름날의 열기, 아직까지 남아 있는 최후의 승부에 늘 매료된다.

론이 굳은 표정이지만 준비된 모습으로 저쪽에서 걸어오고 있다. 그는 통증을 애써 눌러 삼키며, 최대한 다리를 절지 않으려 애쓴다. 론은 참 좋은 친구다. 좋은 마음씨를 가졌다. 그의 심장이 부디 오래 오래 뛰기를.

모퉁이를 돌아가자, 손에 서류철을 들고 문간에서 기다리는 이브라힘이 보인다. 마지막 퍼즐 조각이다. 오늘따라 이브라힘은 정말 잘생겨 보인다. 필요한 일을 해낼 준비를 하고 옷도 갖춰 입었다. 이브라힘이 세상을 떠나는 건 상상도 할 수가 없다. 그들 중에 제일 오래 살아 있을 것 같다. 비행기가 머리 위로 위잉 소리를 내며 날아가는 가운데, 숲에서 끝까지 꼿꼿하고 참되게 서 있는 마지막 오크나무처럼.

어떻게 시작해야 할까? 대체 어떻게?

107장

체포 영장

드디어 허락이 떨어졌다. 토니 커런 살인에 관한 심문 진행을 위해 지아니 군두스를 체포하라는 국제 체포 영장이 발부된 것이다. 크리스의 하루는 그렇게 잘 마감됐다. 스티브 조르쥬가 건네준 유로화에 지문은 남아 있지 않았지만, 토니 커런이 살해당하기 사흘 전 북키프로스의 환전소에서 나온 돈이라는 사실은 밝혀졌다. 크리스는 조 키프리아누에게 환전소 주소를 주면서 CCTV 영상이 있는지 확인해달라고 했지만 조는 주소를 보더니 웃었다. 영상 따위는 없을 거라는 뜻이었다.

키프로스 경찰 당국이 지아니 군두스를 찾으려는 의지는 있을까? 누가 알겠는가? 가능하다고 볼 수도 있겠지만, 초기에 한번 밀어붙여 보고 나면 그쪽 사람들에게 일을 시키는 게 얼마나 어려운지 알게 될 것이다. 어쩌면 크리스가 키프로스에 한 번 더 건너가야 할지도 모른다. 그렇게 되면 좋겠다는 생각도 든다. 어쨌든 크리스는 할 수 있는 일은 다 했다. 이제 키프로스 경찰이 일할 차례다. 그들이 그 기회를 반길지는 모르겠지만. 결과가 어떻게 되든 크리스의 모양새는 나쁘지 않을 것이다.

그 정도만으로도 축하할 일이지만 크리스는 이미 수년 동안 수없이 많은 밤에 수많은 경찰들과 술집에서 축하 파티를 해왔다. 오늘은 별로 흥이 나지 않는다. 집에 가서 카레로 끼니를 때우고, 도나를 불러 같이 텔레비전을 보며 와인을 마신 뒤 밤 10시에 집에 데려다주는 정도로 족하다. 벤섬에 대한 얘기를 나눌 수도 있을 것이다. 혹시 놓친 부분은 없을까 하면서.

걱정스러운 생각도 들기는 했다. 어쩌면 바보 같은 생각일지도 모른다. 오래전에 수녀원에 치료원이 있다고 하지 않았나? 조이스가 간호사 출신이라고 했지? 조이스 메도우크로프트라는 이름을 컴퓨터에 입력하고 결과를 봐야 할까? 도나에게 그 얘기를 해야 하나?

하지만 도나는 오늘 미스터리 데이트(상대를 모르는 상태로 만나 진행하는 데이트)가 있다고 했다. 스티브 체육관에서 나오면서 얘기를 하다가 무심히 그 말을 툭 던졌다. 그러니 크리스는 집으로 돌아가 카레를 먹으며 혼자 밤을 보내야 한다. 그렇게 될 줄 알았다. 혹시나 했지만 역시나다.

이걸 비극적인 계획이라고 해야 하나, 아니면 사람들이 비극적이라고 생각하는 계획이라고 해야 하나. 크리스는 원래 혼자 이런저런 일을 하면서 만족하는 사람 아니었나? 아니면 수중에 있는 것을 최대한으로 활용하는 외로운 남자에 불과했나? 혼자 사는 남자인가 아니면 외로운 남자인가? 요즘 이런 질문이 머릿속에 자주 떠오르는데, 더 이상 자신 있게 대답할 수가 없다. 만약 그가 도박꾼이라면 '외로운 남자' 쪽에 돈을 걸 것이다.

그가 찾는 데이트 상대는 어디 있을까?

지금 사무실을 나가면 혼잡한 퇴근 시간대에 걸리고 만다. 결국 그는 토니 커런 사건 파일을 덮고 벤섬 사건 파일을 펼친다. 한 사건을 해결했으니 다른 두 사건도 해결할 수 있지 않을까? 지금까지 무엇을 놓쳤을까? 누구를 놓쳤을까?

108장

용서받을 수 없는 죄

엘리자베스와 이브라힘, 그리고 의자 두 개를 손에 든 론이 복도를 걸어가고 있다. 그들은 오늘 이 일을 해야만 한다.

그들 뒤에서 쌍여닫이문이 열리고 조이스가 서둘러 친구들 쪽으로 종종걸음을 친다.

"늦어서 미안해요. 오븐의 알림음이 멋대로 울려대는데 이유를 알 수가 없더라고요."

조이스의 말에 이브라힘이 말한다.

"짧게 정전이 되면 그럴 수 있어요. 오븐의 시계가 저절로 맞춰지느라 그럴 겁니다."

조이스는 고개를 끄덕인다. 그리고 별 생각 없이 이브라힘의 손을 잡는다. 저 앞에서 엘리자베스도 론의 손을 잡고 말없이 걷고 있다. 마침내 그들은 그 문 앞에 다다른다.

일반적이지 않은 상황인데도 엘리자베스는 평소와 다름없이 노크를 한다.

엘리자베스가 문을 열자 안에 그 남자가 있다. 캐런 플레이페어가 오랜 세월이 지나서도 알아본 남자. 구조한 여우를 품에 안고 론의 옆에 서 있던 사진 속 남자다.

남자의 손에 들려 있는 책은 오늘도 변함이 없다. 펼쳐놓은 페이지도 똑같다. 그는 조용히 눈을 든다. 네 명이 몰려왔는데도 놀라지 않은 표정이다.

"아, 다들 오셨네."

그의 말에 엘리자베스가 답한다.

"다들 왔어요, 존. 우리가 들어가서 앉아도 될까요?"

존은 들어와 앉으라고 손짓한다. 책을 내려놓고 콧날을 두 손으로 잡아 쥔다. 론은 혼수상태로 침대에 누워 있는 페니를 바라본다. 페니의 예전 모습은 남아 있지 않다. 그녀는 이미 떠난 것이나 다름없다. 왜 여태 페니를 보러 오지 않았을까? 왜 이렇게 오래 걸렸을까?

엘리자베스가 묻는다.

"우리가 이 일을 어떻게 하면 좋겠어요, 존?"

"당신한테 달려 있겠죠, 엘리자베스. 그 일을 저지른 순간부터 누군가 저 문을 두드리고 들어오게 될 날을 기다리고 있었습니다. 그동안의 나날은 내게 덤이나 마찬가지였어요. 여러분이 사건을 해결하기까지 좀 더 시간이 걸리기를 바랐지만요. 어떻게 알았습니까?"

이브라힘이 대답한다. "캐런 플레이페어가 당신을 알아봤어요."

존은 고개를 끄덕이며 웃음 짓는다. "그랬군요. 꼬맹이 캐런. 대단하네!"

조이스가 말한다. "캐런이 여섯 살 때, 당신이 캐런의 개를 안락사시켜 줬다면서요, 존. 캐런은 당신의 다정한 눈빛을 잊을 수가 없다고 했어요."

엘리자베스는 페니의 침대 발치 쪽에 놓인, 평소에 늘 앉던 자리에 앉아 묻는다.

"당신이 얘기를 시작할래요, 존? 아니면 우리가 할까요?"

"내가 하겠습니다." 존은 눈을 지그시 감고 덧붙인다. "머릿속으로 수차례 되풀이해 왔습니다."

"무덤에 있는 시신은 누구예요, 존? 대체 누구의 뼈예요?"

존은 눈을 감은 채 고개를 든다. 그리고 오랜 세월만큼 묵은 한숨을 내쉬며 얘기를 시작한다.

"70년대 초였습니다. 여기서 16킬로미터 떨어진 곳이었고요. 그레이스콧이라는 양 농장이었습니다. 당시에 이 근처에는 양 농장이 많았어요. 오래전 얘기네요. 내가 수의사 일을 시작한 게 1967년인가 그렇습니다. 페니라면 정확히 기억하겠지만 어쨌든 그 즈음이에요. 당시 매서슨이라는 농장주 할아버지와 잘 알고 지내는 사이였어요. 이따금씩 그레이스콧에 일을 보러 가곤 했죠. 농장에서는 한 번씩 일이 생기거든요. 그때는 매서슨 씨의 암말이 새끼를 낳았어요. 그런데 새끼는 죽었고 암말은 몹시 고통스러워했어요. 비명을 지르면서 괴로워했어요. 매서슨 씨는 암말을 총으로 쏴죽이고 싶어 하지 않았고 나는 그 심정을 이해했습니다. 그래서 암말에게 독극물을 주사해서 생을 끝내줬습니다. 그 전에도, 그 후에도 수차례 한 일이에요. 어떤 농장주들은 키우던 동물이 그 지경이 되면 직접 총을 쏴서 안락사시켜 주기도 합니다. 수의사들도 그렇고요. 하지만 매서슨 씨와 나는 그런 방법을 차마 쓸 수가 없었어요. 어쨌든 일을 마친 뒤 매서슨 씨는 차 한 잔을 내줬고 우리는 얘기를 나눴습니다. 늘 바쁘게 살던 내가 보기에 매서슨 씨는 몹시 외로워 보였어요. 가족도 없고 농장 일을 도와줄 사람도 없는데 돈은 다 떨어져가는 상황이었어요. 그래서 나라도 말동무가 되어주니 좋아라 하는 것 같더라고요. 그날 내 눈에는 그분이 무척 암울하게 보였습니다. 그만 일어나서 가려고 하니까 좀 더 있다가 가라고 만류하시더라고요. 비난하실 수도 있고 어쩌면 아닐 수도 있겠지만, 문득 머릿속에 또렷한 생각이 떠올랐어요. 이분은 몹시 괴로워하고 있구나. 매서슨 씨가 동물이라면 아마 비명을 지르는 상황이었을 겁니다. 내 말 믿어줘요. 정말 그런 생각이 들었어요. 그래서 진료 가방에서 주사기를 꺼내들고 말했어요. 독감 예방 주사를 한 대 맞으면 겨울을 무사히 날 수 있을 거라고. 매서슨 씨는 반색을 하면서 바로 소매를 걷어붙였고 나는 주사를 놔드렸습니다. 그날 암말에게 놔준 것과 똑같은 독극물이었죠. 그렇게 그분의 비명은 그쳤고 고통도 끝이 났습니다."

조이스가 묻는다.

"당신이 그분을 슬픔에서 벗어나게 해줬네요, 존?"

"그렇게 생각했습니다. 그때도 그랬고 지금도요. 분별력이 있었으면 영리하게 약물을 혼합해서 썼겠죠. 나중에 부검에서도 드러나지 않는 약물로요. 그리고 나중에 우편배달부나 우유 배달 차 아니면 누구든 그 집을 방문한 사람이 발견하도록 그의 시신을 그곳에 뒀겠죠. 하지만 충동적으로 저지른 일이라 그의 몸에 펜토바르비탈을 잔뜩 주사하고 말았습니다. 누가 알게 되면 큰일이니 위험을 감수할 수는 없었어요."

엘리자베스가 묻는다.

"그래서 직접 묻었나요? 매서슨 씨를?"

"그랬죠. 농장에 묻을 수도 있었지만, 당시 사람들이 농장을 팔아댈 시기였거든요. 사방에서 매매된 땅에 집들이 세워졌죠. 농장에 묻었다가는 한 달쯤 후에 건축업자가 그의 시신을 파내게 될 수도 있었어요. 그때 좋은 생각이 떠오르더라고요."

론이 말한다.

"묘지를 생각했군요."

"완벽한 매장 장소였어요. 전에 고든 플레이페어 씨를 만나러 갔다가 그 묘지에 대해 알게 됐어요. 농장 땅도 아니고, 누가 수녀원을 사겠다고 나설 리도 없으니 바로 거기다 싶었죠. 내가 알기로 드나드는 사람도 거의 없는 조용한 곳이었어요. 그래서 이틀 후 한밤중에 헤드라이트를 끄고 그리로 차를 몰고 갔습니다. 도착해서는 삽을 꺼내 들고 시신을 처리했어요. 40년이 지난 어느 날 이곳에 실버타운이 지어졌습니다."

엘리자베스가 말한다.

"우리가 입주했죠."

"그랬죠. 나는 은퇴 후에 실버타운에서 살면 좋겠다고 페니를 설득했습니다. 내 생각은 틀리지 않았어요. 나는 이곳에서 살면서 잘 지켜보고 싶었습니다. 부동산 개발업자들이 묘지까지 파헤치지는 않을 거라고 생각했지만 요즘은 어떻게 될지 모르니까요. 최악의 사태가 벌어질 경우에 대비해 가까이서 지켜보려고 한 거죠."

조이스가 말한다.

"그런데 최악의 일이 벌어진 거네요, 존."

"그렇다고 시신을 도로 파낼 수도 없었습니다. 나도 늙었고 체력도 약해져서요. 그렇다고 무덤이 파헤쳐져 시신이 드러나는 위험을 감수할 수도 없었죠. 그날 아침 우리가 시끌벅적하게 벤섬을 저지하는 동안 나는 벤섬의 팔에 슬그머니 주사기를 꽂았습니다. 그는 얼마 안 돼서 세상을 떠났죠. 어떻게 봐도 용서받을 수 없는 죄인 거 압니다. 용서가 불가능한 죄를 지었어요. 그때부터 나는 여러분이 찾아오기를 기다리면서, 내가 저지른 일의 결과에 직면할 각오를 해왔습니다."

엘리자베스가 묻는다.

"어떻게 주사기에 펜타닐을 채울 수 있었어요, 존?"

존이 미소 짓는다. "오랫동안 갖고 있었어요. 여기서 그 약물이 필요할 때를 대비해서. 윌로우스에서 상태가 악화될 대로 악화된 페니를 다른 곳으로 옮기려 할 경우에 쓰려고요."

존은 맑은 눈으로 엘리자베스를 바라본다.

"경찰이 아니라 당신이라 다행입니다, 엘리자베스. 당신이 사건을 풀어서 기뻐요. 해낼 줄 알았습니다."

"나도 기뻐요, 존. 얘기를 들려줘서 고마워요. 우리가 경찰에 얘기해야 한다는 거 알죠?"

"압니다."

"하지만 지금 바로 할 필요는 없겠죠. 우리끼리 있으니까 두 가지만 더 물어봐도 될까요?"

"물론입니다. 오래전 일이지만 최대한 도울게요."

"이 방에서 주고받는 대화를 페니가 못 들을 거라고 우린 생각하잖아요, 존? 우리가 페니한테 아무리 바보 같은 헛소리를 해도 말이에요. 어쩌면 우리가 착각한 것일 수도 있지 않을까요?"

존은 고개를 끄덕인다.

"만약 페니가 들을 수 있다면요? 그냥 만약에요. 다 들을 수 있을지도 모르잖아요?"

"그럴 수도 있겠죠."

"그렇다면 지금 우리 얘기를 듣고 있을 수도 있을 거예요."

"아마도요."

"그럴 가능성이 조금이라도 있다면, 당신이 하는 말을 페니가 들을 가능성이 아주 조금이라도 있다면 말이에요. 페니한테 대체 왜 그래요? 왜 페니가 그런 소리를 듣게 놔두는 거죠?"

"그건……"

"그러면 안 되는 거잖아요, 존. 그게 진실이에요. 이걸 다 듣게 하는
건 고문이라고요."

이브라힘이 앉은 자리에서 앞으로 몸을 기울이며 말한다.

"존, 당신은 이안 벤섬을 죽인 일이 용서받을 수 없는 죄라고 했습니
다. 그 말은 진심이라고 생각해요. 당신의 상상을 넘어선 일이었겠죠.
그런데 당신은 그게 그저 위기를 모면하려고 저지른 일이었다고 하는
군요. 그 말은 진실 같지가 않아요. 당신은 용서받을 수 없는 행동임을
알면서 했습니다. 그렇게까지 한 것은 한 가지 이유뿐이에요."

조이스가 답을 말한다.

"사랑이죠, 존. 언제나 사랑 때문에 사람들은 그런 일을 해요."

존은 그들 네 사람을 바라본다. 다들 확신하는 표정이다.

엘리자베스가 말한다.

"오늘 아침에 이브라힘한테 페니의 파일 중 하나를 들여다봐 달라고
부탁했어요. 이브라힘?"

이브라힘은 쇼핑백에서 작은 마닐라 파일을 꺼내 엘리자베스에게
건넨다. 엘리자베스는 그 파일을 무릎 위에 올려놓고 펼친다.

"이제 진실을 얘기해볼까요?"

109장

늦은 밤

크리스는 혼자다. 포장해서 사온 카레를 먹다 말고 앞에 남겨두었다. 마이클 반 게르윈(네덜란드의 다트 선수)이 피터 라이트(스코틀랜드의 다트 선수)를 6세트 만에 무득점으로 보내버리며 일찌감치 경기를 마무리 지었다. 텔레비전으로 볼만한 프로그램도 없고, 같이 볼 사람도 없다. 감자칩이나 사러 24시간 운영하는 주유소에 갔다 올까. 곤두선 신경을 좀 가라앉힐 수 있으려나.

휴대폰이 위잉 하는 진동음을 낸다. 뭐지. 도나다.

제이슨 리치가 나오는 〈가계도를 찾아서〉 재방송 보러 오실래요?

손목시계를 보니 밤 10시가 다 됐다. 안 될 거 있나? 또 다시 위잉 소리가 들린다.

진청색 셔츠 입고 오세요. 단추 달린 거요.

이제 도나에게 익숙해진 크리스는 하란 대로 한다. 언제나처럼 거울도 보지 않고 옷을 갈아입는다. 누구한테 잘 보이려고 거울까지 들여다봐야 하나? 그는 답장을 쓴다.

예, 그러지요. 제이슨 리치가 나오는 거면 봐야지. 갈게.

데이트를 나간다더니 별로 재미가 없었던 모양이다.

110장

최후의 자물쇠

"페니가 창고에 자료를 보관해뒀어요, 존." 엘리자베스는 마닐라 파일을 손에 들고 말한다. "들여다본 적 없죠? 오래된 사건 관련 서류들이에요. 원래 개인적으로 가지고 있으면 안 되지만 페니가 어떤 사람인지 알잖아요. 페니는 만약에 대비해 전부 사본을 만들어놓았어요."

조이스가 맞장구를 친다.

"오랜 세월이 지나서도 살인자를 잡는 데 도움이 될 수도 있으니까요."

"어쨌든 존, 캐런 플레이페어가 당신을 알아본 후에 문득 마지막으로 서류를 확인해봐야겠다는 생각이 들었어요."

조이스가 존에게 묻는다. "물 좀 마실래요, 존?"

존은 고개를 젓는다. 그의 시선은 서류철에 담긴 내용을 읽기 시작한 엘리자베스에게 붙박여 있다.

"1973년에 라이라는 곳에서 사건이 하나 있었어요. 그때 페니는 햇병아리 경찰이었을 거예요. 나는 페니의 햇병아리 시절이 잘 상상이 되지 않지만 당신은 잘 기억하겠죠. 어제 일처럼 또렷하게. 어쨌든 그건 애니 메이들리라는 소녀와 관련된 사건이었어요. 애니 메이들리 기억하지, 페니?"

엘리자베스는 친구가 누워 있는 자리를 바라본다. 페니는 지금 이 얘기를 듣고 있을까? 못 들을까?

"애니는 강도가 휘두른 칼에 찔려 피를 흘리다가 남자 친구의 품에서 사망했다고 되어 있어요. 사건 현장에 경찰들이 출동했죠. 페니도 같이 갔다고 서류에 적혀 있네요. 현장에는 박살난 유리 파편이 바닥에 흩어져 있었어요. 강도가 유리를 깨고 들어온 것 같은데 훔쳐간 물건은 없었죠. 애니 메이들리 때문에 놀란 강도가 당황해서 식칼을 집어 들고 그녀를 찌른 뒤 달아났다는 게 공식적인 기록이에요. 그렇게 사건은 종결됐어요. 그런데 론이 뭔가 냄새를 맡았죠. 앞뒤가 안 맞는다는 생각을 한 거예요."

그러자 론이 말한다.

"고약한 냄새가 났어, 존. 훤한 대낮에 강도가 들었다고? 그 집 식구들이 집에 있는데? 식구들이 교회에 가 있는 일요일 아침에 강도가 들었다면 모를까, 일요일 오후에 강도는 말이 안 되지."

엘리자베스는 페니를 바라보며 말한다.

"자기도 그렇게 생각했지, 페니? 남자 친구가 애니를 칼로 찌르고 죽을 때까지 기다렸다가 경찰을 불렀다는 걸 자기는 알았잖아."

엘리자베스는 젖은 수건으로 페니의 마른 입술을 적셔준 뒤 말을 잇는다.

"우린 몇 달 전에 그 사건을 들여다보기 시작했어요, 존. 목요일 살인 클럽에서요. 페니는 없지만 우리끼리 진행했죠. 나는 우리가 왜 그 사건을 들여다본 적이 없는지 의아했어요. 페니가 그 사건을 클럽에 들고 오질 않아서 못 봤던 거예요. 우린 그 사건을 면밀하게 살펴보기 시작했어요, 존. 오래전이지만 경찰이 잘못한 점이 있는지 확인도 했고요. 애니의 자상에 관한 보고서를 읽어봤는데 뭔가 이상해서 조이스한테 물어봤어요. 내가 처음 당신한테 질문을 한 게 그때였죠, 조이스?"

"맞아요."

조이스도 기억하고 있다.

"나는 애니의 자상에 대해 설명하면서 이 정도 상처면 사망까지 얼마나 걸리느냐고 조이스한테 물었어요. 조이스는 45분 정도라고 했는데, 남자 친구의 진술과 맞질 않는 거예요. 남자 친구는 강도를 뒤쫓아 갔다가 주방으로 달려 들어와 애니를 품에 안고 즉시 경찰에 전화를 했다고 했어요. 남자 친구가 강도를 뒤쫓아 나간 모습을 본 사람은 아무도 없고요. 나는 의료 훈련을 받은 사람이라면 애니의 목숨을 구할 수 있었겠냐고 조이스한테 물었어요. 그때 뭐라고 대답했죠, 조이스?"

"당연히 구할 수 있었을 거라고, 어려운 일도 아니라고 대답했어요. 존 당신도 의료 훈련을 받았으니 잘 알 거예요."

"애니의 남자 친구는 몇 년 전에 의병 제대한 군인이었어요. 그러니 그 상황에서 애니의 목숨을 구할 수 있었어야 맞는 거예요. 하지만 경찰 조사는 그 방향으로 이루어지지 않았어요. 당시에는 이런 사건에 접근하는 방법이 지금과 다르기는 했어요. 요즘 같았으면 남자 친구는 빠져나갈 수 없었을 거예요. 경찰은 강도를 찾으려고 했지만 결국 못 찾았어요. 가여운 애니 메이들리는 땅에 묻혔고 세상은 변함없이 잘 굴러갔죠. 얼마 후 남자 친구는 집세도 내지 않고 한밤중에 사라졌어요. 이 서류철에 담긴 내용은 이게 전부예요."

이브라힘이 말한다. "우리가 이 사건을 한창 들여다보고 있던 중에 여기서 사건들이 터졌습니다. 토니 커런, 이안 벤섬, 그리고 묘지에서 발견된 뼈까지. 우린 애니 메이들리 사건 파일을 옆으로 치우고 당장 눈앞에 펼쳐진 진짜 살인 사건에 매진해야 했어요."

론이 말한다. "하지만 아무래도 끝이 찜찜한 사건이라 애니 메이들리 사건을 그대로 치워버릴 수는 없었어, 존."

엘리자베스는 마닐라 파일을 손끝으로 톡톡 치며 말한다. "그래서 내가 이브라힘한테 애니 사건을 다시 봐달라고 부탁했어요. 한 가지 의문에 대한 답을 찾아보라고. 어떤 의문이었을까요, 존?"

존은 조용히 엘리자베스를 바라본다. 엘리자베스는 페니를 돌아보며 말한다.

"페니, 내 말을 듣고 있다면 자기는 그게 어떤 의문인지 알 거야. 애니의 남자 친구 이름은 피터 머서였어요. 피터 머서. 나는 이브라힘한테 피터 머서가 무슨 사유로 의병 제대를 했는지 알아보라고 부탁했어요. 아까 이 사건에 대해 가졌던 한 가지 의문을 얘기했는데, 당신은 아마 답을 알고 있을 것 같네요, 존. 어디 한번 말해봐요. 이미 많이 늦었지만요."

두 손으로 머리를 감싸고 있던 존은 손으로 얼굴을 쓸어내리며 고개를 든다.

"다리에 총상을 입어서인가요, 엘리자베스?"

"맞아요, 존."

페니 쪽으로 의자를 가까이 가져간 엘리자베스는 페니의 손을 잡고 나지막하게 말한다.

"50년쯤 전에 피터 머서는 여자 친구를 살해했고 얼마 후 자취를 감췄어요. 다들 피터가 그냥 그곳을 떠났다고 생각했지만, 살인을 저지르고 그렇게 쉽게 빠져나갈 수는 없어요. 그렇지, 페니? 때로는 모퉁이를 돌자마자 정의의 심판을 받게 되는 경우도 있어요. 어느 어두컴컴한 밤에 페니가 피터 머서를 찾아간 것처럼요. 그리고 50여 년이 지나 페니는 이렇게 정의의 심판을 받게 되었네요. 병상 옆에 앉아 친구의 손을 잡고 있는 나를 통해서요. 이런 사건들 많이 봤지, 페니? 지긋지긋하게? 아무도 자기 말을 안 들어주는 것도 지긋지긋했잖아?"

조이스가 묻는다.

"페니가 당신한테 언제 얘기했어요, 존?"

존은 흐느껴 울기 시작한다.

"처음 아프기 시작할 때였나요?"

존은 천천히 고개를 끄덕인다.

"평소 같으면 나한테 말할 사람이 아니었어요. 페니가 어떤 사람이었는지 기억하잖아요, 엘리자베스? 시작은 가벼운 뇌졸중이었죠?"

"맞아요."

엘리자베스는 똑똑히 기억한다. 처음에는 증세가 경미했다. 엘리자베스는 병의 실체를 몰랐으니 크게 놀라지도 않았다. 하지만 가여운 존은 그게 어떤 증세인지 정확히 알고 있었다.

"페니는 온갖 것들을 보고 온갖 얘기를 하기 시작했습니다. 다양한 환상들을 보더라고요. 그러다 현재가 사라지고 페니의 머릿속은 점점 더 과거로 향했어요. 익숙한 무언가를 찾을 때까지 계속 풀어졌죠. 말이 되는 무언가를 찾아 헤맨 거예요. 자기를 둘러싼 세상이 말도 안 되는 상태가 되어버렸으니까. 그리고 얘기를 하기 시작했어요. 어렸을 때 얘기도 하고 우리가 처음 만났을 때 얘기도 하고."

그러자 엘리자베스가 상기시킨다.

"경찰로 일했던 초창기 시절에 대한 얘기도 했겠네요?"

"처음에는 내가 다 들어본 얘기였어요. 나도 기억하는 얘기들. 예전 상관이라든지, 그들이 잡아낸 사기 범죄, 사사로운 비용 편취, 법원 대신 술집에 갔다느니 하는 웃고 넘길 만한 얘기들이었죠. 나는 페니의 머리가 방황하고 있다는 걸 알았고 최대한 오래 그녀를 붙잡고 싶었어요. 이해가 됩니까?"

"우리 모두 이해해, 존."

론이 말한다. 다들 이해하는 상황이다.

"그래서 페니가 계속 얘기를 하게 됐습니다. 같은 얘기를 하고 또 했죠. 이 얘기를 통해 저 얘기를 떠올리고, 저 얘기를 통해 또 다른 얘기를 떠올리면서 다시 처음으로 돌아갔죠. 그렇게 얘기는 계속 빙빙 돌았어요. 그러다가……"

존은 얘기를 멈추고 아내를 바라본다.

엘리자베스가 말한다.

"페니는 당신 얘기를 듣지 못할 거라고 했잖아요, 존?"

존은 천천히 고개를 젓는다.

"못 들을 겁니다."

"그런데도 당신은 매일 이 병실로 찾아왔어요. 페니 옆에 앉아서 계속 말을 걸었어요."

"달리 내가 뭘 할 수 있었을까요, 엘리자베스?"

엘리자베스는 그 마음을 충분히 이해한다.

"그래요. 페니는 당신한테 얘기를 들려줬어요. 당신이 아는 얘기들. 그러다가 어느 날은……?"

"예. 어느 날은 내가 모르는 얘기를 하더라고요."

론이 말한다. "비밀을 털어놓았군."

"맞아요. 끔찍한 비밀까지는 아니고 소소한 비밀들이었어요. 한번은 뒷돈을 받은 적이 있다고 했어요. 뇌물이죠. 다들 받고 있으니까 자기도 받아도 된다고 생각했대요. 그 얘기를 전에도 수차례 했던 것처럼 말했어요. 처음 하는 얘기였는데. 누구나 비밀을 갖고 있잖아요?"

엘리자베스는 맞장구를 친다. "맞아요, 존."

"페니는 재미있는 얘기와 비밀을 구분하지 못하게 된 겁니다. 그래도 여전히 머릿속에서 작동하는 부분은 있는 것 같았어요. 마지막 문을 걸어 잠근 최후의 자물쇠 같은 거였죠. 끝까지 지켜야 할 비밀이 있었으니까요."

"최악의 비밀이었겠네요?"

존은 고개를 끄덕인다.

"어떻게든 그 비밀을 지키려고 했던 것 같아요. 그 무렵에 페니는 이미 윌로우스에 들어와 있었어요. 페니가 언제 여기 입소했는지 기억하죠?"

엘리자베스는 그날을 분명히 기억한다. 페니는 이미 되돌릴 수 없는 상태였다. 대화는 토막 나고 앞뒤가 맞지 않았으며 한 번씩 앞뒤 문맥 없이 화를 냈다. 스티븐은 언제 이곳으로 오게 될까? 스티븐 곁으로 돌아가고 싶다. 이 일을 마무리하고 집으로 돌아가 아름다운 남편에게 입맞춤을 해야겠다고 엘리자베스는 생각한다.

"그 무렵에는 나도 못 알아봤어요. 아는 사람을 본 것 같은 눈빛이기는 했는데 내가 정확히 누구인지는 모르더라고요. 어느 날 아침 병실에 들어왔는데, 그러니까 두 달 전쯤인가, 페니가 일어나 앉아 있었어요. 내가 기억하기로, 그날이 페니가 일어나 앉아 있었던 마지막 날이에요. 페니는 나를 바라봤고 내가 누구인지 알았어요. 페니는 우리가 이제 어떻게 해야 하는지 묻더라고요. 나는 그 질문을 이해하지 못하고 페니에게 물었어요. '뭘 어떻게 해?'"

엘리자베스는 고개를 끄덕인다.

"그러더니 페니는 얘기를 들려주기 시작했어요. 무미건조하게 사실대로요. 마치 다락에 넣어둔 무언가를 나더러 가지고 내려오라는 듯이. 아무런 감정도 섞이지 않은, 사실 그대로. 페니가 한 일을 다른 사람들이 알게 놔둘 수는 없었어요. 이해하죠, 엘리자베스? 난 뭐든 해야 했습니다."

엘리자베스는 고개를 끄덕인다.

"그 전에 우린 몇 번 언덕에 올라가 소풍을 즐기곤 했어요. 정말 아름다운 곳이죠. 이 좋은 소풍을 왜 멈췄을까 싶었죠."

그들은 말없이 앉아 있다. 간간히 페니의 침대 옆에 놓인 기계에서 조그맣게 기계음이 들릴 뿐 아무도 입을 열지 않는다. 이제 페니에게 남은 건 그게 전부다. 먼 바다를 향해 불을 깜박이는 등대처럼, 간간이 기계음만 내는 존재가 되고 말았다.

엘리자베스는 조심스럽게 침묵을 깨며 입을 연다.

"이제 어떻게 할 건지 말해줄게요, 존. 여기 있는 친구들이 당신을 집까지 데려다줄 거예요. 시간이 늦었으니 당신 집의 편안한 침대에서 푹자도록 해요. 편지를 쓰고 싶으면 쓰고요. 내일 아침에 경찰을 데리고 집으로 찾아갈게요. 당신이 집에 있으리라는 거 알아요. 우리가 잠깐밖에 나가 있을 테니까 페니한테 작별 인사를 하세요."

네 친구는 병실 밖으로 나간다. 엘리자베스는 페니의 병실 문에 나 있는 불투명한 유리창을 통해 병실 안을 들여다본다. 존이 아내를 품에 안고 있다. 엘리자베스는 고개를 돌린다.

"존을 집에 잘 데려다줘요. 나는 페니랑 잠깐 같이 있을게요."

엘리자베스의 말에 다들 고개를 끄덕인다. 엘리자베스가 다시 문을 연다. 존은 외투를 입고 있다.

"가야 할 시간이에요, 존."

111장

이상형

조명이 은은하게 켜진 도나의 집에서 스티비 원더의 마법 같은 목소리가 스피커에서 흘러나오고 있다. 신발을 벗고 발을 탁자 위에 올린 크리스는 편안하고 기분이 좋다. 도나가 그에게 와인 한 잔을 따라준다.

"고마워, 도나."

"제가 더 고마워요. 그나저나 셔츠 멋지네요.

"칭찬 고맙네. 손에 잡히는 대로 입고 나온 거야."

크리스가 도나에게 미소를 짓자 도나도 마주보고 웃는다. 앞으로 어떻게 될지 느낌이 온 도나는 행복해한다.

"엄마도?"

도나는 어머니에게 와인 병을 내밀며 묻는다.

"고맙다, 딸. 잘 마실게."

도나는 어머니의 잔에도 와인을 따른다. 어머니는 지금 크리스와 함께 소파에 나란히 앉아 있다.

크리스가 말한다.

"솔직히 말해 도나의 언니라고 해도 믿겠습니다, 패트리스. 도나가 노화가 심해서 이런 말을 하는 건 아닙니다."

도나는 구토하는 시늉을 하고 패트리스는 소리 내어 웃는다.

"마돈나한테 당신이 멋진 분이란 얘기는 들었어요."

패트리스의 말에 크리스는 와인 잔을 탁자에 내려놓는다. 재미있어하는 기색이 그의 얼굴에 퍼져나간다.

"미안하지만 뭐라고요? 누가 저더러 멋진 분이라고 했다는 거죠?"

"마돈나요."

패트리스는 고갯짓으로 딸을 가리킨다.

크리스는 도나를 쳐다보며 묻는다.

"도나가 마돈나의 애칭이었어?"

"저를 마돈나라고 부르시면 테이저 총으로 쏴버릴 거예요."

"그만한 가치는 있겠는데. 패트리스, 당신 정말 마음에 드네요."

도나는 눈을 위로 굴리며 리모컨을 집어 들고 말한다.

"제이슨 리치가 어떻게 하고 있는지나 구경해볼까요?"

"그래, 그래. 무슨 일을 하십니까, 패트리스?"

"애들 가르쳐요. 초등학교에서."

"그래요?"

개를 좋아하고 성가대에서 노래를 하는 교사. 크리스가 평소 생각해온 이상형의 조건이다.

도나는 크리스의 눈을 똑바로 쳐다보며 말한다.

"엄마는 일요일에 성가대에서 노래도 하세요."

크리스는 도나의 눈을 마주보다가 패트리스에게 시선을 돌린다.

"좀 웃기는 질문 같겠지만 혹시 개 좋아해요, 패트리스?"

패트리스는 와인을 한 모금 마신다.

"안타깝지만 개 알레르기가 있어요."

크리스는 고개를 끄덕이고는 와인을 마신다. 그리고 도나를 향해 아주 살짝 잔을 들어 보인다. 이상형의 조건 세 가지 중 두 가지만 맞아도 나쁘지 않다. 크리스는 단추 달린 진청색 셔츠를 입고 와서 다행이라는 생각이 든다.

크리스는 도나에게 묻는다.

"데이트는 어떻게 하고?"

"데이트가 있다고 했지, 그게 제 데이트라고는 안 했어요."

도나의 휴대폰이 위잉 소리를 낸다. 화면을 들여다본 도나가 말한다.

"엘리자베스예요. 내일 아침에 시간이 되냐고 묻는데요. 급한 일은 아니래요."

"사건을 해결하셨나 보네."

도나는 웃는다. 친구 엘리자베스에게 아무 일이 없기를 바라는 마음이다.

112장

마지막 인사

페니의 침대 머리맡 램프는 조도가 낮춰져 있다. 익숙한 얼굴의 두 친구에게만 빛을 드리울 수 있을 정도다. 엘리자베스는 페니의 손을 꼭 잡는다.

"죄를 저지르고 무사히 빠져나간 사람이 있었을까? 토니 커런도 그러지 못했잖아. 누군가 토니의 죄를 단죄했지. 다들 지아니가 토니를 처리했다고 생각하지만 내 생각은 달라. 나중에 조이스랑 얘기해볼 생각이야. 얘기해서 손해날 건 없으니까. 벤섬 문제는 어쩔 거냐고? 존이 대가를 치러야 한다는 거 알잖아. 내일 아침에 경찰을 데리고 존의 집으로 가야지. 경찰들은 존의 시신을 발견하게 될 거야. 우리 둘 다 짐작하는 바겠지만. 존은 집에 도착하면 술을 한 잔 하고 마지막 정리를 하겠지. 그는 어떻게 하면 평안해질 수 있는지 아는 사람이잖아?"

엘리자베스는 페니의 머리카락을 쓰다듬는다.

"당신은 어떻게 할래? 당신은 참 똑똑한 여자야. 죄를 저지르고 빠져나간 건가? 당신이 무슨 짓을, 왜 했는지 난 알아, 페니. 당신이 어떤 선택을 했고, 어떻게 정의 구현을 했는지도. 동의하지는 않지만 알고 있어. 당시 내가 그곳에 없었고, 당신이 직면한 것을 나는 보지 못했으니 비판할 자격은 없지. 하지만 당신은 정말 빠져나간 거 맞아?"

엘리자베스는 페니의 손을 침상에 내려놓고 일어선다.

"모든 건 당신이 내 말을 들을 수 있는지 여부에 달려 있겠지? 내 말을 들을 수 있다면, 당신은 사랑하는 남자가 죽기 위해 밤의 어둠 속으로 걸어 나갔다는 것도 알겠네. 그는 당신을 보호하기 위해 그렇게 할 거야. 당신이 수년 전에 한 선택 때문에. 그게 당신이 받는 벌이겠네, 페니."

엘리자베스는 외투를 입기 시작한다.

"내 말을 들을 수 없다면 당신은 잘 빠져나간 거야. 대단해!"

외투를 다 입은 엘리자베스는 친구의 뺨에 손을 얹는다.

"아까 존이 당신을 안고서 뭘 했는지 난 알아, 페니. 주사기를 봤거든. 이제 곧 당신도 끝이겠네. 이렇게 작별이구나. 요즘 내가 스티븐 얘기를 안 했잖아. 요즘 스티븐은 상태가 별로 좋지 않아. 내가 최선을 다하고 있기는 한데 조금씩 그를 잃어가고 있어. 나도 비밀이 있는 셈이네."

엘리자베스는 페니의 뺨에 입을 맞춘다.

"당신이 무척 그리울 거야. 바보 같은 사람. 잘 자. 멋진 추격전이었어!"

윌로우스를 나선 엘리자베스는 어둠 속으로 걸어 나간다. 구름 한 점 없는 고요한 밤이다. 너무 어두워서 아침을 다시는 못 볼 것만 같다.

113장

사라진 아들

 택시를 타고 집 건물 앞에 도착한 크리스는 그의 집이 있는 위층으로 한참 걸어 올라간다. 술기운 때문인가, 발걸음이 그저 가벼워진 건가?

 현관문을 열고 집 안을 둘러본다. 몇 가지 물건들을 치워야 될 것 같다. 재활용 쓰레기도 내놓아야지. 쿠션 몇 개와 초도 하나 사야 할까? 침실 문은 열 때마다 바닥에 콱 끼어버리곤 한다. 문 밑을 사포로 문지르고 고쳐보면 되겠지. 테스코에 가서 과일도 사서 식탁 위 그릇에 담아놓자. 그러려면 과일 그릇도 사야겠네. 침구도 빨자. 칫솔도 갈고. 수건도 살까?

 그래야 할 것이다. 그가 인생을 포기한 놈이 아니라 규칙적인 생활을 하는 남자라는 점을 패트리스에게 보여주려면. 크게 힘들지도 않을 것이다. 그리고 패트리스에게 문자를 보내 페어헤이븐에 머무는 동안 같이 저녁이나 먹자고 초대해야지.

 꽃을 건네줄까? 안 될 거 뭐 있나? 미친 짓 한번 해보는 거지.

 컴퓨터를 켜고 이메일이 로딩되기를 기다린다. 잠자리에 들기 전에 이메일을 확인하는 건 나쁜 습관이다. 잠드는 시간이 뒤로 가게 만든다. 새 메일 세 개. 그를 못 자게 붙들어놓을 것 같지는 않다. 하나는 철인 3종을 하는 경사한테서 온 메일인데, 철인 3종 경기 후원과 도움을 요청하는 내용이다. 또 다른 이메일은 저녁에 열리는 켄트 경찰 공동체 시상식의 초대장이다. 손님을 데려오라는데, 이것도 데이트로 칠 수 있을까? 아닌 것 같다. 도나에게 갈 수 있는지 물어봐야지. 마지막은 모르는 계정이 보낸 이메일이다. 자주 있는 일은 아니다. 요즘 크리스는 개인 이메일 계정을 최대한 공개 안하고 있다. 보낸 사람: 키프로스 법률사무소, 제목: 사적인 내용이며 극비임.

키프로스에서 온 메일? 그들이 지아니를 찾았나? 아니면 군두스 가문의 변호사들이 경찰에게 경고를 해 접근을 막았나? 그런데 왜 그런 내용을 그의 개인 이메일로 보냈을까? 이 이메일 주소를 아는 사람은 키프로스에 없을 텐데.

크리스는 그 이메일을 클릭한다.

안녕하십니까,
저희 고객이신 코스타스 군두스 씨가 이 편지를 당신께 전달해달라고 저희에게 요청하셨습니다. 이 편지에 담긴 모든 정보는 극비임을 알려드립니다. 답장은 저희 사무실로 보내주십시오.
감사합니다.

키프리오스 법률사무소 직원
그레고리 이오아니디스

코스타스 군두스? 크리스가 명함을 건네줬을 때 비웃었던 그 코스타스? 이거 오늘 저녁이 점점 흥미로워지는데? 크리스는 첨부 파일을 클릭해 화면에 띄운다.

허드슨 씨에게,

2000년도에 제 아들이 키프로스로 돌아갔다고 하셨죠. 증거도 있다고 하셨습니다. 하지만 그때도 그렇고 그 후로도 저는 아들을 본 적이 없습니다. 단 한 번도요. 아들을 본 적도, 편지나 전화를 받은 적도 없습니다.

저는 이제 다 늙은 몸입니다. 직접 보셨으니 아실 겁니다. 지아니를 찾고 계시다면 저 역시 아들을 찾고 있다는 사실을 알아주셨으면 합니다.

제가 원래 경찰과 말을 섞지 않습니다. 이 점은 양해 부탁드립니다. 그런데 오늘은 도움을 청할 수밖에 없네요. 지아니를 찾으시면, 어떤 형태로든 지아니에 대한 정보를 입수하시면 크게 보상을 해드리겠습니다. 지아니가 이 세상 사람이 아닐까봐 두렵습니다.

지아니는 제 아들입니다. 죽기 전에 한 번이라도 보고 싶습니다. 그게 불가능하게 됐다면 애도라도 할 수 있으면 좋겠습니다. 부디 연민의 시선으로 이 일을 바라봐주세요. 부탁드립니다.

코스타스 군두스 드림

크리스는 그 편지를 두 번 더 읽어본다. 머리 잘 굴리네, 코스타스. 이 작자는 크리스가 이 편지를 키프로스 경찰과 공유하길 바라는 건가? 조 키프리아누에게 전달하길 바라나? 물론 그렇겠지. 키프로스 경찰이 지아니에게 가까이 접근한 건가? 그래서 냄새를 못 맡게 하려고 최후의 발악을 하는 건가?

아니면 이 내용이 사실일 수도 있을까? 실종된 아들을 찾고 싶어 하는 늙은 아버지의 간청일 수도 있겠지. 젊은 시절이었으면 크리스는 편지 내용을 곧이곧대로 믿었을 수도 있었다. 하지만 그는 사람들이 위기를 모면하려고 무슨 짓까지 벌이는지 너무나 많이 보아왔다. 사람들은 무슨 얘기든 꾸며낸다. 그리고 그는 지아니 군두스가 6월 17일에 어디 있었는지 분명히 알고 있다.

지아니는 죽지 않았다. 토니 커런의 돈을 들고 고향으로 돌아갔다. 이름을 바꾸고 코 성형 수술을 받았겠지. 제 아버지의 돈으로 신나게 살고 있을 것이다. 키프로스 어딘가에서 기분 좋게 선탠을 하면서 말이다. 토니 커런을 처리했으니 세상에 남은 적도 없을 테니까.

코스타스 군두스는 답장을 받지 못할 것이다.

크리스는 컴퓨터를 끈다. 철인 3종 같은 운동은 그만 좀 했으면 좋겠다.

114장

교활한 선수

엘리자베스가 오늘은 늦게까지 돌아오지 않았지만 보그단과 스티븐은 알아채지 못했다.

보그단은 아랫입술을 한 옆으로 비쭉 내민 채 생각에 잠긴다. 옳은 수를 생각하느라 탁자를 손으로 톡톡 두드린다. 맞은편에 앉은 스티븐을 한번 쳐다보고 다시 체스판으로 시선을 내린다. 이 할아버지는 어떻게 이런 수를 둘까? 신중에 신중을 기하지 않으면 지겠다. 마지막으로 졌을 때가 언제인지 보그단은 기억도 나지 않는다.

"보그단, 뭐 하나 물어봐도 되나?"

"언제든지요. 우린 친구잖아요."

"자네 기분을 상하게 하지는 않겠지? 나 때문에 지금 곤경에 처한 것 같구만. 내 질문에 자네가 집중할 수 있을까 모르겠어."

"스티븐, 우린 체스를 두면서 대화를 하는 거예요. 둘 다 저한테는 특별한 의미가 있어요."

보그단은 비숍을 옮긴다. 스티븐은 그 수에 놀란 눈치지만 걱정하는 표정은 아니다.

"고마워, 보그단. 나한테도 둘 다 특별해."

"그럼 질문을 해보시죠."

"좋아. 우선, 그 친구 이름이 뭐였지?"

스티븐은 보그단의 비숍을 공격하지만 곧 그게 미끼임을 알아챈다.

"어떤 친구요, 스티븐?"

보그단은 방금 나타난 기회에 기뻐하며 체스판을 내려다본다.

"처음 살해당한 친구. 건축업자였지?"

"토니요. 토니 커런."

"그래, 맞아."

스티븐이 턱을 쓰다듬는 동안 보그단은 비숍을 보호하면서 동시에 판을 열어놓는다.

"그래서 질문이 뭡니까?"

"음, 이거야. 두서없이 말해서 미안한데, 내가 그동안 들은 얘기로 생각을 해봤거든. 토니 커런을 죽인 사람은 아무래도 자네 같아. 엘리자베스가 그동안 얘기를 다 들려줬어."

스티븐은 폰을 움직여보지만 할 수 있는 게 별로 없음을 알아챈다.

보그단은 잠시 방 안을 둘러보다가 스티븐을 바라본다.

"맞아요. 제가 죽였어요. 비밀이에요. 할아버지만 알고 계세요."

"아, 아무한테도 말 안 해. 누구든 나한테서 그 얘기를 듣는 일은 없을 거야. 그런데 이유가 이해가 안 돼서 말이야. 돈 때문도 아니고. 자네 그런 스타일은 아니잖아?"

"그렇죠. 돈 때문은 아니에요. 돈 문제가 얽히면 신중해야 돼요. 돈에 끌려다니면 안 되거든요."

보그단이 나이트를 움직이자 스티븐은 마침내 코너에 몰렸음을 알아챈다. 정말 기분 좋다.

"그럼 무엇 때문이었어?"

"간단한 이유였어요. 제 친구 때문이에요. 영국에 도착해서 알게 됐는데 나중에는 제일 친한 친구가 됐어요. 그 친구가 택시를 몰았거든요. 어느 날 그 친구는 토니가 해서는 안 되는 짓을 하는 걸 목격했어요."

"뭘 목격했는데?"

스티븐은 루크를 움직여 보그단을 놀라게 한다. 보그단은 희미하게 미소 짓는다. 뛰어난 술책을 가진 이 할아버지가 정말 마음에 든다.

"토니가 런던에서 온 어떤 소년을 총으로 쏘는 걸 본 거죠. 무엇 때문이었는지는 모르겠어요. 나중에도 알아내지 못했고요. 아마 마약 거래 문제 때문이 아니었을까 싶어요."

"그래서 토니가 자네 친구를 죽였나?"

"그게, 친구가 다니던 택시 회사 사장이 지아니라는 사람이었어요. 터키시 지아니라고 불렸지만 키프로스 사람이었죠. 지아니와 토니는 같이 사업을 진행했지만 토니가 상관이었어요."

보그단은 체스판을 천천히 들여다보며 수를 생각한다.

"지아니가 자네 친구를 죽였어?"

"지아니가 제 친구를 죽이기는 했는데 토니가 시킨 거였어요. 그러니까 토니가 죽인 거나 마찬가지죠."

"그래. 내 생각도 그래. 그래서 지아니는 어떻게 됐어?"

보그단은 나이트를 뒤로 빼야 되겠다고 생각한다. 쓸데없는 움직임이지만 상관없다. 이런 일은 일어나게 마련이다.

"제가 죽였어요. 깔끔하게요."

스티븐은 고개를 끄덕이고는 말없이 체스판만 내려다본다. 보그단은 한참 걸리겠다는 생각을 한다. 하지만 스티븐과 체스를 두려면 종종 인내심을 발휘해야 한다는 것을 그는 잘 알고 있다.

스티븐은 허공에서 무언가를 불러내리려는 듯 체스판을 뚫어져라 바라보며 묻는다.

"친구 이름이 뭐였어?"

"카즈요. 카즈는 카지미르의 애칭이에요. 지아니는 카즈가 모는 택시를 타고 숲으로 가자고 했어요. 숲에 뭘 좀 묻어야 하는데 도와줄 사람이 필요하다고 하면서요. 그들은 함께 숲으로 걸어 들어갔죠. 뭘 묻어야 하는지도 모르고 카즈는 지아니와 함께 땅을 팠어요. 카즈는 워낙 열심히 일하는 친구였어요. 착하고요. 보셨으면 카즈를 마음에 들어 하셨을 겁니다. 어쨌든 거기서 지아니는 카즈에게 총을 쐈고 같이 판 구덩이에 카즈를 묻었어요."

스티븐은 폰을 좀 더 움직여본다. 보그단은 그를 흘끗 쳐다보고는 고개를 살짝 끄덕이며 미소 짓는다. 보그단은 체스판을 내려다보며 잠시 코를 꾹 잡는다.

"저는 카즈가 겁을 먹고 도망친 줄 알았어요. 고향으로 돌아갔나 보다 했어요. 그런데 지아니가 토니와는 다르게 멍청하게도 나발을 분 거예요. 숲에서 카즈를 쏴 죽였는데 카즈가 직접 판 구덩이였다고, 웃기지 않냐고 친구들 앞에서 떠벌린 거죠. 제가 다 들었어요."

"그래서 행동에 나섰어?"

보그단은 고개를 끄덕이며 비숍을 어떻게 할지 고민한다. 스티븐은 따로 생각해둔 묘수가 있는 걸까.

"저는 지아니한테 따로 할 얘기가 있다고 했어요. 토니한테나 다른 사람들한테 말하지 말라고 하고 이렇게 물었죠. 뉴헤이븐의 항구에서 일하는 친구가 있다. 돈 벌 기회가 있을 것 같은데 관심 있냐. 관심 있다는 거예요. 그럼 새벽 2시에 항구에서 보자. 이렇게 얘기가 됐죠."

"항구면 경비들이 있지 않나?"

"있어요. 그런데 그 항구의 경비가 제 친구 스티브 조르쥬의 사촌이었어요. 좋은 사람이에요. 지금도 그 항구에서 일하고 있어요. 원래 사실을 섞어서 거짓말을 해야 그럴 듯 하거든요. 스티브도 같이 갔어요. 스티브도 카즈와 아는 사이였거든요. 스티브도 저만큼이나 카즈를 좋아했어요. 우리는 항구 계단을 가로질러 준비해둔 작은 보트에 올라탔어요. 멍청한데다 돈에 환장하기까지 한 지아니도 보트에 같이 탔고요. 보트가 통, 통, 통 소리를 내면서 파도를 가르고 나아갔어요. 저는 지아니에게 어떤 사업을 할 건지 설명을 늘어놨어요. 이 보트를 이용해서 사람들을 밀입국시키자. 스티브의 사촌이 항구에서 눈을 감아주면 큰돈을 벌 수 있다. 그러다가 권총을 꺼내 들고 지아니에게 무릎 꿇으라고 말했어요. 지아니는 처음에는 장난인 줄 알더라고요. 저는 네놈이 카지미르를 죽인 걸 알고 있다고 말했어요. 그제야 지아니는 자기가 왜 그 자리에 있게 됐는지 눈치를 채더라고요. 이게 장난이 아니구나 싶었을 거예요. 저는 바로 지아니를 총으로 쐈어요."

보그단은 마침내 비숍을 움직인다. 이번에는 스티븐이 코를 꾹 잡을 차례다.

"그리고 지아니가 갖고 있던 집 열쇠와 카드를 챙겼어요. 지아니의 시신에 벽돌을 매달아 바다에 던졌죠. 아마 시신이 발견될 일은 없을 겁니다. 우린 뉴헤이븐 항구로 돌아가 스티브의 사촌에게 편의를 봐줘서 고맙다고 인사하면서 이 일은 어디서도 발설하지 않기로 약속했어요. 저랑 스티브는 그 길로 차를 타고 지아니의 집으로 갔어요. 집 안으로 들어가 지아니의 여권을 챙기고 여행 가방에 옷을 잔뜩 집어넣었어요. 집에 돈도 꽤 있더라고요. 마약 판 돈이었겠죠. 우린 돈도 챙기고 값나갈 만한 물건은 다 챙겼어요. 돈의 일부는 토니의 것이었어요. 토니 밑에서 일하는 대부분의 사람들처럼 지아니도 토니의 돈을 맡아둔 거예요. 저는 기꺼이 그 돈을 챙겼어요."

"돈이 얼마나 됐어?"

"10만 파운드 정도요. 그중 5만 파운드를 카지미르의 가족한테 보냈어요."

"잘했네."

"나머지는 스티브한테 줬어요. 스티브는 체육관을 운영하고 싶어 했거든요. 저는 좋은 투자라고 생각했어요. 스티브는 선하고, 헛짓거리할 사람도 아니니까요. 저는 스티브를 차에 태워 개트윅 공항에 데려다줬어요. 스티브는 지아니의 여권으로 비행기를 타고 키프로스로 날아갔어요. 여권 주인이 맞는지 아무도 확인을 안 해서 일이 아주 쉬웠죠. 그리고 그는 자기 여권으로 곧장 영국으로 날아서 돌아왔어요. 그리고 제가 익명으로 경찰에 신고를 한 거예요. 경찰은 제 신고를 진지하게 받아들였어요. 저는 지아니가 카즈를 죽였다고 알렸고, 경찰은 지아니의 집을 급습했어요."

"경찰이 가보니까 지아니의 여권은 사라졌고 집에 옷도 없었겠군?"

"맞습니다."

"항구와 공항을 확인한 경찰은 지아니가 키프로스로 달아났다고 결론을 내렸겠구만?"

스티븐은 보그단의 비숍을 폰으로 공격한다. 보그단이 바라던 대로다.

"영국 경찰은 키프로스까지 가서 얼마간 지아니의 행방을 수소문했지만 지아니는 흔적도 없이 사라졌고 결국 키프로스 경찰에게 그 일을 떠넘겼어요. 지아니가 누굴 죽였다는 증거도 없고, 그의 집에 마약과 관련된 돈도 없으니 지아니 문제는 그냥 그대로 잊힌 거죠. 과거의 일이 되어버린 겁니다."

"커런을 처리하는 일에는 왜 그렇게 오래 걸렸어?"

"저는 늘 제일 좋은 때를 기다려요. 그동안은 이런저런 계획을 세우고요. 나중에라도 붙잡히고 싶지 않으니까요."

"그래, 붙잡히는 건 절대 원치 않겠지."

"두 달 전에 토니의 집에 보안 시스템을 설치했어요. 감시 카메라, 경보 시스템 같은 것들이죠. 그런데 전부 다 일부러 엉망으로 설치했어요. 아무것도 카메라에 기록되지 않도록이요."

"그렇군."

"이제 기회가 왔다고 생각했어요. 언제든 토니의 집에 들어가 열쇠를 복사할 수 있고 아무도 저를 못 볼 테니까요."

보그단은 스티븐의 폰을 공격해, 스티븐이 열고 싶어 하지 않는 앞쪽을 열어버린다.

스티븐은 고개를 끄덕인다.

"영리하네."

"토니를 처리한 직후에 초인종이 세 번 울렸는데, 저는 아무 걱정도 안 하고 침착을 유지했어요."

스티븐은 또 다시 고개를 끄덕이고는 조용히, 그러나 필사적으로 폰을 움직인다.

"잘했네. 만약 경찰에 잡히면 어쩔 거야?"

보그단은 어깨를 으쓱한다.

"모르겠어요. 경찰이 저를 붙잡을 것 같지는 않아요."

"엘리자베스가 알아낼 거야. 이미 알아냈을 수도 있지만."

"그렇겠죠. 하지만 엘리자베스라면 이해해줄 거예요."

"나도 이해해. 하지만 경찰은 다른 문제야. 엘리자베스는 그렇다 치더라도 경찰을 매혹시키는 건 쉽지 않아."

보그단은 고개를 끄덕인다.

"잡을 테면 잡아보라죠. 꽤 괜찮은 거짓 흔적을 남겨놨거든요."

"거짓 흔적? 어떻게 해놓았는데?"

"지아니의 집에 침입한 날 밤, 우리가 그 집에서 들고 나온 물건들 중에 카메라가 있었어요……"

그때 현관문 자물쇠에 열쇠를 넣고 돌리는 소리가 들리자 보그단은 말을 멈춘다. 무슨 일 때문인지 엘리자베스가 늦게 돌아왔다. 보그단은 아무 말도 말라는 뜻으로 스티븐을 바라보며 손가락을 입술에 갖다 댄다. 스티븐도 같은 행동을 해 보인다. 엘리자베스가 거실로 들어온다.

"안녕들 하세요."

엘리자베스는 보그단의 뺨에 입을 맞추고 스티븐을 꼭 껴안는다. 보그단은 퀸을 옮겨 상대를 함정에 빠뜨리며 게임을 마무리한다.

"체크메이트."

엘리자베스는 스티븐을 품에서 놓아준다. 스티븐은 미소 띤 얼굴로 체스판을 내려다보다가 보그단을 바라본다. 그러고는 손을 내밀어 보그단과 악수한다.

"이 친구 진짜 교활한 선수야, 엘리자베스. 최고로 교활해."

엘리자베스는 체스판을 내려다보며 말한다.

"잘 됐네요, 보그단."

"고맙습니다."

보그단은 체스판에 다시 말들을 늘어놓기 시작한다.

엘리자베스가 말한다.

"두 사람에게 할 얘기가 있어요. 차 마실래요, 보그단?"

"예, 주세요. 우유 넣고 설탕은 여섯 스푼이요."

스티븐도 말한다.

"괜찮다면 나는 커피 줘, 여보."

엘리자베스는 주방으로 들어간다. 지금쯤 페니는 숨이 끊어졌을까? 그래도 사랑으로 끝이 났다. 마지막 잠을 자러 침대에 누웠을 존을 생각한다. 존은 그동안 페니를 잘 돌봐왔다. 하지만 그가 얻은 것은 무엇일까? 지금쯤 그는 평안을 얻었을까? 슬픔에서 벗어났을까? 애니 메이들리를 비롯해 그동안 놓친 것들을 생각해본다. 누구나 언젠가는 게임판을 떠나야 한다. 한번 게임판에 발을 들여놓으면 출구로 나가는 것 외에 다른 문은 없다. 스티븐의 커피에 넣을 테마제팜으로 손을 뻗던 엘리자베스는 멈칫하고는 테마제팜을 도로 찬장에 넣는다.

그리고 남편에게 돌아와 그의 손을 잡고 입을 맞추며 말한다.

"이제 커피 좀 줄여요, 스티븐. 카페인을 생각해봐요. 당신 건강에 안 좋아요."

"그래. 당신 생각이 늘 맞아."

스티븐과 보그단은 또 다시 게임을 시작한다. 그들은 주방으로 돌아간 엘리자베스의 눈에 맺힌 눈물을 보지 못했다.

115장

삶은 계속되어야 한다

한동안 일기를 쓰지 않아서 미안. 그동안 좀 바빴다. 지금도 구스베리 크럼블을 만드느라 정신이 없지만, 여러분이 궁금해할 몇 가지에 대해 적어보려고 한다.

지난 화요일에 그들은 페니와 존을 묘지에 묻었다. 무척 조용한 장례식이었고 분위기에 어울리게 비까지 내렸다. 페니의 옛 동료 몇 명도 참석했는데, 페니의 상황을 고려하면 생각보다 많이 온 거였다. 페니와 존에 관해 신문에 기사도 났다. 모든 진실이 속속들이 담기지는 않았지만 거의 근접했다. 기자들은 페니가 론의 친구였다는 사실을 알아냈고, 결국 「켄트 투데이」지에 론의 인터뷰가 실렸다. 그 내용은 나중에 텔레비전 뉴스로도 나왔다. 「더 선」지에서 나온 기자도 론에게 인터뷰를 요청했지만 론은 거부했다. 그리고 그 기자에게 라킨 코트 바깥에 주차를 하라고 해서 주차 관리팀이 그 차에 쇠쇠를 채우게 만들었다.

엘리자베스는 페니와 존의 장례식에 참석하지 않았다. 우리는 그 문제에 대해 따로 의논하지 않았고 그러려니 했다. 엘리자베스는 이미 그들에게 작별 인사를 하지 않았을까? 분명 그렇게 했을 것이다.

엘리자베스가 페니를 용서했는지 여부는 나도 모르겠다. 구약 성서적 견해로 보자면 페니가 한 일은 옳았다. 하지만 그건 내 생각일 뿐이고 남들 앞에서 큰 소리로 떠들 만한 견해는 못 된다. 그래도 나는 페니가 잘했다고 생각한다. 피터 머서가 자신한테 왜 이런 일이 벌어진 것인지, 왜 죽게 되었는지는 깨닫고 죽었길 바란다.

엘리자베스는 나보다 훨씬 똑똑하니 더 깊게 생각을 해봤겠지만, 페니가 한 일을 두고 비난한 것은 이해가 되지 않는다. 엘리자베스가 페니 입장이었어도 똑같이 하지 않았을까? 물론 엘리자베스였으면 끝까지 들키지 않았겠지만 말이다.

엘리자베스는 페니가 감춰온 비밀 때문에 가슴이 아팠을 것이다. 함께 비밀을 간직하고 나눠온 두 여자, 엘리자베스와 페니. 물론 페니의 비밀이 더 큰 것이었고 그래서 엘리자베스는 가슴이 찢어졌을 것이다. 언젠가는 그 얘기를 편하게 할 날이 오겠지.

페니는 피터 머서를 죽였고 평생 존에게 비밀로 해왔다. 그러다 치매로 인해 봉인이 풀리고 말았다. 존은 그 비밀을 알고 나서도 페니를 보호해왔다. 그게 사랑 아닐까? 제리도 나를 위해 그렇게 해줬을 것 같다. 피터 머서는 애니 메이들리를 죽였고, 페니는 피터 머서를 죽였다. 페니가 피터 머서를 죽였기 때문에 존도 이안 벤섬을 죽이게 됐다. 그렇게 된 것이다. 그리고 이제 마무리가 됐다. 페니와 존이 평안히 쉬기를. 불쌍한 애니 메이들리도 평화로이 잠들기를. 피터 머서는 그가 유발한 모든 죄를 짊어지고 고통받기를.

경찰은 아직도 터키시 지아니를 찾아내지 못했고 계속 찾고 있는 중이다. 크리스와 도나는 두 번 더 이곳을 방문했다. 크리스는 새 여자 친구가 생긴 모양인데 수줍어서인지 얘기를 풀어놓으려 하지 않는다. 도나도 말을 안 한다. 크리스는 경찰이 언젠가는 지아니를 꼭 잡을 거라고 말한다. 그런데 며칠 전 우리 집 동력 샤워기를 고치러 왔던 보그단은 지아니가 워낙 똑똑해서 붙잡히지 않을 거라고 했다.

내 의견을 말하자면, 지아니를 토니 커런 살인범으로 결정짓는 것은 너무 편리한 논리 아닌가 싶다. 그 오래전에 토니가 경찰에 밀고했다는 이유로 지아니가 영국으로 건너와 토니를 죽였다고? 애초에 토니는 왜 지아니를 밀고했을까? 토니 입장에서는 자기가 저지른 살인 사건을 지아니가 덮어준 것인데? 그것부터가 말이 안 된다.

내가 보기엔, 워낙 똑똑해서 경찰에 붙잡히지 않는 사람은 보그단이다.

여러분 생각에도 보그단이 토니 커런을 죽였을 것 같지 않은가? 나는 그렇게 본다. 그럴 만한 이유가 있었을 텐데, 언젠가 물어봐야겠다. 하지만 기분을 상하게 하면 일을 제대로 안 해줄 테니 보그단이 우리 집 창문을 교체해주고 난 다음에 물어봐야지. 엘리자베스도 보그단을 의심하고 있지 않을까? 요즘 엘리자베스가 지아니를 추적하는 일에 대해 언급을 안 하는 걸 보면 이미 알고 있을지도 모르겠다.

잠깐 구스베리 크럼블을 보고 와야겠다.

좀 더 즐거운 소식으로 넘어가보자.

힐크레스트는 이미 공사가 한창이다. 언덕에 기중기와 굴착기가 올라가 일을 하고 있다. 들리는 소문으로는 고든 플레이페어 씨가 땅을 팔고 420만 파운드를 받았다고 한다. 그 소문의 출처는 물론 엘리자베스다. 엘리자베스의 말은 그저 복음 말씀처럼 진리로 여기면 된다. 고든은 70년을 살아온 집에 작별을 고하고 랜드로버와 트레일러에 짐을 실었다. 그리고 언덕을 300미터 달려 내려와 라킨 코트의 아늑한 방 2개짜리 집에 짐을 풀었다.

브램리 홀딩스와 땅을 거래하면서 고든이 내세운 조건 중 하나가 라킨 코트의 집을 받는 것이었다고 한다. 그리고 또 다른 놀라운 소식이

기다리고 있었다.

브램리 홀딩스? 요리용 큰 사과 이름도 아니고 뭘까. 전에 내가 그 이름이 낯설지 않다고 말한 적 있는데, 이제야 그 이유를 알게 됐다.

조애나가 어렸을 때 잘 가지고 놀던 작은 코끼리 장난감이 있다. 하얀 귀가 달린 분홍색 코끼리 인형인데 조애나는 내가 그 인형을 절대 빨지 못하게 했다. 세균이 엄청 묻어 있었겠지만 나는 아이들에게 그 정도 세균은 해롭지 않을 거라고 생각했다. 그 코끼리 이름이 뭐였냐고? 브램리였다. 그동안 까맣게 잊고 있었다. 조애나가 장난감이 워낙 많았고 나는 바보 같은 엄마라서 그만 잊고 만 것이다.

이 얘기는 어떻게 흘러갈까?

전에 우리가 이안 벤섬의 계좌 기록을 조애나에게 가져다준 적이 있었다. 엘리자베스가 이안 벤섬이 토니 커런을 죽인 범인이라고 의심하고 있던 때였다.

조애나와 코닐리어스는 우리를 위해 계좌를 샅샅이 살피고 결론을 내린 뒤 보고까지 해줬다. 우리는 그렇게 일이 끝난 줄 알았다.

하지만 조애나에게는 끝이 아니었던 것이다. 전혀.

조애나와 코닐리어스는 벤섬의 계좌를 조사하면서 힐크레스트 사업에 관심이 생겼다. 조애나는 다른 이사들 앞에서 힐크레스트 사업에 관해 발표도 했다. 결국 그들은 벤섬의 회사를 사들이기로 결정했다. 여기서 잠깐, 내 상상 속에서 조애나의 발표는 비행기 날개로 만든 탁자 앞에서 이루어졌다. 원래는 이안 벤섬한테서 회사를 사들이려고 했는데 이안이 죽는 바람에 젬마 벤섬한테서 사게 되었다. 이 정도면 깜짝 놀랄 일 아닌가?

조애나는 그 사업체를 소유하고 있다. 아니, 조애나의 회사가 소유하고 있다. 그게 그거 아닌가?

그 일을 통해 나는 버나드를 다시 떠올리게 됐다. 곧 여러분도 그 이유를 알게 될 것이다.

조애나와 나는 버나드에 대한 얘기를 나눈 적이 없다. 그런데 어떻게 알았는지 조애나는 버나드의 장례식 때 실버타운에 와서 내 곁을 지켜주었다. 엘리자베스가 알려줬을까? 아니면 조애나가 그냥 알았던 걸까? 그냥 알았던 것 같기도 하다. 조애나는 그날 와서 내 손을 잡아주었고, 나는 힘에 부칠 때 조애나의 어깨에 머리를 기댈 수 있어 좋았다. 장례식이 끝나고 조애나는 브램리 홀딩스에 대해 얘기해주었다. 나는 코끼리 인형 이름을 잊고 있었던 게 미안해서 다 알고 있는 척했지만 조애나는 내 속을 꿰뚫어보았다.

우리는 얘기를 나눴다. 나는 조애나에게 원래 이런 사업체는 매입하지 않으면서 웬일이냐고 물었다. 조애나는 그 말은 맞지만 '그동안 관심 있게 지켜본 분야'였다고 말했다. 하지만 나 역시 조애나의 속을 꿰뚫어보았고 조애나는 거짓말이라고 실토했다. 조애나는 이 사업으로 짭짤한 수익을 올릴 것 같아서이기도 했지만, 또 다른 이유가 있었다고 했다. 그 이유를 이제부터 들려드리겠다.

조애나는 전에 나한테 사준 긴 의자에 앉았다. 이케아에서라면 10분의 1 값에 샀을 의자다. 그 옆에는 역시 조애나가 사준 노트북이 놓였는데 나는 그 노트북을 들고 돌아다닐 일도 없다. 조애나가 한 얘기는 이랬다.

"엄마가 처음 이 실버타운에 들어왔을 때, 잘못된 결정을 하셨다고 제가 말한 거 기억하세요? 엄마의 삶이 끝장나버릴 거라고 했잖아요. 죽을 날만 기다리는 사람들 사이에서 멍하니 의자에 앉아 시간만 버리게 될 거라고. 그런데 제 생각이 틀렸더라고요. 엄마는 여기서 새로운 삶을 시작한 거였어요. 아빠가 돌아가신 후 엄마가 행복하게 사는 모습을 다시는 못 볼 줄 알았어요."

(우리는 제리에 대한 얘기를 줄곧 피하면서 살았는데, 우리 둘 다 잘못했던 것 같다.)

"여기서 사시면서부터 엄마의 눈빛에 활기가 돌고 웃음도 돌아왔어요. 쿠퍼스 체이스 실버타운과 엘리자베스 씨, 론 씨, 이브라힘 씨, 버나드 씨 덕분이겠죠. 그래서 제가 그 회사랑 땅, 개발지 전체를 사들였어요. 사실, 엄마한테 고마워서 샀어요. 엄마가 무슨 말을 할지 아는데, 이 사업체로 수백만 파운드는 벌어들일 거니까 걱정 마세요."

걱정은 하지 않는다. 그래도 걱정스럽다는 말을 하려고 하기는 했다.

여러분이 궁금해할 만한 두 가지 사항에 대해 말씀드리겠다. 영원한 안식의 정원은 지금 그 자리에 쭉 있게 됐다. 힐크레스트에서 충분한 수익을 볼 것이라서, 영원한 안식의 정원 자리가 포함된 우드랜드 개발은 조용히 백지화될 예정이다. 나중에 쿠퍼스 체이스가 다른 회사에 팔리더라도(조애나는 언젠가 이 회사를 다시 팔게 될 거라고 했다. 그게 그들이 하는 일이니까) 묘지는 보호받을 수 있게 조치해두었다고 했다. 그러니 쿠퍼스 체이스를 매입한 회사는 묘지 자리와 관련된 다양한 계약 조항을 보게 될 것이다. 덕분에 묘지는 앞으로도 늘 그 자리에 있게 됐다.

아까 나는 우리 모녀가 제리 얘기를 안 하고 산 게 우리 둘의 잘못이라고 했다. 하지만 그건 내 잘못이다. 미안하다, 조애나.

며칠 전 우리는 작은 행사를 치렀다. 엘리자베스가 매튜 매키를 점심 식사에 초대했다. 그날 매키는 로만 칼라를 착용하지 않고 왔다. 우리는 그에게 매기의 묘지를 안전하게 지킬 수 있게 됐다는 소식을 전했다. 그 소식에 울 줄 알았는데 매키는 담담하게 매기의 무덤에 다녀오겠다고 말했다. 우리는 그와 함께 언덕을 걸어 올라갔다. 우리가 버나드와 아시마의 벤치에 앉아 기다리는 동안 매키는 철문을 열고 매기의 무덤 옆에 무릎을 꿇었다. 그리고 눈물을 쏟아냈다. 우린 그가 묘비를 보면 그렇게 울게 될 줄 알았다.

실은 이틀 전 보그단이 아침나절 내내 작업을 해두었다. '마거릿 패럴 1948~1971년'이라고 새겨진 부분을 깨끗이 청소하고 그 밑에 '패트릭 1971년'이라고 새겨둔 것이다. 정말이지 보그단은 못 하는 일이 없다.

매키 신부가 눈물을 펑펑 쏟아내서 우린 론에게 옆에 가 있어주라고 했다. 두 사람은 한동안 그 자리에 머물렀다. 엘리자베스와 이브라힘, 나는 벤치에 앉아 그 모습을 바라보았다. 나는 남자들이 우는 모습을 좋아한다. 너무 심하게 우는 것은 말고 지금이 딱 적당하다.

요즘 매기의 무덤에는 늘 꽃이 가득하다. 나도 꽃을 좀 보냈는데 그 꽃을 어디서 사왔는지는 여러분도 짐작할 수 있을 것이다.

벤치에 대해서도 궁금하실 것이다. 바쁜 보그단이 또 나서주었다. 보그단은 공기 드릴을 이용해 콘크리트를 파고 그 아래 묻힌 호랑이 모양 차통을 꺼내 내게 주었다.

버나드의 마지막 편지에 감동적인 추신이 있는데, 추신에서 그는 자기 재를 페어헤이븐 부두 앞바다에 뿌려달라고 부탁했다. 그 부분을 여기 옮겨 적겠다.

"나의 일부와 아시마의 일부는 늘 여기 함께 있을 겁니다. 그녀는 성스러운 강을 자유로이 떠다닐 테니, 부디 나도 물에 띄워 언젠가 아시마를 만날 수 있게 해주기 바랍니다."

역시 시적인 버나드답다.

지나치게 시적이다.

버나드도 이 추신이 감상에 빠진 허튼 소리임을 잘 알았을 테고, 여러분과 나도 이미 알고 있다. 추신은 나한테 보내는 메시지였는데 심지어 수수께끼 암호도 아니었다. 버나드는 나를 수수께끼도 못 푸는 바보로 생각한 걸까. 혹시 모르니 본인이 원하는 바를 이렇게 명확히 적어놓았겠지. 어쨌든 버나드는 내게 지시 사항을 남겨놓았다.

장례식이 끝나고 수피와 마지드는 공항 호텔에 머물렀다. 그게 그들의 방식인 모양이다. 나는 그들이 페어헤이븐으로 출발할 때까지 버나드의 재를 안전하게 맡아두고 있겠다고 제안했다. 그들은 언제 진실을 알게 될까?

아시마의 재는 호랑이 모양 차통에 담겼고 버나드의 재는 소박한 나무 납골 단지에 담겨 있었다. 전자저울은 믿을 수가 없어서 눈금 저울을 꺼냈다.

재를 조심스럽게 그릇에 따랐다. 내가 버나드를 좋아하기는 했지만, 그의 재가 내 주방 조리대에 온통 흩어지는 건 원치 않았다. 몇 분 만에, 특히 타파웨어 그릇 두 개의 도움으로 (이 그릇을 그 용도로 써서 죄스럽다) 계량을 마쳤다.

두 사람이 서로에게 줄 크리스마스 선물로 원했던 호랑이 모양 차통에 버나드의 재와 아시마의 재를 절반씩 담았다. 그리고 다음 날 우리는 그 차통을 원래 있던 벤치 밑에 묻었다. 우리는 매키 신부에게 그곳을 축성해달라고 요청했는데, 그는 그런 요청을 받은 것에 감격하면서 멋지게 축성해주었다.

나무 납골 단지에도 아시마의 재 절반과 버나드의 재 절반을 담았다. 다음 날 수피와 마지드는 내용물이 뭔지도 모르는 채로 나무 납골 단지를 받아 들고 페어헤이븐으로 떠났다. 아시마는 드디어 자유로이 물을 떠다니게 됐다. 사랑하는 남자의 품에 안긴 채로. 우리는 방해하고 싶지 않아서 굳이 수피와 마지드를 따라 함께 가지는 않았다.

그 일에 사용한 타파웨어 그릇을 어떻게 하면 좋을지 모르겠다. 사랑하는 친구와 그 친구가 사랑한 여인의 재를 그들의 자녀 모르게 섞는 일에 타파웨어 그릇 두 개를 사용했다면, 그 그릇들을 계속 보관하는 게 결례일까 아니면 내다 버리는 게 결례일까? 쿠퍼스 체이스로 이사 들어오기 전에는 고민해본 적도 없는 문제다. 엘리자베스라면 답을 알겠지.

엘리자베스 얘기가 나왔으니 말인데, 아까 내게 전화를 걸어와 누가 그녀의 집 현관문 밑에 흥미로운 쪽지를 슬쩍 밀어 넣어뒀다고 말했다. 지금 누구네 집에 잠깐 다녀와야 해서, 이따가 내용을 말해주겠다고 한다. 짓궂은 사람 같으니라고!

오늘은 목요일이라 모임이 있다. 페니가 세상을 떠난 후 나는 우리가 모임을 그만두게 되지 않을까, 모이더라도 어쩐지 기분이 달라지지 않을까 싶어 걱정했다. 하지만 이곳은 일이 그렇게 돌아가지 않는다. 삶은 멈출 때까지 계속되어야 한다. 목요일 살인 클럽은 계속 모임을 가질 것이고, 누군가 수수께끼 같은 쪽지를 현관문 밑에 밀어 넣을 것이며, 살인자는 창문을 교체해줄 것이다. 이 생활이 오래 계속되기를.

모임이 끝나고 나면 고든 플레이페어 씨네 집으로 건너가 잘 적응하고 있는지 살펴봐야겠다. 좋은 이웃으로서 당연한 도리다.

자, 이제 구스베리 크럼블이 완성됐다. 앞으로 어떤 일이 벌어지는지 나중에 또 말씀드리겠다.

감사의 말

『목요일 살인 클럽』을 읽어주셔서 감사드립니다. 아직 안 읽었는데 그냥 감사의 말부터 들여다보셨을 수도 있겠네요. 본인이 선택한 대로 사는 거죠.

몇 년 전 운 좋게 노인층 주거 단지를 방문할 기회가 있었는데 그때 처음 『목요일 살인 클럽』에 대한 아이디어가 떠올랐습니다. 특별한 사연을 가진 특별한 분들이 사는 곳이었죠. '현대식 고급 레스토랑'도 갖춰져 있었습니다. 실버타운 거주자들은 본인의 삶에 대해 잘 알고 계셨고 감사하게도 저를 지지해주셨습니다. 그분들께 한 가지 제안을 하자면 상상만 하지 말고 서로를 죽이는 것부터 시작하시라는 말씀을 드리고 싶습니다.

소설을 써보니 쉽지 않더군요. 예외가 있을 수도 있겠지만 대부분 힘들어하지 않을까요? 살만 루시디(인도 뭄바이 출신의 영국 소설가)에게는 쉬운 일이었을까요? 저는 알게 모르게 많은 분들에게 도움을 받았습니다. 이 자리를 빌려 공식적으로 감사 인사를 드릴 수 있어 다행입니다.

우선 마크 빌링엄 씨께 감사드립니다. 오랫동안 소설을 쓰고 싶다는 생각을 해왔는데, 마크와 바넷에 있는 스큐드 터키시 레스토랑(맛있고 가성비도 좋음. 닭 날개 요리를 꼭 먹어보길)에서 함께 맛있는 점심을 먹으며 그 시기에 꼭 필요했던 용기를 얻을 수 있었습니다. 마크는 범죄 소설 집필에는 딱히 정해진 규칙이 없지만, 소설을 쓰는 동안 두 가지 규칙만은 명심하라고 알려줬습니다. 저는 이 소설을 집필하는 내내 그 두 가지 규칙을 마음에 두고 깊이 새겼습니다. 어쨌든, 마크, 평생 고마움을 잊지 않겠습니다.

이 소설을 쓰면서 꽤 오랫동안 사람들을 멀리하며 지냈는데, 그 시기에 포기하지 말라고 격려해주신 많은 분들께 감사를 드리고 싶습니다. 제 인생 최고의 친구 라미타 나바이, 원래 글쓰기는 어려운 거라고 말해준 새라 핀보로, 일단 쓰고 나서 다시 보면 괜찮게 보인다는 사실을 늘 일깨워준 루시 프레블, 계속 달려갈 수 있게 해준 브루스 로이드, 다정하게 대해주고 초까지 선물해준 매리언 키스에게도 고맙다는 말을 전합니다.

첫 독자가 되어준 스무두 자야틸라카에게도 특별히 고마움을 표하고 싶습니다. 언제까지나 저에게 큰 의미일 것입니다.

세상에 책을 내놓으려면, 그 책의 품질을 높이기 위해 현명하고 멋진 사람들을 주변에 둘 필요가 있는 것 같습니다. 뛰어난 재능을 가진 형 맷 오스먼(『폐허(The Ruins)』의 작가), 드라마 〈블랙 미러(Black Mirror)〉 연출로 눈코 뜰 새 없이 바쁜 와중에도 초고를 읽고 무수한 구멍을 찾아내준 친구 애너벨 존스 등 이 소설의 초고를 읽은 사람들은 다들 출간 전까지 비밀을 잘 지켜줬습니다. 애너벨 정말 고마워. 넌 이 일을 직업으로 삼아도 될 정도야.

펭귄-바이킹 출판사의 훌륭한 팀도 빼놓을 수 없죠. 저를 끝까지 지지해주고 '이 원고로 될지 모르겠어요'라는 말을 다양한 방식으로 변주해가며 박차를 가해준 편집장 케이티 로프터스에게 특히 감사드립니다. 훌륭한 편집장 뒤에는 늘 대단한 부편집장이 있게 마련이죠. 비키 보인스에게도 감사를 전합니다.

바이킹의 다른 팀들에게도 감사드립니다. 편집국장 나탈리 윌, 홍보팀 조지아 테일러, 엘리 허드슨, 아멜리아 페어니, 올리비아 미드는 저에게 '글쎄요'라는 말을 수도 없이 들어가며 일을 하셨죠. 샘 패너컨, 티넥 몰먼스, 루스 존스턴, 카일라 딘, 레이첼 마이어스, 나타샤 래니건을 비롯한 훌륭한 영업팀과 데드굿(DeadGood)의 온라인 팀, 펭귄 UK 웹사이트의 인디라 버니에게도 고맙다는 말씀을 드립니다. 책 한 권이 나오려면 팀 전체가 움직여야 되는데, 이보다 더 훌륭한 팀은 아마 없을 겁니다.

미국 쪽 편집장 파멜라 도어맨과 훌륭한 부편집장 제러미 오턴에게도 감사드립니다. 저 때문에 라이먼사의 '맛의 차이'와 홀랜드 앤 버렛 앤 세인스버리사의 '맛의 차이'를 구글로 검색하느라 고생하셨습니다. 이 자리를 빌려 번거롭게 해드린 점 사과드립니다. 철저하고 법의학적 독창성까지 갖춘 교열 담당자 트레버 오우드에게도 신세를 졌습니다. 트레버가 없었으면 1971년의 특정 날짜가 무슨 요일인지 제대로 알지 못했을 것입니다. 트레버는 즉시 그런 부분을 지적해내고는 '다 제 덕입니다'라며 꼭 생색을 냈죠.

집필 자체만으로도 보람이 있기 때문에 원고를 쓴 것만으로 만족하려 했습니다. 에이전트인 줄리엣 무셴스에게 초고를 보내기 전까지는 그랬죠. 초고를 읽은 줄리엣의 답장에 모든 것이 바뀌었습니다. 줄리엣 덕분에『목요일 살인 클럽』이 실제로 책으로 나와서 사람들에게 읽힐 수도 있겠구나, 하는 생각을 하게 됐습니다. 훌륭하고 독창적이며 재미나고 참신할 정도로 독특한 면이 있는 줄리엣은 처음부터 소설 출간에 큰 힘이 되어줬습니다. 줄리엣이 없었으면 이 일을 해내지 못했을 겁니다. 정말 고마워요, 줄리엣. 줄리엣의 작업을 지원해준 멋진 리자 디블록도 잊을 수 없죠. 리자는 중요한 계약을 수없이 처리해야 하는 일을 하다 보니 참신하면서도 살짝 관습적인 면이 있기는 합니다.

이제 제 인생에 중요한 의미가 있는 사람들에게 감사를 표할 차례군요.

우선, 어머니 브렌다 오스먼 여사에게 감사드립니다. 『목요일 살인 클럽』에 담겨 있는 다정하고 공정한 면은 전적으로 제 어머니에게 뿌리를 두고 있습니다. 어머니의 부모님이자 제 외조부모님인 프레드와 제시 라이트에게서 물려받은 특징이겠죠. 그립고 또 그리운 두 분의 면면이 이 소설 속에 잘 스며 있습니다. 멋진 이모 잔 라이트에게도 감사드립니다. 우린 단출하지만 대단한 힘을 가진 가족입니다.

마지막으로, 딸 루비와 아들 써니에게도 고맙다는 말을 전합니다.

너희에 대한 얘길 길게 써서 창피하게 만들 생각은 없어. 간단히 쓰마. 많이 사랑한다, 얘들아.

《목요일 살인 클럽》 시리즈 2
『두 번 죽은 남자』에서 계속됩니다.

목요일 살인 클럽

펴낸날	초판 1쇄 2021년 12월 24일
	초판 2쇄 2022년 11월 18일
지은이	리처드 오스먼
옮긴이	공보경
펴낸이	심만수
펴낸곳	(주)살림출판사
출판등록	1989년 11월 1일 제9-210호
주소	경기도 파주시 광인사길 30
전화	031-955-1350
팩스	031-624-1356
홈페이지	http://www.sallimbooks.com
이메일	book@sallimbooks.com
ISBN	978-89-522-4339-3 03840